Nuova Narrativa Newton
1469

Della stessa autrice:

A cena con l'assassino
In treno con l'assassino
Quattro delitti prima di mezzanotte

Titolo originale: *Little Red Death*

Traduzione dalla lingua inglese di Natalia Amatulli e Paola Vitale
Prima edizione: giugno 2025

ISBN 978-88-227-9300-3

www.newtoncompton.com

Realizzazione a cura di Pàgina
Stampato nel giugno 2025 da Grafica Veneta S.p.A., Trebaseleghe (PD)

A.K. Benedict

Cammina cammina la morte si avvicina

Newton Compton editori

A Verity Rose Red
In onore di Angela Carter e di tutte le fate madrine del mondo

Cappuccetto rosso pensò: “Mai più me ne andrò sola per il bosco, lontano dal sentiero, quando mamma me lo ha proibito”.

Fratelli Grimm

Prologo
Il cattivo

Carissimo lettore,

c'era una volta una persona che, in questo preciso istante, stava per morire. Nel folto del bosco, un essere umano stava per andare incontro a una fine infelice. Ma tu lo sapevi già, non è vero? In fondo questo libro ha la parola "morte" in copertina, e tu l'hai pure pagato (si spera). Ammettilo: sei un sicario letterario. Quello che sta per accadere è, in parte, anche colpa tua.

Tua e, soprattutto, di chi ha scritto questo libro.

Ogni anno gli scrittori, come i gatti, uccidono migliaia di creature, ma la fanno franca. Lasciano corpi, briciole di pane e depistaggi che i lettori raccolgono nei loro cestini, eppure nessuno fa nulla per fermarli. Ecco perché ne tengo una sottochiave, di scrittrice. Naturalmente, se sei un lettore davvero bravo, riuscirai a risolvere il caso e a salvare le vittime. E a dare loro il giusto lieto fine.

Per farlo, però, devi addentrarti nel bosco. Non dimenticare il cestino. Io sarò lì ad aspettare. Ad aspettare proprio te.

Parte prima

Oltre gli alberi, al di là del bosco

Capitolo uno
La scrittrice

Quando riaprì gli occhi, la scrittrice desiderò non essersi mai svegliata. Aveva male dappertutto. La testa le pulsava, le orecchie ronzavano. Katie giaceva nell'oscurità, su un letto morbido e pungente come le parole di sua nonna. Un letto che non era il suo.

Fu assalita dal panico. *Dove sono?* Tutt'intorno non vedeva altro che buio pesto dove si nascondevano mostri. I black-out le facevano più paura della pagina bianca. Ancora adesso, a quarant'anni suonati, dormiva con la lampada arcobaleno accesa, quella di quand'era bambina, per tenere lontani gli incubi che la perseguitavano fin dalla nascita.

Doveva trovare una luce. Spingendosi con le mani per tirarsi su, un dolore acuto le trafisse il palmo. Dal tessuto liscio spuntava della paglia. Quel letto non era altro che una balla di fieno coperta con delle lenzuola.

Girandosi, sentì sotto i piedi nudi il freddo delle piastrelle. Si strinse nelle braccia per scaldarsi, ma il freddo si acuì quando si accorse che quello che indossava non era la sua camicia da notte, bensì un pigiama troppo grande che non aveva mai visto.

Il suo cuore fu sopraffatto da domande atroci. Come era arrivata lì? Chi le aveva tolto i vestiti?

Si portò d'impulso la mano al collo. Il medaglione a forma di libro con il suo prezioso contenuto era ancora al suo posto. Chiunque l'avesse rapita le aveva lasciato almeno quello. Ripercorse i ricordi frammentati dell'uscita della sera prima, evento raro per lei: un cocktail rosso sangue in un bar dalle luci blu. L'ebbrezza dell'alcol arrivata troppo in fretta. I sensi storditi e il ritorno a casa a piedi da sola. La camminata lungo il fiume disseminato di foglie. La sosta su una panchina per bere un po' d'acqua. Un sacco sulla testa. Il respiro soffocato dalla tela. L'odore asfissiante di pino, legna bruciata e mele. Un tragitto in auto tutto curve e svolte.

«C'è qualcuno?». La voce agitata di Katie riecheggiava, ogni volta più flebile. Tendendo le braccia, avanzò a tentoni. Le ci volle un'eternità prima di trovare una parete, e altrettanto per un interruttore della luce.

Strizzando gli occhi, osservò il tetto spiovente sopra la sua testa. La libreria piena di tascabili. La carta da parati con le rose rosse spinose. I cassetti di legno scuro. Un minuscolo bagno che un tempo poteva essere stato un ripostiglio. Una finestra con le serrande abbassate e, davanti, una scrivania e una sedia derelitte. Sulla scrivania, una macchina da scrivere con accanto una pila di fogli bianchi.

Si precipitò alla porta e si avventò sulla maniglia, ma era chiusa a chiave, non si muoveva nemmeno nei cardini. All'altezza degli occhi c'era una piccola grata, chiusa. Ne aveva viste di simili nei film, con le guardie che scrutano in cagnesco i detenuti.

Indietreggiando, corse ad alzare le serrande. La luce del tardo pomeriggio si insinuò tra le sbarre della finestra, tingendo la stanza di un bagliore color seppia. Tutto ciò che riusciva a vedere, però, erano le cime degli alberi, alcune completamente vestite di foglie, altre più spoglie, in quel loro sensuale vedo-non vedo autunnale. In lontananza, il fumo usciva serpeggiando da un comignolo rosso: l'unico segno di vita.

«Aiuto!», gridò attraverso una piccola fessura nel vetro della finestra. Per tutta risposta, sugli alberi non si mosse neppure una foglia. «Qualcuno mi sente?».

Una gazza ladra di passaggio si portò via le sue parole.

Era in una prigione, in una soffitta. Intrappolata.

Con il cuore in tumulto, Katie sentì la morsa di un attacco di panico serrarle la gola. Doveva calmarsi. Ricorrere alla sua vena di scrittrice, quella che tramava colpi di scena e rovesciamenti nelle vite che intesseva. Il consiglio di Nabokov agli scrittori era di far salire i personaggi su un albero e prenderli a sassate. Katie adorava tirare fuori i suoi protagonisti dalle situazioni terribili in cui li aveva cacciati. Se ora al posto di quei personaggi c'era lei, doveva trovare un modo per scendere schivando i sassi. Era proprio quello che avrebbe fatto.

Chinando la testa e incastrando il viso tra le sbarre coperte di vernice scrostata, riuscì a guardare giù. Un precipizio si inabissava per diversi piani finendo in un rivo d'acqua che luccicava come uno specchio deformante. Le pietre di un selciato si snodavano sopra un fossato per poi perdersi in una distesa infinita di alberi.

Salvo altri vuoti di memoria, il tortuoso tragitto in auto era stato breve, quindi probabilmente era ancora nella New Forest. E, se non era andata lontano, magari qualcuno l'avrebbe trovata. Il fumo suggeriva la presenza di una casa vicina: se fosse riuscita a trovare una via d'uscita, avrebbe potuto scappare lì. Cercare rifugio.

Se solo avesse trovato un modo per uscire da lì. *Se*. Una parola così piccola, che racchiudeva così tanto.

Il suo rapitore aveva allestito la scena, dettato i tempi, messo le sbarre alla finestra e il catenaccio alla porta. Ora la scrittrice non era lei. Era qualcun altro.

Tornando alla porta, gridò: «Questo è rapimento e sequestro di persona. Ti daranno l'ergastolo». Il suo ultimo libro l'aveva scritto dal punto di vista di un rapitore assassino, per cui Katie conosceva la legge. *Più o meno.*

E se attirare l'attenzione del rapitore sulla gravità del suo crimine significasse essere uccisa, invece che liberata?, le fece notare la sua indole da scrittrice.

«Lasciami andare», gridò di nuovo Katie con voce rotta, «e non ti accadrà niente di tutto ciò. Puoi bendarmi, così non vedrò nulla. Prometto che non lo dirò a nessuno». La bugia della disperazione, a cui nessuno crede. «Si accorgeranno della mia sparizione. La polizia arriverà presto. Potremmo inventarci una storia per spiegare la mia scomparsa».

Nessuna risposta. Qualcuno, però, stava ascoltando di nascosto. Ne era sicura. Il silenzio di quella risposta suonava come una risata. Se il rapitore conosceva tanto bene le sue abitudini da essere riuscito a sequestrarla, allora doveva sapere anche che solo Carter, Cattwood e Jackson, i suoi gatti, si sarebbero accorti della sua assenza. Le si strinse il cuore a immaginarli aggirarsi per casa, cercandola. Quanto meno avevano un sistema automatico a tempo – sì, perché Jackson era un ladro di cibo – che riempiva le ciotole tre volte al giorno finché la scorta non finiva. Avevano croccantini per più di una settimana, una fontanella tutta per loro e una gattaiola aperta. Se Katie non avesse fatto ritorno, avrebbero trovato una nuova casa. Li immaginò raggomitolarsi come virgole sulle ginocchia di un estraneo e la tristezza le si insinuò nello stomaco.

Sarebbero passate settimane prima che qualcuno si accorgesse della sua assenza. I romanzieri erano creature solitarie, passavano gran parte della vita rintanati tra le coperte – delle specie di *burritos* letterari – e si riunivano solo in rare serate alcoliche per lamentarsi degli editori. Come era capitato la sera prima, quando si era vista con altri scrittori di crime della costa meridionale per l'appuntamento annuale a base di karaoke e cocktail. Senza altri festival del giallo in programma fino alla primavera, senza una famiglia a cui importasse qualcosa di lei e con la sua terribile abitudine di ignorare i messaggi, probabilmente nessuno avrebbe sentito la sua mancanza fino a quando, a fine gennaio, non sarebbe stata in ritardo sulla consegna del suo prossimo libro; in più, la sua vicina era via per un periodo sabbatico e non si sarebbe accorta che i bidoni della spazzatura di Katie non venivano più messi fuori dalla porta.

La paura le tolse il fiato. Nessun cavaliere dalla fulgida armatura sarebbe venuto a salvarla. *Va bene*, si disse. *Torniamo alla trama. L'unica che può salvarmi sono io.*

Un refolo d'aria le accarezzò le caviglie. Abbassando lo sguardo, notò una gattaiola nella porta: una possibile via d'uscita.

Dentro di lei si riaccese la speranza. Si mise carponi ed esaminò la gattaiola. Era saldamente avvitata e, se anche fosse *riuscita* a rimuoverla, era troppo piccola per farci passare più di un braccio. Sollevando lo sportellino, sbirciò in un corridoio. Una lampadina impolverata lasciava intravedere le assi del pavimento dipinte di bianco e una carta da parati con l'edera che si estendeva fino in cima al soffitto, come se l'interno di quella casa fosse invaso di piante. Dall'altra parte del corridoio, una porta con la stessa gattaiola e la stessa grata conduceva forse a una soffitta identica a quella di Katie. A portata di mano le avevano lasciato una ciotola sbeccata con dentro una busta e una mela talmente rossa e lucida da sembrare candita. Di fiabe ne aveva lette abbastanza per sapere che quella mela non andava mangiata.

La busta non era sigillata; la prese attraverso la gattaiola, conscia che il rapitore non avrebbe certo voluto lasciare tracce di DNA. Ne tirò fuori una lettera ripiegata, scritta su una carta elegante, color pergamena, liscia e spessa. Il tipo di carta che Katie avrebbe comprato e lasciato nel cassetto della cancelleria riproponendosi di scrivere belle missive sagaci, senza mai farlo.

Sulla carta, in inchiostro cremisi, era vergata una poesia.

A te, qui mia prigioniera, desidero mostrare
che con le tue parole puoi ammazzare.
Siedi e scrivi per me storie efferate,
intrighi di sangue, trame spietate,
fiabe moderne con colpi di scena;
eroi e antagonisti
saran della morte protagonisti:
io eseguo la pena.

Finisci Biancaneve a suon di Grimmaldello,
portami Tremotino e lo accoltello,
scuoia i tre orsi e Riccioli d'oro.
A te la scelta: la tua morte o la loro.

Katie la lesse e la rilesse, cercando di aggrapparsi alle parole in un'ondata crescente di panico. Il rapitore le stava chiedendo di narrare omicidi con lo stile delle fiabe: lui poi li avrebbe messi in pratica. Sulla pagina ne aveva uccisa tanta di gente, ma mai e poi mai aveva immaginato che l'inchiostro potesse diventare sangue.

Dall'altro capo del corridoio, udì dei singhiozzi dietro l'altra porta.

Con il cuore gonfio di speranza, Katie aprì di nuovo la gattaiola e avvicinò il viso. «Ehi!», chiamò. «Mi senti?».

Il pianto lasciò il posto a un rumore di passi affrettati, poi l'altra gattaiola si sollevò appena. «Fai silenzio!», sussurrò con voce rotta una donna.

Katie cercò di abbassare il tono, ma sapere di non essere sola le fece venire voglia di gridare dal sollievo. «Parlerò piano, promesso. Io sono Katie. E tu chi sei?»

«Il Lupo mi ha detto di non parlare con te».

«Il Lupo? È così che si fa chiamare?». Katie rabbrividì.

Che razza di uomo poteva essere tanto esaltato e compensatorio da farsi chiamare così? Un *incel*, forse, che non riusciva a trovare una ragazza se non imprigionandola? Di cos'altro poteva essere capace?

«Io lo chiamo così. Capirai il perché. Non vuole dire il suo nome».

«In quante siamo qui?». Katie immaginò una casa delle bambole piena di prigioniere.

«C'ero solo io, finché non ha preso te».

«Che cosa vuole da noi?». La voce di Katie, carica di un terrore contagioso, riecheggiò nel corridoio.

«Taci!», sibilò la donna. La gattaiola si chiuse.

«Scusa», sussurrò Katie. «Ti prego, torna qui. Non ci sto capendo nulla».

La gattaiola si aprì appena. «Devi decidere se fare quello che ti chiede», sussurrò la donna. «Io non ho voluto, così ha trovato te».

«Cosa è successo quando ti sei rifiutata?»

«Questo». Dall'apertura nella porta sbucò una mano coperta di lividi e insanguinata. «Ora sta decidendo come uccidermi». Sulla parola "uccidermi" le si spezzò la voce. «Lasciami in pace, voglio solo dormire». Con un sospiro addolorato, ritrasse la mano e si allontanò fino a quando il suo pianto sommesso non si udì più.

Di nuovo sola, Katie lesse ancora una volta la filastrocca del rapitore, con il cuore che le martellava nel petto.

A te la scelta: la tua morte o la loro.

La vita di qualcun altro era nelle sue mani, ma la sua era nel palmo di un rapitore. E guarda cosa aveva fatto all'altra scrittrice.

Alla scrivania, Katie posò le dita tremanti sulla macchina da scrivere. Nella sua testa cominciava a cristallizzarsi un'idea ispirata a Cenerentola, ma non ce la faceva a premere i tasti. Una mente contorta avrebbe trasformato le sue parole in una morte vera e propria. Come poteva mettersi a scrivere, sapendo che la sua storia sarebbe diventata realtà?

Con lo sguardo fisso sugli alberi davanti alla finestra, vide qualcosa muoversi giù in basso. Una lunga sagoma grigia emerse tra il verde delle foglie. Si avvicinò lentamente al fossato, finché non fu abbastanza vicina da permettere a Katie di metterla a fuoco.

Ogni centimetro del suo corpo si irrigidì quando un uomo alto con una grande maschera da lupo alzò la testa verso la finestra. Con una mano pallida mimò il gesto di scrivere, poi chinò il capo ispido e si passò un dito appuntito sul collo peloso. La bile le invase la gola. Il messaggio del lupo era chiaro: scrivi o muori.

Katie tornò alla macchina da scrivere: una storia stava prendendo forma nella sua mente. Serrando gli occhi, espresse un desiderio: di essere salvata, liberata. Pregò che fosse sufficiente. Con le dita che battevano sui tasti duri, fece la sua scelta.

Salvarsi la vita. Condannando a morte una donna.

Capitolo due
La vittima

Cindies

di K.T. Hexen

Lady Ashley Agnelli scrutò attentamente il suo guardaroba chiedendosi quale di quegli abiti l'avrebbe fatta sembrare meno ricca. Impresa alquanto ardua. Persino le sue tenute in stile athleisure erano di un grigio tortora che faceva pensare ai soldi. Niente da fare. Se voleva passare inosservata da Cindies quella sera, le toccava andare da Primark.

Percorso un breve tratto in auto con il suo autista, vestita Armani dalla testa ai piedi, Ashley entrò nel negozio affettuosamente ribattezzato Pri-mani. Non sapeva da dove iniziare, in quel palazzo fluorescente di poliestere, e si mise a guardare tre amiche scorrere una montagna di abiti a sottoveste che avrebbero dato la scossa a un amante notturno. Ridendo, le ragazze riempivano le loro shopper decorate con nasse per aragoste. Quanto le sarebbe piaciuto avere la stessa spontaneità con le sue amiche.

Quella sera sarebbe uscita con le sorelle Berkeley, tanto belle quanto false, per una serata anni Novanta al Southampton, con l'obiettivo dichiarato di «cercare di sembrare ragazze normali, di indossare i vestiti più economici e scadenti, e di rimorchiare il ragazzo più bello».

Ashley aveva accettato di andarci solo perché era il compleanno di Emma Berkeley; era stata proprio un'idea di Emma quella di «spacciarsi per povere e andare a ballare con gli squattrinati invece che con i ricchi sfondati». Come Ashley, Emma e sua sorella non avevano mai conosciuto la necessità di andare a ripescare le monetine da dietro il divano per pagare le bollette del gas o di farsi anticipare un giorno di paga: loro vivevano di Café del Mar *sparato dagli altoparlanti della Jaguar, di Crème de la Mer spalmata sul viso imbottito di filler.*

Una donna bassa, con lunghi capelli castani e il naso a becco, si avvicinò ad Ashley. Il cartellino con il nome recitava: "Rowan, Relazioni con i clienti". Assomigliava un po' a Belinda, la mamma di Ashley, che era nata in povertà, si era sposata con un ricco ed era morta troppo presto. E che, nonostante le avessero messo addosso vestiti costosi, non si era mai davvero adattata a quell'ambiente.

«Posso aiutarti, cara?», chiese Rowan.

«Sto cercando un abito e delle scarpe per andare in discoteca stasera», rispose Ashley. La tristezza le trafisse il cuore: non era mai andata a fare shopping con sua madre.

Rowan batté le mani e iniziò svelta a fare avanti e indietro per il negozio. Al suo ritorno, la si vedeva a malapena dietro la caterva di abiti e scarpe che reggeva tra le braccia. «Seguimi!».

In un angusto cubicolo, Ashley provò ogni capo, le braccia che entravano e uscivano a mulinello dalle bretelline, i bottoni che volavano. Le luci in alto la abbagliavano, tanto quanto lo specchio alla parete.

Seduta a terra a gambe incrociate fuori dai camerini, Rowan cinguettava come un uccellino ogni volta che Ashley usciva. «Ti sta benissimo! Ma non è quello giusto. Prova quello dorato!».

Chiusa la tenda, Ashley si infilò un vestito che le prudeva sulla pelle, con una fodera trasparente che si attaccava alle gambe. Nello specchio, però, l'effetto era, be', uno schianto. Il tessuto luccicava. Non sembrava costare solo 9,99 sterline. Cercò di non chiedersi da chi fosse stato cucito, e per quanti soldi.

Un paio di tacchi a spillo dorati spuntò sotto la tenda. «Adesso queste!», disse Rowan.

Ashley provò le scarpe. Nonostante il tacco vertiginoso, altissimo e sottilissimo, erano comode quanto le slipper in montone di Prada.

Uscita dal camerino, Ashley fece un timido giro su sé stessa barcollando sui tacchi.

Rowan la guardò con le lacrime agli occhi. Porse ad Ashley un minidiadema di strass e una borsetta dorata, non più grande di un iPhone 15, con un cinturino da polso. «Perfetta».

«Grazie mille», disse Ashley dopo essersi rimessa i suoi vestiti e aver ripiegato il completo dorato. Si fermarono all'ingresso dei camerini, attorniate da top abbandonati e grucce spoglie.

«Non c'è di che, cara. Ora vai e divertiti».

Ashley esitò, incerta se dare a Rowan una mancia o un bacio, poi si allontanò.

«Ma ricordati di rincasare entro mezzanotte», le gridò dietro Rowan.

Voltandosi, Ashley stava per chiederle cosa intendesse, ma Rowan non c'era più. Di lei era rimasto solo un mucchio di piume marroni.

Poco dopo, nel silenzio del parcheggio sotterraneo, dirigendosi verso la sua auto con gli acquisti, Ashley ripensò a quello che le aveva detto Rowan. Sicuramente doveva essere stata una battuta, altrimenti che senso aveva? Una serata in discoteca non iniziava prima di mezzanotte e andarsene prima delle quattro non era certamente la regola.

Non vedendo l'autista da nessuna parte, Ashley frugò nella borsa per trovare le sue chiavi. L'auto si aprì con un bip e le luci lampeggiarono, quando alle sue spalle risuonarono tre passi. Prima che potesse voltarsi, qualcuno le diede uno spintone. Il pavimento si sollevò fino ad andare a sbattere contro il suo viso. Stordita, con il sangue che le colava dal naso sul cemento, cercò di trascinarsi via, ma un paio di scarpe marroni stringate le pestò le mani.

Un uomo avvolto in un aroma di pino si accovacciò accanto a lei. «No, Aschenputtel, tu non andrai al ballo».

Mentre l'uomo la trascinava verso la macchina accanto, Ashley cercò di urlare. Lui le tappò la bocca con una mano, mentre con l'altra cercò a tentoni qualcosa che era scivolato a terra dalla busta di Primark: una scarpetta dorata. La alzò in alto e con la suola colpì la tempia di Ashley.

E tutto diventò nero.

Capitolo tre
L'eroe

Immersa nella vasca da bagno, l'ispettrice Lyla Rondell si chiedeva se radersi i peli pubici. No. Non ne aveva proprio voglia. Non che ci fosse qualcuno che l'avrebbe vista nuda. E, in ogni caso, se questo tizio si fosse lasciato scoraggiare da un cespuglio di peli, be', allora poteva anche andare a farsi fottere. Senza fottere. Quello era un chiaro campanello d'allarme, come un pretendente senza libri sugli scaffali.

In ogni caso, pensò Lyla prendendo il bicchiere di rosso dalla mensola della vasca, *questo dovrebbe essere un momento di relax.* Dopo aver risolto il caso Redbury, Rebecca, il suo superiore, l'ispettrice capo Winton, l'aveva mandata a casa presto. In vent'anni Lyla non aveva mai staccato prima delle sei.

«Posso andare a casa anch'io, capo?», aveva chiesto Jimmy. Jimmy Cornick, con il suo grande cuore, i suoi grandi occhi e la sua grande chioma, era il miglior agente di Lyla, che per lei era come dire il suo migliore amico.

«Stando ai tuoi social, Jimmy, mentre Lyla era nel suo ufficio a esaminare migliaia di ricevute sparse per terra per risolvere un caso, tu hai passato la domenica a fare kite-surf. Quindi, ora tu metterai per iscritto tutto quello che hai imparato da lei durante le indagini, prendendoti tutto il tempo che ci vorrà».

Il senso di colpa fece titubare Lyla. Non riusciva a non vedere Jimmy come un ragazzino bisognoso d'aiuto, nonostante, con i suoi trentaquattro anni, ne avesse soltanto cinque meno di lei. Era entrato in polizia solo da pochi anni, dopo una lunga parentesi come personal trainer, e quello che gli mancava in esperienza investigativa lo compensava con un ottimismo che lei non ricordava di aver mai avuto. «Forse dovrei restare ad a...».

Rebecca le puntò un dito contro, con uno scintillio negli occhi. «*Tu*, te ne vai dritta a rilassarti: è un ordine. Fatti un bagno, leggiti un libro, ordinati qualcosa per asporto e mangia presto, così poi non devi prenderti una tonnellata di Maalox... Fa' quello che ti pare. Non dici mai di no quando si tratta di lavoro, quindi lo farò io per te. E *non* rispondere al telefono».

Più facile a dirsi che a farsi. Lyla non sarebbe stata capace di rilassarsi neanche durante un trattamento di aromaterapia davanti al mare, su una spiaggia di Creta. Il suo cervello era un'autostrada di pensieri che cambiavano corsia superando i limiti di velocità. Rilassarsi voleva dire sentire i rumori del traffico e l'odore dei gas di scarico di ogni corsia:

Nove libri da restituire in biblioteca e due prestiti da rinnovare, e poi forse dovrei dire della mia diagnosi, così non mi faranno pagare

La muffa sta facendo annerire di nuovo le fughe, bisogna sbiancarle

Ammettiamolo, spero che a breve salti fuori un cadavere

Ho lo stomaco che borbotta come un treno della metropolitana. Dopo, asporto assicurato. Il *tikka paneer* potrebbe andar bene, e un *peshwari naan*

Il che però significa andare a ripescare la lettera dello psicologo, l'avrò messa nel cassetto di questo e quello e, in tal caso, la domanda è quale cassetto, visto che nel frattempo si sono moltiplicati

Proprio come i miei baffi

Ma cosa sono diventata?

E un *jalfrezi* di verdure

Non riesco a distinguere questo da quello, e devo studiare il caso di Bob Meakin, c'è qualcosa che non quadra, e poi dovrei guardare la replica di Bob's Full House *su BBC 4*

Jimmy ha fatto una battuta su di me, ha detto che sembro Poirot

Gli omicidi mi danno uno scopo

O meglio un *chana daal*?

Ma i membri della band che conoscono Robert Smith fin da ragazzo lo chiameranno Bob?

Che bastardo impertinente

Cosa sono io senza la morte?

Allison ordinerà ancora pesce *tikka*, un *samosa* e riso all'aglio, ammesso che sia ancora viva?

NON PENSARE A ALLISON

Con tutti quei pensieri, il ronzio nelle orecchie si fece ancora più forte. Rilassarsi era una tortura.

Il suo telefono si illuminò sulla mensola.

Era Rebecca.

Lyla strofinò una mano sull'asciugamano appeso dietro la porta, poi premette il tasto verde. «Se mi stai chiamando per controllarmi, posso dire con soddisfazione, e in modo del tutto inappropriato, che mi sto "rilassando" nella...».

«Ti chiederei perché rispondi al telefono quando ti avevo detto di non farlo, ma sono felice che tu abbia risposto. Abbiamo bisogno di te».

Lyla si alzò facendo ondeggiare l'acqua intorno alle ginocchia. «Dove?»

«Blackwater Arboretum. Un dog-sitter ha visto un uomo che trascinava una donna nel bosco un'ora fa. Il testimone si è spostato per trovare campo e allertarci, ma, quando è tornato sul posto, non c'erano più».

Lyla aspettò che continuasse. Ci voleva ben altro per spingere Rebecca a chiamarla.

«Tra le tante cose lasciate sulla scena del crimine, c'era una cartolina indirizzata all'ispettrice Lyla Rondell».

Il Blackwater Arboretum, vicino a Ornamental Drive, era, insieme all'Abbazia di Beaulieu o al Peppa Pig World, uno dei tanti gioielli della New Forest in cui Lyla non era mai stata. Nessun crimine denunciato = nessuna visita. Sarebbe stato bello potersi godere la foresta come Chris Packham, il presentatore che una volta aveva visto nella corsia dei cibi "Free From" del supermercato Co-op di Brockenhurst, ma l'ultima cosa che voleva era fare un'escursione e imbattersi in qualcuno che lei stessa aveva fatto arrestare, o essere vista da un difensore d'ufficio in una sala da tè intenta a ricoprire di panna uno *scone*.

Forse il segreto per godersi la New Forest era avventurarsi nel bosco al calar della sera. Fare la turista notturna nei luoghi di casa sua. Questo, tra l'altro, era il periodo dell'anno che preferiva: fine ottobre. Quando si riuniva la corte autunnale. Quando il buio arrivava presto e si fermava per colazione.

Con le foglie che scricchiolavano sotto i piedi, scalciando via le castagne nell'oscurità color porpora, Lyla provò un insolito stato di tranquillità. La luce della torcia rischiarava il sentiero davanti a lei, mentre camminava tra imponenti sequoie, castagni e querce, con il cervello ormai a una sola corsia, salvo qualche occasionale sorpasso. I grossi tronchi scuri le indicavano la strada e nel buio le foglie si scambiavano sussurri sulla loro imminente caduta.

Uno scoiattolo balzò sulla ghiaia e si fermò nel fascio di luce, fissandola.

«Posso aiutarti, amico?», gli chiese. «Vado di fretta, sai com'è».

Lo scoiattolo sbatté le palpebre due volte, poi sgattaiolò su un albero. Lyla si augurò che, nel linguaggio dei roditori, sbattere le palpebre in quel modo non fosse un grido d'aiuto. Spostando prontamente la torcia per seguirlo, il fascio di luce intercettò un bagliore metallico. Probabilmente una lattina di birra. Gli adolescenti del posto adoravano ritrovarsi nella foresta.

Scorse Jimmy e Rebecca in una radura poco distante. Jimmy aveva i capelli tutti scompigliati, mentre quelli di Rebecca erano impeccabili come sempre, folti e ondulati, e brillavano alla luce della torcia di Lyla che li illuminava. Niente polizia giudiziaria: il comando di polizia di Lyndhurst poteva anche avere la giurisdizione sulla New Forest, ma era una stazione piccola, che faceva capo alla centrale dell'Hampshire e dell'Isola di Wight. Il sovrintendente Greenock, soprannominato "Groucho" per il suo temperamento e per il numero di persone che avrebbero voluto prenderlo a bastonate, non aveva mai amato lo "spreco" di fondi per la polizia giudiziaria.

Seduto su un ceppo d'albero ai margini della radura, un uomo abbastanza giovane accarezzava instancabilmente un cane da pastore. Il cane batteva la coda sul terreno, come se stesse comunicando con qualcosa nelle viscere della terra. Avvicinandosi, Lyla notò che Rebecca e Jimmy si trovavano all'interno di un grande cerchio delimitato da funghi. Tutt'intorno correva il nastro della scena del crimine, fissato a sottili paletti di metallo, mentre gli alberi formavano un terzo cordone.

«Scusami ancora per averti chiamata», disse Rebecca. «Mi farò perdonare. Te lo prometto».

«Io preferisco essere qui. Il relax mi stava stressando». Fermatasi a una distanza rispettosa, Lyla indicò i funghi. «Avete un bel coraggio voi, eh?»

«Cioè?». Jimmy si guardò intorno.

«Siete in un cerchio fatato».

«I funghi?», fece Jimmy abbassando lo sguardo. «Sono velenosi?»

«Non ne ho idea, non sono una micologa».

«E allora cosa...».

«Non ti hanno mai detto che non si deve entrare in un cerchio fatato?», lo interruppe Lyla.

Con una smorfia, Jimmy fece la tipica faccia che aveva quando non capiva se Lyla stesse scherzando. «Che cosa?»

«Se ci finisci dentro», disse Lyla, «le fate potrebbero portarti nel loro regno e non lasciarti tornare mai più. Nel migliore dei casi, resti in questo mondo ma ti costringono a unirti alla loro danza. Solo la morte te ne libererà».

«Positiva come sempre, ispettrice Rondell». Rebecca uscì con cautela dal cerchio.

Jimmy la seguì, aggirando un fungo con le sue scarpe dalla suola di plastica. «Da quand'è che ti interessi di fate?».

Lyla scrollò le spalle. «Le storie della buonanotte che mi raccontava mia nonna erano piene di folletti, creature fatate e divinità oscure». Il che era vero, ma tralasciò la ragione principale di quel suo interesse.

Rebecca sorrise con affetto. «C'è sempre qualcosa da scoprire in te, Lyla».

«Cristo, capo! Mai far sapere alle fate il tuo nome di battesimo, e neanche il mio. I nomi hanno un potere. Una volta che sanno il tuo nome, ti hanno in pugno!». Lyla stava scherzando solo in parte.

«Ma la polizia ha più potere, direi». La voce di Rebecca si fece cupa. «Allora, possiamo passare al nostro presunto crimine?»

«Il testimone è quello lì?», chiese Lyla con un cenno del capo in direzione del giovane.

«Sì. Jimmy ha raccolto una prima dichiarazione», rispose Rebecca.

«Sembra sincero», disse Jimmy. «È molto scosso. Continua a rimproverarsi di non averli inseguiti».

«Perché non l'ha fatto?», chiese Lyla.

«Ha continuato a dire che pensava di sapere come reagire in una situazione del genere, ma è rimasto imbambolato. Gli ho detto che è normale. Pochi sanno fare gli eroi».

«Pochi vincono alla lotteria dello stress acuto, tra reazione di paralisi, attacco o fuga», disse Rebecca, con una tristezza eloquente.

«Qualche descrizione dell'aggressore e della vittima?».

Jimmy tirò fuori il suo taccuino. «La vittima era bionda, di statura inferiore alla media, snella. Incespicava, sembrava a malapena cosciente. L'uomo era alto più di un metro e ottanta, "possente ma non grasso", e indossava jeans, scarpe scure e una felpa grigia con il cappuccio alzato. Il testimone lo ha visto solo di spalle, ma da come si muoveva ha avuto l'impressione che fosse abbastanza giovane. Sulla trentina, forse. La ragazza era più giovane».

«Dov'è che l'ha trascinata?», chiese Lyla.

Jimmy indicò verso est, nel bosco. «Tra quei due alberi. Il testimone li ha persi di vista molto presto, era già l'imbrunire. È riuscito a scattare una foto con il cellulare, ma non si vede granché. Forse con una risoluzione migliore ci sarà più utile».

Lyla guardò Rebecca. «Hai parlato di una cartolina?»

«L'abbiamo trovata al centro del cerchio fatato». Rebecca si infilò i guanti, ne lanciò un paio a Lyla, poi prese un sacchetto per le prove, lo aprì e le porse la cartolina.

Lyla la esaminò con circospezione. Sul davanti c'era una di quelle mappe disegnate a mano che si trovano nei negozi di souvenir, piena di illustrazioni di cottage, alberi e luoghi famosi. Niente era in scala, a meno che i pony della New Forest non fossero alti cento metri.

Sul retro, un messaggio:

Cara Lyla,

ben trovata! È passato tanto tempo: venticinque anni, non che li contiamo. Hai sentito la mia mancanza? Eri così giovane. Scommetto che quella è stata l'ultima notte in cui hai dormito sonni tranquilli.

Sei pronta a giocare al mio gioco, piccola Cappuccetto Rondell? Hai capito cosa ti mostra la mappa? Ne dubito. Ti manca l'intuito, l'immaginazione. Lascia che ti dia un altro indizio o due. Il mantello è per te, ma in questa notte da fiaba nera sentirai freddo comunque: avrai bisogno di bere dal thermos nel cestino. Nei prossimi giorni, poi, arriverà una bella morte a scaldarti. Ti divertirai un mondo a capire chi sono, perché sto facendo tutto questo e perché ho scelto te.

Nel frattempo, guardati da me quando vai per boschi.

«Perché è indirizzata a te?», chiese Rebecca.

Lyla non rispose. Con l'adrenalina a mille, schizzò verso il margine della radura. Nella sua testa, i pensieri erano nitidi e diretti come il fascio di luce della torcia che sfavillava nell'oscurità.

«Che succede?», disse Rebecca raggiungendola, con Jimmy subito alle sue spalle.

«Il mantello e il cestino menzionati nel messaggio. Saranno qui da qualche parte». Senza fare altre domande, Jimmy e Rebecca si divisero correndo alle estremità opposte della radura così da formare un triangolo con Lyla. Mentre ognuno puntava la sua torcia nel buio, Lyla provò un'ondata di gratitudine per essere capitata in squadra con loro.

«Li ho trovati». La voce di Jimmy tremava. Quando Lyla lo raggiunse, Jimmy teneva ancora la torcia all'altezza delle spalle, parallela al terreno. Il bagliore illuminava un albero a una ventina di metri di distanza nel bosco. «Su quella sequoia».

Un lungo mantello rosso scuro penzolava da un ramo. Sotto, un cestino da picnic di vimini con i due coperchi alzati, a rivelare un thermos e una borsetta dorata all'interno.

Mantello rosso. Cestino.

Sta succedendo.

«Che cosa, sta succedendo?». Rebecca fissò intensamente Lyla.

Doveva aver pensato ad alta voce. «Ho aspettato a lungo questo momento, mi sono preparata per anni».

«Stai bene?». La voce di Jimmy era sommessa, incerta.

«C'entra con il messaggio che hanno lasciato per te?», chiese Rebecca.

Lyla chiuse gli occhi, cercando di non fissarsi sulle pagine sparse di ricordi che le fluttuavano nella testa. «Venticinque anni fa, Allison, la mia migliore amica, scomparve proprio in questo mese; era ancora una ragazzina. L'unico indizio fu una mela lasciata sul suo letto, metà rossa e metà verde, avvelenata con il cianuro».

«Un rapimento?», chiese Jimmy.

«È quello che ho sempre pensato», rispose Lyla. «Altrimenti perché quella mela, lasciata a mo' di messaggio o provocazione?»

«Aspetta, stai forse parlando di "Biancaneve"?», chiese Rebecca. Perplesso, Jimmy spostò lo sguardo da una donna all'altra. «"Biancaneve" è il nome che la stampa diede a un'adolescente scomparsa nei primi anni Duemila da queste parti. Se non ricordo male, la mela era stata morsa».

«E il morso corrispondeva all'impronta dei denti di Allison», aggiunse Lyla.

«All'epoca rimase un mistero irrisolto», continuò Rebecca. «Era scappata? Era stata rapita o le era capitato qualcos'altro?».

Di fronte al tono di Rebecca, così professionale, distaccato, Lyla sentì il bisogno di allontanarsi. «È stata rapita». Fu attraversata da una rabbia cieca. «Se avesse avuto intenzione di scappare, Allison me l'avrebbe detto». *E io sarei andata con lei.* «Ora abbiamo un'altra donna trascinata via, con un mantello rosso e un cestino lasciati al suo posto».

«Vuoi dire che se Allison era Biancaneve, questa è Cappuccetto rosso?». Gli occhi di Jimmy sembrarono farsi ancora più grandi.

«Non so se sia sufficiente come nesso», disse Rebecca con dolcezza.

«La cartolina dice che il mantello è per me». La voce di Lyla tremava.

Rebecca afferrò Lyla per le spalle. «Stai tremando».

Lyla si guardò le mani. Tremavano, sì, ma non lo sentiva. Osservava la scena dall'alto, era fuori dal suo corpo, nascosta tra le cime degli alberi.

«Sei sotto shock», continuò il suo capo. «Devono esserti tornati alla mente un sacco di ricordi».

Dal limitare della radura, il cane da pastore emise un guaito d'assenso. Lyla desiderò che esistesse una ragione professionale per seppellire la testa in quella pelliccia e abbracciare quel suo corpo panciuto. A volte solo gli animali sanno farti sentire meglio.

«Ora tu e il testimone venite alla stazione di polizia», disse Rebecca, cingendole le spalle con un braccio.

«No!». Lyla cercò di divincolarsi. «Dobbiamo perlustrare il bosco».

Rebecca girò Lyla in modo da guardarla in faccia. «Mi dispiace, tesoro, ma dobbiamo fare le cose per bene». Le parlava con voce bassa ma ferma, come se Lyla fosse sua figlia. «Non possiamo andare a tentoni, calpestare le prove e distruggerle».

Lyla fissò il buio, cercando di scrutare tra gli alberi. Il rapitore di Allison era nella foresta; qualcosa le diceva che era così, lo sentiva nel profondo. Se solo fosse riuscita a seguirne le tracce. Per quanto improbabile potesse sembrare, forse anche Allison era lì.

Ma Rebecca aveva ragione. Anche se desiderava buttarsi a capofitto nel bosco alla ricerca del lupo, la situazione andava gestita per bene o si rischiava di compromettere il caso. «Ok. Ma è prevista pioggia più tardi: dobbiamo chiamare la giudiziaria. Ora».

Rebecca lasciò andare Lyla, prese il telefono e selezionò il numero di Groucho. «Chiederò al grande capo. Ma non gli piacerà».

Mentre Rebecca li precedeva lungo il sentiero che portava al parcheggio, Jimmy infilò il braccio sotto quello di Lyla. «Come stai?», le chiese, assicurandosi di non essere a portata d'orecchio del testimone, ormai in preda ai brividi, e del suo cane.

Lyla rimase in silenzio per un momento. «Stranamente calma, considerato tutto». D'altronde, i cervelli come il suo erano sempre pronti ad affrontare le crisi.

«Perché non me ne hai parlato prima?», le chiese. «Di Allison. Sono tre anni che ti conosco. È una cosa piuttosto importante da tenere per sé».

«È una cosa piuttosto importante, punto e basta». Così importante che aveva preso il sopravvento su tutta la sua vita.

Con la coda dell'occhio vide qualcosa luccicare. Lo stesso bagliore metallico che aveva notato prima. Si fermò e puntò la torcia in quella direzione, avvicinandosi per vedere meglio. Non era una lattina. Ai piedi della quercia c'era una sola scarpa con il tacco alto, della stessa tinta dorata della borsetta. Sulla punta era impressa l'impronta insanguinata di un pollice, con i vortici e le creste perfettamente visibili, neanche fosse stata presa al comando di polizia.

Con il cuore in gola, Lyla chiese a Jimmy di lanciarle un kit per le prove, ma di non avvicinarsi.

«Che c'è?»

«Mi sa tanto che la fiaba in questione è un'altra». Cercò di mantenere la voce ferma. «È Cenerentola che dobbiamo cercare».

Capitolo quattro
Il castello

Quando la notte le tolse la vista sulla foresta, Katie si sentì ancora più sola. Niente più uccelli da osservare o scoiattoli da avvistare, solo i versi di qualche sparuto gufo e colombaccio. Le notti di ottobre erano fatte per guardare un film slasher, accoccolarsi con i gatti e sgranocchiare popcorn. Quel buio prematuro, invece, portava con sé l'isolamento vero e proprio e quella paura da cui horror e gialli ci distraggono un po'.

Era proprio di quello che aveva bisogno. Un diversivo.

Passando in rassegna la biblioteca della sua prigione, provò un inaspettato sollievo. C'erano tantissimi libri e autori che amava o che aveva sempre desiderato leggere. *Le avventure di Alice nel Paese delle meraviglie. Le Cronache di Narnia.* La trilogia di *Queste oscure materie. Kinder- und Hausmärchen*, le fiabe dei fratelli Grimm in tedesco. *La camera di sangue* di Angela Carter. *The Beauty of Murder* e *The Evidence of Ghosts*; *The Museum of Last Things* e *Vellichor*; *Carnevil* e *Dark Sky Park*. Sarah Waters e Sarah Pinborough. David Almond e Katharine Almond. Douglas Adams e Guy Adams. Tutti i libri di Stephen King, Clive Barker e Ray Bradbury. *The Day I Fell Into a Fairytale. Le diecimila porte di January*... Libri che trasportavano i lettori in altri regni.

Da bambina, Katie si era nascosta spesso nelle storie, tane di carta in cui ripararsi dalla mancanza di amici, da tutti quelli che la prendevano in giro perché a dieci anni aveva già le tette, dal desiderio adolescenziale di amore. Da adulta, diventata scrittrice, aveva sperato di offrire riparo agli altri, oltre che a sé stessa. Se ora non poteva fuggire da quella stanza, poteva almeno allontanarsene entrando nelle vite di altri personaggi.

La presenza dei libri suggeriva che anche il rapitore era un lettore. Era evidente che si considerava una sorta di poeta, con le sue provocazioni e le richieste scritte in versi. Forse Katie avrebbe potuto lusingarlo, fare appello al suo ego, fingere di apprezzare le sue composizioni. Avrebbero potuto parlare di letteratura, simpatizzare in virtù della comune passione per le sorelle Brontë; forse avrebbe potuto sfruttare l'amore condiviso per le parole per creare un legame, così lui l'avrebbe lasciata andare, o quanto meno non l'avrebbe uccisa.

Forse non le avrebbe fatto del male, a prescindere da tutto? Dal rapimento Katie aveva riportato solo qualche livido, quindi doveva essere stato attento; dopotutto, gli studi dimostrano che i lettori accaniti sono più empatici di coloro che non si lanciano in vite altrui inseguendo pagine e capitoli. No, la sua era solo una pia illusione. La donna nella stanza di fronte era già stata ferita. E, poiché si era rifiutata di scrivere per il rapitore, ora lui l'aveva condannata a morte.

Katie sapeva che, se voleva fuggire da quella casa, doveva essere più lucida. La presenza di quei libri non significava necessariamente che al Lupo piacessero o che li avesse letti. Se conosceva le abitudini di Katie abbastanza bene da essere riuscito a rapirla, non doveva aver avuto difficoltà a trovare il suo account su Goodreads, leggere i suoi articoli sui blog, le sue interviste, guardare i suoi vlog, sedersi in prima fila alle sue apparizioni ai festival.

Prese *Some Kind of Fairy Tale* di Graham Joyce e lo aprì alla pagina del frontespizio. Dove, nella sua calligrafia più ordinata, trovò scritto "Katie, 2016". Con il cuore che le batteva a mille, controllò gli altri libri. Erano quasi tutti suoi. *Misery* recava le impronte di burro di una colazione a letto; sui bordi de *Il profumo*, l'impronta del pollice sporco del cacao in polvere con cui aveva guarnito una cioccolata calda. Dorsi sgualciti, pagine ingiallite: tutto suo. C'erano persino i libri di testo delle superiori e dell'università, con tanto di appunti scritti piccoli piccoli su allitterazioni e assonanze, procrastinazione e fallacia patetica.

Alcuni di quei libri Katie li teneva a casa, quindi forse il rapitore li aveva presi poco prima di catturarla, ma una buona parte invece era nel magazzino. Doveva averla spiata e aver rubato o duplicato le chiavi, o forse aveva rotto il costoso lucchetto che le era toccato mettere.

L'aveva rinchiusa con i suoi libri per confortarla o per torturarla? O tutt'e due le cose?

Come intontita, Katie tornò incespicando alla scrivania e si mise a mangiucchiare ancora un po' del cibo che le era stato lasciato lì, insieme a un thermos di tè. Mangiare per dare sfogo alle emozioni era giustificato, viste le circostanze. Probabilmente quel cibo era una ricompensa per aver fatto ciò che le era stato detto. Ispirandosi alla storia di Aschenputtel, o Cenerentola che dir si voglia, e all'esperienza vissuta la sera prima, nel primo capitolo Katie aveva raccontato il rapimento di una giovane donna ricca. Non poteva sopportare l'idea di uccidere la protagonista, nemmeno sulla carta, così aveva optato per un finale carico di suspense e aveva infilato le pagine nella gattaiola, mentre il cielo si tingeva di rosa.

Esausta, ma con l'euforia che provava ogni volta che riusciva a buttare giù le parole sulla pagina, si era addormentata sulla balla di fieno senza nemmeno infilarsi sotto le coperte. Quando il sole aveva raggiunto il suo apice autunnale, si era svegliata e aveva trovato sulla scrivania dei croissant, un panino al formaggio e un thermos. Era così affamata che aveva spazzolato tutto, spargendo briciole sulla sua pila di fogli, senza chiedersi minimamente se il cibo fosse avvelenato. Ora non riusciva a pensare ad altro: a questo, e al Lupo che la osservava mentre dormiva.

Una porta sbatté da qualche parte nella casa. Sentì dei passi salire le scale, accompagnati dal rumore di qualcosa che veniva trascinato.

«No!», gridò una donna. «Riportami a casa, non dirò nulla, lo giuro!».

Katie rimase impietrita. Aveva rapito un'altra donna. *Ti prego, no. Non Ashley.*

I rumori si fecero più forti e culminarono in un tonfo improvviso nella stanza al piano di sotto. Le arrivò alle orecchie il suono di una voce maschile e di alcune parole incomprensibili.

Accovacciandosi sulle assi del pavimento, Katie colse la risposta della donna.

«Non mi chiamo Ashley, ma Grace. Ti prego, lasciami andare».

La voce dell'uomo riecheggiò fredda e profonda. «Grace non esiste. Non più. D'ora in poi, tu sarai Lady Ashley Agnelli».

Il nome che Katie aveva dato alla sua vittima. Si morse le nocche per non urlare.

«La mia famiglia può darti dei soldi!», gridò Grace. «Tanti soldi! Non avvertirà la polizia».

Quando, nel cuore della notte, dopo aver fissato il buio per ore, si era messa a scrivere, Katie si era sentita più a posto con la coscienza nell'immaginare il rapimento di una donna ricca, piuttosto che di una povera. Ora, però, quei dettagli non avevano più importanza. Aveva raccontato che Ashley, il nome in codice che aveva scelto per la sua Aschenputtel/Cenerentola, veniva colpita con la sua stessa scarpetta, ma non aveva creduto che quella scena sarebbe stata messa in atto per davvero. Non aveva pensato a cosa le sue parole avrebbero significato per chiunque fosse stata scelta.

Se nel primo capitolo Katie avesse ucciso il personaggio di Ashley, a quest'ora Grace sarebbe stata già morta?

Al piano di sotto, il Lupo attraversò la stanza a grandi passi e Katie lo sentì aprire, sbattere e richiudere a chiave la porta.

«Chiama mio zio», gridò Grace. «Ti darà tutto ciò che vuoi». Non ricevendo risposta, la ragazza iniziò a battere sulla porta. «Sono claustrofobica, ti prego, non chiudermi dentro».

Il senso di colpa assalì Katie come una marea, travolgendola. Era stata lei a portare lì Grace. Era colpa sua e ora aveva la responsabilità di tirare fuori entrambe. Cercò disperatamente un lato positivo in tutta quella faccenda. Dopotutto, spesso gli eroi riuscivano a salvarsi unendo le forze con i loro compagni di sventura. Tentò anche di scacciare il pensiero che puntualmente, nei film e nei libri, uno di quei compagni veniva sacrificato lungo il percorso.

Spostando il tappeto, cercò una crepa nel pavimento. Le assi erano quasi tutte stabili e ben salde, ma, vicino alla scrivania, c'era un pezzo di legno più chiaro e, accanto, una fessura di cinque centimetri. La luce del giorno illuminò uno spicchio della stanza sottostante. «Ehi?», sussurrò.

Dopo un breve silenzio, dal piano di sotto si udirono dei passi strascicati. La fessura si oscurò. Katie scorse una sagoma in ombra. «Chi è là?». Per la paura, le parole di Grace suonavano come note staccate.

«Mi chiamo Katie. Quell'uomo ha portato qui anche me. Stai bene?». Che domanda stupida.

Le lacrime affievolirono la voce di Grace. «Mi scoppia la testa. Mi ha colpita, con forza. E la schiena mi fa malissimo, ho una fasciatura».

«Io credo di essere stata drogata quando mi ha rapita. Non ricordo nulla». Katie parlava bisbigliando. La donna all'altra estremità della soffitta aveva detto che il rapitore non doveva sapere che parlavano tra loro.

«Io sono Grace». La voce non corrispondeva al personaggio tratteggiato da Katie. L'assassino aveva scelto male. Grace sembrava molto più ingenua, molto più giovane e anche più sola. Come qualcuno che dorme ancora stretto a un orsacchiotto. «E...», chiese con voce spezzata, «ti fa del male?»

«Da quando mi ha catturata no», la rassicurò Katie. «Non parla nemmeno, lascia solo da mangiare e da bere». Preferì non menzionare gli ordini poetici che le impartiva. Non ancora.

«Da quanto tempo sei qui?»

«Solo un giorno. C'è un'altra donna rinchiusa nella stanza di fronte alla mia, ma non so quando l'abbia rapita e nemmeno chi sia».

«Siamo in tre?». Grace ricominciò a piangere. «Che cosa vuole?»

«Non lo so. Mi dispiace». Le si contorse lo stomaco. Come poteva dire a Grace che lui le aveva chiesto di privarla della vita?

Dei passi rimbombarono su per le scale che portavano alla soffitta.

«Sta arrivando. Ci parliamo dopo». Katie risistemò il tappeto per coprire le assi, poi prese un libro. Si sedette sulla balla di fieno, tremando.

I passi si fermarono davanti alla sua porta. Qualcosa di metallico fu posato sul pavimento, poi i passi pesanti attraversarono il corridoio, prima di ritirarsi giù per le scale.

Dopo aver atteso qualche secondo, Katie si inginocchiò vicino alla gattaiola. Fuori dalle due stanze della soffitta erano stati posati dei vassoi dorati. Ognuno conteneva una busta da lettera rossa, un panino e una caraffa di vino con un bicchiere abbinato.

L'altra gattaiola si aprì e apparve la donna, con i capelli lisci che le penzolavano sul viso. Anche da lontano, si vedeva che non li lavava da un po'. Da quanto tempo era lì? Katie desiderava abbracciarla e dirle che avrebbero trovato una soluzione; e sentirsi rispondere con le stesse parole. Quella soluzione, però, era inarrivabile, tanto quanto la donna.

«So che sei spaventata», cercò di dirle con dolcezza. «Lo sono anch'io, ma dobbiamo aiutarci a vicenda per uscire da qui».

I capelli della donna oscillarono in segno di diniego. «Non posso». Si scostò e fece scivolare fuori la mano per prendere la lettera. «Mi dispiace». Le sue parole sussurrate attraversarono il corridoio, mentre il suono della gattaiola che si richiudeva metteva un punto fermo alla conversazione.

Tornata alla scrivania, Katie cercò di ingoiare la delusione e di concentrarsi invece sulla busta che teneva in mano. La rigirò esitante, combattuta tra la paura di scoprire cosa contenesse e la curiosità che sentiva già avere la meglio. Fuori dalla finestra, un ragno tesseva la sua tela tra le sbarre. Si fermò e alzò una zampa, come a salutare una collega di tessitura.

Estratto il foglio di carta color crema, Katie ricevette le sue istruzioni:

Adoro come di trama hai giocato,
ma un errore fatale ti è scappato.
Un delitto fatato, chiedevo, un orrido reato,
invece l'hai solo ferita: un delitto mancato.
Ora ti avverte il tuo editore:
niente amicizia, tu sei il suo predatore.
Zittisci il tuo cuore e dille: «Addio.
Se muori tu posso vivere io».
Finiscila insieme alla novella,
non c'è speranza per questa Cenerella,
non vivrà felice e contenta,
nel prossimo capitolo, la voglio spenta.

Capitolo cinque
Il fantasma

L'orologio nella stanza degli interrogatori balbettò le dieci passate: fuori dalla finestrella in alto, il cielo era scuro come una pupilla. Di solito era compito di Lyla, interrogare con premura i parenti tra le pareti macchiate e quegli arredi anni Settanta dai colori tenui. Stavolta invece l'interrogata era *lei*, rannicchiata in quella poltrona troppo grande, con accanto una scatola di fazzoletti, pronti per le sue lacrime.

Jimmy era seduto sul divano di fronte: aveva una faccia molto corrucciata. «L'ispettrice capo sarà qui a momenti, sta chiedendo dei favori alla scientifica. Ops». Si appoggiò allo schienale portandosi una mano sulla bocca. «Non avrei dovuto dirtelo? Visto che sei una testimone?»

«Non preoccuparti, l'avevo intuito», rispose Lyla.

Quando Rebecca li raggiunse, si sedette accanto a Jimmy. «Scusami tanto, Lyla, avevo delle cose da sistemare. Cominciamo, okay? Potresti raccontarci cosa è accaduto venticinque anni fa?». La sua voce era dolce e carica di empatia.

Lyla staccò una piuma puntuta dal cuscino che teneva sulle ginocchia. «Non essere troppo gentile con me. Piangerò e potrei non smettere».

Rebecca e Jimmy si misero a sedere più composti e cercarono di assumere un'espressione professionale. Cosa che a Rebecca riuscì meglio. «Allora partiamo dai fatti, e non dai sentimenti». Guardò i suoi appunti. «Avevi quindici anni all'epoca dell'incidente, è corretto?».

Lyla fece una smorfia. La parola "incidente" disonorava Allison e sminuiva quello che le era accaduto, come un macellaio che avvolge nella pellicola un cuore che fino a pochi istanti prima batteva ancora. «Avevamo entrambe quindici anni». Erano nate a una settimana di distanza l'una dall'altra e avevano sempre festeggiato insieme. Per il loro quindicesimo compleanno, a nessuno delle due era stata concessa una festa in casa, così erano andate al cinema indipendente di Brockenhurst per un doppio spettacolo di *Fight Club* e *Il sesto senso*.

«Raccontaci qualcosa di più su Allison», la sollecitò Rebecca.

«Era la mia migliore amica, fin da piccole. Sua madre e la mia avevano frequentato lo stesso corso preparto, e noi siamo andate allo stesso asilo, alle stesse scuole, fino all'adolescenza». Tutti fatti, questi, che, seppur veri, rimanevano ben lontani dallo spiegare quanto fosse profondo il loro rapporto. Non erano solo cresciute insieme, erano *diventate grandi* insieme. Unite da uno stretto legame, non avevano bisogno di parlare per sapere cosa pensava l'altra. Un gesto, uno sguardo, un sorrisetto: si capivano sempre al volo. L'unica volta che si erano separate era stato quando Allison era stata ricoverata all'ospedale di Poole con la meningite, a tre anni, temporaneamente sorda e cieca. Anche allora, Lyla era sicura di ricordare i sussurri di Allison nella sua testa.

Non avrebbe saputo dire quand'è che si era innamorata di Allison, perché tra loro l'amore era sempre esistito. Un'infinità di volte avevano giocato a essere una famiglia e si erano sposate sul prato di casa di Allison. Lyla aveva creduto che sarebbero state insieme per tutta la vita. Forse, una volta diventate grandi, sarebbe cambiato tutto; magari *lei stessa* sarebbe cambiata. Forse col tempo si sarebbero allontanate. Ma Allison era scomparsa e la loro storia era rimasta ferma a quel giorno di ottobre.

«Come riassumeresti il tuo rapporto con Allison?», chiese Rebecca dopo che Lyla era rimasta per un po' in silenzio.

«Inseparabili». Fino a quando non erano state separate.

Rebecca annuì in segno di incoraggiamento, come se con ogni cenno del capo potesse tirare fuori a una a una le parole da Lyla, come caramelle Pez dal loro dispenser. «Raccontaci della notte in cui è scomparsa».

«Stavamo facendo un pigiama party a casa di Allison». I ricordi si scoperchiarono: loro due che guardavano *Carrie*, *Labyrinth* e *Shakespeare a colazione* sul grande televisore del salotto. Allison che le teneva indietro i capelli mentre lei vomitava Cointreau e cioccolatini col liquore alla ciliegia. I primi baci che sapevano di dentifricio e di futuro.

«I genitori di Allison erano in casa?», chiese Jimmy.

«Sue, sua madre, aveva il turno di notte settimanale al centralino dei Samaritans di Southampton; suo padre si era tolto di torno, se n'era andato a lavorare nel suo studio, in fondo al giardino. Rientrò dopo che noi eravamo andate a letto, cioè dopo le due di notte».

«Dormisti in camera di Allison?», chiese Jimmy.

«Nel letto a castello, sotto. Al mattino mi arrampicai sulla scaletta per svegliarla, ma lei non c'era. Al suo posto, solo la mela mezza rossa e mezza verde sul cuscino. Dal lato rosso era stato dato un morso che corrispondeva al dente storto che Allison aveva davanti».

Altri ricordi le si affollarono nella testa. Lei che ridendo correva per la casa, convinta che fosse una riproposizione dei loro giochi d'infanzia, quando giocavano a nascondino e tutto ciò che doveva fare per trovare Allison era guardare nell'armadio giusto o sotto il letto giusto. Il panico del padre di Allison quando si rese conto che sua figlia era scomparsa. Sue che si era precipitata a casa, in piedi nella stanza di Allison, affranta, aggrappata al suo cuscino per respirare il suo odore. La polizia che svuotava i cassetti di Allison riversando sulla moquette le sue biglie, le statuette, i libri, i vecchi distintivi delle Coccinelle e delle Guide, e altre collezioni. Lyla aveva acciuffato il distintivo della lingua dei segni britannica, prima che finisse calpestato da un agente.

«Dev'essere stato un vero trauma». Gli occhi di Rebecca erano colmi di lacrime. «Non riesco a credere che tu te lo sia tenuto dentro per tutto questo tempo».

«Si direbbe che era come una sorella per te». Jimmy si portò la mano sul cuore. Lui parlava spesso dei suoi fratelli e di quanto tenesse a loro.

«Di più». Lyla sentì lo struggimento nella sua stessa voce. «Diceva che noi eravamo come le fiamme gemelle di Aristotele. "Un essere a otto arti, diviso in due"».

«Piuttosto avanti per un'adolescente», disse Rebecca.

«Allison era molto più intelligente di me. Passava tutto il tempo a leggere libri. Anche di filosofia». Uno dei motivi per cui Lyla era certa che Allison non fosse scappata era che la sua adorata copia di *Storia della filosofia occidentale* di Bertrand Russell era rimasta sulla sua scrivania. Ora Lyla la teneva in camera da letto, al riparo dalla luce, in modo che gli appunti di Allison non sbiadissero mai.

«E dopo, che cosa è successo?», chiese Jimmy. «Non ho mai sentito parlare di questo caso: nessuna pista portò a niente?»

«All'epoca ero appena entrata in polizia». Lo sguardo di Rebecca si spostò verso sinistra, come travolta da una valanga di ricordi. «Ero impegnata a diventare una brava poliziotta, ma, da quel che ricordo, sulla mela avvelenata non fu trovato altro DNA, a parte quello di Allison».

«È il motivo che ha spinto me a diventare poliziotta». Le gambe di Lyla erano scosse dai tremiti. «Avevamo giocato spesso a fare le detective, e io dovevo diventarlo per trovarla». La cosa suonava infantile persino a lei. «Non che abbia fatto chissà quali progressi».

Rebecca sfogliò il fascicolo sulle sue ginocchia, presumibilmente un riassunto del caso di Allison stampato in fretta e furia. «L'indagine è ancora aperta, ma il pool di investigatori concluse che con tutta probabilità era scappata, nonostante non sia mai stato trovato alcun motivo. All'epoca, i giornali e l'opinione pubblica ipotizzarono che fosse già morta per mano della madre o del padre. O di entrambi».

«A scuola continuavano a chiedermi cosa sapessi e non mi credevano quando dicevo di non aver visto nulla. Alcuni pensavano addirittura che l'avessi uccisa io». Lyla dovette fermarsi per ingoiare le lacrime. «Dopo un po' tutti se ne dimenticarono, tranne io, sua madre e suo padre. Loro non si sono mai ripresi».

«Ma tu eri lì. Cosa pensi che sia successo?», le chiese Rebecca.

«Ci ho pensato a lungo, ma non sono mai riuscita a darmi una risposta». Le teorie ronzavano senza sosta nella sua mente, ma non riusciva a ricavarne nulla. «Torno sempre alla mela. E al fatto che era metà rossa e metà verde, con il lato rosso avvelenato, proprio come nella storia di Biancaneve dei fratelli Grimm».

«Sembra un dettaglio stranamente preciso». Rebecca bevve un sorso di tè.

«Ero convinta che si trattasse di un rapitore che aveva lasciato un indizio e che ci sarebbero stati altri crimini ispirati alle fiabe. Ho cercato nei siti di notizie e nei giornali, nei primi forum di *true crime*, sperando di trovare qualcosa di simile. Ma non è mai emerso nulla. Col tempo ho perso un po' di fiducia in quella teoria».

«Ma non del tutto?»

«Non del tutto. Mai del tutto». Lyla fece una pausa. «E ora è successo questo».

«E cosa pensi che significhi?»

«Se il mantello rosso e il cestino sono per me, allora mi è stato affibbiato il ruolo di Cappuccetto rosso, mentre la scarpetta d'oro lasciata lì ci rimanda a una Cenerentola». Lyla fece un respiro profondo. Forse qui rischiava di perderli. «Penso che sia la stessa persona che ha preso Allison».

Qualcosa increspò il volto di Rebecca.

«Non mi credi?».

Rebecca si protese in avanti e prese la mano di Lyla. «Penso che tu sia un'agente di grande talento, la migliore che ho, che hai subìto un trauma che pochi riuscirebbero a elaborare, eppure ne hai tratto qualcosa di buono».

«Ma?». Lyla si aspettava l'inevitabile "ma".

«Nessun "ma", te lo assicuro: il messaggio era chiaramente destinato a te e faceva riferimento a un tetro crimine "alla fratelli Grimm" avvenuto venticinque anni fa. È una teoria che calza alla perfezione, come la scarpetta di Cenerentola, ma dobbiamo tenere aperte tutte le piste: potrebbero esserci altre strade da seguire».

Rebecca aveva ragione, ma Lyla dovette sforzarsi per non lasciarle la mano e rannicchiarsi sulla poltrona come l'adolescente che, nonostante tutti gli anni trascorsi, si struggeva ancora nel profondo.

«Non vogliamo tralasciare nulla, tutto qui», aggiunse Jimmy.

«Assolutamente», disse Lyla. «Professionale in tutto e per tutto. Sono fatta così. A proposito di non tralasciare nulla, la giudiziaria è sul posto?».

Rebecca ritrasse la mano. «Per il sovrintendente Greenock non ci sono abbastanza prove. Abbiamo solo un testimone che dice di avere intravisto qualcosa alla luce del crepuscolo».

«Ha visto una donna che veniva trascinata con la forza nel bosco!». Lyla cercò di non far trasparire la sua indignazione. «Sappiamo tutti cosa significa. E, anche tralasciando il testimone, ci sono la scarpa, il cestino, il mantello e il messaggio che fa riferimento a un caso irrisolto. Tutto questo è stato messo lì da qualcuno».

«Lyla ha ragione, capo», disse Jimmy. «Dovremmo mandare una squadra a perlustrare centimetro per centimetro l'area circostante, compresi gli edifici».

Rebecca si morse il labbro per trattenersi dal dirsi d'accordo. «Finché non avremo altre prove, non abbiamo il budget».

«Non troveremo altre prove *senza* il budget. Fino a che non salterà fuori qualcosa di peggio».

«Mi dispiace, Lyla. Ho le mani legate».

«Speriamo che non siano legate anche quelle della donna rapita».

Nella stanza scese il silenzio. Jimmy abbassò gli occhi sulle sue scarpe. Lyla fulminò con lo sguardo Rebecca, sfidandola a rispondere.

La situazione di stallo sembrò durare un'eternità, prima di essere interrotta da un tonfo proveniente dal corridoio. Jimmy aprì la porta e trovò l'agente Tony Balham che, sempre più rosso in faccia, si affannava a raccogliere dei fogli sparsi sul pavimento.

«Tony, pensavo fossi andato a casa», disse Rebecca.

«Io... ehm... Ho pensato di rimanere per dare una mano». Lanciò un'occhiata a Lyla. «Date le circostanze».

«E quindi, che cos'hai per noi?», sbottò Lyla.

«Una corrispondenza per due serie di impronte digitali trovate sulla borsetta dorata». Rimessosi in piedi, le allungò orgoglioso i rapporti, come se la scoperta l'avesse fatta lui e non la squadra della scientifica che aveva fatto gli straordinari.

«Be', allora, spara», disse Rebecca.

Tony mostrò uno dei documenti come se fosse una pergamena dorata e lui un araldo. «Un'impronta corrisponde a una certa Grace Montague, assidua frequentatrice del bel mondo, fermata per droga un paio di anni fa finché suo zio non ha fatto sparire tutto. L'altra è di una tale Mellicent Farling, accusata qualche tempo fa di coltivare cannabis e vendere funghi allucinogeni essiccati. La descrizione di Grace corrisponde a quella della donna rapita fornita dal testimone. Gli ho mostrato una foto e dice che potrebbe essere lei».

Il battito di Lyla inseguiva la corsa dei suoi pensieri. Lanciò uno sguardo speranzoso a Rebecca.

Rebecca si morse il labbro. «Non so se al sovrintendente basterà».

«E che mi dite di questo?», aggiunse Tony. «Entrambe le impronte erano anche sulla scarpetta dorata. Ed è stata appena denunciata la scomparsa di Grace Montague».

Capitolo sei
Le tre prigioniere

«Che faremo?», chiese Grace quando il rapitore non fu più a portata d'orecchio. La sua voce era pervasa di speranza. Per quanto la situazione lo consentisse, Katie e Grace stavano condividendo la loro cena tardiva, separate da un pavimento o da un soffitto, a seconda del lato da cui erano sedute.

«Ci daremo da fare entrambe per andarcene da qui». Perché, se fossero rimaste, a una delle due sarebbe toccato morire. E Katie non sapeva se avrebbe avuto il coraggio di sacrificarsi per qualcun altro. L'altra scrittrice aveva raccolto la sfida, ma Katie sospettava che lei invece avrebbe ceduto.

«Ma come?».

Sdraiata su un'improbabile chaise longue fatta con i cuscini che aveva sistemato sul tappeto ripiegato, Katie bisbigliava dalla fessura tra le assi del pavimento. Grace aveva trascinato il suo tavolo esattamente lì sotto e ci aveva messo sopra il letto di fieno. In questo modo erano separate solo da un paio di metri. «Dimmi cosa c'è nella tua stanza. Dobbiamo sapere di cosa possiamo servirci».

«Una finestra a bovindo chiusa a chiave da entrambi i lati, un piccolo lavandino nell'angolo, uno stanzino con un gabinetto, due poltrone, un'ottomana... Non vedo come tutto ciò possa esserci d'aiuto».

Nemmeno Katie, per il momento. «Ci sono sbarre alla finestra?»

«No, ma le maniglie sembrano bloccate. Non credo che riuscirei ad aprirle, anche ammesso che non siano chiuse a chiave».

«Pensi di poterti calare giù, se riuscissi a rompere il vetro?».

Grace scivolò dal letto sul tavolo, per poi atterrare con leggerezza sul pavimento. Katie aveva intravisto solo i suoi capelli dorati e i lineamenti delicati, ma dal rumore dei movimenti si capiva che Grace era snella e atletica. Se Katie avesse cercato di scendere dalla balla di fieno, sarebbe ruzzolata giù dal tavolo e sarebbe finita a terra, coprendosi di lividi.

In genere odiava usare la parola "felpato" per descrivere un'andatura, ma non poteva negare che Grace si era mossa con passo felpato, felino, sia per raggiungere la finestra che per risalire sul suo piedistallo. «Forse potrei riuscirci, ma è un bel salto».

«C'è un tubo di scolo?»

«No. Bisogna saltare fino al davanzale della finestra al piano di sotto, che però è piuttosto stretto e troppo lontano per potermici calare, ammesso poi di riuscire a reggermi. Se anche avessi il coraggio di provarci, probabilmente cadrei giù rompendomi qualcosa».

«Resta comunque una possibilità, se riusciamo a renderla sicura. Ora mangiamo e poi passiamo alla pianificazione. Prima, però, un brindisi». Katie prese il suo bicchiere di vino bianco. «Alla fuga da qui».

Dalla fessura tra le assi del pavimento filtrò lo scintillio della luce riflessa sul cristallo. «Cin cin», sussurrò Grace. «*Santé*».

Katie sorseggiò e commentò: «Aromi di rose e sorbetto, e baci su un prato di montagna».

«Credo sia un Gewürztraminer», rispose Grace. «Mio zio ha un vigneto in Alsazia e me ne manda sempre una cassa per Natale».

«Mio zio ha una Volvo e, per Natale, mi manda biglietti di auguri con il mio nome scritto male».

La risata di Grace spumeggiò leggera e frizzante. Erano anni che Katie non si sentiva così vicina a un altro essere umano. Forse il loro era un legame nato dal trauma, alimentato dalla comune produzione di cortisolo, nonché dalle circostanze. In ogni caso, era vero.

Eppure Katie non era sincera con Grace. E se anche la donna dall'altra parte del corridoio non le avesse detto la verità? Aveva anche lei un'amica sotto le assi del pavimento? Di sicuro aveva ricevuto una lettera, proprio come Katie. Ma cosa diceva? Fu assalita da un pensiero agghiacciante. Quella donna stava forse scrivendo il destino di Katie, come Katie aveva fatto con quello di Grace? Anche Grace aveva ricevuto una lettera ed era stata incaricata di raccontare un'altra storia? Erano tutte Sherazade prigioniere, intente a narrare morti durante la notte? Quante storie erano già state scritte? «Non c'era una busta nel tuo vassoio, vero?», le chiese cercando di smorzare il tremito nella sua voce.

«No. Perché?»

«La donna chiusa nell'altra stanza della soffitta ne ha ricevuta una». Omettere le sembrò l'unica opzione. Come avrebbe potuto spiegarle che, se si ritrovavano lì a parlare, era per colpa di una storia che lei stessa aveva scritto? Come dire a Grace che proprio quella storia poteva mettere fine alla sua esistenza?

«E ti ha detto altro?», chiese Grace.

«Non da quando mi ha intimato di tacere. Forse è stata qui abbastanza a lungo da perdere la speranza».

«"La speranza è un'àncora di salvezza logora per i cuori infranti"».

Katie rimase di stucco. «Che bella frase. Non sei una scrittrice, vero, Grace?». E se le stava mentendo, indossando una maschera per salvarsi? Forse di Grace ci si poteva fidare solo tanto quanto ci si poteva fidare di lei stessa, si disse Katie.

«Era una citazione, non ricordo più di chi. Mi è rimasta in testa. Ma non mi dispiacerebbe fare la giornalista, un giorno. E credo di avere un'idea per un libro. Ma lo dicono tutti, no?».

Già.

«Comunque, sono ancora all'università. Studio Scienze politiche».

Così giovane. Troppo giovane. Katie chiuse gli occhi. Grace aveva davanti a sé tante e tante pagine da scrivere. Che non dovevano essere strappate. «Cercherò di far parlare l'altra prigioniera, per aiutarci. Dovrà pur sapere qualcosa di più su di lui».

Katie si alzò di scatto e si diresse alla porta. Sollevando la gattaiola, chiamò a bassa voce: «Per favore, so che vuoi essere lasciata in pace, ma abbiamo bisogno del tuo aiuto».

Nessuna risposta.

«C'è un'altra donna, Grace, nella stanza sotto la mia. È molto giovane». Le lacrime che aveva trattenuto cominciarono a scendere. «Non so cosa fare».

Ancora niente, poi un rumore di passi. L'altra gattaiola si sollevò e apparve la cascata di capelli unti. «Te l'ho detto», sussurrò la donna. «Non posso più aiutare nessuno».

«Tu sei una scrittrice, vero?». Katie si asciugò gli occhi con la mano e cercò di risultare persuasiva. «Che storie sarebbero, le tue, se i tuoi protagonisti si arrendessero così facilmente?»

«Io non sono una protagonista. Nessuno lo è, in realtà. È per questo che noi scriviamo. Io sono solo quella che sono. E, se *io* avessi fatto quello che mi è stato chiesto, avrei tradito me stessa e quello in cui credo. Se quella donna è qui, i casi sono due: o tu ti sei rifiutata di fare ciò che ti è stato chiesto, e allora lei è un'altra scrittrice, oppure è la sua vittima».

La vergogna aprì una voragine nella pancia di Katie. «Ma io voglio salvarla».

«Allora provaci. Ma io non posso essere coinvolta».

La disperazione aumentò. «Tu devi per forza sapere qualcosa di utile su di lui. Dicci le sue abitudini, i punti deboli della casa, tutto quello che hai scoperto. Siamo scrittrici di gialli, o sbaglio? Dovremmo essere in grado di trovare una soluzione».

La risata della donna risuonò aspra e risoluta. Sgradevole. «Magari fosse così facile. Con le parole, mi tirerei subito fuori da questa situazione».

«Ma lui è convinto che le nostre storie abbiano un potere», ribatté Katie. «Per questo siamo qui». Immaginò di scrivere un capitolo in cui lei e Grace fuggivano. Al rapitore non sarebbe piaciuto, e non l'avrebbe certo messo in pratica.

La donna voltò la sua cascata di capelli, pronta a ritirarsi nella stanza.

«Se io e Grace riusciamo a scappare», disse Katie, «cercheremo di salvare anche te».

«Sì, come no». La sua risata che si allontanava persistette troppo a lungo, con note di ruta, mela e disperazione. «Solo che per me è troppo tardi. È troppo tardi da tempo, ormai».

Capitolo sette
Rifugio

Seduta al tavolino nella nicchia, Lyla se ne stava accoccolata contro la finestra del Forester Arms. Le nuvole sopra il pub erano nere e oblique, sopracciglia aggrottate sul cielo viola. Stava arrivando la pioggia.

Rebecca la raggiunse zigzagando piano, cercando di non far cadere i due calici di vino pericolosamente inclinati e la pinta di birra. Jimmy la seguiva a ruota con un carico di stuzzichini, abbassandosi sotto le travi scure ornate con luppolo secco. Aperti i pacchetti di patatine, li allargò sul tavolo soffiandosi i riccioli biondi via dagli occhi.

«In segno di pace», disse Rebecca mettendo davanti a Lyla un Sauvignon Blanc molto generoso.

«Non serve. Lo so che non è colpa tua». Le sue mani, però, erano strette a pugno, e il suo tono altrettanto agguerrito.

«Puoi dirlo anche alla tua voce, al tuo viso e a te stessa, per favore, tesoro?», chiese Rebecca.

«Lo so, lo so», rispose Lyla. «Se Groucho dice niente polizia giudiziaria, c'è poco da fare. Ma mentre noi ce ne stiamo seduti qui a ubriacarci e a ingozzarci di patatine, nel frattempo le prove potrebbero essere spazzate via durante la notte».

«Per il momento non piove», disse Jimmy. «Le previsioni potrebbero sbagliarsi». Lyla gli invidiava il privilegio dell'ottimismo. Nella vita, Jimmy non aveva perso niente più che una partita a freccette. Contro di lei, ovviamente.

«Se fossimo rimasti nel bosco», continuò, «avremmo potuto seguire le sue tracce: cespugli calpestati, impronte, qualsiasi cosa per avvicinarci al luogo in cui ha portato Grace. Il cane avrebbe potuto aiutarci».

Rebecca lasciò ciondolare la testa verso il basso. «Mi dispiace».

«D'altra parte», disse Jimmy, «sarebbe stato troppo buio, ci sarebbe potuto sfuggire qualcosa».

«Ma dove la prendi tutta questa positività?», gli chiese Lyla.

«Mmm, non lo so». Si appoggiò allo schienale, incrociando le braccia scolpite dalla palestra e dorate dal sole. «Un'infanzia felice? L'amore trovato presto? Forse è solo che mi piace vedere il bicchiere mezzo pieno». Sollevando la sua pinta traboccante di birra, sorrise: genuino come il pane integrale; un Superman arrivato dalle campagne della costa meridionale.

Una corsia nella testa di Lyla disse che Jimmy era troppo bello per essere vero. «Era una domanda retorica».

«In ogni caso, bevi». Rebecca trangugiò un sorso di vino rosso sangue e guardò l'orologio. «Ho un paio di questioni in sospeso da risolvere in ufficio, ma voglio che domani mattina tu vada per prima cosa a casa di Grace Montague e poi a parlare con la donna dei funghi. Prima, però, cerca di dormire un po'. È un ordine».

Novanta minuti più tardi, Lyla era a letto e cercava di fare come le era stato detto. Come la maggior parte degli insonni, era un'esperta in fatto di sonno. *No* agli schermi a luce blu o alla caffeina; *sì* a melatonina importata in modo sospetto, antistaminici, esercizi di meditazione… Tutti trucchi che funzionavano poco o niente, al pari del latte caldo e dei panini alla lattuga che le dava sua nonna nel disperato tentativo di spegnerla per metterla a dormire, come se Lyla fosse un computer portatile difettoso.

Quella notte, aveva contato alla rovescia da mille e uno a zero senza riuscire a chiudere occhio. Valutò anche la possibilità di masturbarsi allo scopo di conciliare il sonno: si girò e allargò gambe e braccia a stella marina sulle lenzuola dal numero insulsamente alto di fili. Aveva un vero debole per la biancheria da letto, oltre che per il vino *molto* buono. E per i biscotti Toffolossus di Fortnum & Mason. Teneva i tubi di latta nascosti sotto il letto, nel caso qualcuno venisse a trovarla e pensasse che aveva svenduto i suoi principi socialisti per quella delizia al caramello.

Muovendo la mano sotto i pantaloni del pigiama, visualizzò la sua fantasia preferita. Ma non funzionò, non dopo aver appena pensato a quei biscotti. Lenzuola lisce macchiate dalle briciole, invece che dagli umori del piacere.

Il gioco dei nomi e dell'alfabeto a volte funzionava: la sua mente iperattiva riceveva abbastanza stimoli da permetterle di scivolare nel sonno, come dire a qualcuno «guarda laggiù!» mentre scappi dalla finestra. Invece di elencare paesi o animali, quella sera lasciò che i pensieri andassero a ruota libera. Magari la casualità l'avrebbe fatta addormentare.

A come Anaglypta, il marchio della carta da parati nel salotto della nonna: a Allison piaceva tanto lisciarla con le unghie.

B come Buffalo Bill e bufala di mozzarella di bufala. Ogni volta che guardo Il silenzio degli innocenti, *mi immagino nei panni di Clarice Starling, solo che nella fossa, al posto della figlia del senatore, c'è Allison.*

C come Chessington. La mamma di Allison ci portò a Chessington per le ultime vacanze estive trascorse insieme. Ricordo che sulla giostra dei vampiri dondolavamo le gambe a tempo, come i bambini. Sento ancora la mano di Allison nella mia. Nel negozio di souvenir ci scambiammo dei braccialetti: lei mi diede la "A" di Allison, io le regalai la "L" di Lyla. Ci dicemmo che li avremmo indossati per sempre. Il braccialetto con la "A" è ancora sul mio comodino.

Andò avanti così, in una spirale di ricordi in ordine alfabetico fino a:

Y come Yahtzee: Allison lo adorava, io invece non ho mai capito come si gioca

e

Z come zero, ovvero il numero di zeta che probabilmente troverò stanotte. Il messaggio diceva la verità: da quando Allison è sparita mentre dormivo, il sonno mi scansa.

Tutto la riportava a Allison. Era sempre stato così. Il quarto di secolo trascorso dal rapimento era stato pervaso dal dolore e dal rifiuto di Lyla di credere che la sua amica fosse morta. Per qualche strano motivo che non era mai riuscita a spiegare, sapeva che Allison era viva e aveva un'altra vita. Ma quale, e dove?

Cercò di non pensare all'ipotesi peggiore per spiegare l'accaduto. Ma se fosse rimasta lì a cercare di addormentarsi, avrebbero iniziato a scorrerle nella testa immagini di sotterranei. E ora Lyla era più vicina che mai a scoprire la verità. L'uomo che le aveva lasciato il mantello voleva che lei lo seguisse. Che lo seguisse nel bosco con il suo cestino.

Scivolata fuori dal letto, Lyla si rivestì. Se trovare il sonno le era impossibile, meglio andare a cercare altro.

In cucina, facendo piano per non svegliare la sua coinquilina Annie, si preparò un thermos di caffè e rovistò nell'asciugatrice alla ricerca di un paio di collant da indossare sotto i leggings. Nel posto in cui stava andando avrebbe fatto freddo.

Capitolo otto
Lo stratagemma della scrittrice

Cindies[1]

Capitolo 2

Ashley[2] giaceva sveglia sul suo letto di fieno; cercava di dare un senso a quanto accaduto. Lui l'aveva strappata alla sua vita, eppure l'aveva messa in una stanza confortevole, per essere la cella di una prigione, le aveva dato del buon cibo e da allora non le si era più avvicinato. Perché si trovava lì? Che cosa voleva da lei?

Il rumore della gattaiola che si alzava la fece trasalire. Tirandosi su a sedere, accese la lampada sferica sul comodino.

Un gatto nero dal pelo lucido si infilò attraverso lo sportellino. Facendo le fusa, si avvicinò al letto e le saltò in grembo. Dopo essersi girato e rigirato per tre volte, come a mescolare nel calderone di un incantesimo, il gatto si accoccolò.

Accarezzandolo, l'ansia di Ashley si acquietò e la lucidità ebbe la meglio sul panico. Doveva pur esserci un modo per scappare. Aveva provato a forzare le finestre, ma erano sigillate come gli occhi della Bella Addormentata. Se avesse trovato qualcosa di pesante, avrebbe rotto il vetro, ma i pochi oggetti nella stanza erano leggeri e dai bordi smussati. Le tazze e i piatti erano di plastica trasparente, come quelli dell'asilo.

La porta era chiusa dall'esterno e la gattaiola in basso avrebbe dato problemi già a un gatto più paffuto, figuriamoci a lei. Se fosse riuscita a convincerlo ad aprire la porta, forse avrebbe potuto correre via.

[1] Scusa se nella prima bozza non ho seguito alla lettera le istruzioni. Ho deciso di affrontare questo incarico come una commissione. Sono una scrittrice con una deadline. Una scribacchina al servizio di un esperto. Spero di rispettare meglio le tue indicazioni sull'intreccio, stavolta.

[2] L'avrai senza dubbio capito, ma l'ho chiamata Ashley in riferimento ad Aschenputtel, il nome della Cenerentola dei fratelli Grimm. Sto intrecciando la sua storia con quella di *Barbablù*: due al prezzo di una!

Ma poi? Continuava a ripensare a quello che aveva visto nel suo percorso confuso all'interno di quella casa. Trascinata per un lungo corridoio come un sacco di legna. Scorci di una grande sala. Una rosa appassita sopra un pianoforte con il coperchio alzato. Scale che salivano all'infinito. Le chiazze bianche nella barba nero-blu dell'uomo, quando lei aveva cercato di graffiarlo. I suoi occhi chiari che nascondevano qualcosa di oscuro. Le spalle come rocce. L'urto contro un appendiabiti e il tintinnio delle chiavi nella sua tasca. Una stanza in cui non doveva entrare mai, le aveva ringhiato.

Cosa poteva fare per spingerlo a entrare nella sua stanza? Fingersi malata? Ashley non era mai stata una di quelle che facevano teatro a scuola o all'università, ma per tutta la vita aveva recitato il ruolo della brava bambina ricca. Mai fatto storie per l'ennesima nuova tata o per essere stata spedita in collegio a otto anni. Nemmeno una lacrima per il padre che non andava mai a trovarla. Fingere di non avere fame, per poi abbuffarsi e vomitare. Questa, però, sarebbe stata l'esibizione più importante della sua vita.

Lasciando scendere il gatto dalle ginocchia, Ashley si avvicinò alla scrivania e mangiò velocemente il panino al formaggio che prima non era riuscita ad affrontare. Passati quelli che pensava fossero venti minuti di digestione, ma che, senza orologio e telefono, potevano anche essere solo tre, si accovacciò vicino alla gattaiola. «Qualcuno mi aiuti, vi prego!», gridò.

Dei passi al piano di sotto e poi una porta che si apriva. Lui la stava ascoltando.

«Ho bisogno di un medico!».

Nessuna risposta.

Mimando con le dita la forma di una pistola, Ashley se le ficcò in gola, con i denti che le sfioravano le nocche. Il suo stomaco sussultò e il panino si riversò nel corridoio, rigurgitato.

Eccolo che saliva le scale, la sua mole udibile a ogni passo pesante.

Ashley giaceva sul pavimento, abbastanza lontana dalla porta da poter essere vista attraverso la grata posta all'altezza degli occhi e da lasciare lo spazio per entrare nella stanza. Aveva i capelli coperti di vomito appiccicati al viso. Il gatto si avvicinò con passo felpato. Si sedette a un metro di distanza, con la testa piegata da un lato.

La grata si aprì. Con gli occhi chiusi, Ashley lo sentì sussultare nel vederla.

Un giro nella serratura, ancora un altro e poi l'ultimo.

Aprendo la porta con molta cautela, il rapitore entrò. Con gli occhi socchiusi, Ashley riuscì a vedere le sue scarpe. Emise un gemito, così da far credere di stare male ma di non essere cosciente, e cercò di tossire come se stesse soffocando.

Lui si inginocchiò e le scostò dalla guancia le ciocche di capelli incrostate. «Se volevi uscire dalla tua stanza, avresti dovuto chiedere». La voce vicino al suo orecchio era bassa e celava un ringhio.[3]

Lei aprì appena gli occhi. «Posso?».

Lui fece un passo indietro verso il corridoio e spalancò la porta. «Volevo che prendessi confidenza con la tua nuova casa cominciando da uno spazio piccolo, come faccio con i miei gatti». Aggirando il vomito, il gatto gli si avvicinò e si appoggiò al suo stinco. Lui lo prese in braccio e il gatto sbatté le palpebre compiaciuto. «È sempre stata mia intenzione farti prendere possesso della casa, escluso il mio studio, naturalmente».

«Certo». Ashley intuì le intenzioni dell'uomo. Le stava offrendo il vaso di Pandora, la mela di Eva. Una tentazione che avrebbe portato a una sola, inevitabile conclusione, di cui poi avrebbe dato la colpa a lei. Eppure, Ashley non poté fare a meno di chiedersi cosa ci fosse dietro. Che cosa nascondesse quell'uomo.

Si tirò su a sedere. Aveva le labbra intrise di bile, la gola dolorante. Con la mano libera, lui tirò fuori di tasca un grande fazzoletto e lo lasciò cadere accanto a lei. Ashley si pulì il viso e le mani, si infilò i capelli irrigiditi dietro le orecchie e disse: «Quando potrò andare a casa?».

Lui alzò le sopracciglia folte. «Questa è la tua casa. Ti lascio libera di esplorarla. Raggiungimi per colazione domattina, nella sala da pranzo al piano di sotto». Poi, con il gatto accoccolato sulla spalla che la fissava, se ne andò scendendo le scale.

Ashley immaginò di corrergli dietro, coglierlo di sorpresa e farlo rotolare sui gradini. Di passare accanto al suo corpo accasciato sul pianerottolo e fuggire. Lui si fermò a pochi passi dalla fine della prima scalinata e le gridò: «Prova a scappare o a mentirmi di nuovo e ti uccido. Buonanotte».[4]

[3] Non starò divagando troppo con l'antieroe alla Byron? Voglio mantenermi nel solco delle fiabe, ma il personaggio deve essere realistico all'interno di questo mondo. È evidente che sei un grande scrittore – lo dimostrano le tue meravigliose poesie (a proposito, grazie per l'ultima!) – quindi apprezzerei un commento. Magari potremmo parlarne, attraverso la porta? Da autore ad autore?

[4] So di non averla uccisa come mi avevi chiesto, e ti assicuro che sto prendendo nota delle tue osservazioni, ma mi chiedo se a questo punto della storia non sia meglio mantenere alta la tensione. Magari ritardare l'inevitabile? Darle un'illusione di libertà, così sarà lei stessa a rinchiudersi nella gabbia di lui, come in *Barbablù*? Me lo suggerisce l'istinto, altrimenti il lettore non sarà abbastanza in ansia per lei. Sono prontissima a cambiare tutto, però. Volevo solo offrirti la mia prosa migliore.

Capitolo nove
Nel bosco

Addentrandosi nel bosco, Lyla fu accolta dalla fitta oscurità, confortante come un piumone invernale. Sapeva che doveva essere cauta, in quel luogo era scomparsa una donna, eppure si sentiva rasserenata. Avvolta dalla vegetazione e cullata dal canto dei gufi, si chiese perché non avesse portato una tenda. Forse qui sarebbe riuscita a dormire, con il cielo a farle da soffitto, le stelle a mo' di decorazioni e la pioggia leggera come un rumore bianco per acquietarle la mente.

Sopra la sua testa si estendeva un lungo ponte dei folletti: gliene aveva parlato sua nonna, sono i punti in cui i rami degli alberi sui due lati di una strada o di un sentiero si incontrano e si intrecciano. La leggenda narra che in questo modo i folletti e le fate della New Forest raggiungano un accordo sulle loro dispute territoriali. Gli spazi sottostanti sarebbero luoghi magici, fatti per esprimere desideri. Ma solo desideri piccoli: i folletti puniscono chi vuole troppo. «Vorrei dormire qualche ora, quando torno a casa», mormorò Lyla. Una foglia solitaria cadde in risposta.

Indossava una tuta della scientifica e uno zaino con ciò che poteva servirle; un qualsivoglia animale, o rapitore, avrebbe sentito il fruscio dei suoi passi lungo il sentiero, ma preferiva così, piuttosto che distruggere le prove. Quegli incubi la perseguitavano ancora: svegliarsi, accorgersi che Allison non c'era più e lanciare via piumone e cuscini dal letto per controllare che non fosse nascosta lì sotto. Magari nessuna ciocca di capelli o altro DNA di fondamentale importanza erano andati persi, ma lei non avrebbe mai smesso di temere che invece fosse andata proprio così.

Lyla si accovacciò alla base dell'albero dove aveva notato la scarpa. Quando l'aveva raccolta e imbustata, era riuscita a fare solo un'ispezione sommaria dell'area con la torcia, prima di essere portata al comando. Potevano esserci altri indizi, forse lasciati intenzionalmente o forse no. Per fortuna non era ancora piovuto. Alla fin fine, forse Jimmy e il suo bicchiere mezzo pieno avevano ragione.

Muovendo metodicamente la torcia, Lyla setacciò ogni metro quadrato intorno all'albero. Non vedendo altro che muschio e funghi, stava per proseguire quando dietro il tronco il fascio di luce catturò i contorni di un'impronta.

Un 46, più o meno, e, stando alla forma e al tacco, molto probabilmente uno stivale. Niente marchi. Ma era già qualcosa. Prese dallo zaino il telefono e un Tupperware, fotografò l'impronta e approntò una protezione di fortuna con il contenitore capovolto.

Giunta nella radura, aprì sul telefono la dichiarazione del testimone. Il rapitore aveva trasportato di peso e poi trascinato la giovane donna tra due filari di alberi, su uno dei quali era affisso un cartello: "Vietato accendere fuochi o barbecue in quest'area picnic". Stando all'ombra circolare al centro del cerchio fatato, o qualcuno aveva ignorato il cartello, oppure le fate avevano bruciato la terra a furia di danzare.

Scavalcando il cespuglio di ginestre tra i due alberi, Lyla si fermò per prelevare con la pinzetta un brandello di lana rimasto attaccato a una spina e metterlo in una bustina per le prove. Qualcuno doveva aver calpestato la ginestra non molto tempo prima: il suo odore di cocco fresco aleggiava nell'aria e il terreno intorno era appiattito. Di nuovo le stesse impronte di prima, ora però mescolate ad altre orme. Sembravano di scarpe da ginnastica ed erano compatibili con qualcuno che inciampava o veniva a tratti trascinato, strisciando i talloni o la punta dei piedi sul terreno.

Lyla rabbrividì. Voleva dire che Grace non indossava la scarpa su cui avevano trovato le sue impronte digitali; quella era stata messa nel bosco appositamente perché lei la trovasse.

Il sentiero finiva in un punto da cui si dipartivano otto viottoli poco segnati, ciascuno dei quali si addentrava nella foresta. Sembravano tutti poco battuti, nemmeno un segno che indicasse da che parte fossero andati il rapitore e Grace. Gli alberi erano radunati in un capannello, come per discutere se aiutarla o no, e decretare infine di non farlo.

Illuminando il bosco con la torcia, Lyla intravide su un cespuglio qualcosa di scuro e riflettente. All'inizio non riuscì a capire cosa fosse, era troppo lucente e sottile, ma poi, avvicinandosi, le si fermò il respiro.

Una foto di Allison stampata alla vecchia maniera, con gli occhi scarabocchiati. Mentre, con le dita tremanti, strappava la foto dal ramo su cui era stata incastrata, Lyla scoppiò a piangere. Sul retro, qualcuno aveva scritto: "Che occhi grandi che ha".

Capitolo dieci
Frecciate e punizioni

Dalla stanza di Grace giunsero dei mormorii che destarono Katie dal sonno. L'alba tingeva la soffitta di una luce color della zucca mentre lei, muovendosi furtiva, scostava il tappeto e si sdraiava a terra, l'orecchio poggiato sull'asse di legno, per ascoltare.

«Posso fidarmi di te?». La voce profonda del rapitore arrivava da più lontano: doveva essere fuori dalla porta di Grace.

Katie trattenne il respiro e incrociò le dita, sperando che il suo piano avesse funzionato. Se il rapitore avesse lasciato uscire Grace, avrebbero potuto trovare un modo per fuggire entrambe.

«I miei amici dicono che sono molto affidabile». La voce di Grace tremava. «E io penso di esserlo...?». Chiuse la frase con tono interrogativo, un palloncino pieno di speranza.

«Vedremo. Ti consento di uscire dalla tua stanza».

Katie si coprì la bocca con una mano per trattenere un gemito. Il rapitore stava facendo davvero come lei aveva scritto.

«Posso andare a casa?»

«Non ti è permesso uscire da questo posto, ma potrai fare un giro di tutta la casa. Eccetto una stanza».

«Se obbedisco, *poi* mi lascerai andare?». L'ingenua speranza nella voce di Grace fece rabbrividire Katie, ma sapeva che probabilmente anche lei avrebbe fatto la stessa domanda.

«Dipende da te». C'era un ringhio nella sua voce, o Katie se lo stava immaginando perché lo aveva scritto?

La porta si aprì stridendo, accompagnata dal lamento dei cardini. Katie vide passare l'ombra di Grace che si avvicinava piano all'ingresso.

«Puoi uscire», le disse lui, come se stesse parlando a un gattino timoroso. «Non voglio farti del male».

Stronzate.

«Ti lascio dare un'occhiata in giro», disse, «non prima, però, di averti mostrato la stanza in cui non puoi entrare».

Katie tirò un sospiro di sollievo. Aveva scommesso che si sarebbe sentito lusingato dal paragone con Barbablù e la sua casa di mogli scheletro, e che la mescolanza con *La bella e la bestia* gli sarebbe piaciuta. La Bestia, dopotutto, era il Principe degli *incel*, il Re della sindrome di Stoccolma: rinchiudile finché non ti ameranno.

Seguendo l'imbeccata di Katie, avrebbe mostrato a Grace la porta del suo studio proibito al piano di sotto e poi l'avrebbe lasciata vagare per la casa; a quel punto, lei avrebbe trovato un modo per far uscire Katie. Sarebbero fuggite insieme, magari imprigionandolo nella sua stessa cella. Sì, era improbabile, come d'altronde gran parte delle trame dei gialli: tutto sta in come le si presenta. Katie si augurò che Grace sapesse recitare.

I passi del rapitore, però, *salirono* le scale, seguiti da quelli di Grace.

La grata sulla porta di Katie si aprì stridendo.

Con il cuore in gola, Katie si avvicinò e si trovò faccia a faccia con il suo aguzzino. L'uomo con la testa di lupo era sul pianerottolo, proprio davanti alla sua porta. Alto, con le spalle larghe, immobile. La maschera grigia, ricoperta di pelliccia, odorava di lattice e di mosto. I fori per gli occhi erano scuri, non lasciavano intravedere neanche l'ombra dei suoi veri occhi. Una maglietta grigia a maniche corte rivelava braccia muscolose con rose grigie tatuate, che si intrecciavano a viticci di filo spinato, simili a vene nere.

«Piaciuta la mia ultima bozza?», chiese Katie, mantenendo la voce bassa. Un respiro profondo gonfiò il petto del rapitore, che però non disse nulla. Dietro di lui, Grace apparve in cima alle scale. Era ancora più bassa e più esile di quanto Katie avesse immaginato, e così giovane. La vide sbirciare verso la grata: si stava strappando i capelli, era nervosa.

Il Lupo fece cenno a Grace di avvicinarsi. «Hai detto che potevo fidarmi di te, per cui ti prenderò in parola». Tirò fuori dalla tasca del cappotto una chiave dorata e la mostrò a Katie, poi la lasciò cadere sul palmo di Grace. «È la chiave di questa stanza. Te la affido, io scendo al piano di sotto. A te decidere cosa fare. Ma sappi che se la apri...», aggiunse indicando la porta di Katie, «dovrò ucciderti. E non voglio vedermi costretto a farlo. Ho preparato il tè del pomeriggio in sala da pranzo. Ci vediamo lì».

Quando il Lupo si voltò diretto verso le scale, Katie si preparò a correre. Teneva gli occhi fissi su Grace, che sembrava indugiare, un dito poggiato sulle labbra. Quando il suono dei passi del Lupo si affievolì, Grace si mise esattamente davanti alla porta e alzò la testa verso la grata, sbattendo gli occhi azzurri sotto la folta frangia bionda.

«Bene, una volta uscita da qui», sussurrò Katie, «correremo entrambe al piano di sotto e ci dirigeremo verso la porta sul retro».

Grace si rigirò la chiave nella mano. «Non so... Ha detto che mi ucciderà».

«E lo farà». La gattaiola dall'altra parte della soffitta si sollevò. Il sussurro della donna attraversò il corridoio. «Credetemi, vi ucciderà entrambe».

«Visto?», disse Grace. «Non mi resta che andare in sala da pranzo, per il bene di entrambe».

«No!». Katie ammorbidì il tono. «Apri la porta, così possiamo correre giù in cucina, prendere un'arma e affrontarlo. Io posso prendergli le chiavi dalla tasca del cappotto».

Il volto di Grace si contorse. «E se non riusciamo a superarlo?»

«Se ci blocca, io lotterò contro di lui», disse Katie. «E tu avrai più possibilità di scappare».

«Forse dovrei provarci da sola», replicò Grace. «Potrebbe essere più facile per una persona sola».

Katie cercò di impedire al panico di riflettersi nella sua voce. «Non saresti uscita dalla tua stanza se io non l'avessi convinto».

«Come?», chiese Grace. «Hai parlato con lui?»

«In un certo senso». Katie fu travolta dal senso di colpa. Come poteva spiegare a Grace come stavano le cose senza dirle che era stata lei a scrivere la sceneggiatura del suo rapimento? «Mi sta facendo scrivere delle storie per lui. Fiabe distorte. Ne ho scritta una in cui l'ho ingannato per indurlo a farti uscire, così da poter fuggire entrambe, e difatti sta eseguendo la mia trama. Sono io ad avere il potere adesso, e ce l'hai anche tu. Tutto quello che devi fare è lasciarmi uscire, così potremo scappare. Insieme».

«Non capisco». La giovane donna ora si era accovacciata vicino alla gattaiola. Katie si abbassò per essere alla sua altezza. Gli occhi di Grace erano cerchiati e pieni di ombre.

Era ora di dire la verità. Se Grace avesse reagito male, Katie se lo sarebbe meritato. «Quando mi ha rinchiusa qui dentro, ha preteso che scrivessi per lui una storia in cui moriva un personaggio delle fiabe: poi lui l'avrebbe messa in atto nella vita reale. Ma non potevo farlo, così invece gli ho fatto rapire qualcuno».

«Me?».

Come poteva trovare le parole per raccontare com'era andata? Katie era brava a scrivere, non a parlare; se avesse potuto metterlo per iscritto, forse sarebbe riuscita nell'intento di non far apparire tutto così terribile. «Non eri tu quella della storia, il mio era un personaggio immaginario di nome...».

«Ashley», disse Grace in un sussurro.

«Sì. Ma io ho solo scritto la storia. È stato il Lupo a scegliere te, a rapirti e a portarti qui, non io».

Grace non la guardava.

«Ti prego, Grace».

La voce della ragazza risuonò sommessa, dura. «Perché non me l'hai detto?»

«Mi dispiace. Ho pensato di poter rimediare inserendo nel racconto una via di fuga per entrambe». Katie lanciò uno sguardo verso l'altra porta, pensando alla scrittrice di gialli che invece si era rifiutata di obbedire. *Io sarei disposta a morire per salvare Grace?*

Le lacrime cominciarono a scorrere sul viso di Grace. «Avremmo potuto parlarne», singhiozzò. «Capisco che ti abbia costretta. Chiunque, o quasi, avrebbe fatto come te, trovandosi in pericolo di vita. Ma se me l'avessi detto, almeno mi sarei sentita coinvolta. Avremmo potuto inventare una storia insieme».

«Non ci ho pensato». Katie non aveva mai scritto a quattro mani. Per lei condividere quello che aveva nella testa era più intimo che condividere un letto. «Mi dispiace. Sono abituata a fare le cose da sola».

«Come farmi rapire».

Katie fu pervasa da un senso di ingiustizia. «Sulla base di quello che ho scritto, avrebbe potuto scegliere chiunque. La mia era una specie di satira, semmai. Un messaggio cifrato. L'unica cosa che hai in comune con la mia Ashley è che sei un po' snob».

Le sopracciglia di Grace si alzarono fino a toccare la frangia. «Io non sono snob! Voglio dire, ho frequentato una buona scuola e...».

«Oh, andiamo!». Le parole le uscirono come un fiume. «Hai cercato di farti rilasciare in cambio dei soldi di tuo zio! In quanti possono permettersi di pagare un riscatto? E se fossi *tu* a trovarti costretta a uccidere qualcuno, chi sceglieresti?»

«Non una donna», disse Grace. «Ci uccidono già abbastanza nei libri, nei film e nella vita reale».

Uno a zero per lei. Katie non poteva negare di aver seguito alla lettera lo schema della fiaba, scegliendo come vittima una donna, privilegiata o meno che fosse.

Fece un respiro profondo. «Senti, non c'è niente di giusto in tutto ciò. E mi dispiace davvero. Il conflitto è fantastico sulla pagina, ma nella vita di tutti i giorni io lo rifuggo. Rifuggo da tutto. Questo, però, è esattamente ciò che vuole lui. Dovremmo combattere contro di lui, non tra di noi!».

Al piano di sotto si aprì una porta.

La gattaiola di fronte si sollevò di nuovo, la donna lì dietro stava ancora ascoltando. «Vai, ora», sibilò. «È la tua occasione».

Grace si girò da lei a Katie e poi di nuovo verso la donna. «Non so cosa fare». I suoi occhi imploravano Katie, come a chiederle il permesso di andarsene senza di lei.

Katie fu percorsa dal terrore. «Per favore. Anch'io voglio vivere».

I passi del Lupo risuonavano ai piedi delle scale della soffitta, senza alcuna fretta di raggiungerle.

Le lacrime scorrevano nella bocca di Katie, rendendo salate le parole. «Ti ucciderà qualunque cosa tu faccia. Per lui sei solo una storia».

«Ma se ti lascio andare, mi ucciderà». La risposta di Grace emerse lentamente, come una chiave che gira in una serratura. «Quindi mi avrai uccisa in ogni caso».

Il Lupo apparve alla vista, con la sua enorme maschera rivolta verso di loro. La sua mole sembrava occupare tutto il corridoio e nella sua mano brillava un coltello.

Tirandosi in piedi, Grace si girò appena verso di lui, aprì il palmo della mano e gli porse la chiave. «Riprenditela», disse. Non guardò Katie.

Il Lupo fissò la chiave, poi se la infilò in tasca. «Grazie, Grace», disse con voce bassa e tonante. «Ti raggiungo al piano di sotto. Prima devo parlare con Katie».

Grace lanciò un'occhiata a Katie e mimò con le labbra: «Mi dispiace». Corse giù per le scale, singhiozzando.

L'intera casa rimase in silenzio, in attesa.

Il terrore montò dentro Katie, inchiodandola al pavimento. *È solo un bastardo con una maschera, e probabilmente la indossa per sentirsi più forte: togligli il lattice e la pelliccia, e vedrai che è umano.* Alla prima occasione utile, gli avrebbe strappato quel travestimento.

Il Lupo si avvicinò alla grata e chinò la testa per guardare dentro. Katie intravide allora gli occhi dietro la maschera: iridi da lupo, del colore aranciato del crepuscolo.

Il cuore prese a batterle come il timbro di un bibliotecario. Aveva corso un rischio enorme non dandogli quello che voleva, e aveva fallito. Forse avrebbe dovuto essere onesta fin dal principio. Forse poteva esserlo ora. «Scusa se non sono riuscita a ucciderla sulla pagina», balbettò. «Mi sembrava giusto darle una possibilità».

«Avresti dovuto fare come ti avevo chiesto».

Katie si sforzò di controllare la paura. *Appena la porta si apre, fuggi. Attacca, se necessario. Non paralizzarti. Non fingerti morta. Non più.*

Ma il Lupo fece un passo indietro e continuò a fissarla. Dalla tasca non estrasse la chiave della sua stanza, bensì un intero mazzo di chiavi. Ce n'era una con un cappuccio rosso e lui la selezionò con cura, facendole tintinnare sotto gli occhi le altre come i campanelli sul bastone di un giullare. Chissà come, Katie sapeva che dietro quella maschera lui stava sorridendo. Si voltò verso l'altra porta, mostrandole le spalle larghe e flessuose.

«È ora che tu sappia cosa succede se disobbedisci».

«Lei non mi ha detto nulla», gridò Katie. «Ti prego, non farle del male!».

I muscoli della schiena e delle braccia del Lupo si tesero mentre attraversava il corridoio. La chiave girò nella serratura. Quando la porta si aprì, Katie intravide l'altra donna rannicchiata in fondo alla stanza speculare alla sua.

«Ti prego», supplicò la donna. «Lo farò, scriv...».

«Non sprecare le parole», rispose il Lupo varcando la soglia. «La tua storia è finita». Richiuse la porta sbattendola con un calcio.

Dentro, la donna urlò e continuò a farlo, un suono straziante che si intensificò fino a diventare un lamento da mattatoio che coprì la risposta a bassa voce del Lupo e fece salire la bile in gola a Katie, cancellando tutte le parole che le restavano. Crollò sul pavimento, cullandosi, le mani premute sulle orecchie, cercando di tenere lontani quei suoni ma incapace di spostarsi.

Dopo quella che sembrò un'eternità, le urla si spensero e nel silenzio si udì un tonfo cupo, come di un sacco di sabbia lasciato cadere a terra.

Katie si piegò in avanti sulle ginocchia, le mani tremanti mentre alzava la gattaiola: non voleva guardare, ma aveva bisogno di vedere. Quando il Lupo uscì dalla stanza, era tutto impiastrato di rosso. La donna giaceva sulla schiena, i capelli le coprivano il viso come una crosta. La porta si chiuse, mettendo un punto finale alla sua storia.

Le mani e la barba del Lupo grondavano sangue mentre, ansimando, si voltava lentamente verso la porta di Katie. Teneva una mano dietro la schiena, del coltello nemmeno l'ombra. Una scrittrice l'aveva uccisa, ora toccava a lei.

Katie indietreggiò e chiuse la gattaiola. Cercò di pensare, ma la sua mente era bloccata nella stanza di fronte, sul coltello che aveva visto tra le mani del Lupo.

I passi fuori dalla porta si fermarono. Da un momento all'altro Katie avrebbe sentito la chiave girare nella serratura.

Invece, la gattaiola cigolò. Il Lupo infilò dentro la mano ricoperta di sangue, imbrattando l'apertura. Aprì il pugno. Sul palmo c'era qualcosa di morbido, rosso e pulsante.

Le aveva strappato il cuore.

«Questa è la tua ultima possibilità. Scrivi quello che voglio, o sarai la prossima».

Capitolo undici
Non sono arrabbiata, sono delusa

Da cinque minuti Rebecca non proferiva verbo. Lyla lo sapeva grazie al ticchettio sonoro dell'orologio. Erano le otto e cinque del mattino e l'aria fredda fuori non era nulla in confronto all'atmosfera che si respirava nell'ufficio dell'ispettrice capo. Lyla aveva portato il caffè in segno di pace ma, cosa più unica che rara, Rebecca non l'aveva nemmeno toccato. Si limitava a lanciare una pallina da tennis contro il muro, immaginando le parole che avrebbe voluto scagliare addosso a Lyla.

«In senso stretto, non ho fatto nulla di male, capo», disse Lyla quando non riuscì più a sopportare il silenzio tra un rimbalzo e l'altro.

Rebecca si strofinò gli occhi. «Sei entrata in una scena del crimine in veste non ufficiale e ti sei portata a casa le prove». Nella sua voce c'era la stessa stanchezza che affliggeva Lyla.

«Non è vero». Il palmo della mano sinistra le prudeva come se le parole di Rebecca le stessero scatenando una reazione allergica. Destra quando devi avere, sinistra quando devi dare: così diceva la nonna di Lyla quando a qualcuno prudevano le mani.

«Hai preso una fotografia. Che non mi hai ancora fatto vedere e nemmeno consegnato alla scientifica».

«Hai ragione. È la pura e semplice verità. Assolutamente. E lo rifarei, in qualsiasi momento. Intendevo dire che non l'avevi classificata come scena del crimine».

Le guance di Rebecca diventarono tutte rosse, con delle piccole chiazze bianche.

Lyla l'aveva vista così arrabbiata solo un'altra volta. «Non *osare* fare la pedante con me. Sono il tuo superiore e dovresti mostrarmi un po' di rispetto».

Lyla riuscì a trattenersi dal fare un sarcastico saluto militare, ma non poté evitare di dire: «Se aveste messo a disposizione la scientifica e una squadra di cani da ricerca e salvataggio non appena il testimone ha denunciato un presunto rapimento, oppure quando è emerso che le impronte digitali corrispondevano a quelle di una persona probabilmente scomparsa, forse saremmo riusciti a trovare Grace Montague, o almeno a farci un'idea di dove potesse essere andata. È piovuto a dirotto poco dopo che me ne sono andata dal bosco. Tutte quelle impronte saranno state lavate via. E chissà cos'altro abbiamo perso».

Si sentì qualcuno tossire fuori dall'ufficio, una di quelle tossi stizzose difficili da contenere.

«Chi c'è?», sbottò Rebecca.

Tony Balham entrò, abbassandosi per evitare parole o palline da tennis volanti. «Capo, Violet ha chiamato dall'accettazione per informarci che sta salendo il sovrintendente capo, e non è contento. Ho pensato che volesse essere avvisata».

Rebecca chiuse gli occhi e sospirò. «Grazie, Tony. Hai idea di cosa voglia?»

«Qualcosa che ha a che fare con la scomparsa di un VIP», rispose Tony. «Violet ha detto che dalla voce sembrava arrabbiato».

«Ti prego, non dirmi che il VIP è Grace Montague».

Tony abbassò lo sguardo sulle sue scarpe con fare evasivo. «È tutto quello che mi ha detto».

Rebecca lanciò la pallina da tennis nel cestino.

«Tony, mi sa che tu e io dovremmo lasciare che il capo si occupi della faccenda», disse Lyla indietreggiando verso la porta, ma Rebecca la fermò con uno sguardo.

«Tu resti qui invece, ispettrice Rondell».

Quando Tony si fu tolto dall'imbarazzo, Lyla si avvicinò a Rebecca. «Mi dispiace molto. Non sarei dovuta andare, lo so. Ero frustrata, ma non è una scusa. Non ero lucida».

«No, non avresti dovuto, e no, non lo sei. Sei troppo coinvolta emotivamente. Ora dammi quello che hai trovato».

Lyla prese con cautela dalla tasca del cappotto la bustina con dentro la foto incellophanata e la posò sulla scrivania di Rebecca.

Infilatasi i guanti, Rebecca estrasse la foto con una pinzetta sterile.

«E per te questa è una prova che poteva andare distrutta a causa della mia negligenza? Potrebbe essere caduta inavvertitamente a chiunque. Hai idea di quanta gente ogni anno in autunno scorrazza per la New Forest?»

«Tanta, capo. Ma dubito che abbiano fotografie della mia migliore amica».

Rebecca restò impietrita. «Questa è Allison? Ho visto solo sue foto risalenti al periodo della scomparsa».

Lyla annuì. «Qui aveva quattro anni più o meno. Usavamo a turno il suo triciclo. Guarda cosa c'è scritto dietro».

Rebecca la girò. «"Che occhi grandi che ha". Come "Nonna, che occhi grandi che hai" di *Cappuccetto rosso*?». Tacque. Le macchioline chiare sulle sue guance, simili ai puntini sul cappello di un fungo rosso, stavano diventando più pallide. «Non puoi essere così stupida».

«Cosa?». Ora le prudeva la mano destra, oltre che la sinistra. La sinistra per il lavoro che stava per perdere; la destra per la liquidazione che avrebbe avuto.

«Chi mi dice che non sei stata tu a piazzarla lì?», le fece Rebecca.

«Sai che non lo farei».

«*Io* lo so, come so che, se *davvero* tu volessi piazzare delle prove, lo faresti molto meglio di così. Ma la Procura non ti conosce. E non apprezzeranno particolarmente il fatto che tu, da sola, nel cuore della notte, abbia *casualmente* trovato una foto della tua amica scomparsa da tempo. E, soprattutto, un avvocato difensore non chiederà che venga ritirata dalle prove solo perché sa che tu "non faresti mai una cosa del genere"».

Ora a restare in silenzio fu Lyla. Rebecca aveva ragione. In una notte insonne, Lyla aveva rischiato di far crollare un caso che aspettava di risolvere da venticinque anni. «Mi spiace, capo. È solo che qualcosa mi dice che chiunque abbia scritto questo messaggio ha rapito Allison, e che possiamo trovare sia lei che Grace Montague. Capisco che voglia mettermi in panchina perché sono troppo coinvolta, ma *devo* essere io l'investigatore capo di questo caso. Che cosa posso fare?».

Rebecca si stropicciò il viso come per cancellare quanto accaduto fin lì quel giorno. «Puoi levarti dalle palle e fare come ti ho detto ieri: vai a casa di Grace e poi vedi di interrogare la donna dei funghi».

«Sì, capo».

In fondo al corridoio, il "Buongiorno!" di Groucho rimbombò forte e chiaro nell'open space dell'ufficio.

«Cosa gli dirai del caso, e di me, e della foto?». Mettendosi le mani dietro la schiena, Lyla si grattò i palmi. Il prurito stava peggiorando.

«Ci penso io».

«Grazie, Rebecca».

Rebecca puntò il dito. «Non ti sei ancora riguadagnata il privilegio di chiamarmi per nome, ispettrice. E ci vorrà un po' prima che ciò avvenga».

«Sì, signora». Quanto meno Rebecca le dava ancora dell'"ispettrice".

«Io al posto tuo risponderei "Sì, signora", mi inginocchierei e striscerei». Rebecca fece una pausa e prese la tazza di caffè. «La cosa peggiore, in tutto ciò», disse, ora con una voce triste e morbida come il muschio, «è che non hai chiesto aiuto a nessuno».

«Era notte fonda, capo. Le prime ore del mattino».

«Sì, esatto, e tu te ne andavi in giro nel bosco dove si è verificato un presunto rapimento. Ti sei messa in pericolo».

«Non l'ho pensata in questi termini».

«Certo che no. Ma avresti dovuto. E avresti dovuto chiamarmi».

Lyla sentì un sorriso aprirsi nel suo cuore. «Hai ragione». Si guardarono con uno sguardo che diceva più delle parole, unite da un legame profondo chc il comportamento di Lyla non era ancora riuscito a spezzare.

«E, per favore, cerca di stare più attenta», disse Rebecca, ora nelle vesti dell'amica che Lyla ben conosceva, e non di suo capo. «Se il rapitore ti ha scelta, ci sarà una ragione. Potresti essere il suo prossimo obiettivo».

Capitolo dodici
Ultimo avvertimento

Mi hai sfidato con la fiaba ed hai fallito,
io però t'avevo avvertito.
Son sempre io che vinco, ormai lo sai.
Adesso basta: dovrai ricominciare,
sennò il tuo cuore lo dovrò strappare,
come la tua dirimpettaia finirai.
Ma non è quel che voglio veramente,
una tua storia, ecco ciò che ho in mente:
un delitto perfetto a darmi ispirazione.
Scegli gli ingredienti con cura e attenzione,
così che io possa ordire la mia azione.
Questo è l'ultimo avviso:
prima dell'alba, Cenerella avrai ucciso.

Per quante volte leggesse e rileggesse quella poesia, Katie non riusciva a far stare insieme le parole. L'odore del sangue che esalava dalla stanza di fronte faceva sembrare tutto irreale. Il momento in cui era stata più vicina alla realtà della morte era stato quando aveva visto il corpo di sua nonna, poche ore dopo che si era spenta. Ma era stata tutta un'altra storia. Quella era stata una morte che tutti, la nonna compresa, avevano atteso per un mese intero. Katie aveva implorato di sentire il lamento della *banshee*. E poi, quella che aveva visto giacere sul letto della casa di cura avrebbe potuto anche essere una morbida effigie di cera. Niente sangue, niente viscere. Quello che faceva della nonna "la nonna" non c'era più, al suo posto era rimasto solo un involucro di pelle.

Il corpo dell'altra scrittrice, invece, traboccava di sangue. Katie continuava a guardare verso la porta, aspettandosi di veder sgorgare da sotto un fiume rosso.

Non aveva sentito il rumore del cuore strappato, quel cuore che ancora batteva sul palmo insanguinato del Lupo, ma le urla della donna quando le era stato tolto riecheggiavano ancora dentro di lei. Nessuno dovrebbe vedere il proprio cuore.

Le gambe le cedettero mentre si spostava verso la scrivania. Le tremavano le mani, ma non le sentiva mentre poggiava le dita sui tasti della macchina da scrivere. Ora sapeva di cosa era capace il Lupo. L'illusione di poter scegliere non c'era più. Se non avesse fatto come lui le chiedeva, avrebbe semplicemente rapito altri scrittori finché qualcuno non l'avesse assecondato.

In fondo era questo il lavoro di Katie, la sua vocazione. Focalizzarsi sulle lettere. Mettere una lettera dopo l'altra, formare una parola e poi un'altra. Non stava facendo niente di più che dare ordine alle parole che aveva nella testa.

Ma era davvero così?

Scacciando il senso di colpa che minacciava di sopraffarla, Katie si mise a fissare fuori dalla finestra. C'era qualcosa che la tormentava. Cos'è che aveva detto la donna senza cuore dall'altra parte del corridoio? Che, se avesse potuto, avrebbe scritto per sé una via di fuga?

Si mise a sedere più dritta, e intanto un'idea cominciava a prendere forma. Il Lupo aveva seguito, almeno in parte, ciò che Katie aveva raccontato. Se le sue parole avevano un potere, allora forse lo aveva anche lei.

Forse, tessendo le sue storie, Katie avrebbe potuto indurre il Lupo a lasciare degli indizi per la polizia, senza che se ne accorgesse.

Se lui voleva renderla sua complice, lei avrebbe fatto altrettanto.

Capitolo tredici
Orfane

«La stanza di Grace è qui giù». Trotterellando nell'ingresso con la moquette bianca, Frances Curbishly, la coinquilina di Grace Montague, sorrise a Lyla ma guardò negli occhi Jimmy. Era vestita casual, in beige, i capelli dalle mèches biondo miele raccolti in uno chignon. L'intera casa, la più grande in una strada di ville lussuose di Lymington, profumava di caffè pregiato e candele Jo Malone. Per la serie, compra candele da duecento sterline e poi bruciale.

Lyla e Jimmy la seguirono lungo l'ampio corridoio dalle volte altissime e la carta da parati leziosa, sfilando davanti a fotografie in bianco e nero che ritraevano Grace e Frances, da sole o insieme, in una lunga sfilza di città europee, oltre che a una sfarzosa composizione floreale di tulipani neri, rose bordeaux e gigli bianchi in una gabbia di fil di ferro intrecciata con edera e gipsofila.

Difficilmente Lyla provava invidia, le capitava solo quando vedeva quelle coppie che stanno insieme da così tanto tempo che le loro mani si fondono in un tutt'uno, ma in quel momento ne avvertì il freddo pungolo. Non erano i soldi di Grace che voleva, in quelli non c'era niente di vero. Voleva l'agio che i soldi portano con sé. Tutto in quella casa gridava: "Sono ricca e fottutamente bella", con l'accento di quei giovani londinesi dell'alta borghesia che hanno la seconda casa in campagna.

Frances indicò una foto di lei e Grace a Parigi. «Suo zio ci ha prestato il suo jet e ha organizzato uno spettacolo privato al Moulin Rouge: ci hanno insegnato a ballare il cancan».

Jimmy guardò Lyla con un timido sorriso. Una volta lei l'aveva visto cantare *Lady Marmalade* al karaoke ed esibire le sue abilità di ballerino dimenando le gambe al ritmo del cancan.

Lei ricambiò il sorriso, poi si chinò per esaminare la foto. Aveva visto online alcune immagini di Grace che accompagnava lo zio ad Ascot e ad altri eventi snob, ma quello scatto faceva risaltare la sua bellezza.

Zigomi alti, occhi grandi, una piccola fossetta sul mento. Una tale simmetria da poter essere stata generata con l'intelligenza artificiale, non fosse stato per il neo sulla tempia, troppo in alto per essere considerato affascinante. Con tutti i soldi che aveva, Grace avrebbe potuto farselo togliere in un batter d'occhio; il fatto che invece l'avesse ancora la rese un po' più simpatica agli occhi di Lyla.

A ispirarle tenerezza era anche lo sguardo di Grace. Era ritratta in tutti quei posti meravigliosi, tra cui Firenze – città che a Lyla sarebbe piaciuto vedere, ma che aveva visitato solo tutte le volte che aveva guardato e riguardato *Hannibal* – eppure sembrava triste. Sola. Come se per lei quei luoghi non fossero veri e desiderasse qualcosa che invece lo fosse. Certo, la ricchezza poteva dare conforto, ma non poteva scaldare un cuore infreddolito.

«Puoi parlarci dello zio di Grace?». Lyla aveva già raccolto qualche informazione parlando al telefono con Rebecca lungo il tragitto. Max Turner-Bridling, fratello della madre di Grace, aveva presentato un reclamo formale perché la polizia non aveva dato la massima priorità alla scomparsa di sua nipote. Groucho era furibondo con Rebecca per non aver preso l'iniziativa, ignorando gli ordini del suo superiore, cioè lui, e non aver insistito per far perlustrare i boschi la notte prima.

«In pratica è la persona più ricca che io conosca. Non è molto presente, è troppo impegnato, ma provvede a Grace. Quando sua madre morì di cancro, suo padre non resse il colpo, così lo zio Max la prese con sé. Grace aveva circa due anni. Il padre si tolse la vita circa un anno dopo».

Quindi anche Grace era orfana. Lyla aveva perso i genitori a otto anni. Erano di ritorno da un weekend di vacanza in Cornovaglia quando un camion andò a schiantarsi contro di loro. La canzone preferita di sua madre era *There is a Light That Never Goes Out* degli Smiths: con una battuta, Lyla si divertiva a dire alla gente che non poteva esserci canzone più azzeccata e, proprio com'era nelle sue intenzioni, quelli reagivano con un sorriso di circostanza e cambiavano argomento.

La morte dei genitori aveva mandato in frantumi il mondo di Lyla. Non aveva avuto nessuno a cui appoggiarsi, niente che fermasse il suo cervello sempre accelerato, niente che la tenesse con i piedi per terra, a parte Allison. Allison le aveva tenuto le mani, aveva parlato quando Lyla ne aveva avuto bisogno, era rimasta seduta in silenzio al suo fianco quando Lyla riusciva solo a piangere. Gli orfani sanno meglio di chiunque altro cosa sia la perdita.

Una foto ritraeva Grace a metà della scalinata di piazza di Spagna, a Roma: con una mano tendeva l'orlo del suo abito bianco fluttuante, a emulare una modella; l'effetto, però, era più quello di una bambina che gioca a travestirsi. «Quando è stata scattata?»

«L'anno scorso. Abbiamo passato le vacanze estive in Italia».

Lyla per le vacanze aveva passato due notti in uno schifoso B&B sull'Isola di Wight, poi era tornata nella New Forest per una rapina con scasso all'Aldi di Ashurst. Vivevano in due mondi molto diversi.

«Abbiamo avuto la fortuna di alloggiare all'Hotel Hassler, in una suite di lusso». Frances pronunciò il nome come se tutti dovessero conoscerlo. E Lyla in effetti lo conosceva, ma fece finta di no.

«È famoso?», chiese Jimmy. *Benedetto Jimmy.*

«Ci alloggiava Audrey Hepburn, un vero mito, durante le riprese di *Vacanze romane.* E, ovviamente, Grace voleva stare lì per via della sua omonima». Frances fece una pausa come aspettandosi che le chiedessero chi fosse Grace Kelly, ma Lyla si rifiutò di assecondarla.

«Possiamo vedere la stanza di Grace?», chiese. Iniziava a sentirsi come accerchiata dalle pareti di quel corridoio.

Frances li condusse in una grande camera da letto con le pareti bianco panna e le lenzuola di raso color marmellata di susine, lo stesso colore dell'eruzione cutanea sulle mani di Lyla. I cuscini erano ordinatamente sistemati su un copriletto risvoltato. Costose creme con nomi pseudoscientifici erano allineate su una toeletta, equidistanti una dall'altra. Il cestino della carta era vuoto, la doccia del bagno scintillante. L'unico segno della presenza di un essere umano in quella stanza era una pila di libri di testo sul comodino, con linguette di post-it rosa che spuntavano tra le pagine.

«È sempre così ordinata?», chiese Lyla.

Frances rise. «Assolutamente no. Grace porta il disordine ovunque vada, ma abbiamo delle addette alle pulizie che vengono tre volte a settimana e sistemano tutto alla perfezione. Sono venute ieri mattina, dopo che Grace è uscita».

«Avete sempre la stessa persona per le pulizie?», chiese Jimmy.

«Sono varie, forse cinque? Ne abbiamo almeno due che si chiamano Pam. O Sam, non ricordo».

Lyla e Jimmy si scambiarono uno sguardo d'intesa: di Frances Curbishly pensavano la stessa cosa.

«Non so chi sia venuta ieri, però», proseguì. «Sono uscita alla stessa ora di Grace. Le signore delle pulizie hanno le chiavi ed entrano da sole. Io non le incrocio mai».

«Ci serve il nome dell'impresa di pulizie, se non è un problema.

E», aggiunse Lyla passando in rassegna la stanza, «ho notato che non c'è una scrivania dove studiare. Grace ha un computer portatile o un tablet?»

«Entrambi. Oltre a un telefono e un Apple Watch».

Senza bisogno che gli fosse chiesto, Jimmy era già uscito nel corridoio per chiamare la centrale e chiedere alla squadra di tecnici di rintracciare i dispositivi.

«Li avrà portati con sé in macchina», continuò Frances. «Doveva andare a fare shopping e poi in biblioteca. Abbiamo un saggio da finire prima della Settimana della lettura».

Anche Lyla avrebbe desiderato una settimana di lettura. Sette giorni per recuperare tutto ciò che si era riproposta di leggere negli ultimi anni. Esistevano le vacanze di lettura? Avrebbero dovuto. «Dove stava andando a fare shopping?»

«Westquay». Westquay era il centro commerciale più grande di Southampton, dove ogni volta Lyla si divertiva a provare a fregare il sistema dell'*all you can eat* di Cosmo. Immaginava però che Grace tifasse per il sistema; dopotutto, lei ne faceva parte.

Il che, però, non le aveva impedito di sparire. Lyla ripensò allo sguardo triste di Grace. «Hai notato qualcosa di insolito nel suo comportamento ieri, o nei giorni precedenti?»

«A parte non essere venuta da Devon», disse Frances, «non mi viene in mente nulla».

«Devon?», le fece eco Jimmy rientrando nella stanza.

Frances lo fissò come se non potesse capacitarsi di cotanta ignoranza. «Il bar della Wattledown Spa».

Il Wattledown era uno degli hotel con spa più esclusivi della New Forest, con un suo club riservato ai soci. Una volta Lyla aveva interrogato il direttore generale a seguito di una denuncia per molestie sessuali nei suoi confronti. Guarda caso, il giorno dell'episodio in questione le telecamere a circuito chiuso dell'hotel erano fuori servizio.

«So che hai già raccontato tutto a un agente, ma potresti ripercorrere insieme a me gli eventi? A che ora avevate appuntamento?», chiese Lyla.

«Alle cinque, per un cocktail, e poi a cena. Grace, Gertie, Roberts e io dovevamo organizzarci per i costumi di Halloween: io avevo pensato alle Spice Girls in versione zombie».

«E cantare *Wannabe* mentre venite mangiate?», ironizzò Jimmy.

Lyla gli lanciò un'occhiata della serie "potevi risparmiartela". «Che cosa è successo quando non si è presentata?»

«Grace è sempre un po' in ritardo, ma quando, arrivate le otto, non si era ancora vista e non rispondeva al telefono o ai messaggi, ho denunciato la sua scomparsa».

Lyla aveva ascoltato la telefonata un po' confusa di Frances: la ragazza era evidentemente preoccupata per l'incolumità della sua amica. In qualsiasi altra occasione, Lyla avrebbe avuto da ridire perché la gente balzava subito alle conclusioni facendo perdere tempo alla polizia, ma in questo caso Frances aveva avuto ragione. «Dobbiamo controllare il suo armadio, se non è un problema. Stiamo cercando l'altra scarpa come questa». Lyla le mostrò la foto della scarpa dorata con il tacco alto e della borsetta.

Frances scoppiò a ridere. «Vorreste dire che queste sono di Grace?»

«Sono state trovate nel luogo in cui riteniamo che sia stata rapita. Ci sono le sue impronte sia sulla scarpa che sulla borsa».

«Vi state sbagliando. Grace non si farebbe vedere neanche morta con quelle ai piedi». Frances ebbe un attimo di esitazione nel sentire le sue stesse parole, poi si ricompose. «E quella borsetta è orribile». Aprendo l'armadio più grande, svelò una serie di ripiani cubici a tutta altezza pieni di scarpe disposte per gradazioni di colore. Niente di dorato. Sulle mensole dell'armadio accanto c'erano solo borse, la maggior parte con il cartellino ancora attaccato. Tutto firmato, niente a che vedere con gli articoli trovati nel bosco.

«Grace se ne andrebbe da qualche parte senza dirtelo?», chiese Jimmy.

«Assolutamente no! Se Grace avesse avuto intenzione di scappare, me l'avrebbe detto. O mi avrebbe chiesto di andare con lei». Frances lanciò uno sguardo verso la porta. «Abbiamo finito? È che ho una lezione tra un'ora».

«Che cosa studi?», le chiese Lyla mentre tornavano verso la lussuosa porta d'ingresso.

«Storia sociale e Scienze politiche».

Lyla soffocò una risata e Jimmy si mise a scuotere la testa.

«Che c'è?», chiese Frances.

«Niente. Sono certa che te la caverai benissimo».

Frances annuì come per dire "ovvio", poi si fermò davanti alla composizione floreale con aria perplessa. «Ma oggi che giorno è?»

«Mercoledì», rispose Jimmy.

«Mi avete chiesto se ho notato qualcosa di insolito, giusto? Be', questa era qui quando sono tornata a casa da Devon ieri sera. Sul momento non ci ho fatto caso, un po' perché ero arrabbiata con Grace per non essere venuta o per non aver risposto al telefono, e poi perché riceviamo fiori ogni settimana».

«Beate voi». Lyla non riceveva fiori da anni. Come doveva essere vivere come questa gente?

«Di solito il fioraio viene il venerdì, così abbiamo fiori freschi per i nostri party. E ieri mattina questa non c'era, perché ricordo di aver lasciato la borsa sul tavolo mentre prendevo il telefono».

«Sei sicura che non abbiano anticipato la consegna?», chiese Lyla.

«Se è così, dovrò dirgliene quattro. Io voglio composizioni di stagione, e quelli sono tulipani. Non sono certo i fiori giusti a ottobre». Frances guardò meglio tra il muschio. «Guardate, c'è un biglietto». Tirò fuori una bustina rossa e l'aprì con un gesto teatrale.

All'interno c'era un bigliettino con un fungo sul davanti e un messaggio sul retro:

Trovate Cenerentola prima che scocchi mezzanotte, o quel che perderà non sarà solo una scarpetta.

Capitolo quattordici
Povera Cenerella

Cindies

Capitolo due (bozza 2)[5]

Il rapitore era in cucina, nel seminterrato, intento a preparare la cena. Gli odori degli intingoli al burro e delle carni arrosto le davano il voltastomaco al pensiero del sangue che ricopriva le pareti e il pavimento della stanza in soffitta. Cercò di non pensare alla donna a cui quel sangue era appartenuto. Potrebbe farlo a me. Lo farà a me. So che genere di uomo è.[6] *Avrebbe anche potuto seguire le sue regole, per tutto il tempo necessario, ma sarebbe arrivato comunque il giorno in cui avrebbe fatto qualcosa che a lui non sarebbe piaciuto, e allora avrebbe tolto anche a lei il sangue dalle vene.*

Scappare era l'unica opzione possibile.

Ora che aveva familiarizzato con la casa, era riuscita a individuare potenziali vie di fuga. La porta d'ingresso e quella sul retro erano chiuse con un lucchetto e le chiavi ciondolavano dalla pesante catena che lui portava sempre legata in vita. Aveva controllato se nelle porte vi fossero pannelli di legno allentati e aveva provato a infrangere le finestre. Aveva persino scagliato una lampada contro le pareti dell'aranciera, ma quella era rimbalzata direttamente sul vetro temperato.

Nei libri, l'eroe trova quasi sempre un modo per tirarsi fuori da una brutta situazione. Ora tutto dipendeva da un unico particolare: la protagonista era lei, o era lui?

Poi però le venne in mente una cosa. E se quell'unica stanza in cui non le era permesso entrare le fosse stata vietata proprio perché era la sua via d'uscita? Sentiva un richiamo provenire da lì.

[5] Grazie per i tuoi commenti, e per avermi dimostrato, oltre che detto, che fai sul serio. Do sempre ascolto agli editor, soprattutto a quelli che possono asportarti il cuore.
[6] #nontuttigliuomini!

La stanza proibita, all'ultimissimo piano della casa, era una delle due soffitte che si guardavano dalle estremità di un corridoio, come due pistoleri in un western. Mentre saliva le scale, cercò di non guardare le impronte rosse lasciate dal rapitore, la traccia del palmo insanguinato sul corrimano. L'odore del sangue, però, quel misto di ruggine e miele, era troppo forte, così decise di fare dietrofront. «No, aspetta», sembrò chiamarla una voce dall'interno della stanza proibita.

Giunta sulla soglia della soffitta, sentì la stanza respirare, un cuore battere nelle sue pareti.

«Avvicinati», le diceva.

Poggiando le mani sulla porta, sentì il legno caldo e benevolo. Per qualche strano motivo, sapeva che era legno di sorbo, come l'albero sotto il quale era stata sepolta sua madre.

«Tu hai la chiave». La voce della stanza le era familiare, come se l'avesse sentita tanto tempo prima, in un mondo antecedente alle parole o al significato.

«Se entro mi ucciderà».

«Lo so. Ho visto di cosa è capace». Il dolore scavava in quella voce come uno scalpello nel legno.

«Chi sei?»

«La tua protettrice: una specie di madrina, se vogliamo. La voce della saggezza che si tramanda sempre e per sempre. Sono qui per aiutarti».

«Che cosa dovrei fare?»

«Hai bisogno di un vestito: con quella camicia da notte sbrindellata non andrai lontano. Nella stanza al piano di sotto troverai gli abiti delle defunte padrone di casa. Indossa quello che vuoi, a loro non dispiacerà. I loro fantasmi saranno felici di vederti fuggire».

«E poi? Dovrò comunque trovare un modo per uscire da questa casa».

«Vai in cucina. Chiedigli con aria gentile e innocente un pezzo di formaggio per ingannare la fame fino all'ora di cena. Poi metti il formaggio nel buco del battiscopa in cima alle scale e aspetta che escano i topi. Catturali e portali di sotto. Liberali in cucina: lui scapperà in cortile.[7] *Seguilo, superalo e corri via. Se sarai veloce, riavrai la libertà».*

E così Ashley fece come le aveva ordinato la stanza: mise il formaggio gentilmente concessole, un pezzo di Stilton stagionato, vicino al buco nella parete, preparò una trappola e tirò lo spago che aveva legato al

[7] Ovviamente tu non hai paura dei topi: è solo un altro esempio per dimostrare che non sei come l'antagonista di questa storia, spero!

coperchio di una scatola. Bisbigliando parole di scuse e promesse ai topi ingabbiati, scese le scale insanguinate.

Giunta sulla soglia della cucina, mentre il rapitore brandiva un coltello per tagliare una zucca da mettere nella minestra, Ashley aprì la scatola e liberò i topi.

I roditori si misero a correre affannosamente in cerca del battiscopa camminando sui piedi del rapitore, che sbraitò e urlò agitando il coltello mentre, proprio come aveva detto la stanza proibita, fuggiva verso la porta sul retro.

Non usò nemmeno la chiave, ma vi si scagliò contro di peso facendo cedere i cardini.

Mentre il rapitore teneva lo sguardo a terra, tra i suoi piedi, per cercare i topi fuggitivi, Ashley lo oltrepassò scansandolo. In fondo al cortile c'era una porta di legno, senza catenaccio. Correndo in quella direzione, immaginò di varcarla e perdersi nella foresta che profumava di pino, funghi e libertà. Gli alberi allungarono i loro rami per prenderla per mano.

Ma fu troppo lenta.

Sentì delle mani cingerle il collo, poi un braccio tirarla a sé. Urlò mentre veniva trascinata di nuovo in cucina, scalciò mentre l'uomo la tirava su per le scale, ma lui non fiatò finché non l'ebbe portata di peso fino all'ultimo piano. «Ti ho detto come sarebbe andata». Aveva la voce calma, quasi confortante.

Con un braccio ancora stretto intorno alla gola di Ashley, prese le chiavi della porta. «Avevo detto che se avessi cercato di scappare o di entrare nella stanza proibita, saresti morta. La colpa è tua».

Ashley cercò di parlare, ma aveva la trachea schiacciata. Da un angolino della sua mente affiorò un pensiero involontario: "In un modo o nell'altro, era così che doveva andare a finire".

La porta della stanza si aprì senza scricchiolare. All'interno non c'era sangue sulle pareti, solo cespugli di rose che salivano fino al soffitto e la minacciavano con spine appuntite. Il letto di balle di fieno sembrava pulito e invitante, sopra era adagiata una lunga camicia da notte, pronta per essere indossata da qualcuno.

Sconvolta, cercò un'àncora di salvezza. Forse lui non l'avrebbe uccisa. Forse l'avrebbe tenuta in quella stanza. E quella era una stanza magica: le aveva parlato dei topi, aveva cercato di proteggerla. Senza dubbio l'avrebbe aiutata di nuovo, se Ashley fosse stata rinchiusa lì.

Chiudendo a chiave la porta alle sue spalle, il rapitore la spinse via bruscamente.

Ruzzolando sul tappeto, Ashley sussurrò alla stanza: «Aiutami!».

Ma la stanza era raggelata, tanto quanto lei.

Quando il rapitore aprì il grande armadio di legno con quella che parve una solennità rituale, Ashley si aspettò quasi di vedere uno scheletro all'interno. Invece, su un cuscino di velluto rosso, era adagiata una scarpa dorata con un tacco sottile e lucido. Accanto c'erano quattro topi morti, con indosso minuscole redingote e parrucche rococò. Al loro fianco ticchettava un orologio incastonato in una zucca.

L'aguzzino chinò il capo e prelevò la scarpa dal cuscino. Tenendola in una mano, si inginocchiò davanti ad Ashley.

Solo allora lei poté vedere il tacco per quello che era. Un vero stiletto. Ashley avvicinò la punta delle dita congiungendo le mani in segno di preghiera e implorò per la sua vita.

Il coltello catturò la luce mentre lui brandiva la scarpa.

Le tagliò la gola con il tacco e la lama cauterizzò le parole di Ashley. Ricadde sulla schiena, le mani ancora giunte, gli occhi via via più spenti fissi sulla zucca, mentre lui le sistemava accanto i topi.

Il tappeto raccolse il sangue che sgorgava dal suo corpo.

E l'ultimo pensiero della povera Ashley fu che la vita era tutto tranne che una favola.

Capitolo quindici

La Signora dei funghi

Il cottage di Mellicent Farling si trovava in un lungo viale privato a Cranes Moor, vicino Burley. Al primo tentativo, non avendo visto il sentiero che partiva dalla strada secondaria inoltrandosi tra gli alberi, lo mancarono. «Attento alle sospensioni, Jimmy», disse Lyla al secondo tentativo, mentre, con l'auto che ballava tutta, passavano davanti a un cartello che diceva "PER IL NEW FOREST COTTAGE, PROSEGUIRE" e finivano in una buca.

«È una strada un po' tortuosa», rispose Jimmy mettendosi una mano sulla pancia, mentre il sentiero di ghiaia svoltava intorno a un biancospino e poi ancora intorno a un ceppo.

«Forse è per tenere alla larga i folletti maligni». Lyla si grattò la brutta bolla gialla che le era comparsa sulla mano destra.

«Mi piace questa tua passione per fate e compagnia bella», disse Jimmy. «Ci credi?»

«Non lo so», rispose Lyla. «Forse mi piacerebbe. E perché una superstizione diventi realtà, basta che anche solo una minima parte del cervello si domandi se sia vera».

Jimmy si batté una mano sul ginocchio. «Mi hai appena ricordato una cosa. Nel fine settimana ho fatto un picnic con Hazel a Beaulieu Heath». Hazel e Jimmy stavano insieme da anni. Erano la più dolce delle coppie. Lyla evitava il più possibile di vederli insieme: troppa l'invidia. «Ho notato un'indicazione per la Grotta dei folletti puledro. Non ne avevo mai sentito parlare prima finché non li hai nominati tu, ma ora non faccio che vedere luoghi che portano il loro nome e non riesco a guardare un cavallo senza pensare che in realtà sia una fata sotto mentite spoglie che conduce i puledri alla morte».

«Io penso la stessa cosa quando guardo le persone. Chiunque potrebbe essere un criminale in borghese».

Jimmy sospirò con fare esagerato. «Che visione cupa del mondo, amica. Non guarderai anche me così, vero?»

«Certo che no», disse Lyla.

Alla fine del viale, dopo aver percorso tanta di quella strada che Lyla era sicura che avessero cambiato codice postale, passarono sopra le barre metalliche di una griglia per il bestiame e si fermarono davanti al New Forest Cottage. Era l'unica abitazione della strada e il suo aspetto teneva fede al cliché racchiuso nel nome. Le ultime rose estive, appassite e ormai scure, intrecciate intorno a una porta di legno; le travi brunite in stile Tudor intervallate alla pietra di Purbeck color crema; le finestre a battente annidate sotto un tetto di paglia perfettamente integro. Il vento forte soffiava freddo e aspro. Le aiuole di viole costeggiavano il viale. Un cottage con tutti i crismi.

Lyla premette il palmo della mano contro il muro di pietra, che sicuramente manteneva freschi d'estate e caldi d'inverno. Le sarebbe piaciuto avere una casa come quella. Un posto dove ritirarsi che fosse più di un appartamento condiviso; un posto con angolini e caminetti, travi e nascondigli. Un posto dove fare i biscotti, il pane e l'amore. Dopo la morte dei genitori, era andata a vivere con la nonna in una casa a schiera con due stanze da letto, fredda come la nonna stessa. A un certo punto, intorno al suo nono compleanno, Lyla aveva disegnato sulla muffa che ricopriva il muro dei capelli ricci e un paio di occhiali, e aveva fatto finta che fosse sua madre.

Sotto la finestra della cucina c'era una fioriera in cui crescevano diverse varietà di funghi. Uno era a cupola e fulvo come le piume di un gufo, un altro era viola e sembrava un glande, e l'ultimo aveva un cappello grigio a forma di uovo da cui gocciolava un liquido nero e denso. Nel terreno c'era un avviso scritto a mano su un pezzo di legno scheggiato: FUNGHI DELL'INCHIOSTRO! UNO È VELENOSO! NON FIDATEVI!

Pronta a bussare, Lyla notò un pezzetto di carta attaccato alla porta d'ingresso. Il resto del foglio era stato strappato o era volato via. Voltandosi, intercettò con la coda dell'occhio un lampo di bianco. Una pagina fluttuava nell'aria, suscitandole una vertiginosa sensazione di déjà-vu.

Strappato in un angolo, il foglio volteggiò sul tetto sfiorando il comignolo. Lyla lo seguì, girando intorno al cottage e varcando il cancello di un grande giardino coltivato confinante con il bosco. Quando la folata di vento si calmò, la pagina andò a posarsi vicino a un tozzo fabbricato. Dalla porta semiaperta arrivava odore di funghi e decadenza.

Raccolto il foglio, Lyla lesse un messaggio scritto con la stessa calligrafia degli altri cartelli. CONSEGNE – LASCIARE SUL RETRO, PER FAVORE, SONO AL MERCATO DI LYMINGTON! BACI, MELLICENT.

Jimmy fece un veloce giro di telefonate e si rimisero subito sulla strada dissestata, attraversarono Brockenhurst e scesero a Lymington. Parcheggiata l'auto, si diressero verso il mercato passando per il molo; camminando, Lyla faceva scorrere le dita lungo il muro del porto. Il fiume portava con sé l'odore del mare, aggiungendo altro sale al profumo di *fish and chips*. Il suo stomaco brontolò. Al ritorno si sarebbe presa una bella porzione di patatine. Più una anche per Jimmy, e magari avrebbe portato a Rebecca un pasticcio di carne, come offerta di pace.

L'High Street Market di Lymington era interamente decorato a tema Halloween. Nastri da scena del crimine e ragnatele finte ricoprivano il tessuto a strisce colorate delle bancarelle, gestite da venditori che indossavano maschere horror e cappelli da strega.

Tutte le bancarelle, tranne una.

Collocata accanto al mosaico di funghi velenosi fuori dalla chiesa di St Thomas, la Signora dei funghi non aveva bisogno degli ornamenti di Ognissanti. In piedi dietro i suoi banchi con le mani sui fianchi, intenta a parlare con una cliente, era l'incarnazione dello spirito del Samhain, il capodanno celtico. Lunghi capelli neri, dritti e striati d'argento, incorniciavano un viso liscio ma scaltro che poteva avere qualsiasi età tra i cinquanta e i settantacinque anni. Mellicent Farling era una delle donne più alte che Lyla avesse mai visto. Il foulard con i teschi che portava in testa arrivava a sfiorare la cima del telone. Vestita con un abito a strati neri e fluenti dalle maniche svasate, sembrava una fata madrina. Una persona che conosceva la foresta e i suoi segreti.

«L'hai già mollato?», domandò la Farling alla giovane donna che stava servendo.

La ragazza, poco più che ventenne, scosse la testa toccandosi una collana che le aveva lasciato delle macchie nere sul collo. «È molto gentile con me da quando... dopo quello che è successo. Mi ha portato fuori, cosa che non faceva da secoli. Sotto sotto è molto dolce, ha solo avuto un periodo difficile».

La Farling storse le labbra e alzò le sopracciglia disegnate.

«Credimi! L'elisir d'amore che mi hai dato l'ultima volta ha funzionato».

«Quell'"elisir d'amore" era per te, non per lui», sospirò la venditrice. «Doveva aiutarti ad apprezzare il tuo valore. Per lui è troppo tardi. È troppo impegnato a pensare di valere troppo o troppo poco per considerarti qualcosa di più del suo riflesso. Per cui, continuerà a adorarti e odiarti a giorni alterni».

Lyla si ritrovò a rimpiangere di non aver avuto, da giovane, una donna più grande di lei che condividesse la sua saggezza e dispensasse consigli e incantesimi. Sua nonna non dispensava altro che fiabe e folclore irlandese, e non a scopo di intrattenimento o arricchimento culturale, ma come monito.

Rendendosi conto di fissare la Farling, si mise a esaminare i tavoli della bancarella. Tante piccole quisquilie che erano pane per i suoi denti, con quel suo cervello che andava sempre di corsa: vassoietti di funghi, freschi e secchi, tutti etichettati; spugnole liofilizzate che sembravano cervelli di topo raggrinziti; maitake fresco, detto anche Grifola frondosa, che somigliava al corallo e attivava la sua tripofobia; funghi aragosta freschi con il "garbazzare"[8] dei genitali. I berretti rosso acceso di quei funghi chiamati "tazze scarlatte degli elfi".

Creme fatte in casa, tinture e candele colate a mano con nomi come "Concentrazione", "Fortuna" e "Lussuria" erano disseminate sul tavolo insieme a un mucchio di pietre luccicanti: quarzo rosa, tormalina, citrino e pietra sanguigna; bottiglie di vino di sambuco fatto in casa, olio dei ladri e aceto di lamponi; resine di mirra, incenso, labdano e opopanax; lavanda, salvia, rosmarino, camomilla, rose essiccate e una serie di altre piante "Raccolte a mano dal giardino della Signora dei funghi".

L'ultimo tavolo era stracolmo di prodotti della terra: zucche di varietà *crown prince*, *knucklehead* e *sweet dumpling*; castagne, faggiole, noci e nocciole; miele di lavanda e di rosmarino; acetosella selvatica e aglio; marmellata di more, di susine, di rosa canina, di bacche di sambuco e biancospino... E, in un grande cesto, lucide mele metà rosse e metà verdi.

Jimmy aveva spalancato la bocca e scuoteva la testa, ma Lyla non capiva se fosse scioccato per la vista della variopinta bancarella o per la serie infinita di dettagli strazianti della vita sentimentale della ragazza.

«Questa, bambolina, è una Bambolina». La Farling porse alla giovane donna una bambola di stoffa grande quanto un palmo, con i capelli di corda dello stesso colore di colei che la teneva in mano. «Voglio che tu vada a casa e ti prenda cura di lei. Dille che è forte e resiliente, che non ha bisogno di conferme da nessuno. Ricoprila di parole che la facciano sentire potente. E non lasciare che il tuo ragazzo le metta le mani addosso».

«Grazie, Mell». Gli occhi della ragazza brillavano mentre cullava la bambolina.

«E fatti una ricerca su *love bombing*, *breadcrumbing* e controllo coercitivo», disse Lyla, che non riuscì a fare a meno di intervenire.

[8] Traduzione di *flollop*, parola inventata da Douglas Adams in *La vita, l'universo e tutto quanto*. (*n.d.t.*)

«Oggigiorno è un reato». Il tono di Jimmy era serio. «Nessuno dovrebbe farla franca».

Mentre la giovane donna si allontanava, Lyla si fece avanti.

Mellicent Farling sorrise. «Ispettrice Rondell! Che occhi grandi che ha».

Un brivido serrò la gola di Lyla, che si bloccò. «Perché ha detto così?». L'eco del messaggio sulla foto di Allison e il fatto che la Farling l'avesse chiamata per nome erano segnali d'allarme rossi quanto i cappelli dei suoi strani funghi.

Le labbra sottili della Farling si contrassero, come divertite dall'inquietudine di Lyla. «Perché il suo sguardo era quello di chi non ha mai visto un fungo. Posso consigliarle i miei prodotti più freschi, raccolti stamattina». Continuava a sorridere, nonostante non fosse ricambiata.

«Come fa a sapere il mio nome?». Il messaggio a "Cappuccetto Rondell" si accese nella testa di Lyla.

Gli occhi felini della Farling lampeggiarono. «L'ho vista sui giornali locali».

Lyla cercò di riprendere il controllo. «Allora vorrei presentarmi formalmente, signora Farling. Sono l'ispettrice Lyla Rondell, e questo è il mio agente, Jimmy Cornick. La frase che ha usato…».

«"Che occhi grandi che ha"?», la interruppe la signora Farling, con tono del tutto innocente.

«È stata trovata», proseguì Lyla cercando di nascondere la sua irritazione, «in un messaggio di minaccia collegato a un caso su cui stiamo indagando. Capirà che è una strana coincidenza».

«E a noi le coincidenze non piacciono», disse Jimmy.

«Ci fanno venire l'orticaria», aggiunse Lyla.

«In tal caso», disse la signora Farling prendendo una spatolina e scavando in una serie di vaschette. Versò le polveri prelevate e una spolverata di erbe e fiori secchi in un sacchetto che legò con un nastro, e poi lo porse a Lyla. «Posso consigliare un bagno di consolida maggiore, calendula e farina d'avena colloidale? Offre la casa, naturalmente».

«Non intendevo alla lettera», rispose Lyla.

«Tanto meglio, perché prendere tutto alla lettera fa male all'immaginazione. In ogni caso, è per la sua eruzione cutanea». La Farling indicò la mano di Lyla. «Dev'essere stato il panace gigante. Ne cresce a bizzeffe nella New Forest».

«No, grazie».

«Allora si procuri una crema cortisonica in farmacia, e in fretta. E lei, giovanotto», aggiunse puntando il dito verso Jimmy. «Ha delle occhiaie tremende. Non dorme abbastanza». Fece una cernita di tinture assortite sul tavolo, poi gli porse una bustina con la scritta "Buonanotte". «Si prepari questo tè mezz'ora prima di coricarsi».

«Cosa c'è dentro?». Jimmy osservò con sospetto il contenuto.

«Valeriana, luppolo, biancospino, camomilla, fiori di tiglio, lavanda, erba di San Giovanni... niente che possa risultare in un esame delle urine».

Jimmy glielo restituì.

«Come preferisce». La Farling alzò le spalle e si girò verso Lyla. «Presumo che il caso sia quello della ragazza scomparsa».

Né Lyla né Jimmy risposero.

«È certamente quello. E, se è stata usata quella frase, allora stiamo parlando di riferimenti a "Cappuccetto rosso", giusto?». Fece una pausa, spostando lo sguardo da una all'altro. «Ho ragione, ve lo leggo negli occhi. Mi piace un po' di *true crime*». Fece un cenno verso il telefono, che spuntava dalla borsetta con le nappe. «Cammino sempre da sola nei boschi e ascolto podcast che parlano di delitti».

«Eviti di farlo», disse Jimmy. «Non sentirebbe qualcuno arrivare alle sue spalle».

Gli occhi grandi della signora Farling lo inchiodarono. «Sta forse dicendo a una donna come è più saggio impiegare il suo tempo?».

Jimmy fece un passo indietro. «Certo che no, io...».

Lyla intervenne prontamente. «Noi ci preoccupiamo della sicurezza delle persone. Vista la sua sensibilità nei confronti dell'ultima cliente, avrei sperato che anche lei fosse dello stesso parere».

La Farling incrociò le braccia. «Dipende dalla persona, e se merita di essere protetta».

«Può dirci dov'è stata negli ultimi tre giorni?», le chiese Jimmy, tirando fuori il taccuino.

«Classica domanda da poliziotto, non è vero?». La signora Farling lo fissò per qualche istante, poi prese dalla borsa un'agenda Legend. La aprì alla settimana corrente e scorse gli appuntamenti. «Due giorni fa sono stata tutto il giorno a casa a preparare la merce per il mercato, tra funghi da raccogliere e stoppini da inserire. In questo periodo dell'anno la gente ha bisogno di luce: come il rabarbaro in una campana di terracotta, gli esseri umani cercano la luce delle candele».

«Qualcuno può...».

«Confermare la mia versione?», domandò Mellicent interrompendo Jimmy. «Nessuno, a parte Sanctus, la mia gatta. Ma è una testimone inaffidabile». Il cervello di Lyla cominciò fare due più due. Nessun alibi per l'intervallo di tempo in cui Grace è stata rapita. «E ieri?», incalzò.

«Ero qui già alle sei del mattino per allestire la bancarella e sono rimasta fino alle cinque, come farò oggi e domani. Gli altri venditori, come pure Bob, il direttore del mercato, e le telecamere di sorveglianza dovrebbero confermarlo».

Lyla tirò fuori il telefono e mostrò a Mellicent la scarpa e la borsetta dorate. «Queste sono state lasciate nel luogo in cui la ragazza è stata vista per l'ultima volta». Fece una pausa. «Sopra ci sono le sue impronte digitali».

«Quelle che mi hanno preso quando sono stata arrestata, giusto? È stato tanto tempo fa». La Farling fissò Lyla: l'aria di sfida nel suo sguardo si scontrava con l'istinto di Lyla. «Ora non mi farei mai beccare».

«Riconosce questi oggetti?».

La Farling fece una pausa. Sembrava pronta a scuotere la testa in segno di diniego, invece disse: «Credo di averli venduti ieri, in tarda mattinata».

«Qui?». Jimmy guardò la bancarella, dove c'era di tutto tranne che accessori.

«Da Bryony, laggiù», rispose indicando una tenda a righe rosse piena di appendiabiti e scaffali pieghevoli zeppi di borse e scarpe. «Quando va in pausa, come è successo ieri, mette un cartello con su scritto di rivolgersi alla Signora dei funghi se qualcuno vuole comprare i suoi stracci».

«C'è scritto proprio "stracci"?», chiese Jimmy.

«Certo che no. Ma *io* glielo dico in faccia perché è quello che sono: stracci. E lei concorda. Le vecchie megere sono oneste». La signora Farling guardò intensamente Lyla. «Ma solo quando crediamo che la gente possa reggere la verità. È difficile sentirsela dire, ed è ancora più difficile capirla e accettarla».

Lyla distolse lo sguardo, afferrò una pietra di quarzo rosa e si concentrò sulle sue belle creste. «Ricorda chi li ha comprati?».

La Farling chiuse gli occhi e si mise a pensare. «Vagamente».

«Qualsiasi indicazione possa darci, sarebbe utile», disse Lyla.

«Un uomo alto, intorno ai trentacinque anni, forse? Forte. Snello. Forse aveva un tatuaggio sul braccio? Credo che spuntasse dalla manica, ma non ne sono sicura. Indossava un berretto da baseball rosso e teneva la testa bassa, quindi non l'ho visto bene, ma ricordo una barba incolta».

«Passo tutto a CCTV». Jimmy alzò lo sguardo verso gli edifici di fronte, cercando di individuare le telecamere. "CCTV" era l'agente

Colin Scott, gran lavoratore del comando di polizia. A lui non sfuggiva mai niente.

«In ogni caso sarà difficile riconoscerlo», commentò Lyla indicando tre passanti, giovani uomini con cappellino da baseball e barba incolta in bella mostra.

«La barba di che colore era?». Jimmy si portò la mano sul viso liscio. L'anno prima, per l'iniziativa "Barbacontroilcancro", aveva provato a farsi crescere qualche pelo, ma era venuta fuori solo un'ombra a chiazze.

«Scura, come se fosse tinta. La cosa mi ha colpita. Tanto che non ho notato gli occhi, e io di solito sono brava in questo. Mi avrebbe aiutato a darvi un'idea di chi fosse quell'uomo». Come per darne una dimostrazione, guardò Lyla negli occhi. Quelli della donna, verdi, sembrarono dilatarsi al centro, come quelli di un gatto. Contrasse il volto, come se stesse provando dolore. Poi prese la mano di Lyla oltre il tavolo. «Mi dispiace tanto per la sua perdita, Lyla».

Per un attimo lei trattenne il fiato.

«Come fa a sapere che ha perso qualcuno?». Il tono di Jimmy si fece più acuto.

Lyla distolse lo sguardo dagli occhi della signora Farling. «È una cosa che capita a tutti, in pratica», disse con il tono più leggero possibile, mentre il suo cuore martellava e la pelle le prudeva *tutta*. «Non c'è bisogno di guardare nel profondo degli occhi o dell'anima di qualcuno per capire che ha subìto un lutto».

«O sta per subirlo». Gli occhi verdi della donna erano colmi di lacrime.

Lyla si sentiva come un barattolo senza etichetta che la Farling aveva aperto, rovesciandone il contenuto. «Basta». La sua voce era fredda come l'acciaio.

La Farling indietreggiò appena. «Sarà dura. Ma potrai sopportarlo. So che ce la farai».

«Lei è una medium, oltre a vendere sostanze psicoattive, o qualunque cosa siano?», fece Jimmy indicando con un gesto sprezzante il tavolo.

La Farling lo ignorò. «Sono una donna saggia, una vecchia megera, una strega, una sensitiva. Una di quelle persone che vorresti al tuo fianco». Guardò di nuovo Lyla negli occhi e fu come se le due donne fossero chiuse in una bolla tutta loro. Jimmy, il mercato e i gabbiani erano scomparsi. «Vieni a trovarmi a casa. Oggi non mi hai trovata, ma la prossima volta ti farò fare un giro».

Lyla non capiva se la donna stesse parlando ad alta voce o nella sua testa.

«Prima o poi vorrete farmi altre domande», continuò la Farling. «Più prima che poi, forse».

Lyla stava per risponderle, ma le squillò il telefono: Rebecca.

«E ora viene il bello», disse la Farling. «Non premuratevi di accomiatarvi, ci rivedremo presto». Poi si rivolse a un cliente in attesa. «Sì, tesoro mio. Cosa può fare per te la Signora dei funghi? È per l'artrite, vero?».

Allontanandosi, Lyla rispose alla chiamata. «Ciao, capo. Stiamo finendo con...».

«Grace Montague è stata trovata morta», la bloccò subito Rebecca. «Nello stesso posto, nella foresta». Dal suo tono piatto, Lyla capì che non c'era bisogno di dire che avrebbero dovuto fare come aveva suggerito lei: perlustrare la scena del crimine e la foresta e mettere qualcuno a fare la guardia.

«Arriviamo subito».

«Mi raccomando, non una parola con nessuno. Stiamo cercando di tenere lontana la stampa». Rebecca fece un respiro profondo. «Grace ha indosso un abito da ballo, e tutt'intorno ci sono topi morti e una poltiglia di zucca».

Lyla ripensò alla ragazza triste nelle foto.

«E non è tutto», continuò Rebecca. «È stata pugnalata con l'altra scarpa dorata col tacco a stiletto. Avevi ragione, Lyla. Mi dispiace».

Capitolo sedici
Deadline

Brava! Hai vinto una tregua dalla morte
ma per poco: amara sorte!
Cenerella brutalmente hai fatto fuori,
la tua sola amica in questo castello degli orrori.
Ora trama con la tua mente contorta,
e presto un'altra persona sarà morta.
Pensa a un'altra fiaba, dai,
spremiti le meningi come non mai,
poi scrivi a più non posso
finché l'inchiostro non diventa rosso.

Katie prese a camminare nella stanza seguendo una spirale, dall'esterno verso l'interno, finché non si ritrovò a girare intorno al tappeto. La sua mente vorticava allo stesso modo e intanto la certezza datale la sera prima dal suo piano svaniva, come risucchiata dallo scarico del lavandino. Forse "certezza" non era la parola giusta. Non erano state quelle le sue intenzioni, certo che no. Ma che alternative aveva?

Il Lupo aveva ucciso Grace? Katie non aveva più sentito la ragazza muoversi nella casa, ma era pur vero che, dopo aver consegnato la storia attraverso la gattaiola, era caduta in un sonno profondo. A giudicare dalla sfumatura arancione del cielo, ora doveva essere tardo pomeriggio. Il silenzio spargeva per la casa l'odore della morte.

Eppure la speranza continuava ad affiorare. Forse il Lupo la stava ingannando. D'altronde non aveva trascinato Grace al piano di sopra, come invece Katie aveva scritto nella sua versione. Se l'idea era quella di mettere davvero in atto l'omicidio raccontato da lei, perché ignorare il luogo?

Ma no. La speranza era solo cecità travestita. Perché mai il Lupo avrebbe dovuto mettere a rischio il suo piano entrando nella stanza di Katie? Forse aveva intuito che lei aveva pianificato di scansarlo con una spinta e scappare via. Si era detta che avrebbe cercato di liberare anche Grace, e ci avrebbe provato davvero, ne era sicura. Grace era sua amica. Eppure si era tenuta la chiave della stanza di Katie e se n'era andata. Se era davvero morta, era a causa delle sue stesse scelte, non di quelle di Katie.

Certo, continua pure a raccontarti questa storia.

Katie crollò sul pavimento. I segreti chiusi nel cervello di uno scrittore vengono sempre messi a nudo nei testi che scrive. Anche lei si era rivelata per quello che era. Dopotutto, quel che faceva era mettere dei protagonisti sotto pressione affinché mostrassero il loro vero io. Allo stesso modo, Katie aveva dimostrato a sé stessa, e al mondo, che nel profondo lei era una persona cattiva. Una che lasciava morire gli altri. Il suo personaggio era questo. Lei non era un eroe. E nemmeno un antieroe. Lei era il cattivo.

Tornata sul suo letto di fieno, si strinse le braccia intorno alle ginocchia e si dondolò avanti e indietro. Il cigolio delle assi del pavimento non riusciva a nascondere il silenzio proveniente dalla stanza di sotto. A causa sua due donne erano state uccise. Scacciò il pensiero di Grace avvolta nel freddo della morte. Del suo giovane cuore che smetteva di battere.

La sua unica vera speranza era che, se Grace era stata realmente uccisa, il Lupo avesse seguito abbastanza fedelmente la storia da lasciare alla polizia qualche briciola di pane, senza rendersene conto. L'unica arma nelle mani di Katie era riuscire a condurre la polizia fino alla casa. Se non mentre lei era ancora viva, allora… no, direzione sbagliata. Bastava che trovassero lui e, alla fine, lei.

Cercò di confortarsi, si disse che doveva essere tosta, accettare ciò che andava fatto, per quanto impossibile da condividere. Giurò che, se ne fosse uscita viva, avrebbe usato la sua visibilità per dare voce al sacrificio di quelle donne, per fare ammenda in prosa. Per raccontare le loro storie. Dare loro una vita che sulla pagina non avrebbe mai avuto fine.

Magari ne sarebbe venuto fuori un libro di successo. Non uno di cui sarebbe mai potuta andare fiera, però.

Capitolo diciassette
Debutto

Quando Lyla e Jimmy arrivarono al Blackwater Arboretum, la giornata stava volgendo al termine, eppure il parcheggio era animato dal clamore sollevato dall'omicidio. La notizia era trapelata non si sa come. Accanto alle auto della polizia e all'unità della scientifica, diversi inviati delle emittenti locali stavano discutendo su come raccontare l'accaduto dall'angolazione migliore e più sensazionale.

Giornalisti della carta stampata e della radio si accalcarono intorno all'auto di Lyla, taccuini e app per dittafono alla mano. «Ispettrice Rondell! Che idea si è fatta del modo in cui Grace è morta?», chiese uno di loro.

«Lyla! Da questa parte! È vero che Grace era vestita da Cenerentola?»

«Cosa pensa del fatto che l'assassino abbia lasciato un mantello come quello di Cappuccetto rosso destinato a lei?»

«Il killer è forse il Lupo cattivo, ispettrice Rondell?»

«Agente Cornick, questo è solo il suo secondo caso di omicidio: la squadra è abbastanza esperta, o lei è un anello debole?».

Lyla si fece largo. «Più tardi rilasceremo una dichiarazione. Per ora, potete andarvene tutti al diavolo, e che sia messo agli atti».

Dietro di lei, Jimmy respinse altre domande. «Non avete sentito cosa ha detto il capo? A tempo debito rilasceremo una dichiarazione. E no, non so quando. Più tardi, chiaro?».

Ufficialmente la stampa non poteva oltrepassare le transenne sistemate sul sentiero, ma i reporter si stavano addentrando nel bosco per trovare una via d'accesso alla radura. Uno stava armeggiando con un drone. La prima foto buona della scena del crimine avrebbe fruttato un *sacco* di soldi. Lyla era furente. Come diavolo facevano a sapere già il nome di Grace? «Raduna qualche poliziotto che impedisca a chiunque di passare, ti dispiace, Jimmy?»

«Nessun problema, capo». Jimmy marciò verso due alberi tra i quali si era appena eclissato un intraprendente cameraman. «Tornatene sul sentiero, brutto stronzo».

Agli occhi di Lyla la radura pareva diversa rispetto all'ultima volta. In parte era per il filtro seppia della luce del pomeriggio d'autunno sulle foglie, che nel frattempo s'erano cambiate d'abito, vestendosi di rosso invece che di verde, e avevano dismesso il manto nero e grigio della notte. E poi c'era un bel po' di gente, anziché solo lei e gli alberi. Più di tutto, però, era per la scena macabra al centro del cerchio fatato.

Indossata la tuta, Lyla entrò frusciando nel cerchio, scusandosi con le fate per l'invasione del loro spazio.

Grace giaceva sulla schiena con le mani giunte sul petto, in posizione di preghiera. Aveva un piede nudo e coperto di fango, l'altro calzava la scarpa dorata mancante. Questa, però, aveva al posto del tacco una lama lunga e sottile, ricoperta di sangue.

La ragazza aveva un taglio sul collo, una specie di sorriso, come se indossasse una collana di granati. Alla sua destra c'erano i resti di una zucca schiacciata, i semi appiccicati in una ragnatela di filamenti fibrosi color arancio. Quattro topi imbalsamati in costume da camerieri stavano di guardia alla sua sinistra. Le testoline pelose chinate, le zampe giunte a mimare le mani di Grace.

L'assassino si era dato molta pena per presentarla come Cenerentola. Esattamente come aveva fatto per far trovare a Lyla il mantello, il cestino e l'allusione a Cappuccetto rosso sulla foto di Allison. Se si trattava della stessa persona che aveva lasciato una mela come quella di Biancaneve sul luogo della scomparsa di Allison, il suo modus operandi era diventato molto più meticoloso.

La logica, però, diceva che non poteva essere la stessa persona che aveva rapito Allison. Sia Mellicent Farling che il testimone del rapimento di Grace nel bosco avevano descritto un uomo sui trent'anni, un'età che escludeva un possibile coinvolgimento nel caso della sua migliore amica. E se anche ci fosse stato un *reale* collegamento con Allison, la cosa non faceva presagire nulla di buono. L'aveva uccisa all'epoca? Lyla si stava aggrappando a una pista che non portava a niente?

Dentro di lei si insinuò un sospetto contorto. E se Allison fosse sepolta lì? Talvolta i cerchi fatati si originavano da qualcosa che marcisce sotto la superficie: e se lì sotto ci fosse stata la tomba di Allison?

L'amarezza bruciava nel petto di Lyla. Doveva impedire ai suoi pensieri di disperdersi come una squadra di ricerca nel bosco. I sentimenti non erano fatti provati. Immaginazione non faceva rima con realtà. Obiettività. Grace.

«Dillo pure». Rebecca, accanto a lei, le mise una mano sulla spalla.

Le voci nella testa di Lyla urlavano al punto che non si era nemmeno accorta che era sopraggiunta Rebecca. «Dire cosa?».

Rebecca chinò la testa, come quella dei topi in lutto. «"Te l'avevo detto". Me lo merito. Se avessimo fatto una ricerca la notte della scomparsa...».

«Groucho ti aveva ordinato di starne fuori».

«E ora mi dice che la mia carriera è a rischio perché non ho agito tempestivamente. A quanto pare era in collegio con lo zio di Grace».

Guarda caso. «Ma è lui che ti ha negato il budget!».

«In teoria avrei potuto far valere il mio ascendente di ispettrice capo così da ottenere un'altra fonte di finanziamento dalle autorità locali per una perlustrazione, ma lui aveva anche messo in chiaro quali sarebbero state le conseguenze, se l'avessi fatto».

«Saresti finita nei guai in un modo o nell'altro. Non voglio rincarare la dose. Non vorrei essere al posto tuo».

«Mi farebbe sentire meglio». Rebecca sospirò e chiuse gli occhi. «Ti do il permesso, in quanto mia amica e collega, di prendermi a male parole».

«Okay», disse Lyla. «Con una perlustrazione ufficiale del bosco, avremmo potuto trovare delle tracce, se non addirittura *la ragazza*. A giudicare dalla pelle, il livor mortis è appena comparso; deve essere morta da poco. Per cui, se può aiutarti, sì. Con tutto il rispetto. Con tutto l'affetto. Te l'avevo detto, cazzo».

«E lo sapevo anch'io. Mi sono sentita con le mani legate da Groucho, ma c'è sempre un altro modo di vedere le cose». Una perla di sudore scivolò lungo la guancia di Rebecca dall'attaccatura dei capelli. Si scostò le lunghe ciocche delle extension fatte di recente, come per liberarsi dal senso di colpa. «Ho autorizzato una squadra a setacciare tutta questa parte della foresta per individuare eventuali telecamere a circuito chiuso, per quanto rare da queste parti, nonché autovelox e potenziali testimoni. Un gruppo di escursionisti è passato da qui poco dopo le sette del mattino e non c'era nulla; al ritorno, all'una del pomeriggio, hanno trovato questo spettacolo».

«Una mossa rischiosa. Portare qui il corpo, sistemarlo meticolosamente, tutto alla luce del giorno», disse Lyla avvicinandosi a Grace.

Rebecca la seguì. «Mi chiedo con che tipo di uomo abbiamo a che fare».

«Il tipo che imbalsama topolini per usarli come lacchè. Che porta una zucca nel bosco solo per far pensare a Cenerentola. Che uccide una donna con un tacco a stiletto». Lyla si augurò che quanto meno la morte di Grace fosse stata veloce.

Si sentì un fruscio tra i cespugli, seguito dal flash di una macchina fotografica.

«Tenete lontani quegli stronzi dalla radura», gridò Lyla a Tony, fermo vicino alla tenda delle prove.

Mentre l'agente si affrettava ad arrestare l'oltraggioso invasore del cespuglio, Rebecca si morse il labbro. «Com'è possibile che la notizia sia trapelata?», chiese. «Dimmi che non è stato uno di noi. La nostra è una squadra troppo piccola, non credi?».

Lyla scrollò la testa. «Potrebbe essere stato chiunque tra le persone coinvolte: uno degli escursionisti, chi ha risposto alla chiamata al 999, magari un paramedico? Nei casi come questo, le persone da controllare sono troppe».

«Lo so. Ma mi viene il dubbio che ci siano degli anelli deboli». Rebecca si inginocchiò accanto al corpo di Grace come davanti a un altare. «Povero tesoro, doveva essere terrorizzata. Ho dato priorità all'autopsia e sicuramente il capo premerà per avere in fretta i risultati».

«Speriamo che emerga qualcosa dai polmoni, dallo stomaco o da sotto le unghie, che ci aiuti a localizzare il nascondiglio dell'assassino. Se sei d'accordo, però, vorrei che l'intera area fosse controllata alla ricerca di tracce di sepoltura. Dobbiamo capire qual è la sua prossima mossa e», deglutì, «che cosa ha fatto prima di arrivare a questo. Se si tratta di un uomo solo o di una banda».

Rebecca impallidì. «Pensi che ucciderà di nuovo?»

«Sì. E presto».

«Se mi fossi fidata del tuo istinto…». Rebecca fece una pausa, osservando la squadra della scientifica che raccoglieva i campioni. Si schiarì la gola, come preparandosi a prendere una decisione. «Ispettrice Rondell, ti metto a capo di questa indagine», dichiarò. «Hai un passato che ti lega a questa storia, per te ha un significato. Sei esperta di fiabe. E, dalla tua faccia, so che non avrai pace finché non avrai trovato il responsabile».

Lyla si sentì gonfiare il cuore per il sollievo e la gratitudine. Soffocò le lacrime. «Grazie, capo. Non ti deluderò. E non deluderò nemmeno Grace». *O Allison.*

«Mi raccomando, procedi con cautela», continuò Rebecca in un sussurro. «Sarà un caso molto mediatico. Prepara la tua faccia migliore per la conferenza stampa. Poco fa ho sentito un giornalista che parlava… Sai come ha chiamato l'assassino?»

«Oddio». Quando la stampa battezzava un killer con un nome accattivante, puntualmente il pubblico si appassionava alla storia: tutti bravi ad analizzare ogni mossa degli investigatori, a formare le proprie squadre di *true crime*. «Come?».

Il volto di Rebecca rifletteva perfettamente le sue parole. «Grimm lo Squartatore».

Capitolo diciotto
Halloween

L'imbrunire striava il cielo con l'arancione e il lilla delle calze delle streghe. Katie avrebbe dovuto essere sul suo morbido divano a guardare *Halloween 3*, come era sua tradizione la vigilia di Ognissanti: una bella ciotola di popcorn e i suoi gatti sulle gambe, una bottiglia di vino, le tende chiuse e le luci spente in caso arrivasse qualcuno a fare "dolcetto o scherzetto". Invece era intrappolata, impegnata a far diventare realtà i suoi pensieri contorti nel tentativo di superare in astuzia un assassino.

Le parole, però, faticavano a uscire. Katie smise di battere sui tasti e si strofinò i polsi doloranti. Era abituata alla tastiera del Mac, non a quella vecchia macchina da scrivere. Quei tasti appiccicosi e i martelletti deboli richiedevano vera e propria forza per imprimere le lettere sulla pagina. Era già esausta e piena di dolori, non solo alle mani: aveva i piedi gonfi per la pressione alta, rossi e caldi nei calzini di lana che lui le aveva lasciato. La cosa peggiore era non poter premere "cancella". Quando lavorava sullo schermo, poteva spingere il tasto "indietro", viaggiare nel tempo e tornare al momento in cui le frasi venute male non erano ancora state scritte. Così, invece, ogni segno impresso sulla carta era destinato a rimanere. Non le aveva dato nemmeno la scolorina. Le toccava cestinare l'intera pagina o andare avanti.

Così, piano piano, continuò. Poggiando le dita sui tasti freddi e tondi, decise di trattare la cosa come se stesse improvvisando al pianoforte. Parole jazz. Così come venivano. Se si fosse messa a pensare a quello che stava scrivendo, quella storia non l'avrebbe mai finita.

Sentì dei passi salire le scale. Il suo stomaco brontolò per una specie di riflesso condizionato, ma il resto del corpo si irrigidì dalla paura. Non era ora di cena. Era un altro il motivo che lo stava portando da lei.

Katie vide un foglio scivolare sotto la porta. Poi, nient'altro; allora corse a raccoglierlo da terra.

Era la stampa di una pagina web; il titolo recitava: GRIMM LO SQUARTATORE SI AGGIRA PER LA NEW FOREST.

Quindi era andato fino in fondo: aveva ucciso Grace.

Fu travolta dal dolore. Non la conosceva bene, ma sapeva che non l'avrebbe mai più conosciuta. Grace. Una ragazza dolce, divertente, che non avrebbe più potuto vivere il resto della sua vita. Katie, invece, l'avrebbe portata dentro di sé per il resto dei suoi giorni.

Asciugandosi le lacrime dalle guance, dette una scorsa all'articolo. Le balzarono agli occhi alcuni dettagli: i topi imbalsamati, la zucca. Qualcosa si risvegliò sotto il senso di colpa e il dolore. Il suo piano... aveva funzionato davvero?

Si soffermò sul nome dell'investigatore capo: l'ispettrice Lyla Rondell del distretto dell'Hampshire e dell'Isola di Wight. C'era anche uno scatto della Rondell che la ritraeva mentre fissava la calca di giornalisti. Nei suoi occhi brillavano ferocia e intelligenza, il che la fece ben sperare.

Al di là dei vaghi accenni al collegamento con Cenerentola, l'articolo non rivelava molto. Sperò che fosse perché l'ispettrice Rondell voleva tenere nascosto alla stampa il maggior numero di dettagli possibile, e non perché la polizia non aveva colto i suoi indizi. In questo caso, avrebbe avuto bisogno di un piano di riserva. Una trama secondaria.

Katie si spostò vicino alla grata. Ora o mai più. «Non te ne andare», gridò.

Lui era fermo come una statua nel corridoio, con la maschera in testa.

Imbaldanzita, Katie continuò. «Sarebbe molto utile per la mia scrittura sapere qualcosa in più su di te. La tua storia, le tue motivazioni».

Lui non rispose, ma non se ne andò.

Katie ci riprovò. «Quando insegno scrittura creativa, chiedo agli studenti di scrivere dal punto di vista degli antagonisti. Quando la storia che raccontiamo è quella del cattivo, allora lui diventa anche l'eroe. Non possiamo fare a meno di stare dalla sua parte. E io voglio che la gente stia dalla tua».

Il Lupo inclinò la testa. «Perché?», disse con una voce quasi impercettibile. La maschera soffocava le sue parole.

Katie deglutì. «Non credo che tu sia un assassino per natura. Devi avere una buona ragione per fare tutto questo. Ti chiedo di aiutarmi a capire». Se fosse riuscita a indurlo a fidarsi di lei, forse si sarebbe rilassato un po'. Avrebbe fatto un errore. Una tattica, questa, che era come lanciare carne a un animale selvatico: pericolosa e sconsiderata.

Il Lupo però si voltò e lei riuscì a malapena a cogliere la risposta. «Tu non meriti la mia storia».

Quando se ne fu andato, Katie rilesse l'articolo con rinnovata determinazione. D'ora in poi ogni sua parola doveva contare. Così da limitare le sofferenze delle vittime del Lupo e fornire all'ispettrice Lyla Rondell quante più informazioni nascoste possibile. La responsabilità di fermare lo Squartatore ricadeva su entrambe.

Il tema del prossimo delitto sarebbe stato ispirato da lei. Quale fiaba scegliere, però? Optare per qualcosa di insolito rispetto al canone dei fratelli Grimm, *La ragazza delle oche*, per esempio, o *Urliburlebù*, o *Il corvo*, avrebbe fatto contenti gli appassionati, come quando una cover band suona un lato B. Probabilmente, però, non avrebbe ottenuto il riconoscimento di tutto il pubblico o l'attenzione della stampa. L'opinione pubblica rischiava di rimanere delusa e smettere quindi di seguire l'assassino e, di conseguenza, Katie. *Ammesso che qualcuno sappia della mia scomparsa.*

No. Doveva essere una di quelle note a tutti. Un classico.

La prossima morte ispirata alle fiabe iniziava a mettere radici sulla pagina. Katie aveva sempre voluto fare la sceneggiatrice e ora si trovava a scrivere per un cast composto da un solo attore. Parole jazz per un assassino. Le mani le tremavano ancora, ma si costrinse a rimanere in carreggiata. Diversamente, avrebbe fatto la fine dell'altra scrittrice, o di Grace, il cui fantasma era intrappolato in quella casa infestata. E qualche altro povero scrittore, magari un suo amico, sarebbe stato rapito per rimpiazzarla.

Fece un respiro profondo. Mentre il buio chiudeva le sue tende sul cielo, lei quella notte avrebbe raccontato la morte di due persone.

Capitolo diciannove
Teresa

Seduta sul bordo del letto con la testa stretta tra le mani, Lyla cercava di alleviare il dolore. L'emicrania l'aveva svegliata presto quella mattina, attanagliandole il cervello in una morsa. Soffriva di mal di testa fin da adolescente, ma stavolta era *terribile*. Come se qualcuno le avesse messo la testa in un temperamatite e continuasse a girarcela dentro lentamente.

L'unica cosa buona di quel dolore era che congelava i pensieri, peccato però che in quel momento Lyla aveva bisogno che il suo cervello funzionasse al meglio. La conferenza stampa era di lì a un'ora e doveva essere pronta. Non si era nemmeno vestita. Il suo completo migliore era sepolto per terra da qualche parte, sotto sacchi di biancheria che aspettavano da settimane di essere lavati.

Stringendo i denti, scese lentamente le scale tenendosi al corrimano ed entrò nella minuscola cucina. La caffeina a volte aiutava, quando gli antidolorifici pesanti non riuscivano nemmeno a sfiorare il dolore, figuriamoci a spegnerlo. Prese il barattolo del caffè e cercò di scovare la caffettiera tra buste della spesa non svuotate, pile di tegami sporchi e resti delle patatine del giorno prima. Quella cucina diventava subito un casino, da quanto era piccola. O almeno quella era la scusa che Lyla raccontava a sé stessa. Bastavano due passi per percorrerla in lunghezza, e uno in larghezza.

Da piccola sognava di avere una cucina enorme e preparare tante cose buone per Allison, organizzare feste intorno a un'isola sciccosa. Ma lì dentro non c'era spazio neanche per cucinare o muoversi in due persone, figuriamoci per una festa. Non che Annie si prestasse a niente del genere. A differenza di Lyla, non era una che amava gli eventi sociali o stare con la gente: se ne stava per conto suo, a digitare silenziosamente sul portatile nella sua stanza. Il ticchettio della tastiera era l'unica compagnia che offriva a Lyla durante le sue notti insonni.

Il tempo stringeva: Lyla si arrese e si mise in macchina senza aver bevuto il caffè, con indosso il suo terzo miglior completo, solo appena appena macchiato. Un'emicrania con aura visiva si unì alla festa: aveva dei vermi scuri che le attraversavano la visuale e, per vedere la strada, doveva strizzare gli occhi.

Gli altoparlanti segnalarono una chiamata in arrivo, facendola trasalire.

«Pronto, Jimmy». Sperò che il tremore nella sua voce venisse camuffato dai rumori della strada.

«Stai bene? Dal tono non si direbbe».

«Ho solo bisogno di un caffè». E di sdraiarsi con una borsa del ghiaccio sulla testa, in una stanza fresca e buia.

«Te lo faccio trovare pronto. La stampa è già qui. Sono in tantissimi. Ne stiamo mandando indietro alcuni».

I giornali locali dovevano essere in visibilio. Quando aveva diciassette anni, Lyla si era trovata alla stazione di Bournemouth come Cadetta civile volontaria la settimana in cui a Queen's Park era stata trovata una donna assassinata. Era rimasta sconvolta di fronte all'atmosfera allegra della conferenza stampa, ma poi lei stessa aveva provato un brivido di colpevole eccitazione: finalmente accadeva qualcosa di importante.

«Prima che tu sia qui, però, c'è una cosa che devi sapere». Jimmy abbassò la voce in un sussurro solenne, provocandole un picco di adrenalina che le acuì il dolore alla testa. «È arrivata un'altra lettera da Grimm lo Squartatore, o quanto meno da qualcuno che sostiene di essere lui».

«Che cosa dice?»

«Aspetta, vado nel tuo ufficio». Lyla lo sentì spostare le sedie con le ruote mentre attraversava l'ufficio principale del commissariato. Aprì una porta e la richiuse. Si sentì il clangore delle veneziane che venivano abbassate. «Ci sono. Qui dentro nessuno può sentirmi, né leggermi il labiale».

«Non voglio proprio credere che qualcuno della nostra squadra se la intenda con qualche giornalista».

«Forse non è così», disse Jimmy. «Lo spero, anzi. La soffiata deve pur essere arrivata da qualche parte, però. Forse, se i dipendenti pubblici fossero pagati meglio, nessuno sentirebbe l'esigenza di parlare in cambio di denaro».

«O forse la gente così non dovrebbe fare un lavoro che si basa sulla fiducia dei cittadini».

«Ben detto. Comunque, ecco cosa dice il biglietto: "Carissima Lyla. Pronta per un altro omicidio? Stavolta la morte bracca una sorella e un fratello. Segui le briciole di pan di zenzero. Un caro saluto, Grimm lo Squartatore"».

Lyla fu accecata da un lampo di rabbia. «Per lui è un gioco. Si beffa di me». Cercò di incanalare la sua collera. *Concentrati. Rimani professionale. Non fare casini.* «E perché uccidere di nuovo, a così poca distanza dalla morte di Grace?»

«Potrebbe non essere un "lui"», disse Jimmy. «E poi tu l'avevi previsto, che l'assassino sarebbe tornato a colpire presto».

«Non *così* presto».

Jimmy fece una pausa e lei lo immaginò mordersi il labbro inferiore. «Forse, di chiunque si tratti, ha una finestra limitata di possibilità?»

«Potrebbe essere. O forse ci ha preso gusto, dopo aver ammazzato Grace».

«Se questa storia è *davvero* collegata alla scomparsa della tua amica, anni fa, che cos'è che ha fatto ripartire tutto? E cosa sta cercando di comunicare l'assassino?»

«Ottime domande». Lyla sentì un fremito di orgoglio. «Inizi a pensare come un investigatore».

«Forse però dovrei pensare come un assassino. Così potrei darmi delle risposte», replicò.

Lei sorrise mestamente. «Non credo che tu abbia la stoffa del serial killer, Jimmy».

«E che mi dici delle vittime? Fratello e sorella e briciole di pan di zenzero: sarà *Hänsel e Gretel*, giusto?»

«Probabile», rispose Lyla. «Però potrebbe essere *Fratellino e Sorellina*, conosciuta anche come *Il cervo incantato*, un'altra fiaba dei fratelli Grimm: entrambe raccontano la storia di un fratello e una sorella in un bosco».

Jimmy scosse la testa, colpito. «Ma come fai a ricordare tutti questi particolari?»

«La vera domanda dovrebbe essere come faccio a conoscere simili dettagli e non riuscire a trovare nemmeno i miei vestiti o la caffettiera».

«No, dico sul serio».

Lyla sospirò. «Se la tua migliore amica svanisse nel nulla e sul suo letto venisse lasciata una mela avvelenata, probabilmente anche tu ti butteresti a capofitto nelle fiabe».

«Non hai tutti i torti», disse Jimmy. «So che non è la stessa cosa, ma dopo la morte di mio nonno mi è venuta l'ossessione per gli alberi. Lui li adorava».

«A ognuno il suo. Bene, sarò lì a breve: metti su il caffè. E non dire a nessuno della lettera, ovviamente».

«Ovviamente».

«Ci vediamo tra dieci minuti».

Quando Lyla arrivò alla stazione di polizia, erano le tre del pomeriggio. I giornalisti appostati intasavano i corridoi come il colesterolo cattivo. L'emicrania non la lasciava in pace e il verme si era spostato verso sinistra, mangiandosi allegramente metà del suo campo visivo. L'ideale per evitare di guardare Teresa Unwin, giornalista del «Wessex Times» e sua vecchia "amica" di scuola.

«Lyla! Da quanto tempo». Teresa piazzò una mano appiccicaticcia sulla spalla di Lyla e accennò quello che forse, nelle sue intenzioni, doveva essere un sorriso accattivante. «Avrai di sicuro un'esclusiva per me, non è vero? In memoria dei vecchi tempi».

Lyla non si sarebbe mai lasciata accattivare da Teresa. «Per quanto mi riguarda, Teresa, meno parliamo dei vecchi tempi e meglio è». C'era stato un periodo in cui Teresa aveva frequentato lei ed Allison: qualche volta era andata al cinema con loro. Quando Allison era scomparsa, però, Teresa aveva detto a tutta la scuola che era stata Lyla a ucciderla e occultare il corpo. Tutti usarono quella versione per sottrarsi all'onere di avere a che fare con una persona così palesemente in pena: la scusa perfetta per evitare Lyla, che, proprio quando avrebbe avuto più bisogno di sostegno, si ritrovò senza nessuno su cui contare.

«So che da ragazzine non andavamo d'accordo, ma...».

La risata amara di Lyla troncò la frase di Teresa. «"Non andavamo d'accordo"? Vuoi metterla in questi termini? Tu hai preso il momento più terribile della mia vita e sei riuscita a renderlo ancora peggiore».

«Lo so», disse Teresa abbassando lo sguardo a terra. «E mi dispiace tanto, Lyla».

Le parole che Lyla aveva pronte in testa per aggredirla le si bloccarono in gola. «Ti dispiace?».

Con gli occhi lucidi, Teresa incontrò il suo sguardo. «Non avrei mai dovuto dire che eri stata tu. Non ho mai pensato che l'avessi uccisa davvero; la sola idea era ridicola, era chiaro a tutti quanto le volevi bene. Voglio dire, anch'io le volevo bene. Ma tu eri ricambiata».

«Allora perché inventare tutte quelle stronzate su di me? Eri invidiosa di noi?».

Teresa prese a fare dei timidi passettini, come una bambina colpevole. «Un po', forse. Desideravo un legame come il vostro, e lo desidero ancora. Chi non lo desidera? Ma a piacermi era l'attenzione che ne ricavai. Per una volta tutti mi stavano a sentire».

«Avevi così tanto bisogno di attenzioni da arrivare al punto di inventarti una storia terribile su di me e rovinarmi la vita».

Teresa distolse lo sguardo come assalita dal senso di colpa, cosa insolita per una giornalista. «È una delle cose peggiori che abbia mai fatto. Ho pensato tante volte di scusarmi con te, ma poi ho sempre fatto marcia indietro».

Lyla incrociò le braccia. «Allora perché farlo adesso?»

«Senza offesa, Lyla, ma hai un aspetto orribile. Una giovane donna scompare, poi viene ritrovata morta? Non c'è da stupirsi, è tremendo. Quando ti ho vista, non ho potuto sopportare l'idea che ti sentissi sola».

La scheggia di ghiaccio a forma di Teresa nel cuore di Lyla iniziò a sciogliersi. All'epoca erano solo delle ragazzine. In fondo la capiva: era una bambina insicura che aveva usato quello che poteva per cavarsela.

«E sembra possa esserci un collegamento», continuò Teresa, abbassando la voce. «Con la scomparsa di Allison, intendo, visti i rimandi alle fiabe».

Lyla rimase impietrita e per poco non le si fermò il cuore. «Tutte le informazioni disponibili saranno comunicate nel corso della conferenza stampa». Dovette sforzarsi per far uscire quelle parole.

«Capisco». Teresa si voltò per controllare se ci fossero giornalisti nei paraggi. «Ma quando ho saputo del cestino e del mantello, mi sono fatta delle domande».

Lyla strinse i pugni, la rabbia montava dentro di lei. «Quindi, fammi capire bene: ti stai scusando solo per avere da me una corsia preferenziale? 'Fanculo, Teresa». Fece per allontanarsi ma Teresa le afferrò il gomito.

«Non capisci. Posso immaginare il perché, ma, per favore, solo per un momento, ascoltami». C'era urgenza nella sua voce. «Il mio istinto professionale e personale mi dice che tutta questa storia è collegata a Allison. La sua scomparsa mi tormentava allora e mi tormenta ancora adesso. È per questo che sono diventata giornalista. Per scoprire la verità su ciò che le è successo».

Lyla fissava un punto lontano, ascoltando Teresa senza guardarla. Non c'era motivo di cercare nei suoi occhi il velo delle bugie, era troppo esperta in questo.

«Io voglio delle risposte quasi quanto te. E, collegamento o meno, l'assassino non si fermerà. Hai visto anche tu nella foresta, lo scempio in stile fiaba nera dei Grimm…».

A quel punto Lyla la guardò. «Dimmi che questa frase non finirà nel tuo articolo», sbottò.

Teresa alzò le mani. «Se non vuoi che lo scriva, non lo farò. E, per dimostrarti che oggi *puoi* fidarti di me, non farò domande su Allison né farò alcun accenno a lei». Toccò di nuovo la spalla di Lyla. «Dev'essere un momento traumatico per te, ti avrà catapultata indietro nel tempo. Se hai voglia di parlarne, sappi che io ci sono».

Lyla si scrollò di dosso la mano e si allontanò. A Teresa non avrebbe chiesto nemmeno di portarle un caffè, figuriamoci confidarle i suoi traumi. Dubitando di aver mantenuto una parvenza professionale, si rintanò in bagno per ricomporsi. Guardandosi allo specchio, attenuò la vampata di rabbia sulle guance con un po' di correttore, ma non c'era verso di zittire le voci nella sua testa.

Quando sentì la porta aprirsi si girò, pronta a gridare a Teresa di lasciarla in pace, ma vide invece Rebecca.

«Eccoti qui», le disse. «Aspettiamo solo te». Avvicinandosi a Lyla e guardandola, aggiunse: «Se te la senti, intendo».

«Sto bene».

Rebecca le poggiò le mani sulle spalle. «Te la caverai benissimo. Lyla Rondell, tu sei nata per condurre questo caso».

Entrarono insieme nella sala stampa, Rebecca preceduta da Lyla. C'era puzza di sudore stantio, di sudore fresco e di tè troppo carico. Tutte le sedie della centrale erano state stipate lì dentro ed erano tutte occupate dai giornalisti; lo spazio rimasto in fondo alla stanza brulicava di telecamere.

«Grazie a tutti per essere venuti», disse Lyla salendo sul palco, seguita da Jimmy. «Sono l'ispettrice Lyla Rondell e sarò a capo di questa indagine per omicidio. Questo è l'agente James Cornick; è qui con noi anche il dottor Lionel Rhodhouse, il medico legale che ha eseguito l'autopsia».

Alcuni giornalisti scattarono in piedi e quasi tutti alzarono subito la mano. Lyla scorse Teresa in ultima fila, le mani sulle ginocchia.

«Risponderò alle domande alla fine. Per il momento, vi chiedo per favore di lasciarmi continuare con la mia dichiarazione». Lyla guardò i suoi appunti. «I parenti più stretti della vittima mi hanno dato il permesso di rivelarne l'identità. Si chiamava Grace Montague ed era una studentessa dell'Università di Southampton; aveva ventun anni».

«Potremo parlare con lo zio, il signor Turner-Bridling?», chiese dalla prima fila un giornalista di un rotocalco scandalistico.

«Come ho già detto, vi prego di lasciare le domande alla fine, abbiamo tante questioni da trattare».

Lyla disse il minimo indispensabile su Grace e sulla sua morte, senza scendere nei dettagli e respingendo le inevitabili domande.

Al termine del suo discorso, Lionel si alzò in piedi, con una cartella tra le mani. Era magro e pallido come gli scheletri con cui lavorava, e altrettanto silenzioso, almeno finché non c'era di mezzo il karaoke. Era difficile associare quell'uomo vestito di grigio con quello che, il Natale prima, aveva duettato con Rebecca in *Relight My Fire*.

«In attesa di ulteriori risultati dalla scientifica», lesse Lionel nel suo stentato tono piatto, «le mie conclusioni iniziali sono che Grace Montague è stata uccisa da una coltellata alla gola ieri mattina presto».

«Dove la tenevano?», gridò un giornalista.

«C'è un profilo dell'assassino?», urlò un altro.

Lionel continuò a leggere dalla sua cartella. Quella mattina, sul presto, aveva inviato a Lyla una sintesi dei risultati e lei gli aveva risposto via email indicandogli quello che poteva dire. «I lividi e le abrasioni superficiali e più gravi, insieme ai resti sotto le unghie e sui vestiti, suggeriscono che la donna abbia lottato con il suo rapitore, sia in un ambiente domestico che nel bosco».

Le penne correvano sulle pagine, i polpastrelli volavano sulle tastiere.

«Dottor Rhodhouse, può parlarci delle sostanze fungine trovate intorno e sul corpo di Grace? Si tratta di un omicidio rituale?».

Lionel congiunse i polpastrelli e attaccò a parlare: essendo appassionato di botanica, amava i discorsi sui funghi. «I campioni dei funghi...».

Lyla si alzò, interrompendolo. «Alcune informazioni saranno tenute riservate per motivi procedurali. Posso dirvi, però, che stiamo trattando gli elementi fiabeschi presenti sulla scena del crimine come una linea d'indagine chiave, e posso confermare che tra questi ci sono scarpette dorate, topi e una zucca».

«Secondo le vostre ipotesi, quale sarà la prossima fiaba che Grimm lo Squartatore inscenerà?», gridò qualcuno. «E ritenete che abbia già ucciso qualcun altro prima di Grace?»

«Non ci sono prove che lo suggeriscano». Lyla lanciò un'occhiata a Teresa, che chiuse il suo taccuino e rimase in silenzio.

Quando la conferenza stampa fu terminata, mentre i giornalisti si affrettavano a trasmettere i loro articoli e, senza dubbio, a cercare di assillare o corrompere i suoi agenti per ottenere altre informazioni, Lyla fece un cenno a Lionel. «Possiamo vederci per un caffè in un luogo appartato?», gli chiese con quanta più discrezione possibile. «Tra un'ora circa, quando tutti i giornalisti si saranno tolti dalle scatole e non potranno seguirmi?»

«Lontano dal comando e da orecchie avide», rispose Lionel. «Certo. C'è un pub vicino casa mia. Il Three Turns Inn. Ci vediamo lì alle undici».

Mentre Lionel si allontanava camminando come una scala ondeggiante tra lo sciame di giornalisti, le si avvicinò Teresa. «Sei stata brava», disse.

«Non hai fatto nessuna domanda».

«Te lo ripeto, io non dirò nulla. Voglio solo aiutarti e rimediare a quello che ho fatto». Teresa le si accostò ancora di più. «A tal proposito, ho pensato che potesse interessarti. La talpa è nella tua squadra», sussurrò fissando Jimmy. «Pare che sia un uomo».

Capitolo venti
Harry e Gemma

La morte dei gemelli

di K.T. Hexen

Gemma adorava i momenti in cui lei e suo fratello gemello Harry avevano la casa tutta per loro, e questo era uno di quelli: la mamma era andata ad accompagnare i bambini a scuola e loro potevano giocare a scacchi in santa pace, senza che i fratellini scappassero via con una torre.

Ecco però l'auto della mamma che entrava nel vialetto, con Rachel e Barny, i gemelli di cinque anni, che salutavano seduti dietro.

Rachel si precipitò in casa e si lanciò su Gemma, facendo ruzzolare a terra i pedoni. «Possiamo giocare?»

«No», rispose Gemma liberandosi dalle mani sporche di banana di Rachel. «Io e Harry usciamo».

«E ora dov'è che andate?», chiese la mamma portando in casa la spesa.

«Al cinema», disse Gemma. «Ma ci servono cinquanta sterline».

«No!», esclamò la mamma rivolgendosi a entrambi. «Vostro padre e io siamo al verde».

Harry prese due pacchetti di patatine direttamente dalla busta della spesa. «Va bene, ma ci servono almeno i soldi per la benzina: la macchina è tua».

«Non potete avere neanche la macchina», rispose la mamma. «Io non faccio che riempire scaffali dalle otto alle tre del mattino».

«Ma perché ti ostini a fare un lavoro di merda come quello?», chiese Harry, allungandosi sul divano che occupava una parete del loro piccolo soggiorno con angolo cottura. Poggiò poi i piedi sulle gambe di Gemma.

«Non è che mi ostino, devo farlo».

«Cerca qualcosa che ti piaccia, allora». Gemma accese la TV. «Che sia pagato meglio».

«Basta, non ne posso più». Avvampando, la mamma si rivolse ai due

gemelli più grandi. «Vi ho già coccolati abbastanza. È ora che voi due togliate le tende da qui. Rachel e Barny hanno bisogno di una stanza tutta loro e io ho bisogno che voi ve ne andiate fuori dai piedi».

Gemma rise. La mamma l'aveva già detto tante volte, ma era troppo debole per passare dalle parole ai fatti.

Mordendosi il labbro, la mamma mise a posto la spesa, compreso un grosso pacco di mentine. «Io ne voglio una», disse Rachel.

«Io cinque», aggiunse Barny.

«Basta caramelle», rispose la mamma infilandosele in tasca. «Avete già mangiato uno dei pacchetti che ho comprato oggi. Questi sono il regalo mensile per vostro padre».

Rachel e Barny iniziarono a litigare per chi poteva avere il mattoncino Lego blu. La mamma scosse la testa, con le occhiaie sempre più marcate.

I gemellini erano nati il giorno del ventunesimo compleanno dei gemelli più grandi: da allora, festeggiare come si deve i compleanni era diventato impossibile. Erano stati una sorpresa della perimenopausa. Quando il pancione aveva iniziato a farsi evidente, la mamma aveva detto che stavolta avrebbe fatto le cose per bene.

Proprio come Gemma e Harry, nonostante fossero gemelli i due piccolini di cinque anni non si somigliavano affatto. Gemma e Barny avevano i capelli biondi e ricci, mentre Harry e Rachel li avevano castani e lisci.

«Puoi prenderlo», disse Rachel a Barny, dandogli il mattoncino.

«No, tienilo tu». Barny diede alla sorella un bacio sulla guancia e le rimise in mano il mattoncino Lego.

«Non puoi mandarli a giocare in strada o che so io?», chiese Gemma. «Preferibilmente mentre sta arrivando un camion».

Barny si mise a piangere.

«Ecco perché vi voglio fuori di qui», disse la mamma senza guardare i gemelli più grandi. «Questa volta non sto scherzando».

«E i soldi da dove li prendiamo?», chiese Gemma.

«Guadagniamo a malapena per mettere via qualcosa ogni mese», aggiunse Harry.

«Smettetela di comprarvi tutti quei vestiti e quei giochi, tanto per cominciare». La mamma si strofinò gli occhi. «Vostro padre e io ne abbiamo parlato. Dovrete cavarvela da soli».

«Semmai sei tu che ne hai parlato a papà», ribatté Gemma. Il padre era un po' come un marshmallow: un uomo tenero, dolce e incline a sciogliersi sotto il fuoco. Aveva paura di deludere le persone che amava. In particolare la mamma.

«Sottigliezze di poco conto. Ho chiesto consiglio anche alla zia Patella. I suoi figli sono andati via di casa a diciott'anni».

«Saranno stati felici di allontanarsi da lei». Zia Patella non era né zia né una patella, ma una vecchia amica di Gan Gan, la madre della mamma. Il suo vero nome era Selma e aveva conosciuto Gan Gan quando avevano due bancarelle di pesce rivali al Poole Quay. Più Selma viveva in Inghilterra, più il suo accento irlandese diventava marcato, come a dimostrare che vivere con gli inglesi non significava che le piacessero. Indossava sempre abiti eleganti e portava un monocolo da dietro il quale fissava Gemma con scetticismo.

«No. Volevano semplicemente vivere la loro vita. Avete tre mesi per trovare un posto dove stare, e guardate che è un'offerta più che generosa. In genere agli inquilini se ne danno due».

«Inquilini?!», esclamò Harry. «Noi siamo i tuoi figli!».

«Sì, ma qui i bambini sono loro». La mamma prese in braccio Rachel e le baciò la testa. «Voi siete adulti. Dovete badare a voi stessi».

Rachel si godeva le coccole. Volendo anche lui un po' di quell'amore, Barny abbracciò le gambe della mamma come fossero un albero. Se non fosse stato per quei due stronzetti, Gemma e Harry sarebbero potuti rimanere a casa. E avrebbero anche avuto ognuno la propria stanza.

«Non possiamo aspettare che torni papà per riparlarne?», chiese Harry.

«Ho deciso», rispose la mamma. «Non possiamo permetterci di mantenervi tutti. Vi abbiamo chiesto di contribuire all'affitto, ma avete rifiutato. Ora useremo il pugno di ferro, ma è per il vostro bene».

Rachel indicò con il dito la grossa lacrima che scendeva sul viso di Gemma e si mise a ridere. «La mamma non ti vuole più!».

«Zitta, tesoro», le fece la mamma. «Non è una cosa bella da dire».

«Però è la verità», mormorò Harry.

La mamma mise giù Rachel e posò le mani sulle spalle di Harry. «Tesoro, io ti sto aiutando a spiccare il volo. È il compito di ogni genitore». Nella sua voce ora era tornata una nota di dolcezza.

«Magari potremmo fare sei mesi», suggerì Gemma. «Così possiamo guadagnare...».

La mamma fece un passo indietro e incrociò le braccia. «Tre. Avete ventisei anni, cazzo».

Barny ridacchiò gorgogliando. «Mamma, hai detto una parolaccia!».

«È colpa di tuo fratello e di tua sorella, tesoro». Poi si rivolse a Gemma. «Forse quando avrai un posto tutto tuo potremo avere un vero rapporto madre-figlia. Andare a fare shopping, vederci per un cocktail...».

«Certo, perché quello che voglio da mia madre è condividere una

boccia di Porn Star Martini e non un posto dove vivere. Ormai sono tantissimi i ragazzi che vivono con i genitori fino ai trent'anni. È la crisi del costo della vita».

«Io sono in crisi!». La mamma si lasciò cadere sul divano. «Se almeno mi aiutassi con i bambini e con la casa, sarebbe diverso. Ma non fai che startene seduta lì. Mi dispiace, amore. La decisione è presa».

Gemma afferrò Harry per la manica e lo trascinò fuori dalla stanza. «Perché non ci buttate nel bosco?», urlò mentre correvano su per le scale.

«Non mi tentate», gridò per tutta risposta la mamma.

I due gemelli più grandi si sedettero sul letto di Gemma, come avevano fatto per tanti anni. «E adesso che facciamo?»

«Escogitiamo un piano».

Harry annuì. «Sì, gliela faremo vedere. Metteremo insieme la caparra per una casa in affitto e...».

«Noi non andremo da nessuna parte», gli rispose Gemma.

«Ma la mamma ha detto...».

«Lascia fare a me». Gemma si girò verso la finestra. Fuori, all'imbocco della foresta, i cespugli di fusaggine si agitavano al vento. Il suo piano cominciò a prendere forma.

L'indomani mattina, Gemma e Harry si alzarono molte ore prima del sole e, zitti zitti, iniziarono i preparativi. Quando fu tutto pronto, Gemma entrò nella stanza dei gemellini e iniziò a scuoterli piano. «Se venite con me», sussurrò alla sorellina accarezzandole la testa, «potrete avere quelle mentine».

Con voce assonnata, Barny chiese: «Quante?». A lui interessava solo avere, avere e avere. E togliere a lei.

«Tutto il pacchetto, tutto tuo e di Rachel».

Sorridendo, Barny allungò la mano.

«Prima però dovete fare un gioco con me. Ma dovete fare piano, non possiamo svegliare mamma e papà, sennò non vi daranno un bel niente».

Barny diede un colpetto sulla schiena della sorellina nel letto accanto e le sussurrò qualcosa all'orecchio. Rachel batté le mani, si stropicciò gli occhi e, alzandosi, barcollò, ancora mezza addormentata.

Gemma indicò i maglioni e i pantaloni di felpa che aveva preparato. «Mettetevi le tute. Fuori fa freddo».

Mentre i gemelli si vestivano, Gemma guardò fuori dalla finestra. Una torcia lampeggiò in fondo al giardino. Harry era pronto.

«Qualcuno può tirarmi fuori?». Rachel era mezza incastrata nel suo maglione rosso.

Sospirando, Gemma aiutò Rachel a far passare la testa, poi la sorellina le diede un grande abbraccio. In un momento di tenerezza, si chiese se stessero facendo la cosa giusta. Ma fuori la luce della torcia lampeggiò di nuovo, ricordandole che lei e Harry erano stati cacciati di casa per colpa di quei bambini.

Infilandosi le scarpe da ginnastica vicino alla porta sul retro, Barny guardò Gemma con tanto d'occhi. «La mamma si arrabbierà se usciamo senza di lei?»

«No, amore. Sarà contenta che ci divertiamo insieme».

Barny annuì e insieme a Rachel trottò dietro Gemma lungo il sentiero; stretti in mano avevano Bunny e Lanlan, i loro peluche preferiti.

Quando giunsero in fondo al giardino, Harry uscì da dietro un albero e girò la torcia per illuminarsi il viso. «Bu!».

Barny sobbalzò e Gemma ridacchiò.

«Seguitemi». Harry aprì il cancello che dava sulla foresta.

Rachel esitò. «Noi non possiamo uscire dal retro da soli».

«Non senza un adulto», rispose Gemma. «Ma Harry e io siamo entrambi adulti, non hai sentito cosa ha detto la mamma ieri?».

Rachel fece di sì con la testa, un cenno lento e serio, poi guardò la porticina delle fate che la mamma aveva poggiato contro il muro. «Possiamo lasciare una mentina per le fate? Così anche loro veglieranno su di noi».

Gemma fu attraversata da un brivido di inquietudine, che respinse. Lei non credeva alle fate. «Certo. Harry?».

Suo fratello si frugò in tasca, tirò fuori una mentina rotonda e la posò sul palmo di Rachel.

Accovacciandosi, Rachel adagiò la mentina accanto alla porticina di legno. «Questa è per voi, amiche Fate: vi chiedo in cambio di vegliare su di me».

«Chi te l'ha insegnata questa cosa?». La voce di Harry tremava di inquietudine.

«Zia Patella».

Maledetta zia Patella, che riempiva la testa ai bambini con le storie delle fate: fossero state almeno fate buone.

«Dovranno farla rotolare come un sasso!», disse Barny ridendo.

«Buona fortuna a loro». Mentre superavano il cancello, Harry lanciò un'occhiata nervosa alla porta delle fate.

Il buio si infittì man mano che si addentravano nel bosco. Tra i cespugli grigi si sentivano dei fruscii. Gemma trasalì, ma si disse che il piano era quello. I cinghiali con cui la foresta era stata ripopolata sarebbero stati contenti di incontrare sul loro cammino due bambini abbandonati. Meglio che noccioline a colazione. Gemma aveva visto la scena dei maiali in Hannibal.

«Dove sono le caramelle?», chiese Barny, tenendosi stretto a Rachel.

«Guarda a terra». Harry indicò una scia di mentine sul terreno: brillavano come piccole lune sul sentiero buio.

Barny si chinò per prendere la prima e se la infilò in bocca.

«Saranno sporche». Rachel fece una smorfia.

«Se va bene per le fate, va bene anche per te», rispose Gemma.

Rachel annuì e, prendendo la mano del suo gemello, iniziò a seguire le mentine. Dopo qualche metro si voltò. «Non venite?»

«Quelle sono per voi», disse Harry. «Vi aspettiamo qui quando le avrete raccolte tutte».

I due bambini di cinque anni si guardarono. «Non sono sicura», disse Rachel.

«Lascia stare, allora», bluffò Gemma voltandosi indietro. «Torniamo a casa».

«Ma così non avremo le caramelle!». Le moine di Barny infastidivano Gemma, ma convinsero Rachel.

«Andiamo», disse la sorellina. «Possiamo portarci le mentine a casa per colazione».

Harry e Gemma guardarono i fratellini trottare nella foresta. «Fino a che distanza le hai seminate?», chiese Gemma.

«Dieci miglia?», disse Harry. «Quindici? O forse più. Ero appena tornato». Era uscito di casa all'una di notte, dopo aver architettato il piano, aver comprato tutte le mentine che era riuscito a trovare nelle stazioni di servizio aperte tutta la notte e poi aver seminato un sentiero di caramelle nella foresta. Se anche i fratellini fossero riusciti a raggiungere l'ultima caramella senza essere mangiati, non sarebbero stati in grado di ritrovare la strada. Le eventuali mentine rimaste, invece, sarebbero state rubate dai pony della New Forest, eliminando le prove.

Tornati a casa, Harry e Gemma prepararono la colazione, assicurandosi di apparecchiare per sei.

Quando la mamma entrò in cucina, allacciandosi la vestaglia dello stesso colore delle ombre sotto i suoi occhi, esordì: «Che ci fate voi due già in piedi?».

Gemma scostò una sedia per farla accomodare e le versò una tazza di tè caldo dalla teiera. «Hai ragione. Non aiutiamo abbastanza in casa. Così abbiamo pensato di preparare la colazione per tutti».

Sedendosi, la mamma incrociò le braccia. «Questo non significa che potete restare».

Gemma sollevò l'iPad mostrandole una pagina di Rightmove con appartamenti con due camere da letto. «Troveremo un posto entro tre mesi».

La mamma scoppiò in lacrime. «Grazie, bambini». Tese le braccia.

Gemma si accovacciò accanto alla madre e si abbandonò alle coccole. «È il minimo che possiamo fare».

Harry non si voltò, continuò a friggere uova e pancetta.

Il papà entrò con uno dei suoi sbadigli che non finivano mai: «Erano anni che non mi svegliavo con l'odore di fritto!».

«Perché di solito a svegliarci sono i bambini che saltano sul nostro letto», rispose la mamma con una risata.

«E sulle nostre teste». Il papà sorrise. «Sono ancora sotto le coperte. Ho guardato in camera passando».

Per guadagnare tempo, Gemma e Harry avevano sistemato cuscini e peluche nei letti dei gemelli.

«Approfittatene!», disse Gemma. «Vi meritate un po' di tranquillità».

La mamma aprì la bocca come a voler protestare.

«Per quanto siano adorabili, hai detto tu stessa quanto sia difficile avere bambini piccoli. È per questo che ce ne andiamo, per darti un po' di spazio. Approfitta di ogni momento di respiro che ti capita».

La mamma diede un ultimo abbraccio a Gemma, poi prese un croissant da quelli impilati sul tavolo. «Grazie. Mi sembra la festa della mamma che non ho mai avuto!».

Ai fornelli, Harry si girò per scambiare con Gemma un sorriso sollevato. Avevano fatto la cosa giusta.

Un'ora dopo, quando i gemellini non si erano ancora fatti vedere, la mamma si alzò. «È meglio che vada a svegliarli, altrimenti stanotte non dormiranno più».

«Ci penso io», disse Gemma bloccandola sulla porta. «Come dicevo, ti aiuteremo molto di più in queste cose».

Mentre la mamma tornava a sedersi, Gemma salì al piano di sopra con tutta la disinvoltura di cui era capace. Quand'è che la lentezza è troppa mentre cerchi di ammazzare il tempo, e i tuoi fratelli?

Entrando nella stanza, ebbe un sussulto. Le piccole sagome nel letto erano così convincenti che poteva quasi sentirle respirare. Poi pensò a come sarebbe stato non sentirli mai più respirare, non vedere più i loro faccini addormentati, le bocche aperte, quel russare delicato.

Sarebbe stato fantastico. Avrebbe potuto riprendersi quella grande stanza, senza essere più disturbata dai loro rumori e odori.

Rimettendo a posto cuscini e peluche, Gemma fece un respiro profondo, richiamò l'aplomb che era solita ostentare a scuola, agli esami, e strillò: «Non ci sono!».

La mamma corse ai piedi delle scale. «Che vuoi dire?».

Gemma si aggrappò alla ringhiera come per sorreggersi. «I gemelli non sono nel loro letto». Fece una pausa, dilatando il momento. «E Bunny e Lanlan sono scomparsi».

L'ora successiva fu un turbinio di panico e telefonate. Amici, vicini di casa e sconosciuti scesero in strada, chiamando a gran voce i nomi dei gemelli. Le notifiche dei gruppi Facebook locali e di quelli WhatsApp della scuola risuonavano senza sosta; impietositi, tutti si organizzarono per le ricerche e ben presto gli oggetti che Harry aveva disseminato come depistaggio furono ritrovati: lo zaino dei Paw Patrol di Barny vicino alle altalene del parco cittadino; la sciarpa di Rachel, con l'etichetta con il suo nome cucita dalla mamma, impigliata in un cespuglio vicino alla loro scuola; e un loro guanto in riva al fiume.

La mamma si stringeva il ventre, gemendo come una mucca che ha perso i suoi vitellini. Il papà la sorreggeva, con la faccia grigio pesce, sfiancato dallo shock. Presto, però, si sarebbero dimenticati dei bambini. Proprio come fanno le mucche che, dopo un po', tornano a pascolare.

Al tramonto, i gemelli non erano ancora stati ritrovati. Grazie ai depistaggi di Harry, a nessuno venne in mente di cercare nella foresta, nemmeno alla polizia.

Finché non arrivò zia Patella. Entrando in cucina, e occupando quasi interamente la porta, diede un'occhiata alla famiglia decimata e al giardino all'esterno e disse: «Avete chiesto alle fate?».

Harry diventò pallido come il padre. Gemma, che naturalmente non credeva a quelle cose, sentì la paura nel punto dove avrebbe dovuto avere il cuore: la porta delle fate era vicinissima al cancello sul retro.

«No?», disse zia Patella. «Credetemi, bisogna sempre parlare con il mondo delle fate». Afferrando un croissant raffermo dal tavolo, uscì di casa e si precipitò lungo il sentiero, con l'abito a coda di rondine che svolazzava.

Harry, Gemma, la mamma e il papà la seguirono, fermandosi a una distanza rispettosa mentre zia Patella si inginocchiava accanto alla porta delle fate, sussurrando. Spezzettando il croissant, lo offrì su un piatto che aveva pescato dalle sue ampie tasche senza fondo. Non si sapeva mai cosa avrebbe tirato fuori da lì.

La mamma, ancora in vestaglia, con i capelli scompigliati e annodati dal vento, indicò un pezzo di lana rossa impigliato nel palo del cancello. «Il maglione di Rachel».

Il monocolo di zia Patella luccicò. «Dobbiamo entrare nella foresta». Poi si rivolse alla mamma e al papà. «Voi due, però, dovreste rimanere qui, nel caso i gemelli tornassero, o arrivassero notizie dalla polizia».

Abituati a fare tutto ciò che diceva zia Patella, i due genitori obbedirono: si incamminarono lenti e tristi verso casa, abbracciati l'uno all'altra.

«Possiamo andarci Harry e io», disse Gemma. «È una questione di famiglia, tu dovresti stare con mamma e papà».

«Io sono di famiglia. Cosa pensi che significhi "zia"?». Spostando lo sguardo da Gemma a Harry, poi da Harry a Gemma, annuì lentamente. «E la zia sa che c'è qualcosa sotto. Voi due andate avanti, così posso tenervi d'occhio».

Gemma fece strada e cercò di portare Patella in un'altra direzione, ma lei non ci cascò. Annusando l'aria come un segugio col monocolo, la zia imboccò il sentiero lungo il quale avevano seminato le mentine. Di tanto in tanto si fermava, ascoltava il vento e gli alberi, e poi, con aria esitante, proseguiva. A un certo punto, smosse dei mucchietti di cacca con la scarpa appuntita e disse: «Sembra che questi pony abbiano scelto una strada tutta particolare. Come se stessero seguendo una pista». Harry diede una gomitata nelle costole a Gemma e lei cercò di non reagire. «Cosa c'entra con i bambini?», chiese. «Stiamo solo perdendo tempo».

«Tu devi stare zitta, bambina», ringhiò zia Patella. Tutto a un tratto il suo volto si assottigliò trasformandosi in qualcosa di inaudito, un essere che supplicheresti perché ti risparmi la vita. Più alta degli alberi, più vasta delle nuvole, ascoltati i sussurri delle foglie, rispose con un ruggito. Patella era parte della foresta e ne conosceva le storie.

L'episodio durò solo un secondo e, quando zia Patella si voltò per riprendere il cammino, sembrò essere tornata umana, anche se Gemma avrebbe giurato che avesse più di due gambe. Tremando, lei e Harry la seguirono, addentrandosi sempre di più nel folto del bosco, senza riconoscere la strada.

In lontananza, si sentirono i cinghiali sbuffare e dei bambini piangere. Patella si mise a correre, sfrecciando tra gli alberi e calpestando i rovi.

«Aiuto!», gridava Rachel da qualche parte, su in alto.

«Vogliono mangiarci!», urlava Barny.

«Sto arrivando, bambini». Zia Patella si precipitò verso le loro grida finché non sbucò in una radura. Gemma la raggiunse subito, senza più fiato.

Barny e Rachel erano su una quercia, stretti l'uno all'altra. Tre cinghiali si erano alzati sulle zampe posteriori e zampettavano sul tronco. Bunny e Lanlan erano a terra, ridotti a brandelli.

Zia Patella si avvicinò minacciosa ai cinghiali. Mugghiò in una lingua senza parole e gli animali si misero a correre, schiamazzando. Quando alzò le braccia, i gemellini saltarono giù, gettandosi al collo della zia con le loro braccine. La zia li portò premurosa nell'anello di funghi al centro della radura e lanciò un richiamo agli alberi.

«Dobbiamo andarcene da qui», disse Gemma a Harry. Ora che i bambini erano sani e salvi, loro non lo erano affatto. Fece per correre, ma le sue gambe erano bloccate come tronchi d'albero nel terreno. Anche Harry non riusciva a muovere i piedi, mentre agitava le braccia come rami in una tempesta. La luna pendeva obliqua sopra le loro teste, come per avere la visuale migliore.

«Non potete scappare da noi», disse zia Patella. Ergendosi in tutta la sua altezza, rimise i gemellini ormai addormentati tra i rami della quercia e sussurrò qualcosa alle sue foglie. La quercia passò i gemelli al sorbo accanto, il sorbo al platano – ogni volta con una tale delicatezza che Gemma si ritrovò a desiderare di essere cullata da un albero – e così via, finché i fratellini non furono fuori dalla vista, ricondotti lungo il sentiero da cui erano arrivati.

«Li riporteranno al sicuro nel loro giardino». La voce di zia Patella era dolce come il sussurro delle foglie. «E non sapranno mai cosa è successo oggi. Non che la cosa vi interessi. La foresta mi ha detto cosa avevate architettato, per vostro fratello e vostra sorella».

A Gemma vennero in mente delle parole da dire, ma sapeva che erano solo scuse. «Lasciaci andare, ti prego». La sua voce uscì in un gemito profondo come le radici di una pianta.

«No», disse zia Patella. «Ora siete nostri». Infilando la mano nella tasca sinistra, tirò fuori una scatola in legno di noce e la aprì. All'interno, una fila di coltelli scintillò alla luce delle stelle.

«Cosa hai intenzione di fare?», chiese Harry. Quelle che usò non erano propriamente delle parole, eppure Gemma sentì il loro significato penetrarle nel profondo.

Zia Patella prelevò un coltello a forma di lacrima, seghettato su un lato, con l'elsa ornata. «Questo è un coltello da ostriche. Vi toglierò la pelle. Il vostro sangue finirà nella terra, per nutrire i miceli che vivono sotto la superficie del suolo».

«I cosa?», chiese Harry.

«Reti di radici che corrono nel sottosuolo e alimentano la crescita dei funghi. Come pensi che possa crearsi un anello fatato, se non nutrendo le fate e i funghi?»

«Non me ne importa un fico secco delle fate». Il dolore assalì le gambe di Gemma e le serrò il tronco.

La risata di zia Patella scosse la radura. «Avresti dovuto ascoltare quello che ti dicevo anni fa, ragazza. Le fate possono decidere le tue sorti, per un capriccio. Tu le hai facilitate. E le hai fatte divertire».

Dall'imbocco della foresta, il suono delle risate di Rachel e Barny risuonò fin nella radura. «Sono a casa». Zia Patella avanzò verso Harry, con il coltello sguainato.

Gemma cercò di distogliere lo sguardo, ma qualcosa di invisibile le tenne ferma la testa. Cercò di chiudere gli occhi, ma rimasero aperti. Suo fratello fu sventrato davanti a lei, le sue grida, insieme alle sue viscere, furono inghiottite dal terreno. Rimase a giacere al suolo, con un braccio piegato, come in un addio immobile e silenzioso, la pelle appesa come un drappo al ramo di un albero.

Poi arrivarono le fate. Gemma non riusciva a vederle, ma avvertiva il solletico delle loro dita e il tormento dei loro denti; sentiva il tocco radente dei loro piedi e i sussurri che le entravano nella pelle e la facevano prudere. Quando zia Patella puntò il coltello verso di lei, fu quasi contenta di sentirne la lama.

Privata dell'involucro della sua pelle, Gemma giaceva nella radura, nuda e spoglia. Fili bianchi e gialli spuntarono dal terreno e costrinsero le sue membra in una posa uguale a quella del fratello. Il braccio sinistro piegato all'indietro, la mano aperta all'altezza della spalla; la destra, spogliata della pelle, poggiava sulla vita e sosteneva il gomito sinistro. Il suo ultimo addio al mondo.

Come un dente cariato sfilato da una gengiva, i fili la trascinarono delicatamente sottoterra. Quella che una volta era stata la sua bocca si riempì di terriccio, e quel che restava di Gemma si trasformò in nutrimento.

Capitolo ventuno
Muse

Accasciata sulla scrivania, Katie si svegliò da un sogno che ora non riusciva più a ricordare. La luce nel cielo sembrava dipinta con le dita e, per un istante, avvertì una sensazione di pace. Quella notte le parole erano sgorgate come in uno stato di annebbiamento, un flusso che non aveva mai sperimentato prima. Come sotto l'effetto dei funghi di cui ricordava vagamente di aver scritto. E non dovevano essere state microdosi. Macro, semmai.

Aveva attinto al micelio a cui tutti gli scrittori anelano: quel qualcosa che ti cattura e ti rende parte di un continuum più grande e più antico di qualsiasi cosa conosciuta. Le storie erano emerse dal sottosuolo, avevano aggirato i lobi frontali e si erano riversate fuori dai polsi, nell'inchiostro. Era stato come quando sei in auto con qualcun altro al volante, il sedile spostato indietro, i finestrini abbassati, una stazione sconosciuta alla radio. I poeti la chiamavano musa, ma qui non era questione di muse. Era questione di funghi.

Era per quello che aveva scritto! E ne era anche uscita una prosa semidecente. O almeno lo sperava. Pagine che non le sarebbe dispiaciuto far leggere agli altri.

Per il momento, doveva accontentarsi di una detective della New Forest che leggesse tra i suoi indizi. Sperava solo di essersi concentrata abbastanza e di averli disseminati come mentine sulla strada dell'ispettrice Rondell.

Capitolo ventidue
Three Turns Inn

Lyla era in ritardo per l'appuntamento al pub, rallentata sulla Lyndhurst Road dai maiali vaganti vicino alla concessionaria Bentley. Quando finalmente arrivò, trovò Lionel nel campo adiacente al Three Turns Inn di Bolney: stava dando da mangiare pezzi di carota e di mela a un cavallo. Un grosso cane accucciato sui suoi stivali fissò Lyla mentre si avvicinava.

«È consentito?», chiese a Lionel. «Dare da mangiare ai cavalli, intendo».

«Lo spero», rispose lui. «Natasha è la mia cavalla e va matta per frutta e ortaggi».

Lyla sbatté le palpebre. «La tua cavalla?».

Lionel inclinò la testa all'unisono con Natasha, con la stessa angolazione. «Da quanto tempo vivi nella New Forest?»

«Da tutta la vita».

«Per cui dovresti sapere che, da queste parti, nella maggior parte dei pub puoi portare il tuo cavallo».

«Suppongo che, se avessi un cavallo, con tutta probabilità lo saprei».

«Dovresti prendertene uno. Gli equini sono bravissimi a tenere i segreti. Li mangiano come le mele».

Lyla non era mai stata una di quelle ragazze che amavano i cavalli. Ragazze che avevano sempre una discreta quantità di soldi e capelli costantemente belli, come se spazzolare le criniere degli equini rendesse anche le loro chiome più folte e luminose. Il momento in cui era stata più vicina ad appassionarsi ai cavalli era stato a diciassette anni. Gravitando per breve tempo intorno a una comitiva di amici, era stata invitata a un pigiama party nella fattoria di una ricca compagna di classe. Avevano steso i sacchi a pelo sui soffici tappeti e guardato i classici dei pigiama party – *Flowers in the Attic*, *Beetlejuice*, *Mean Girls*, *Ragazze a Beverly Hills* eccetera – inframmezzando il tutto con pause per andare a fumare sigarette nelle stalle. Era seduta coscia contro coscia con Faye

Dunstable su una balla di fieno, quando lei si era girata e l'aveva baciata. Un bacio che sapeva di popcorn, tabacco, Smirnoff Ice e tradimento. Lyla si era staccata, preoccupata che in qualche modo Allison sarebbe venuta a saperlo. Poi erano rientrate in casa e Lyla aveva continuato a nascondere il suo orientamento per altri cinque anni.

Entrati nel pub, lei andò a prendere i caffè mentre Lionel e il suo Labrador cercavano un posto tranquillo in un angolo. Nel camino, i ceppi bruciavano di un rosso rabbioso, avvolti dalle fiamme.

Lionel si protese verso di lei. «Cosa posso fare per te, Lyla? Sai, questa non è la prassi».

Lyla parlò a voce bassa. «C'è stata una fuga di notizie, al comando o più in generale nei servizi, e volevo discutere di alcuni dettagli che nessuno conosce, a parte noi due».

«Da dove vuoi iniziare? Lasciami indovinare». Lionel si toccò la barba folta. A Lyla ricordava il signor Tumnus de *Il leone, la strega e l'armadio*. Sperava solo che fosse più affidabile. «Vuoi saperne di più sul tatuaggio».

«Centro!».

«L'aveva fatto di recente, si vedeva ancora il sangue sotto la pellicola trasparente».

«La scritta diceva "Cammina cammina, la morte si avvicina", giusto?»

«Tutto maiuscolo, alla base della colonna vertebrale, in un riquadro simile al timbro di una biblioteca».

«Sembrava fatto da un professionista?».

Lionel annuì. «È stata usata soluzione fisiologica e inchiostro professionale, e il lavoro deve aver richiesto tempo e una notevole abilità. Non una cosa fatta alla svelta col Quink».

«Quanto di recente?».

Lionel piegò la testa da un lato all'altro, facendo vorticare la risposta nella mente come si fa con un vino pregiato nella bocca. «A giudicare dallo stato di guarigione, direi, in via ufficiosa, che è stato fatto il giorno della scomparsa. Se dall'assassino o da un tatuatore professionista non saprei dirlo, ma in base alla mia esperienza nel campo», disse accarezzandosi il petto con entrambe le mani, come a dire che sotto il tweed celava più cose di quante Lyla sospettasse, «posso dire che i caratteri di un tatuatore sono abbastanza riconoscibili, quando sai cosa cercare. Potrebbe valere la pena di chiedere a un tuo scagnozzo di setacciare gli studi della zona».

«Grazie, Lionel. Mandami una foto del tatuaggio, su un server privato, e ci penserà Jimmy».

«Chi, il belloccio? Quello con le braccia grosse?»
«Direi di sì». Jimmy aveva un fisico alla Hemsworth e un sorriso alla Hiddleston. Al comando, in tante si erano prese una cotta per lui, che però, per fortuna, non se n'era neanche accorto. L'ultima cosa di cui Lyla aveva bisogno era dover affrontare le conseguenze di una relazione sul lavoro finita male. Anche perché, quando mai finivano bene?
«Buona idea. Ha l'aria di uno che potrebbe avere ogni centimetro di pelle ricoperto di inchiostro. Se andasse sotto copertura, sarebbe assolutamente credibile. A differenza tua». Lionel la squadrò. «La tua pelle sembra non aver mai visto il sole, figuriamoci un ago».
Lyla si risentì. «Dovresti passare più tempo con gli esseri umani vivi e vegeti, Lionel. Hai un tatto che è più adatto ai morti».
«Allora ho trovato il mio posto nel mondo. Il mio lavoro mi dà grandi soddisfazioni. E il tuo?».
Il suo sguardo acuto la paralizzò. «Che cosa vuoi dire?»
«Sei una brava investigatrice, intelligente, pronta a individuare i collegamenti, tenace, ma a volte sembri un po' persa in una foresta tutta tua».
Lyla non sapeva cosa pensare. «Grazie, Lionel. Possiamo passare oltre?»
«Certo». Lionel bevve un sorso di caffè. «Ora vorrai sapere cosa penso dell'assassino. Sesso, pregressi, eccetera».
«Sì, esatto».
«Grace Montague era esile, credo che una donna forte non avrebbe avuto problemi a sopraffarla e trascinarla. Ma i lividi sulle spalle e sotto le ascelle, segni compatibili con il trascinamento, fanno pensare a una mano grande con i polpastrelli grossi, quindi propendo più per un uomo. Inoltre, ho trovato tracce di una sola persona che l'abbia toccata in un modo o nell'altro».
Lyla annuì. Tutto faceva pensare a un assassino solitario, anche se qualcosa dentro di lei le suggeriva il contrario.
«Infine, scommetto che vuoi sapere dei funghi presenti nell'organismo».
Lyla annuì di nuovo, compiaciuta e al tempo stesso infastidita dal fatto che lui, ancora una volta, ci avesse preso.
«Nel suo stomaco aveva cinque tipi di funghi adattogeni: criniera di leone, *reishi*, *cordyceps*, tremella e *trametes versicolor*. C'era anche il *chaga*, che è comunemente considerato un fungo, ma in realtà è un cancro del legno». Fece una pausa. «Non ti fa ridere, la parola "chaga"?»

«E li ha consumati nelle ore precedenti il decesso?»

«Erano in vari stadi di digestione, per cui direi nel corso della giornata. Alcuni erano in polvere, quindi forse in una bevanda, altri interi, alcuni essiccati, altri freschi... Ho inviato dei campioni all'Agenzia per la sicurezza alimentare affinché possa identificarne le origini». L'abituale tono laconico di Lionel era svanito e le sue dita tamburellavano sul tavolo. «Chiunque l'abbia presa è senza dubbio un amante dei funghi».

Lyla rimuginò su quelle informazioni. Chi amava i funghi più di Mellicent Farling, la Signora dei funghi in persona? Be', a parte Lionel, a quanto pareva. Non l'aveva mai visto così infervorato.

«Come riferisco nel rapporto, ho analizzato anche alcune fibre rinvenute sul corpo e le ho identificate come miceli, le ife che si sviluppano nel terreno e forniscono nutrienti e acqua ai funghi sparsi su vaste superfici».

«Aspetta, come? Vuoi dire che sottoterra c'è...».

«Proprio così, un organismo-massa sotterraneo che estende i suoi tentacoli per lunghe distanze. Un regno di milioni di esseri, reso visibile in superficie solo dai corpi fruttiferi, ovvero i funghi stessi. Un movimento sotterraneo, potremmo dire. Roba davvero affascinante».

Lyla pensò a Grace e al cerchio fatato. Rabbrividì. «E inquietante».

«Da un certo punto di vista, sì. Prendiamo i *cordyceps*, per esempio: influenzano le formiche prendendo il controllo della loro mente per farle arrampicare sulle piante a un'altezza tale da permettere ai funghi di crescere. Le chiamano formiche zombie».

«E io che pensavo che i funghi mi piacessero».

«E meno male!». L'entusiasmo di Lionel ora era inequivocabile. «Senza funghi, l'umanità potrebbe essere fottuta. Finora abbiamo identificato solo una minuscola percentuale del numero di specie di funghi esistenti sul pianeta. Abbiamo ancora molto da scoprire. Si parla addirittura della rete miceliare come di un'entità senziente».

Lyla faticava a seguirlo. Le sembrava di aver preso una dose massiccia di un'intera rete miceliare. «Discorsi a cui un uomo di scienza come te non darebbe mai retta, ovviamente».

«Noi siamo come la polizia, ma nella migliore delle accezioni. Elaboriamo delle teorie e poi testiamo le nostre ipotesi, alla ricerca di prove che le sostengano o le smentiscano, in un modo o nell'altro».

«Io preferisco partire dalle prove e lavorare su quelle», replicò Lyla.

«Allora comincia da qui». Lionel frugò in una tasca e tirò fuori un sacchetto contenente qualcosa che somigliava a un minuscolo cervello.

Glielo mise in mano con aria trionfale. «È una spugnola selvatica, fresca, probabilmente raccolta di recente in questi boschi. Era tra le dita della vittima».

Spugnole come quelle della bancarella della Signora dei funghi. Il cuore di Lyla si mise a battere più veloce.

Mellicent Farling era appena stata promossa da unica pista a potenziale complice.

Capitolo ventitré
Libertà moderata

Ti sei messa d'impegno,
i delitti narrati dan prova d'ingegno,
a persone innocenti ho fatto la festa,
pesa ora una taglia sulla tua testa:
presto vivrai della colpa lo sdegno.

Troppo arrabbiata per leggere il resto del messaggio, Katie lo lanciò via. Il foglio fluttuò lento, come se le parole che recava scritte fossero leggere come una piuma di speranza e non pesanti come l'odio. Avvertì una scarica di cortisolo: si preparava a dare battaglia. Il mandante degli omicidi era *lui*: forse lei li commetteva sulla carta, ma era *lui* a eseguirli nella vita reale. Vederla in qualsiasi altro modo significava aprire la porta, guardare nella stanza proibita, e lei sapeva che non poteva, *non doveva*, farlo.

Ciò che fece, invece, fu rinfocolare il suo risentimento. *Prenditi le tue responsabilità, patetico squartatore che strappi le ali alle mosche.* Davvero gli scrittori dovevano ritrovarsi a confutare argomentazioni del tipo "hai deciso tu di raccontare quei delitti, non è colpa mia se ho tratto ispirazione da te"? La Società degli Autori aveva già abbastanza da fare senza doversi occupare anche di accuse di omicidio. Come minimo avrebbe dovuto aumentare la quota associativa.

E perché passare al limerick ora? Fino a quel momento, le poesie erano state delle ballate cupe, adatte alle pretese del rapitore. I limerick, invece, erano componimenti *umoristici*, parola che equivale a "non divertenti, ma che cercano di esserlo", pieni di rime giocate sui genitali e sull'uso che se ne fa. Questo assassino non sapeva quel che faceva. Chi si credeva di essere, questo dilettante che cercava di spacciarsi per un poeta della morte?

Katie prese a fare nervosamente avanti e indietro per la stanza. Lo doveva a tutti gli scrittori di gialli: nella prossima storia doveva mettere in chiaro che il vero colpevole era il suo lettore-assassino. La trama avrebbe ruotato intorno a questo assunto, così non solo avrebbe lasciato altre briciole di pane per l'ispettrice Rondell, ma avrebbe messo il rapitore di fronte al dilemma di un killer: mettere in atto le parole narrate, suggerendo che la colpa fosse di Katie, e, così facendo, dimostrare che il responsabile invece era *lui. Prova a cogliere questo paradosso, idiota.*

Intanto il foglio era atterrato sul tappeto con le parole rivolte verso l'alto. Una frase attirò la sua attenzione: *saltare allegra giù per le scale.* L'adrenalina le tolse ogni pensiero e, con il cuore che batteva forte per la speranza di fuggire, riprese il messaggio.

Ora meriti un regalo: sei libera
di saltare allegra giù per le scale,
familiarizzare,
frugare e curiosare.
Ma alle tre e mezza nella stanza dovrai tornare.

Ne voglio ancora, ché le belle storie io le adoro,
"Raperonzolo", "Il principe ranocchio", "La chiave d'oro",
purché siano dei Grimm, quei tenebrosi.
Non verrai accoltellata finché riposi:
prosegui pure il tuo sanguinario lavoro.

Le tre e mezza? E che ora era adesso? Non c'erano orologi nella stanza e il suo le era stato tolto. Tutto ciò che aveva a disposizione erano l'alba, il tramonto e la luce che cambiava tra quei due momenti, diversa ogni giorno. Non sapeva nemmeno da quanto era prigioniera lì. Era già novembre? Non ne aveva idea. Il tempo si era deformato. Avrebbe dovuto incidere per ogni giorno un segno sulla carta da parati, come fanno i detenuti. Perché lo era. Ma non l'aveva fatto, e ora si sentiva come quando prendeva un diario nuovo e non riusciva a iniziarlo il primo di gennaio: inutile. In ogni caso, lui non le aveva lasciato la chiave, né aveva aperto la…

Katie andò a verificare, per dimostrare a sé stessa che la porta non si sarebbe aperta, e invece la maniglia si abbassò sotto la sua mano. I cardini scricchiolarono mentre la porta si apriva sul corridoio della soffitta. Tutti i chiavistelli erano stati tolti, tutti gli ostacoli rimossi dal suo cammino.

Varcando la soglia come un gatto in allerta, guardò da una parte e dall'altra. Si mise in ascolto, le mani sulle pareti, e la casa le disse che era sola. Nessun rumore, nessuna presenza. Il vuoto.

Rimase immobile per un minuto, paralizzata dalla ritrovata libertà. Poi, con i passi che risuonavano sulle assi fredde, si diresse verso la stanza di fronte, dove l'altra scrittrice era vissuta e morta.

Poggiata la mano sul pomello, esitò: aveva il cuore in gola. Nessuna zona le era stata preclusa. Una parte di lei avrebbe preferito che lui avesse posto dei limiti. Non voleva scoprire se la porta era aperta, o cosa c'era all'interno, ma non era certa di saper rinunciare alla possibilità di vedere la storia dietro la copertina. *No. Non aprire la porta, non guardare nella stanza.* L'altra scrittrice le aveva detto di andarsene quando lei e Grace ne avessero avuto la possibilità. Era quello che doveva fare. Con le dita tremanti, lasciò il pomello. Vietò a sé stessa di entrare.

Le scale scricchiolarono mentre scendeva. La versione immaginaria della casa, quella che aveva descritto nella storia in cui Grace aveva avuto il permesso di uscire, non somigliava alla realtà. Le pareti reali sembravano essere state tappezzate negli anni Settanta: un motivo con i girasoli, forse un tempo di colore giallo e arancione brillante, ormai ridotto a una macchia di petali su un fondo marrone spento.

Al piano di sotto, la porta della cella di Grace era aperta, ma Katie non poteva entrare nemmeno lì. *Non è solo perché sono colpevole della sua morte e non ce la faccio ad affrontarla: devo concentrarmi su come uscire. Se sopravvivo, andrò in terapia, e stavolta farò sul serio. Inizierò un percorso interiore, capirò chi sono, parlerò con il mio io ombra.*

La sua ombra la seguì mentre passava davanti a un bagno, la cui moquette era senza dubbio satura del piscio dell'assassino; su dei ripiani portabiancheria erano riposte lenzuola biancastre e asciugamani ingrigiti (ne prese uno per la sua stanza); e poi c'era un'altra camera da letto, anch'essa con la porta aperta. Disabitata, era allestita come quella di Katie: una scrivania accanto a una finestra sbarrata, un armadio adattato a contenere un gabinetto, ma in questa c'era un letto vero e proprio. Katie sentì una punta di invidia, come trafitta dalla paglia del suo giaciglio di fieno. *Quante persone – o meglio, quante donne, perché, diciamo le cose come stanno, siamo solo donne – voleva tenere imprigionate il Lupo?* Ora che Grace e l'altra scrittrice erano morte, doveva aspettarsi che a lei se ne sarebbero aggiunte altre?

Scendendo ancora, un lungo corridoio conduceva a una veranda chiusa a chiave. La grande cucina all'altro capo prometteva bene: forse avrebbe trovato coltelli o padelle di ferro, qualsiasi cosa per ferirlo o semplicemente per sorprenderlo, ma i cassetti erano tutti vuoti, le credenze tutte spoglie, tranne una che conteneva solo piatti, tazze e ciotole bianche. Il piano cottura e il forno erano nuovi, con la plastica ancora tra i fornelli, e il frigorifero conteneva solo un piccolo cartone di latte e un vassoio dorato di mele. Lo sportello del microonde era aperto.

Katie scrutò le superfici, nude e lucidate con disinfettante al profumo di mela. Se non riusciva a trovare armi, forse poteva scoprire indizi sull'identità dell'assassino. C'erano impronte su tutto il bordo del frigorifero e sullo sportello del microonde, ma erano di scarsa utilità. Dietro il microonde, però, ebbe più fortuna: scovò una pila di lettere indirizzate a K. Almond, Keywater Road, con la dicitura "Restituire al mittente". Ora almeno sapeva dove si trovava.

L'emozione per la sua piccola vittoria fu smontata dallo scatto dell'orologio. Le due e mezza. Ancora un'ora prima di dover tornare nella sua stanza. *Muoviti, Katie.*

Invece della vicina aranciera che aveva immaginato, la cucina aveva un'unica finestra con doppi vetri sbarrati che dava sul lungo giardino posteriore. Ricoperto di erba alta e rose rampicanti che, come la perfida matrigna allo specchio, avevano perso i petali ma non le spine, il giardino si inoltrava nella foresta attraverso un sentiero tortuoso. La porta sul retro era chiusa a chiave, ovviamente, e non poteva essere forzata.

Lungo il corridoio, trovò un salotto che ricordava la casa delle bambole della sua infanzia, pieno di mobili spaiati: poltrona in finta pelle e divano di velluto, comò edoardiano e tavolini IKEA; le pareti invece puzzavano come i polmoni di un fumatore morto da tempo. Nella sala da pranzo adiacente, il tavolo in legno scuro era apparecchiato per due, ma i cucchiai da minestra erano fuori posto, i bicchieri da acqua e da vino invertiti, i tovaglioli a destra dei piatti invece che a sinistra, e le lame dei coltelli rivolte verso il muro. A Katie, studentessa della scuola statale, tornò in mente quella volta che, presentatasi a Cambridge, non osò partecipare alla cena ufficiale per non trovarsi in imbarazzo; per un istante provò un insopprimibile moto di empatia per il Lupo.

Mentre prendeva uno dei segnaposto, inciampò su un tappeto sollevato. Chinandosi per risistemarlo, per poco non ebbe un mancamento. Sotto il tappeto c'era una maniglia di metallo incastonata nel pavimento.

Con il cuore in tumulto per l'adrenalina e lo sforzo, Katie spostò gli oggetti dal tavolo a una credenza, poi sollevò il tavolo stesso e tirò indietro il resto del tappeto. Nel pavimento era incassata una porta, un grande pannello di legno dipinto di bianco inserito tra le assi circostanti.

L'intera casa trattenne il fiato mentre Katie tirava la maniglia. La botola si aprì verso l'alto, rivelando delle scale che scendevano in un buio seminterrato. Matematico. Quale assassino che si rispetti non ha un seminterrato?

Avrebbe dovuto richiudere la porta, coprirla con il tappeto, rimettere a posto le stoviglie e il segnaposto (che recava il nome di una certa A. Benedict, nemmeno quello di Katie) e tornare nella sua stanza. La discesa in un seminterrato oscuro era un principio fondamentale dell'horror. Aveva visto *IT*, *Barbarian*, *The Innkeepers*, *Scappa-Get Out*, *Psycho*... Solo gli sciocchi disobbediscono all'istinto che ti dice che, a parte il vino, da una cantina non può venire niente di buono.

Poi però sentì le fusa.

Lì sotto c'era un gatto. Tastando vicino alla porta, trovò un interruttore della luce. La lampadina tremolò illuminando uno spazio dalle pareti rosse. Un gattino nero sedeva su una mensola del camino e la fissava sbattendo le palpebre. Tutt'intorno c'erano scatole di carte poggiate su vecchi tavoli; un pianoforte con il coperchio sollevato; un manichino degli anni Sessanta, con una lunga parrucca bionda storta, che indicava a terra; vetrinette; sedie spaiate impilate l'una sull'altra, in una catasta sbilenca; un banco da chiesa; uno stereo per il karaoke; un pupazzo da ventriloquo che urlava in silenzio. E, sul pavimento, uno strato d'acqua.

Il gatto balzò sul pianoforte con uno zampettio scordato. Il suo miagolio da micetto era una supplica affamata. Katie desiderava stringerlo, sentirne il corpicino caldo e confortante tra le braccia.

Forse tutta quella situazione era più vicina a *Il silenzio degli innocenti* che agli altri film: lei avrebbe salvato il gattino e se ne sarebbe andata via da lì. E poi, chissà cos'altro c'era lì sotto: un'arma, o magari un'altra prigioniera? E forse, ma forse, una via d'uscita.

Lentamente, con cautela, Katie mise il piede in cima all'esile scaletta. Le fusa del gatto si fecero più insistenti. «Sto arrivando, piccolino». Quando trasferì il peso verso il basso, però, il suo piede affondò nel primo piolo e poi in quello successivo. Perse l'equilibrio e ruzzolò nella cantina, urtando la testa contro lo spigolo di un tavolo.

All'improvviso, tutto si annebbiò. Sentiva solo la lingua ruvida del gatto che le leccava via il sangue.

Capitolo ventiquattro
Il New Forest Cottage

Quando Lyla arrivò al New Forest Cottage dal Three Turns Inn, la Farling era davanti alla porta d'ingresso, china sulla fioriera sul davanzale. «Lyla! Giusto in tempo, come da previsioni. L'acqua nel bollitore è già calda».

Lyla si avvicinò e sbirciò nel vaso. Metà dei funghi che aveva visto crescere il giorno prima era sparita. «Signora Farling, devo farle altre domande. Anzi, vorrei che venisse con me al comando di polizia».

«Mi sta arrestando?». La Farling non alzò lo sguardo mentre prelevava con una siringa il liquido scuro che gocciolava sul terreno.

Lyla avrebbe voluto, ma non aveva abbastanza prove. Non ancora. «Non in questa occasione».

«Allora mi interroghi qui. Ho molte cose da fare, tra cui aspirare questa roba prima che venga risucchiata dalla terra».

«Che cos'è?», chiese Lyla.

«Il liquido autodigerito dei funghi dell'inchiostro, chiamati anche "flagello dei bevitori": pensi che, mangiati tre giorni prima o dopo una sbronza, ti fanno venire un gran brutto mal di pancia».

«Sono velenosi? Non li userà nelle sue "pozioni", vero?»

«Ci farò dell'inchiostro. Lei nel frattempo può farmi le sue domande». La Farling raccolse altre sei fiale di liquido nero, poi accompagnò Lyla oltre la porta d'ingresso, in una cucina-salotto di quelle che mandano in visibilio i partecipanti a *Vado a vivere in campagna*: pietanze succulente in cottura nel forno della cucina Aga; un acquaio gigante; travi di legno; un tavolo rotondo di legno; erbe aromatiche in ebollizione; lavanda, rosmarino e rose appese al soffitto a essiccare a testa in giù; un bollitore panciuto che fischiava sul fornello. Meno adatti a una trasmissione televisiva pomeridiana erano le inquietanti bamboline e i pupazzetti di paglia; l'enorme casa stregata di pan di zenzero sulla credenza, con tanto di funghi velenosi glassati in miniatura; i funghi veri che spuntavano ovunque.

Lyla si sedette al tavolo della cucina mentre la Farling spruzzava con la siringa il liquido nero in una padella, aggiungeva acqua e sei chiodi di garofano e metteva il composto a sobbollire. «Sono miracolosi, questi funghi. Una volta sciolte, le lamelle producono un ottimo inchiostro – un tempo veniva usato nei documenti importanti per scoraggiare i falsari – ed è un fungo straordinariamente forte. Può sollevare i marciapiedi, farsi strada attraverso il cemento. Se io fossi un fungo, sarei un fungo dell'inchiostro».

«Io preferirei non essere un fungo», ribatté Lyla mentre un gatto nero le saltava sulle ginocchia. Fece un giro su sé stesso e si sedette facendo le fusa.

«Può badare a Sanctus?», disse la Farling lanciandole un'occhiata mentre versava l'acqua bollente in un'enorme teiera. «Mi ha detto che lei mi sarebbe piaciuta. Sa, i gatti possono scivolare nel futuro e nel passato, tra diversi piani di realtà».

«Si sieda, per favore, signora Farling». La voce di Lyla era dura come la pietra.

Le labbra della signora Farling si contrassero come per reprimere una risata, e Lyla sentì montare la rabbia. «Lei è tra i sospettati in quella che al momento è un'indagine per omicidio. Una donna è morta in circostanze orribili e lei ironizza e prepara inchiostro con dei maledetti funghi».

Senza mostrare alcun segno di scherno, la Farling scostò una sedia. «Non sto assolutamente minimizzando la morte di Grace. È spaventosa, una tragedia, e vi aiuterò in ogni modo possibile. È solo che mi piace la sua severità nei miei confronti. In pochi osano tanto».

«Se è così desiderosa di aiutarci, mi dica dov'era ieri sera e stamattina».

«Ero qui. E, prima che me lo chieda, Sanctus è il mio unico alibi, temo».

Il gatto nero sbatté due volte le palpebre.

«Nel corpo di Grace sono stati trovati funghi legali di vario tipo, molti dei quali sono in vendita sulla sua bancarella».

La Farling si protese in avanti. I suoi occhi scintillavano. «Quali funghi?»

«Spugnole. Criniera di leone, *reishi*, *cordyceps*, tremella e *trametes versicolor*».

«Li vendo, sì. Freschi e in polvere, da soli e in miscele. Ma li vendono anche molti altri. Presumo che li stiate analizzando per individuarne la provenienza?»

«Sì, la scientifica cercherà di risalire ai fornitori. Ma perché far mangiare a qualcuno quei funghi, secondo lei?».

La Farling alzò le spalle. «Per tutta una serie di motivi. Senza conoscerne la qualità, la quantità e l'origine, è difficile dare una risposta, ma in generale si ritiene che facciano bene per il cuore, il sonno, la glicemia, l'energia, di tutto e di più. Hanno ogni sorta di proprietà nutritive. Gli scienziati hanno iniziato a studiarli di recente, ma la medicina popolare ne conosce i benefici già da secoli, una saggezza passata da donna saggia a donna saggia. Io li metto nel mio preparato per la cioccolata calda». Buttò lì l'ultima frase con noncuranza.

Il cuore di Lyla si mise a battere forte, come se avesse mangiato cacao puro al cento percento. Con altrettanta disinvoltura, chiese: «Ne ha qui un campione?»

«Può prendere un barattolo di ognuna delle mie miscele e farle testare nel suo laboratorio. Oltre a una mailing list dei miei abbonati, se può servire».

«Grazie. Si ricorda se ha venduto qualcuna delle sue miscele all'uomo che ha comprato le scarpe e la borsetta dorate?».

Lo sguardo della Farling virò a sinistra, mentre faceva mente locale. «Può essere».

«Avrebbe un documento della vendita?»

«Sì!». Saltò in piedi e si diresse verso il corridoio.

Perché Lyla non aveva richiesto i registri della Farling la prima volta che l'aveva incontrata? Inveì contro sé stessa: si era lasciata abbindolare da tutto quel cianciare e trafficare della Signora dei funghi.

La Farling tornò con un taccuino a spirale. «Il mio registro delle ricevute». Lo posò davanti a Lyla, che lo sfogliò per trovare le voci dei due giorni precedenti. La Farling aveva stilato un elenco di tutto ciò che aveva venduto con una scrittura sorprendentemente ordinata. I prodotti più richiesti erano le sue miscele di fiori secchi, erbe e funghi con il marchio "La Signora dei funghi": "Buonanotte", "Raffreddore" e "Felicità". Alle 11 del mattino c'era stato un acquisto registrato come "Borsa e scarpe dorate di Bryony" e, accanto, "Cre8-tivi-T" e "Unguento alla curcuma".

«Che cos'è "Cre8-tivi-T"?»

«Dovrebbe far pensare alla "creatività". È un mix di funghi e altre otto piante a cui è attribuita la capacità di migliorare la chiarezza di pensiero, la concentrazione e la creatività: ginkgo biloba, rosmarino, salvia, centella asiatica, ginseng, ginseng indiano, maca e *bacopa monnieri*».

«Chi la compra?»

«Creativi, gente che pensa di essere creativa, persone che vorrebbero esserlo; scrittori con il blocco degli scrittori, artisti con il blocco degli artisti, compositori con...».

«Il concetto mi è chiaro».

«Le sarebbe più chiaro dopo averlo bevuto!». La Farling picchiò la mano aperta sul tavolo, facendo sobbalzare e quasi rovesciare un barattolo a forma di fungo con l'etichetta "Zucchero", e facendo scattare Sanctus giù dalle ginocchia di Lyla e uscire di corsa dalla stanza.

Lyla la ignorò. «E l'unguento?»

«È una crema antinfiammatoria fatta a mano da me. Un concentrato di curcuma, zenzero, pepe nero e *boswellia.* Ottima per distorsioni e dolori articolari».

«C'è scritto così sul contenitore o sul tubetto?»

«Simili indicazioni non sono permesse, nemmeno agli erboristi professionisti. Ma in genere le persone interessate ai rimedi naturali sanno che la curcuma è un antinfiammatorio».

«L'uomo ha detto a cosa gli serviva?»

«Non che io ricordi».

Perché il rapitore avrebbe dato a Grace una bevanda per la creatività? Lo stomaco di Lyla brontolò al profumo di burro che emanava dal forno disturbando la sua capacità di concentrazione.

«A quanto pare ha fame. Per fortuna ho fatto gli *scones*».

«Non può essere che mi stesse aspettando per davvero».

«Eppure è così. Io so cose. Un po' come lei con le sue tecniche investigative, ispettrice Lyla». La Farling ammiccò. «Come ho già detto, un tempo mi avrebbero dato della maga bianca, della strega, della veggente, della fattucchiera, della puttana, della megera. La New Forest ne è sempre stata piena, soprattutto Burley».

«Che cosa significa, in concreto?»

«Ah, questo "concreto". Ricorda quello che ho detto dei funghi?»

«Può parlare chiaramente? Per favore?»

«In parole povere, io ho una visione più ampia e connessa. Le capita mai di guardare un film o un programma televisivo, o leggere una storia, e sapere esattamente come andrà a finire? Ha presente quando la struttura, l'essenziale delle cose, ti dice la fine prima ancora che la matassa sia stata dipanata?».

Lyla inclinò la testa. Aveva al suo attivo un lungo elenco di fidanzati e fidanzate infastiditi dalle sue anticipazioni sul finale dei film: per lei le svolte erano come una strada diritta.

La Farling glielo lesse negli occhi. «A me capita lo stesso, ma con le persone e con gli eventi».

«Quindi lei vede le cose dall'alto, ha la visione d'insieme? Come faccio io durante un caso?»

«Sì, ma ho anche la visione *dal basso*, vedo come tutto è collegato. Si ricordi, io vedo tutto nei funghi».

«I miceli?»

«Esatto! I miceli collegano tutto ciò che si trova sotto la superficie; sono filamenti che fanno da ponte e nutrimento. Magari lei vede uno o due funghi tutti soli, ma, sotto i suoi piedi, essi sono collegati a centinaia, migliaia, persino milioni di altri funghi. Sa che il più grande micelio conosciuto copre dieci chilometri quadrati? È l'organismo più grande del mondo».

Lyla guardò di traverso i funghi vicino all'acquaio.

«Ad ogni modo», continuò la Farling, «io vedo i legami tra le cose, senza preoccuparmi di passato, presente, futuro o realtà. Che non fanno nessuna differenza. È tutto un unico organismo collegato». Sorrise a Lyla. «Non mi crede, vero?»

«Devo essere sincera? No. Io sono una scettica».

«Eppure si aggrappa alla speranza neanche fosse una credente».

«I detective devono essere realisti, ma sperare sempre nel meglio. Una cosa non esclude l'altra, il che però non significa che io mi intrattenga con il non reale».

«Non mi crede quando le dico che riesco a vedere connessioni nel paesaggio temporale?»

«Il mio cervello è come una di quelle mappe che si vedono nelle serie poliziesche, con il filo rosso a collegare tutto. Nonostante ciò, non posso prevedere il futuro».

«Essere preveggenti significa conoscere il presente abbastanza da prevedere l'evolversi di uno schema. Lei, con il suo cervello e il suo filo rosso, può farlo». Senza battere ciglio, la Farling fissò Lyla come se cercasse di comunicare a un livello profondo, senza parole.

Lyla distolse lo sguardo, e il suo stomaco riprese a brontolare.

«Deve mangiare qualcosa». La Farling si alzò di scatto e tolse dal forno una teglia rotonda e due vassoi. Pochi secondi dopo, gli *scones* fumavano su una griglia, accanto a una torta al limone ora liberata dal suo corsetto di metallo.

«Non sono qui per il tè del pomeriggio, signora Farling...».

«Mi chiami Mellicent, la prego». Poggiò la teiera sul tavolo, su una piccola tovaglietta all'uncinetto fatta a mano. «Qual è il vero motivo per cui è venuta, allora?»

«Raccogliere informazioni». Nel profondo, però, Lyla sapeva che c'era dell'altro. La Farling celava dei segreti dentro di sé e lei voleva portarli alla luce.

«Le dirò dell'altro mentre si rimpinza». La Farling dispose sul tavolo, accanto al barattolo dello zucchero, la panna densa, un piattino di burro e un vasetto di marmellata di susine. «L'ordine è burro, marmellata, panna, altrimenti deve scegliere tra il metodo del Devon/Dorset/Hampshire – panna e poi marmellata – o il metodo della Cornovaglia – marmellata e poi panna. L'aggiunta del burro fornisce una terza via, un emolliente tra gli altri due elementi».

Lyla cedette: tagliò a metà uno *scone* e lo farcì con burro, marmellata e panna. Il grasso fresco di quest'ultima si mischiò al sapore dolce della frutta e, mentre lo *scone* caldo le impastava la bocca, la sua mente si fermò su un binario di sensazioni.

«Che magia». La Farling diede un morso e chiuse gli occhi.

Lyla posò il suo *scone*, assolutamente consapevole che stava correndo il rischio di mangiare prodotti da forno "corretti" mentre era in servizio. «Non c'è niente di magico dentro, però, vero? E con questo mi riferisco a...».

«Non si preoccupi, ispettrice, non ha consumato sostanze illecite o illegali. Per grazia della magistratura britannica, queste sostanze sono del tutto legali. Almeno per ora». Poi alzò una mano, prevedendo la domanda successiva di Lyla. «E con sostanze *intendo* zucchero e grassi, un'accoppiata che stimola la dopamina e dà molta dipendenza, ma è legale».

«Bene».

«Per quanto, se mai volesse dare un aiutino al filo rosso nel suo cervello e meditare su connessioni e realtà, le consiglio una sessione con psilocibina». La Farling sollevò il coperchio del barattolo di zucchero a forma di fungo e tirò fuori un sacchettino di funghi dal cappello marrone e flessuoso. «Gli esseri umani hanno bisogno di comunicare con altri cervelli per creare nuove connessioni: in altre parole, devono comportarsi come i funghi. I funghi allucinogeni ti aiutano a farlo da sola».

Lyla fu trascinata in un ricordo: lei seduta con Allison sull'orlo di una scogliera, a Lulworth Cove. Era una sera di fine estate, non molto tempo prima che Allison sparisse, e avevano in programma di prendere dei funghi allucinogeni. Allison voleva trovare ispirazione per una cosa che stava scrivendo; Lyla voleva condividere l'esperienza con lei. Mentre il sole si tingeva di rosso uovo su Durdle Door, però, Lyla aveva avuto paura. «Non posso farlo».

Allison le accarezzò la mano, poggiata sulle sue ginocchia. «Non fa niente. Avevo pensato di fare questo viaggio da sola».

«Mi dispiace tanto. Però sarò qui accanto a te». Lyla la abbracciò mentre lei beveva l'infuso ai funghi allucinogeni. Il cielo era color malva quando Allison sentì arrivare le vertigini; color prugna quando, guardando una stella scintillante, disse: «Lyla!».

Voltandosi, prese il mento di Lyla tra le mani e, con gli occhi sgranati, le iridi eclissate dalle pupille, fissò ogni punto del suo volto come abbagliata. «Non posso credere che tu sia qui con me in questo momento!».

«Ci sarò sempre», rispose Lyla.

«E ci sei sempre stata. I livelli di realtà sono sfocati. Vedo nel mezzo».

«E com'è?», aveva chiesto Lyla, affascinata.

«È tutto quello che ho sempre desiderato».

Il telefono di Lyla vibrò sul tavolo, riportandola nella cucina della Farling. Gli occhi della Signora dei funghi erano fissi su di lei.

«Sì, Jimmy». Lyla uscì dalla porta d'ingresso. La lavanda ondeggiava su entrambi i lati del sentiero mentre lei era ferma sul gradino.

«Ho trovato qualcosa sul tatuaggio». Jimmy sembrava sorpreso di essere riuscito nell'impresa. «Uno studio in Lymington High Street; mi ricordo di esserci passato davanti quando siamo andati al mercato. Sai, avevo pensato di farmene uno, così ho inviato un messaggio WhatsApp. Il tatuaggio l'ha fatto uno dei loro artisti. Ci sto andando ora».

«Ci vediamo lì quando ho finito qui. C'è altro?»

«È appena arrivata un'altra cosa».

«Dimmi che hanno setacciato i boschi, trovato Grimm lo Squartatore e raccolto una confessione».

«La ricerca non ha ancora portato a nulla, ma la scientifica ha trovato qualcosa esaminando i campioni di terreno. Un braccialetto di plastica rosso, con...».

«Non dirmelo, una "L" maiuscola nera?»

«Come lo sai?».

Lyla si sentì inondare dalla nausea e iniziò a barcollare: dovette aggrapparsi alla casa mentre inghiottiva il vomito che sapeva di *scone*. «È la "L" di Lyla», disse poi. «Ne ho uno uguale, con la "A"».

«"A" come Allison». La compassione nella voce di Jimmy era pesante come una bara. «Mi dispiace, Lyla. Domani scaveranno l'intera area, quindi forse finalmente avrai delle risposte».

Quando Lyla riattaccò, la Farling era sulla porta e le stava tendendo una fiala. «Annusa questo. Ti aiuterà».

Lyla prese la bottiglietta e se la portò esitante al naso. Una fresca esplosione di profumo le schiarì la mente e fermò l'ondata di bile.

«Oli essenziali di limone, lavanda, zenzero, coriandolo e semi di finocchio». La Farling si infilò la fiala nel reggiseno. «Allevia la nausea, il mal d'auto e gli svenimenti, e aiuta a superare lo shock generale quando si scopre che, alla fine, la propria migliore amica potrebbe essere stata assassinata».

Il terreno si mosse sotto i piedi di Lyla. Aggrappandosi al fragile tubo di scolo, chiese: «E lei come lo sa?»

«Di Allison? Gliel'ho detto. Io so cose. Il suo passato è scritto sulla pagina del suo volto, riecheggia nelle parole che dice ed è impresso nella ferita che perseguita il suo... tutto. Lei è quel passato».

Lyla si strinse nelle spalle. «Può dirmi dove si trovava nell'ottobre del 2000, signora Farling?»

«Pensa che sia stata *io*?». La voce della donna era morbida e melliflua. «Crede davvero che le abbia portato via Allison?».

Lyla cercò nei suoi occhi bistrati, nella mezzaluna del suo sorriso. «Tutto ciò che so è che lei sa troppe cose».

«È possibile? Suppongo che siano in tanti a pensarlo. Persone che non vogliono la verità. Che preferiscono rimanere ottusi. Ma credo che lei possa sopportarla. Lo spero, per il suo bene».

«La smetta di parlare per enigmi e mi dica dov'era quando Allison è scomparsa».

«Whitby. North Yorkshire. Ho avuto un negozio di torte stregate per un anno o due, poi mi sono spostata. Sono un'itinerante, mi annoio facilmente. Credo che presto me ne andrò anche da qui».

«Lei non andrà da nessuna parte». Lyla desiderò di nuovo di poter arrestare la Farling e portarla in centrale, questa volta solo per aver pronunciato il nome di Allison. «Non potrà lasciare la zona fino a quando non glielo dico io».

La Farling rise. «Mantenga quel tono roboante il più a lungo possibile. Le sarà utile».

Lyla pensò all'avvertimento di Teresa. «È stato uno dei miei a spifferarle tutto?»

«Le mie informazioni provengono dai funghi. Ecco. Ho rivelato la mia fonte. Forse se anche lei sussurrasse ai funghi, le direbbero quello che ha bisogno di sapere».

Lyla si sentiva come la bambina che era stata un tempo e che, in qualche angolo del suo cuore, non aveva mai smesso di essere.

La Farling le si avvicinò di più. «Un ultimo consiglio: la gente dice di fidarsi delle sensazioni di pancia o del proprio cuore, ma quelli sono solo organi, meri simboli di ciò che ti rende te stessa. *Tu* non sei la pelle che ti avvolge. Leggi tra le righe e fidati della tua intuizione astratta. Sarà la tua alleata quando il mondo ti crollerà addosso. E accadrà presto».

Capitolo venticinque
Il seminterrato

L'acqua nel seminterrato era profonda al massimo venti centimetri: comunque abbastanza per annegare. Per fortuna di Katie – ed era il primo colpo di fortuna che le era stato concesso in tanto tempo – era atterrata su una scatola, così che, persi i sensi, la bocca e il naso non erano stati sommersi.

Aveva ripreso conoscenza al rumore del sangue che le gocciolava dalla fronte sulla superficie dell'acqua e solo ora osò alzarsi. Aveva male dappertutto. La cantina era più grande di quanto avesse immaginato: si estendeva sotto gran parte del piano inferiore della casa. La muffa chiazzava le pareti come macchie di Rorschach. Eppure, lì sotto c'era un buon odore. Rose e cioccolato, violette e *nag champa*, pino e ambra... avrebbe dovuto essere una cacofonia, invece era un mottetto di profumi. Forse la botta alla testa aveva messo fuori uso il suo olfatto.

«Miaoo». Il gatto nero saltò sulla spalla di Katie e gli artigli le si conficcarono nella pelle. Dopo tutta quella solitudine, le parve una manifestazione d'amore. Prese delicatamente il micio e se lo strinse al petto. Era bagnato fradicio e tremava. Proprio come lei, che aveva la pelle d'oca e la punta delle dita blu. Doveva uscire da lì.

La scala, però, era andata. Tutta marcia e ora anche rotta. Non poteva usarla per risalire. Girandosi il più lentamente possibile, si guardò intorno. Accanto a lei, c'era una vetrinetta traballante sui piedini zuppi d'acqua. Era piena di boccettine di profumo con nomi come "Rosa rossa", "Biancaneve", "Collana di lacrime", "Grottesco" e "Odor di camposanto". Probabilmente era da lì che arrivava quell'incredibile profumo, ma le ante di vetro non si aprivano e quindi non poteva dire o scoprire di cosa sapesse "Vulva elegante".

Dall'altra parte, dei fogli galleggiavano sull'acqua. L'inchiostro rosso delle parole era stato lavato via, ma l'impaginazione suggeriva che si trattasse delle pagine di un diario. Erano del Lupo? O forse della sua vicina di soffitta, la scrittrice ammazzata per non aver accettato di scrivere? Se era così, non solo era morta, ma gli ultimi pensieri da lei affidati alla carta erano ormai quasi cancellati dall'acqua.

Un orologio da carrozza fermo, dentro una scatola di cartone, le ricordò che a breve sarebbe dovuta tornare nella sua stanza, a scrivere. Dovevano essere quasi le tre e mezza. Il Lupo non poteva certo biasimarla per aver cercato di salvare il suo gatto, no? *Ma poi, come ci è finito qui il gatto? A meno che non l'abbia gettato giù lui.* L'idea che avesse fatto del male a un gatto per certi versi era ancora peggiore di quella che avesse ucciso delle persone. Katie si corresse: Grace. "Date sempre un nome alle vittime e date loro una voce", era quello che diceva ai suoi studenti di scrittura creativa, e a sé stessa. E poi, mai fare del male a un animale in un libro. I lettori apprezzano la morte degli esseri umani, ma mai quella di cani e gatti. "Ho ucciso molte persone", diceva ai suoi studenti, "ma mai un animale". Loro ridevano e prendevano scrupolosamente appunti.

E se il rapitore avesse cercato il suo gatto in lungo e in largo e, come Buffalo Bill, fosse grato per il suo ritorno?

Ma il gatto può essere entrato dall'esterno?

E se davvero fosse entrato dall'esterno, allora forse io potrei uscire dall'interno.

Katie rotolò piano su un fianco e si mise carponi. Il gatto le si arrampicò sulla schiena come un piccolo fantino. Un dolore lancinante le tormentava il gomito sinistro. Doveva esserselo slogato nella caduta. Piano, con le pagine fradice che le si appiccicavano alla pelle mentre con il braccio buono spostava i libri annegati e gli oggetti che galleggiavano, strisciò lungo il perimetro della cantina.

Le pareti erano tutte coperte di cianfrusaglie: tavoli rovesciati, con le gambe all'aria come insetti morti; un teatrino giocattolo; un palchetto dei burattini, con i pupazzi appesi e inanimati; un pirata gonfiabile con un buco in testa; un theremin. Sulla terza parete rossa, però, c'era una porta obliqua, chiusa dall'interno con un lucchetto.

Incoraggiando il gatto a spostarsi sulla sua spalla, Katie si alzò e per poco non capitolò quando le cedette la caviglia. Un'altra storta dovuta alla caduta. Sentiva ogni singolo livido gonfiarsi. Rovesciando una scatola di plastica piena di personaggi di He-Man, vi saltò sopra e allungò la mano verso il lucchetto. Tirò con forza, ma la porta non si mosse. Il lucchetto non aveva una chiave e brillava: era nuovo di zecca. Precious, così aveva deciso di chiamare il gatto, non poteva essere entrato da lì.

Forse poteva provare a costruirsi una scala di fortuna? Quando però cercò di spostare uno dei tavoli, il gomito le urlò di fermarsi.

Ok. Se non puoi uscire, almeno scrivi. Così avrebbe soddisfatto almeno una parte dei desideri del rapitore. Contro la parete di fondo era addossato uno scrittoio con un ripiano apribile. Katie ne aveva uno simile a casa, ma non aveva mai scritto nulla seduta lì: era troppo bello per usarlo.

Sospirando per il dolore, trascinò lentamente una sedia da sala da pranzo verso lo scrittoio. Trovò della carta da lettere in un angolino, una penna stilografica in un altro. Cercando di non pensare al ritorno del Lupo, leccò il pennino della stilografica. Il capitolo successivo lo scrisse in scarlatto.

Capitolo ventisei
Cammina cammina, la morte si avvicina

«Sì, è uno dei miei». Ellen era seduta su una panchina fuori dal Monkey Paw, il suo studio di tatuaggi. Indossava un lungo cappotto nero di finta pelliccia con la fodera leopardata; era bassina, bella, sulla cinquantina. Una bambola *glam-goth* alla Elizabeth Taylor che fumava sigarette rollate. «Oggi ho visto la sua foto anche sul giornale, poveraccia. Cosa volete sapere?».

Lyla rimase in disparte; aveva detto a Jimmy che sarebbe stato lui a condurre l'interrogatorio. Jimmy arrossì. «Questa è l'ispettrice Lyla Rondell e io sono Jimmy, cioè l'agente James Cornick».

Quando Jimmy pronunciò il nome di Lyla, Ellen spostò lo sguardo su di lei, alzando le sopracciglia ben curate.

Jimmy sembrò non accorgersene. «Cosa ricorda di Grace?», le domandò.

Ellen si strinse il cappotto e si mise a rollare un'altra sigaretta, muovendo velocemente le dita. «Snob, ma non spocchiosa, altrimenti l'avrei cacciata e avrei lasciato il lavoro a metà».

«È permesso farlo?», chiese Jimmy.

Ellen alzò le spalle. «Io faccio come mi pare. Nel mio negozio non voglio idioti, chiunque tu sia. Ma lei era a posto. Forse un po' strana, ma a me la cosa non dispiace».

«In che senso strana?».

Ellen fece un tiro dalla sigaretta, poi si tolse i fili di tabacco dalla bocca. «Si fermava nel bel mezzo di un discorso sugli yacht o su qualche altra stronzata del genere, faceva uno sguardo strano e mormorava qualcosa di incomprensibile, senza senso. Poi tornava a parlare delle Maldive come se niente fosse».

«Strano davvero», disse Jimmy appuntandosi tutto.

«Era come se stesse cercando di sintonizzarsi sulla stazione radio giusta, ammesso che lei sia abbastanza vecchio da capire cosa intendo».

Ellen guardò Lyla, piegando per un istante la testa di lato, come un corvo. «Lei sì che lo è. Senza offesa».

Lyla rise. «Nessuna offesa».

«Ho trentaquattro anni», disse Jimmy. «Ma mi piacciono i podcast».

«Buon per lei». Ellen soffiò fuori un anello di fumo pieno di sarcasmo.

«Visto il comportamento di Grace, direbbe che era sotto l'effetto di sostanze stupefacenti?», continuò Jimmy serenamente.

«Non ne ho idea. Non era ubriaca, è tutto quello che so». Ellen incrociò le braccia. «Prossima domanda». Non aveva intenzione di compromettere un cliente. Anche se morto. E anche se snob.

Se gli amici fossero stati tutti alla Ellen, Lyla avrebbe considerato l'idea di averne di più. «Non le stiamo chiedendo di incriminarla», si intromise. «Ma se c'è la possibilità che fosse stata drogata, sarebbe utile saperlo».

Ellen piegò di nuovo la testa. «Diciamo solo che a un certo punto, molto brevemente, si è guardata intorno nella mia stanza, con gli occhi grandi quanto la High Street, e ha detto che riusciva a vedere un altro livello di realtà. Cosa che a me succede solo quando sono sotto l'effetto di psichedelici o quando guardo *Real Housewives*. Continuavo a chiederle se potevo andare avanti, mi sono anche fermata un paio di volte. Ma lei ha insistito perché proseguissi».

«Ha detto perché aveva scelto proprio quel tatuaggio?», chiese Jimmy.

Ellen lo ignorò: prese in mano una tazza di caffè da asporto e, guardandoci dentro, disse con aria severa: «È vuota». Alzò di nuovo lo sguardo su di lui senza sbattere le palpebre, ricordando a Lyla un gatto che cerca di comunicare con il suo stupido umano.

Vedendo che Jimmy non reagiva, Lyla intervenne: «Credo che Ellen voglia un altro caffè. Ti dispiace, agente?», gli disse facendo un cenno verso il Knightwood Oak, un caffè indipendente sulla High Street.

«Un caffellatte grande», disse Ellen. «Con caffè doppio. Dica che è per me. E non mi dispiacerebbe una millefoglie, se ce l'hanno».

Lyla dette a Jimmy una banconota da venti sterline. «Per me latte macchiato medio speziato alla zucca e un sandwich al formaggio. E prendi quello che vuoi per te». Costoso, questo interrogatorio.

Mentre Jimmy si infilava la banconota in tasca e si allontanava verso il bar, Ellen disse: «Grazie. Non me la sentivo di parlare davanti a lui. Io mi fido del mio istinto».

"Fidati della tua intuizione astratta", aveva detto Mellicent Farling solo un'ora prima. «Cosa intende dire?», attaccò Lyla.

«I miei lavori mi spingono a sviluppare sensazioni di pancia», proseguì Ellen. «E io ho imparato a seguirle».

«Lavori?»

«Faccio anche costumi e scenografie».

«Bello».

Ellen sbatté le palpebre come se fosse perfettamente normale essere bravi in così tante cose. «Ad ogni modo, c'era qualcosa di strano nel modo in cui Grace parlava del suo tatuaggio, ed è per questo che mi è rimasto impresso. Di solito la gente non fa che parlare del perché vuole farsi tatuare qualcosa, e a me raramente frega più di tanto, a meno che non si tratti di qualcosa di vero», disse battendosi la mano sul cuore. «Grace mi ha solo mostrato un disegno sul suo telefono, ma ha detto: "È un segno per Lyla, per mostrarle che non è lei a comandare". Appena l'agente ha pronunciato il suo nome, ispettrice, ho ricollegato tutto. Ho pensato che fosse meglio non dirglielo in sua presenza».

Lyla non riusciva a respirare. Il petto le si strinse, la gola si serrò.

Ellen si frugò in tasca e tirò fuori un pacchetto di mentine. «Prenda questa», disse facendo uscire con un colpetto una caramella. «Le do ai miei clienti quando hanno un calo di glicemia. Le offrirei una sigaretta, ma sembra che già così fatichi a respirare».

Lyla prese la mentina e se la rigirò in bocca, sentendo le costole rilassarsi come se si fosse appena tolta una guaina contenitiva. «Grazie».

«Ha idea di cosa voglia dire quel messaggio?», chiese Ellen.

«Che non sono io a comandare, suppongo».

Ellen alzò l'indice tatuato. «Non lasci mai che qualcuno le dica niente del genere. A comandare nella tua vita sei tu. Sei tu a decidere cosa succede, tu e nessun altro. Io non lascio che gli uomini dicano alle donne cosa fare».

«Ha avuto l'impressione che Grace si riferisse a un uomo?».

Ellen si spinse una mentina tra i denti davanti. «Sì, è così. Non so dirle perché, però. Non ha parlato di un fidanzato».

«Qualcuno l'ha accompagnata o è venuto a prenderla?».

Ellen si risvoltò le maniche, mostrando un mosaico di tatuaggi a tema circense. Una donna possente si fletteva sull'avambraccio. «È da quando mi ha chiamato il vostro agente che mi sto sforzando di ricordarlo. Non credo, ma è difficile vedere la High Street da qui dentro», disse indicando la vetrina nera e dorata del Monkey Paw. «A un certo punto ha accennato a un parcheggio, poi è sembrata sorpresa, come se la cosa le fosse balenata in testa solo in quel momento».

«Ultima domanda: a cosa si riferisce quella scritta, "Cammina cammina, la morte si avvicina"? Ne ha idea?»

«Ha detto che era un libro. Io sono una lettrice, ma non l'ho mai sentita».

Jimmy fece ritorno con un vassoio di tazze e un sacchetto di leccornie appeso al polso. «Scusate, c'era un po' di coda».

Ellen si alzò, sgranchendosi la schiena e le mani, poi prese la tazza con la scritta "LAT". «Grazie», disse. «Spero che troviate lo stronzo che ha fatto tutto questo. Non gli darò la soddisfazione di chiamarlo "Grimm lo Squartatore". E non dovreste farlo neanche voi». Fece un cenno di saluto a Lyla e scomparve dietro le porte scure.

Jimmy e Lyla si sedettero fronte porto a bere il loro caffè. Nel giorno – o erano più giorni? – trascorso dall'ultima volta che erano stati lì, novembre si era fatto più evidente. Lyla si poggiò il panino sulle ginocchia a mo' di borsa dell'acqua calda e avvolse le dita intorno al bicchiere di carta. Erano le ultime occasioni utili per godersi caffè speziati alla zucca, ben presto rimpiazzati dai sapori natalizi, e lei aveva intenzione di approfittarne fino in fondo.

Mentre mangiavano, Jimmy le mostrò una foto del braccialetto trovato nel terreno della radura. Era lo stesso che aveva dato a Allison. L'assassino sapeva troppe cose su di lei. Su di loro. La provocava con quei messaggi. A peggiorare la situazione c'era il fatto che, proprio come aveva detto lui, Lyla *non* si sentiva affatto al comando. I fili rossi potevano anche essere lì pronti per essere collegati, ma lei si sentiva con le mani legate.

«Tu hai ancora il tuo, di braccialetto?», le chiese Jimmy con il tono che usava quando interrogava le vittime.

«A casa».

«Avremo bisogno di…».

«Vederlo, lo so», sbottò Lyla.

«Quando gliel'hai visto indosso l'ultima volta?»

Lyla rivide nella testa il polso di Allison che, nel sonno, ciondolava dal letto a castello in alto. Ma non poteva essere certa che indossasse davvero il braccialetto. «*Credo* che Allison lo portasse quando è stata rapita. Ma non sono sicura. Ero così abituata a vederglielo al polso che potrei confondere un'immagine con un'altra».

Le squillò il telefono. «Sì, capo».

Ovunque Rebecca si trovasse, c'era un vento che spazzava via le sue parole. «A-due-pi-vati-nel-sco-ste-sto».

«Puoi ripetere? Non ti sento!».

«'sa-è-v-to».
«Scusa, Rebecca, non ho capito niente. Puoi andare in un posto riparato?».
Le giunsero forti e chiari i rumori di Rebecca che arrancava nel sottobosco e imprecava, così come, quando riprese a parlare, il suo accento della New Forest, come se il vento le avesse strappato via le vocali, in genere così sorvegliate. «Scusa, Lyla. Oggi c'è vento forte».
«Ora ti sento».
«Mi sto riparando sotto una grossa quercia, ma la ricezione non è buona, quindi potrebbe cadere la linea. Hai sentito qualcosa di quello che ho detto?»
«No».
«Sono stati trovati altri due corpi».
Lyla ricostruì le mezze parole che aveva sentito. "Trovati nel bosco, nello stesso posto".
«Due giovani», continuò Rebecca. «Fratello e sorella, stando all'identificazione e a una certa somiglianza. Probabilmente portati lì e uccisi nelle primissime ore del giorno. Erano ricoperti di briciole di pan di zenzero. E, cosa strana, di mentine».
Ora era troppo. Troppe coincidenze. «Pensavo che l'area fosse sorvegliata».
«Lo era, lo è, il che però non impedisce a chicchessia di arrivare lì al mattino, prima della sicurezza».
«Dovrebbe esserci qualcuno di guardia tutta la notte!».
«È quello che ho detto a Grou..., al sovrintendente, lui ha fatto spallucce e ha detto: "Budget"».
«'Fanculo il budget. Avrei dovuto farlo io. Avrei dovuto piazzare una dannata videocamera su un albero o accamparmi per la notte. Mettere una trappola a scatto, qualsiasi cosa per trovare una pista su di lui».
«Questo ora non ci aiuta. Concentrati su ciò che abbiamo».
«Hai ragione. Scusa». Lyla cercò di scaricare la rabbia pestando i piedi a terra.
«I due fratelli erano in una posizione insolita ed erano ricoperti da strani filamenti, una specie di bozzolo. Un agente della giudiziaria di Southampton dice che si tratta di funghi. Una parola che fa pensare alla pupù dei neonati».
«Micelio». Di solito, quando le cose cominciavano a fluire, a connettersi, quando i fili si univano e le coincidenze si rivelavano ben lontane dall'essere tali, Lyla avvertiva un fremito. Stavolta invece si sentiva intorpidita, come se fosse sotto un getto d'acqua fredda. L'assassino

aveva ragione. Non era lei a comandare. Lui conduceva il gioco e lei stava perdendo.

«Esatto. Non so cosa sia peggio».

«L'ho imparato oggi, cosa sono i miceli, prima da Lionel e poi da Mellicent Farling. Una roba strana, che collega tutto».

«Allora inizia a fare quello che ti riesce meglio e a creare i tuoi, di collegamenti, perché la velocità con cui l'assassino sta sventrando storie e squartando vittime è terrificante».

«Tra mezz'ora siamo lì».

«Bene. La stampa è già arrivata e vuole sapere da me quale sarà la prossima fiaba». Rebecca fece una pausa, come incerta se farle la domanda successiva. «*Tu* che dici?».

Lyla la aggiornò rapidamente sul tatuaggio e sul messaggio dell'assassino trasmesso tramite Grace e disse: «Spero solo che non sia *Cappuccetto rosso*».

Capitolo ventisette
Storie dalla cantina

Red

di K.T. Hexen

Nessuno conosceva il nome di nascita di Red, nemmeno lei. L'addetta all'accoglienza dell'orfanotrofio aveva visto il ricciolo scarlatto scuro sulla sua fronte e così aveva deciso. "Red" aveva scritto sul registro, e Red era rimasto, anche quando la bambina era diventata bionda.

Tutto ciò che Red sapeva delle sue origini erano le indicazioni che portavano a un cimitero nel bosco: lì erano sepolti sua madre, suo padre e sua nonna. Le indicazioni, però, non includevano dettagli precisi sulle tombe in cui riposavano i suoi cari. Una volta l'anno, il 1° o il 2 novembre, Red andava in visita al cimitero. Attraversava la foresta di alberi imponenti, figurandosi anche loro come suoi parenti: ci parlava per distrarsi dalle ombre appostate dietro i rami.

Giunta finalmente a destinazione, leggeva tutti i nomi che si riuscivano a scorgere sulle lapidi, nel caso qualcuna appartenesse alla sua famiglia. Era rassicurante stare lì, tra i defunti. L'edera si arrampicava sulle pietre tombali come un boa verde; i fiori appassivano nei loro involucri di cellophane, a dimostrare che nulla è eterno. Solo la plastica rimane, ma chi la vuole sul proprio ultimo giaciglio? Lei, invece, per ogni tomba portava torte fatte in casa con i semi, così da onorare chi la abitava e nutrire gli uccelli che avrebbero poi piantato i semi di nuovi alberi.

Red non era mai sola. Amava gli animali e faceva amicizia con ogni topo, uccello e ragno che incrociava sulla sua strada. E così Michelle, Lou, Jacqui, Steph, Susi, Karen, Roz, Sam, Katherine, Diana, Georgie, Caroline, Kirsty e tutti gli altri erano diventati la sua famiglia d'elezione. Ben presto arrivò anche Wallace, il marito, affascinante scrittore dai capelli ricci, e poi la figlia Rose. Red aveva più amore nel cuore che zucchero nella dispensa e, dato che era una fornaia, era davvero tanto amore.

Un 2 novembre Red, che ormai aveva più di trent'anni, si alzò presto come al solito per impastare. La cucina era tutto uno sbuffo di farina, gocce di cioccolato che finivano nel composto dei biscotti e, sul bancone, impasti che si gonfiavano in cuscini di lievito.

Seduta nel suo seggiolone, Rose stringeva tra le dita il pan di zenzero crudo. Da un momento all'altro sarebbe apparso Wallace, avrebbe baciato Red sulle labbra glassate color ciliegia e avrebbe portato fuori la bambina nel passeggino. Questa era la vita che Red aveva sognato sbirciando dalla finestra dell'orfanotrofio. Avrebbe fatto di tutto per non perderla.

Quel pomeriggio, rimboccati per bene gli strofinacci sull'impasto del giorno, andò al cimitero, che si trovava nel cuore della New Forest, tra la A31 e la A35, su un'altura tra Blackwater e Highland Water, al centro di un isoscele di alberi spogli, uno piccolo, uno medio e uno grande. Quel giorno era un trionfo di pietre oblique e sprazzi di sole. Il muschio coccolava le lapidi, tenendole al caldo. I salici avevano la testa china in perpetuo rispetto. Red pronunciò ad alta voce tutti i cognomi – Emery, Down, Knight, Wood, Oak e così via – associando ognuno al suo nome e desiderando che le tombe le dicessero quale fosse quello della sua famiglia.

Mentre prendeva dal cestino le fette di torta con i semi, alle sue spalle si udirono dei passi.

«Posso aiutarti?», disse un uomo alto con occhi famelici. «Sono il custode di questo cimitero».

«Io non ti ho mai visto prima», rispose Red.

«Sono nuovo. Il cimitero era invaso dalla vegetazione e, visto che i visitatori continuano ad aumentare, il comune ha deciso che c'era bisogno di un sorvegliante».

Se c'era qualcuno che in quel momento doveva tenere gli occhi aperti, quella era Red. Quello non era un cimitero comunale: era di proprietà della chiesa, che si trovava a circa un miglio di distanza, verso est. E, da quando lei aveva iniziato a frequentarlo, era sempre stato vuoto. Chiunque fosse, quell'uomo stava mentendo.

Red indietreggiò. «Bene. In ogni caso, io devo...».

«Non aver paura», disse lui. «Sono uno bravo ragazzo. Di me ti puoi fidare». I suoi occhi viola erano pieni di violenza, eppure sorrideva. Era uno di quegli uomini da cui le donne si mettono in guardia a vicenda.

«Non ho bisogno di niente, grazie. In realtà, sono qui per trovare un po' di pace». Tenendosi il cestino davanti al petto, stretto tra le braccia, Red affrettò il passo.

«Anch'io». L'uomo si mise a camminarle accanto. Il suo braccio sfiorava quello di Red.

«Vorrei stare da sola, se non ti dispiace. Questo è un giorno speciale e privato per me», disse Red con tono freddo.

«Oh, davvero?», le chiese lui pieno di interesse. «Raccontami un po'!».

«Come ho detto, è una cosa privata».

«Su, non fare così». Le si parò davanti fingendosi imbronciato.

Red lo aggirò quasi alla stessa velocità a cui batteva il suo cuore.

«Non c'è bisogno di essere scortesi. Perché le donne come te sono così ostili? Ti sto solo tenendo al sicuro, visto che sei tutta sola. Qui fuori potrebbe succedere di tutto». Le strinse il gomito e, chinandosi, le mostrò i denti. In alto, tra gli alberi, un animale lanciò un richiamo di aiuto.

Red non rispose. "Segui il tuo istinto", pensò, e fece scivolare una mano sotto lo strofinaccio a quadretti che copriva il cestino.

«Hai mai sentito parlare dei benefici che regala un'immersione nella natura?», chiese lui, con leggerezza, come se non l'avesse appena minacciata. «In giapponese lo chiamano shinrin-yoku*; il concetto, in pratica, è che due ore in una foresta giovano a tutto il corpo e all'anima».*

Red continuò a camminare in silenzio. Con la visione periferica, calcolò quale sarebbe stato il percorso più rapido. Con le sue lunghe gambe, l'uomo sarebbe stato veloce e la pressione del suo braccio contro quello di Red suggeriva che era forte, ma lei non era da meno. Impastare pane a volontà ogni mattina aveva modellato muscoli che, sebbene le dolessero sempre, l'avrebbero aiutata a lottare e a scappare.

Con la mano sfiorò il coltello, il manico caldo nel palmo, la lama fredda sotto il dito indice. Non era stupida, però; sapeva che tirare fuori un coltello poteva significare che a uscirne ferita sarebbe stata lei. Le torte con i semi, però, non potevano esserle di nessun aiuto e con sé non aveva altro che ingredienti da forno.

«Non dovresti ignorarmi».

«Mi dispiace, io...». Red impedì a sé stessa di continuare la frase. Lei cercava sempre di alleviare la tristezza altrui, ma quell'uomo non se lo meritava. Ora gliel'avrebbe fatto vedere lei, cosa si meritava.

Allungando la mano in fondo al cestino, svitò abilmente il tappo del barattolo di bicarbonato di sodio. Tirandolo fuori da sotto lo strofinaccio, lo gettò negli occhi dell'uomo.

L'uomo li chiuse, ma non fu abbastanza veloce. La polvere bianca ricadde a pioggia su di lui che, incespicando, si sfregava forte il viso. «Che cosa diavolo mi hai fatto?». Scontrandosi contro una lapide, cadde sul rettangolo di ghiaia. «Non vedo niente!».

Red corse verso le braccia dei salici. Il cestino era un impedimento, ma certo non avrebbe lasciato a lui il coltello. Quando aveva visto

Halloween, *aveva gridato alla protagonista di pugnalare Michael alla gola e poi recuperare quel dannato coltello.*

«Ti prenderò, brutta stronza».

Red si girò per vedere dove fosse l'uomo, in modo da poter correre nella direzione opposta: era ancora a terra e faticava ad alzarsi. C'era qualcosa che lo teneva legato alla tomba. Dalla ghiaia spuntarono rami di edera e fili di spore di lievito. Gli si avvolsero intorno alle braccia, alle gambe e al collo e poi cominciarono a inghiottirlo nella terra.

Red rimase impietrita vedendo sprofondare nel sottosuolo le gambe, poi i fianchi, la vita e il petto dell'uomo. Ben presto rimasero visibili solo la testa e le mani: l'edera gli aveva intrappolato le mani vicino alle guance, la sinistra stretta come se stesse avviando un motore, il pollice e l'indice della mano destra chiusi come a formare un occhio, le altre dita aperte come la coda di un pavone.

Mentre lei stava a guardare, le pietre gli riempirono gli occhi, le foglie le orecchie, il terreno le urla.

Il sole spuntò da dietro una nuvola, come a dire "sei al sicuro?".

Lo era. La tomba aveva inghiottito l'uomo tutt'intero.

Red si avvicinò alla lapide, ora rischiarata dalla luce del sole. Cadendo, l'uomo aveva svelato il nome che prima era coperto dal muschio. Red capì che il suo desiderio era stato esaudito. La tomba le aveva finalmente detto qual era la sua famiglia, portandosi via il brutto uomo cattivo.

Capitolo ventotto
In trappola

I due cadaveri giacevano fianco a fianco, come fossero andati incontro alla morte insieme. Erano gemelli, entrambi con lunghi capelli biondi, ora aggrovigliati tra le radici. Il loro sangue aveva nutrito la terra, colorandola di rosso.

Lyla si allontanò dalla scena del crimine, sperando che né Jimmy né Rebecca potessero vedere le sue lacrime. Non riusciva a togliersi dalla testa quell'immagine, fratello e sorella uccisi. Parzialmente sepolti, avviluppati in fili di spore, i loro corpi erano circondati da mentine disposte in un piccolo cerchio. Erano stati messi entrambi nella stessa posizione, con la mano destra a sostenere il gomito sinistro e la mano sinistra poggiata contro la spalla, aperta, come per salutare.

Nell'ultima notte trascorsa insieme, prima che Lyla scivolasse giù lungo la scaletta, lei ed Allison si erano sdraiate fianco a fianco sul letto in alto. I loro corpi accoccolati l'uno accanto all'altro le avevano fatto venire in mente una frase che aveva sentito una volta: "I migliori amici? Due fermalibri senza libri in mezzo". Erano entrambe Gemelli; anime gemelle, separate. Era per questo che, quando Allison era scomparsa, Lyla si era sentita squartata in due come Tremotino.

Un pomeriggio, sua nonna, in un raro momento di compassione, trovandola in lacrime aveva detto a Lyla che un giorno lei ed Allison si sarebbero riunite. Sul momento per Lyla era stato un conforto, ma come sarebbe andata se invece le avesse detto di lasciare andare Allison? Forse Lyla sarebbe diventata una star del cinema, divisa tra Londra e Los Angeles. Forse avrebbe fatto l'arborista in Belize o la soccorritrice di gatti in Grecia. Forse avrebbe avuto figli, o gatti, o oggetti d'antiquariato. O tutte e tre le cose, in una casa diroccata in qualsiasi posto che non fosse la New Forest.

Invece, il destino di Lyla era stato indissolubilmente legato a Allison, i braccialetti che si erano scambiate due anelli di una catena che le legava per sempre. Lyla aveva avuto una vita a metà. Di tanto in tanto, nei sogni, ne intravedeva altre, un'intera gamma di vite che avrebbe potuto vivere.

«Tutto bene, capo?». Jimmy, sopraggiunto al suo fianco, le posò una mano sulla schiena.

Lyla tirò su col naso, tentando di ricomporsi. «Sto solo cercando di capire come li ha portati qui».

Jimmy indicò un avvallamento tra le foglie. «Sembra che li abbia trascinati, uno per volta, attraverso il bosco. Abbiamo seguito questi segni per circa un chilometro, ma poi abbiamo perso le tracce».

«Deve essere forte».

«Direi di sì. E capace di anticipare la polizia».

Lyla si mise a camminare lungo il perimetro della radura, con Jimmy al suo fianco. Qua e là incrociavano poliziotti in uniforme, di guardia per impedire ai giornalisti di superare le transenne per la stampa al limitare del bosco. «Deve avere un senso, l'averli lasciati qui, nello stesso punto in cui sono stati trovati Grace e il braccialetto di Allison, nel punto dove stiamo scavando...». Lyla fece una pausa per soffocare l'immagine dello scheletro di Allison che emergeva dalla terra. «Abbiamo fatto delle ricerche sulla storia di questa parte della foresta?»

«Ho dato un'occhiata», disse Jimmy. «Ma non ho trovato nulla di utile. Forse l'assassino si sta prendendo gioco di noi».

"Di me", pensò Lyla. «Dimmi delle due vittime».

Jimmy tirò fuori il suo taccuino. «Timothy e Edith Weller, ventisei anni. Entrambi in servizio sulle ambulanze. Li ho conosciuti quando ero alla stazione di Ringwood. Per diversi venerdì di fila avevano recuperato degli ubriachi dalla mia custodia. Cercavano di farsi mettere sempre di turno insieme».

«I loro parenti più prossimi sono stati informati?»

«L'ispettrice capo ha mandato Tony e uno psicologo a parlare con la madre, la signora Weller».

«Non sono sicura che Tony sia la persona più indicata per la gestione del lutto e per tenere la mano a qualcuno». Lyla visualizzò Tony che invitava la signora Weller a sedersi mentre lo psicologo preparava un tè. L'immagine della madre dei gemelli che crollava, emotivamente, fisicamente, o tutt'e due le cose. Una vita, la sua, che non aveva più senso.

«Si è proposto lui. Ha detto che ha bisogno di fare pratica e il capo ha accettato».

Lyla aggrottò le sopracciglia. «Quando mai è stato così interessato al miglioramento personale?».

Jimmy rise. «Vero. Ha persino cercato di corrompere Colin Scott perché sostenesse l'esame al posto suo». L'agente Scott era il secchione del comando, nonché un mago dei quiz da pub.

«Il medico legale è qui?»

«Lionel è con l'ispettrice capo in questo momento». Jimmy indicò la tenda allestita su un lato della radura. Tutt'intorno erano state piantate delle alte barriere metalliche e stavano montando una struttura prefabbricata. A quanto pareva, Groucho aveva deciso che dopotutto il budget c'era. Strano come l'interesse nazionale gli oliasse il portafoglio. «Mi ha chiesto di dirti di andare da lei, quando puoi».

Lyla guardò i gemelli morti. «Cosa sta cercando di dirci l'assassino con il modo in cui uccide?»

«Deve per forza avere un significato?», chiese Jimmy. «Non può essere solo uno stronzo malato che usa le fiabe come appendiabiti per travestirsi da assassino?»

«Forse. Ma non potresti aiutarmi a sviluppare il mio pensiero, Jimmy, invece di troncarlo sul nascere? Usare i nostri cervelli per fare passi avanti insieme?». Merda, stava parlando come Mellicent Farling.

«Okay», fece lui. «Il braccialetto di Allison ritrovato qui e il soprannome di Biancaneve affibbiatole all'epoca sono coincidenze troppo strane. Non potrebbe essere qualcuno che conoscevate in quel periodo? Magari Allison aveva una relazione che ti teneva nascosta...».

«Nessuna relazione».

«Sì, ma mettiamo che l'avesse e che lui l'abbia uccisa: potrebbe essere che ora lo stia facendo di nuovo». Ora Jimmy camminava più spedito, con il cervello che frullava e i piedi che si muovevano veloci.

Oppure l'assassino è Allison, sussurrò dentro Lyla una voce oscura come la foresta.

Si fermò di colpo, respingendo quel pensiero: non si capacitava di averlo partorito lei stessa. Nella storia di Cappuccetto rosso, però, il lupo indossa i vestiti di qualcuno che la protagonista conosce.

«I fratelli Grimm erano due, giusto?», disse Jimmy, catapultandola di nuovo nel presente.

«Esatto, Jacob e Wilhelm». Si affrettò verso Jimmy, che si era fermato per aspettarla.

«E se invece stessimo cercando due assassini collegati? Magari il fratello maggiore ha rapito Allison e ora quello minore ne sta seguendo le orme». La guardò in cerca di approvazione, lo sguardo di uno Spaniel che ha portato le pantofole al padrone.

Lyla annuì. «Forse. Torna alla centrale, metti per iscritto queste ipotesi e comincia a cercare prove a sostegno».

Mentre Jimmy tornava a grandi passi al parcheggio, qualcosa si mosse tra gli alberi dall'altra parte della radura. Lyla avanzò in direzione del rumore con il cuore in gola. Esitò. Si sa, spesso gli assassini tornano sulla scena dei loro crimini. Se si stava davvero prendendo gioco di loro, di lei, avrebbe voluto essere nei paraggi per godersi l'agitazione che aveva innescato. E se stava tampinando la sua Cappuccetto rosso? Forse Lyla avrebbe dovuto dare l'allarme, chiamare i rinforzi o...

Da dietro un rododendro vide sbucare Teresa.

Lyla si strinse una mano sul cuore. «Teresa. Non so se essere contenta di vederti oppure no».

«Ottimo. Be', io sono felice di vederti. È da un po' che spero di riuscire a parlarti lontano da tutti». Teresa abbassò la voce. «Non l'ho detto a nessuno, di Allison. Né del ritrovamento del suo braccialetto».

L'ira ribollì dentro di Lyla. «Chi te l'ha detto?»

«Un amico di un amico, che l'ha saputo da qualcuno lì al comando. E a quanto pare ha da vendere altre informazioni. Si dice che le vittime siano fratelli: due gemelli del servizio ambulanze?».

Lyla passò in rassegna tutti i possibili sospettati. C'erano solo un paio di persone che sapevano che Timothy e Edith Weller giacevano dietro di lei nella radura. E solo una che, aggirandosi per i corridoi, si era stranamente offerta volontaria. Lyla fece un sospiro. «Tony. La talpa è Tony». La cosa non la sorprese più di tanto, fu però scioccata dalla profonda sensazione di tradimento che sentiva nel suo intimo.

Teresa lesse la sua espressione. «Immagino che non sarà una grave perdita per l'arma».

Lyla cercò di apparire serena. «Fa un pessimo tè e, a quanto pare, prende decisioni anche peggiori».

«Puoi dirmi qualcosa su Allison?», chiese Teresa. «In via ufficiosa, ovviamente».

«Non so se posso. Ma ci penserò». Lyla odiava ammetterlo, ma, nella loro precedente conversazione, aveva sentito il richiamo verso qualcuno che si mostrava gentile con lei. Qualcuno di onesto. Aveva così pochi amici e desiderava averne di più. D'altra parte, però, non averne voleva dire non poterli perdere.

Prima di poter aggiungere altro, sentì chiamare il suo nome dall'altro lato della radura. Salutata velocemente Teresa, si affrettò verso la tenda e ci si infilò dentro. Lionel e Rebecca erano seduti su delle sedie pieghevoli e sorseggiavano tè nel servizio di porcellana che Lionel teneva sempre nella sua borsa da medico in pelle logora.

«Se ne vuoi un po', Lyla, ce n'è ancora nella teiera», le disse Lionel quando fu entrata.

«Ho appena preso un caffè, grazie. Volevi vedermi, capo?»

«Siediti, Lyla. Cerca di rilassarti», le disse Rebecca. «Il rumore dei tuoi pensieri si sente fin qui».

Lyla aprì una sedia e si sedette.

«Lionel ha fatto i primi rilievi», continuò Rebecca. La sua voce era delicata. «Ho voluto essere con te mentre ti riferisce gli esiti».

«Il che non promette niente di buono», disse Lyla. Un brivido le risalì su per le braccia e le ginocchia cominciarono a tremarle forte.

«Stesso modus operandi dell'ultima volta», disse Lionel. «Gole tagliate con la stessa lama usata su Grace Montague, o una molto simile, e anche loro sono stati trascinati nel bosco».

«I gemelli li ha uccisi qui?», chiese Lyla.

«Sì, erano vivi e già collocati nella radura quando sono stati macellati, anche se l'analisi arteriosa suggerisce che avevano una pressione sanguigna molto bassa, forse sono stati profondamente sedati. L'assassino ha poi scavato delle mezze tombe e ha riempito di terra le bocche, le orecchie e le orbite degli occhi, prima di cospargerli di pan di zenzero».

«Almeno possiamo dire alla madre, con una certa onestà, che non hanno sofferto», disse Lyla. In quel momento le venne in mente Tony. «A proposito, dobbiamo sospendere Tony in attesa di ulteriori indagini».

«È lui la talpa?», chiese Rebecca. «Ne sei sicura?»

«Ci sarà un'indagine, ma le identità delle vittime sono già trapelate. Lui è uno dei pochissimi a esserne a conoscenza e, oltre a te, me e Jimmy, l'unico che avrebbe potuto dare il nome di Grace alla stampa prima che lo rendessimo noto. L'abbiamo beccato fuori dalla stanza degli interrogatori, ricordi? Si è trattenuto fino a tardi, cosa molto insolita per lui. Ha detto che ci stava portando il rapporto della scientifica con l'identificazione delle impronte digitali, ma, ripensandoci, credo che stesse curiosando».

Rebecca scosse la testa. «Speravo fosse qualcuno di esterno al comando. Detesto pensare di non potermi fidare delle persone che mi circondano». Sospirò, calciando il terreno con lo stivale. «Va bene. Quanto meno l'hai scoperto. Ottimo lavoro, Lyla. Mi occuperò di lui non appena avremo finito qui».

«Se posso continuare», disse Lionel. «Dalle contusioni sui corpi, non direi che non abbiano sofferto. Sono stati colpiti violentemente, forse per stordirli prima della sedazione, e sembra che Edith abbia reagito. Ha frammenti di pelle sotto le unghie: ne abbiamo prelevato dei campioni, potrebbero derivare dai graffi dati all'aggressore. Ha anche subìto un secondo colpo alla testa, forse dopo averlo ferito».

Rebecca chiuse gli occhi e trasalì. «Questi particolari restano tra noi. La madre non ha bisogno di sapere quello è stato fatto ai suoi figli».

«C'è un'altra cosa che ho trovato sui gemelli e che potrebbe aiutarci». Lionel incrociò lo sguardo di Lyla, aprì la valigetta e tirò fuori una cartolina in una bustina trasparente. Sul davanti c'era una tipica casa della New Forest, con la paglia sul tetto bionda come Boris Johnson, muri, comignoli e grondaie imbiancati e le costruzioni annesse con lo stesso tetto di paglia, come dei figlioletti. "Swan Green Cottage", c'era scritto in basso con un carattere che imitava la scrittura a mano. A Lyla risultò familiare, ma doveva aver visto quella cartolina migliaia di volte sugli espositori girevoli dei negozi di souvenir della zona.

Sul retro c'era un messaggio scritto in una minuscola calligrafia rossa.

È giunta l'ora, Lyla, di indossare il mantello
e che crolli il tuo castello.
Tutto quel che sai andrà distrutto,
allora capirai che ho vinto tutto.
Allison non può più aspettare.
Vieni a prenderci: a te ho da dare
una sorpresa che ti farà morire.
Trova il cappuccetto e la mia porta fatti aprire.
Come i funghi, tutto è collegato:
o meglio, tutto è orchestrato.
Scarta i dettagli che non son scienza esatta
e fidati invece della tua intuizione astratta.
Vai oltre la prima percezione:
dietro vedrai svelata la finzione.
Sotto terra tutto giace,
troverai la tua amica e qualcosa che non ti piace;
gira la pagina quando sarai pronta,
prendi il tuo posto al centro di tutto,
la morte affronta,
perché senza vita non c'è lutto.

Grimm lo Squartatore

«Dev'essere bello avere un ammiratore che ti scrive poesie», disse Lionel con tono ironico. «Non mi dispiacerebbe ricevere questo tipo di attenzioni».

Lyla non riusciva a guardarlo. Il suo mondo si era inclinato sul suo asse. *Allison non può più aspettare.* Che cosa significava? Era viva? O era morta, alla fine?

«Non credo che così tu le sia d'aiuto, Lionel», disse Rebecca, fissandolo.

«Cercavo solo di alleggerire l'atmosfera». Lionel si scolò la tazza di tè e guardò il bollitore sul fornello da campeggio. Quell'uomo era fatto solo di tè, zero empatia.

Rebecca si schiarì la gola. «Lyla, questa è una chiara minaccia alla tua sicurezza. Dobbiamo trattarla con la massima serietà». Le prese le mani. «Devo toglierti il caso».

Lyla si ritrasse, con gli occhi fiammeggianti. «Assolutamente no».

«Ti sta provocando, sta cercando di attirarti nella sua tana. Se tu *sei* la sua Cappuccetto rosso, l'ultima cosa che dovresti fare è andare nel bosco».

«Come mia amica», disse Lyla, «ti prego di non togliermi anche questo. E, come mio superiore, ti prego di non perdere l'occasione di usarmi come esca per il lupo».

Rebecca si morse il labbro.

«Non ha tutti i torti», osservò Lionel. «Se non fosse tua amica, esiteresti di fronte alla possibilità di catturarlo?».

Rebecca lo fulminò con lo sguardo, ma poi sospirò. «Va bene», disse con riluttanza. «Ma assicurati di avere il taser. E tieni me e Jimmy tra le chiamate rapide, nel caso ti servano rinforzi».

«Posso avere anche il mantello di riserva?», chiese Lyla. Diverse aziende produttrici di mantelli simili a quello lasciato nella foresta dall'assassino avevano fornito dei campioni affinché la scientifica potesse trovare una corrispondenza. Uno era stato escluso abbastanza in fretta da finire nella giungla della sala investigazioni.

«Tutto quello che ti serve».

Quando Lyla si alzò per andarsene, Rebecca le prese di nuovo la mano. «Lyla, ti ho messo a capo di questa indagine per un motivo. Il tuo cervello funziona al meglio quando trova schemi e connessioni, quindi fai esattamente quello che dice lui, ma alle tue condizioni, non alle sue. Vai in un posto in cui puoi pensare, analizza tutto e guarda sotto la superficie».

«Lo farò».

Stringendole la mano, Rebecca disse: «So che puoi farcela. Io credo in te, Lyla».

Capitolo ventinove
Fossato e granelli di polvere

Nella cantina, Katie scrisse una pagina dopo l'altra, assecondando il flusso, finché il polso non iniziò a farle male e lo stomaco a brontolare. Non si sentiva più i piedi e aveva la strana sensazione che, invisibili sotto il livello dell'acqua, non esistessero più. L'opposto di un arto fantasma.

Alzandosi con cautela sulla caviglia slogata, le gambe le tremarono e per un attimo le si annebbiò la vista. Il gatto le diede una strizzatina alla spalla, riportandola nel seminterrato. Il vento scuoteva le porte oblique e la luce carica di granelli di polvere che filtrava dalla sottile fessura tra di esse era viola come la notte incombente.

Il Lupo sarebbe tornato a breve, di sicuro. Katie era riuscita a non pensare a cosa stesse facendo mentre lei scriveva, ma ora non riusciva a chiedersi altro. Chi aveva preso come Hänsel e Gretel? Sperava che, avendo lei scelto degli adulti, e per di più stronzi, non avrebbe puntato dei bambini. Non lo reggeva, quando a morire erano i bambini. E la cosa non piaceva neanche ai lettori. Agli inizi della sua carriera, quando era meno sensibile, aveva raccontato la storia di un bambino ucciso. Quindici anni dopo, con un aborto spontaneo alle spalle, ormai "zia" di tanti bimbi figli delle sue amiche, non riusciva più a digerirlo. Non poteva sapere, però, cosa fosse capace di fare Grimm lo Squartatore.

La sua unica speranza era che l'ispettrice Rondell notasse i piccoli indizi che Katie aveva disseminato. In tal caso, sarebbe accorsa presto in suo aiuto come la madre della *Camera di sangue*. Ma doveva pur esserci qualcos'altro che Katie poteva fare, fin da ora, per aiutare Lyla.

Mettendo il gatto su una cassettiera, raccolse alcune pagine e, zoppicando lentamente verso le porte del seminterrato, le infilò una per una attraverso la fessura. Il vento le fece volare via nell'aria. Sperò che non finissero nel fossato, con l'inchiostro delle parole lavato via come sangue.

Con uno scatto, il gatto girò la testa verso l'alto e miagolò. Si sentirono dei passi trascinarsi sul soffitto del seminterrato e dirigersi su per le scale. Il cuore di Katie ebbe un sussulto. Era tornato e stava andando nella sua stanza. Ma lei non era lì.

L'urlo del Lupo risuonò in tutta la casa. Katie si rannicchiò contro la porta del seminterrato, con le mani premute sulle orecchie. Nemmeno aver scritto un'altra storia l'avrebbe aiutata. Solo Lyla poteva farlo.

Capitolo trenta
Un senso

Era più di un anno che Lyla non andava nella sua casupola sulla spiaggia, a Barton-on-Sea. La sabbia aveva ricoperto ogni cosa, così, prima di potersi mettere comoda, aveva dovuto pulire il pavimento, il tavolino e il divanetto. Come fosse potuta entrare tutta quella sabbia nella casetta chiusa a chiave, su una spiaggia di ciottoli, era un mistero.

Bloccate le porte con un fermo, con la brezza marina che entrava ad arieggiare la stanza di legno, si sedette al tavolo, coperta sulle ginocchia e iPad aperto. Tutt'intorno aveva disposto i fogli e le altre prove, tenuti fermi dalla sua collezione di pietre delle streghe. Il lungo mantello, replica dell'originale, era appeso a un gancio e ondeggiava al vento come un fantasma di velluto rosso.

Da dov'era seduta, poteva vedere fino alla riva. I gabbiani scendevano in picchiata e si tuffavano. Due dog sitter sui frangiflutti opposti guardavano i loro cani che si annusavano. Un uomo alto in piedi nella schiuma del mare passava un metal detector sui ciottoli. Una palla bianca e rossa rimbalzava sui cavalloni, come se le onde fossero giocatori di pallanuoto. Anche quando atterrava a riva, le onde la riportavano indietro. Come Allison, non aveva speranza, a meno che qualcuno, magari Lyla, non fosse entrata in acqua per recuperarla.

Ora che era lì, non riusciva a ricordare perché non ci fosse andata prima. Le onde erano un'estensione del suo cervello: maree che tiravano da una parte e dall'altra, strattonate da forze invisibili, che un momento si alzavano e il momento dopo si infrangevano. Ora poteva occuparsi delle cose più complicate. Senza il colore e il rumore del comando tutt'intorno, poteva concentrarsi solo sul caso.

Partendo dai fatti. L'assassino la stava provocando: stava usando gli elementi fiabeschi del mistero irrisolto di Allison per creare un filo rosso fra i tre omicidi avvenuti quella settimana. Se dietro c'era la stessa persona, doveva trattarsi di qualcuno che era a conoscenza dei dettagli del rapimento di Allison, ovvero una persona interna alla polizia, o qualcuno che aveva avuto una soffiata, oppure una persona presente sulla scena del crimine risalente a venticinque anni prima.

Dell'assassino, però, avevano pochissime prove concrete. Era stato più volte nella radura, ma non aveva lasciato tracce. Come se i corpi fossero stati semplicemente trovati *in medias res*.

Lyla aggrottò la fronte. *Che significa* in medias res?

"Nel mezzo delle cose", un po' come un capitolo che inizia a metà di un libro. In questo caso, senza che un assassino li abbia portati o sistemati lì.

Ah, sì. Non mi sovveniva.

Tutte le abitazioni raggiungibili a piedi dalla radura erano state perquisite, senza trovare però traccia né di prigionieri né di assassini. Non erano stati trovati né DNA né impronte, a parte quelle delle vittime e di Mellicent Farling. Dalle telecamere di videosorveglianza della High Street non era emerso nulla di chiaro. E, nonostante i messaggi per Lyla fossero scritti a mano, l'autore doveva aver indossato dei guanti.

Lyla prese la prima cartolina che le era stata inviata: la finta mappa della New Forest con i cavalli giganti. Stava per metterla via quando ebbe un sussulto. Una delle immagini mostrava un cottage identico a quello della Farling, con sotto una scritta: "New Forest Cottage". Lo stesso nome.

Poteva essere che la Farling avesse visto quella cartolina e, notando la somiglianza tra il suo cottage e quello raffigurato, avesse scelto volutamente lo stesso nome: un riferimento ironico che pochi avrebbero colto. Ma c'erano troppe coincidenze e, soprattutto, c'era quella frase ripetuta anche nel messaggio dell'assassino: "intuizione astratta". Lyla non aveva mai sentito quella frase prima, e ora due volte in un giorno? E cosa c'era di astratto in questo caso? Che cos'era che andava oltre il concreto, oltre le erbacce che spuntano tra le crepe?

Poi c'erano quei versi sul retro della cartolina:

Vai oltre la prima percezione:
dietro vedrai svelata la finzione.

Sul davanti della cartolina c'erano dei cottage che ricordavano molto quello della Farling, compreso uno con lo stesso nome, e ora Lyla stava materialmente guardando dietro, sul retro, cercando di decifrare il messaggio che c'era scritto. Il significato sembrava palesarlesi, ma poi si allontanava.

Salutandola, Rebecca le aveva detto di sfruttare i suoi punti di forza. C'erano dei collegamenti che univano tutto, se solo fosse riuscita a vederli. Lo desiderava, ma i desideri potevano diventare rimpianti, come ricordava la Zampa di Scimmia che dava il nome allo studio di tatuaggi di Ellen, Monkey Paw. Il cervello di Lyla, da solo nella sua casupola sulla spiaggia, non riusciva a vedere le linee di giunzione.

Le ci sarebbe voluto un po' di Cre8-tivi-T di Mellicent Farling, che la aiutasse a scrutare oltre gli alberi, al di là del bosco. Forse doveva tornare dalla Signora dei funghi, seguire le tre svolte dalla strada principale e andarsi a prendere una dose di funghi.

Tre svolte, le stesse racchiuse nel nome del Three Turns Inn, il pub in cui Lionel aveva suggerito di incontrarsi. Un'altra coincidenza.

Quali altri dettagli non c'entravano, come i piedi segati delle sorellastre ficcati nella scarpetta di Cenerentola dei fratelli Grimm? Che cosa balzava all'occhio? Lyla si morse il labbro. C'era di sicuro qualcosa che non vedeva, ma non riusciva ad arrivarci. Se avesse creduto in un qualche dio, si sarebbe messa a pregare.

Pregare.

Bingo! Le mani di Grace erano giunte come in preghiera. E quelle dei gemelli salutavano. Erano gesti insoliti, forzati, troppo specifici per non essere deliberati e intenzionali. Doveva esserci una ragione dietro. Che sorta di indizi volevano essere? Che tipo di segni?

Lyla si soffermò a pensare mentre i collegamenti si congiungevano, alimentandosi a vicenda. Non segni, ma *linguaggio dei segni*. Lei non aveva preso il distintivo in lingua dei segni insieme a Allison, ma l'aveva aiutata a ripassare.

Uscì a camminare sulla spiaggia, con le pietre che scricchiolavano sotto gli stivali, e intanto cercò come si diceva preghiera nella lingua dei segni. Ma non c'era corrispondenza: il dizionario mostrava due palmi aperti premuti l'uno contro l'altro. Dando una scorsa al resto delle voci, con il cervello al galoppo, Lyla trovò la posizione delle mani di Grace: punta delle dita unite, a guglia, e carpi delle mani che non si toccavano. Significava "casa".

Con il cuore a mille, riguardò la fotografia dei gemelli sulla scena del crimine, poi cercò il significato della posizione delle loro mani. Entrambi dicevano "albero". Significava "alberi" al plurale? "Casa albero albero". Casa sull'albero? Quante ce ne potevano essere nella New Forest?

E se si fosse trattato invece di una casa in mezzo agli alberi? Come quella di Mellicent. Lyla sentì una certezza crescere dentro di sé. Tutte le strade portavano di nuovo alla Farling. Era ora di tornare al New Forest Cottage.

Capitolo trentuno
Centro

Lyla guidò da Barton-on-Sea a Cranes Moor in uno stato di offuscamento e, quando parcheggiò alla fine del sentiero che portava alla casa di Mellicent Farling, non ricordava nulla del tragitto. Fatte le tre svolte, eccola lì. I pony selvatici si misero a guardarla, mentre nuvole viola si addensavano sopra di lei. Stava arrivando il crepuscolo. Avrebbe dovuto chiamare i rinforzi, o quanto meno Jimmy, ma non c'era tempo. In quel preciso istante, Allison poteva essere da qualche parte in quella casa, ad aspettare di essere messa in salvo da Lyla?

Si gettò addosso il mantello e si avvicinò alla porta d'ingresso, con il taser nella fondina. In casa non c'erano luci accese. Non c'era odore di torte in forno. Non c'erano funghi nella fioriera sulla finestra: solo una poltiglia nera.

Aprì la porta con una spinta e rimase impietrita. In cucina non era rimasto nulla della Farling. I piani erano tutti puliti, nessun pupazzetto di paglia o bambolina sugli scaffali. Di tutti i suoi barattoli e pozioni non restavano che leggere impronte circolari sul legno.

Il cottage era stato trasformato in un comune Airbnb della New Forest, pronto ad accogliere la prossima ondata di turisti. Il salone ospitava divani profondi, una stufa a legna e una catasta di ceppi, una libreria dove i vacanzieri potevano lasciare le loro ultime letture, giochi da tavolo per gli annoiati. Su un tavolino basso, un cestino di benvenuto conteneva biscotti della New Forest, pane, burro e marmellata. L'unica cosa che Lyla riconobbe fu il piccolo barattolo di zucchero a forma di fungo, che faceva capolino da dietro. Sollevando il coperchio, tirò fuori la bustina di funghi allucinogeni. L'unica cosa che le confermava che la Farling avesse vissuto lì.

Infilando la bustina nella tasca dei pantaloni, Lyla ispezionò ogni centimetro del pianoterra e poi del piano superiore, ma non trovò altro che camere da letto confortevolmente arredate e un bagno luccicante di pulito, con un copriwater a forma di fungo. Come aveva fatto Mellicent

Farling a rendersi completamente latitante nel breve tempo trascorso dall'ultima volta che Lyla l'aveva vista? Non c'era spiegazione, neanche per una persona così misteriosa come Mellicent. *Se la Farling* è *complice di Grimm lo Squartatore, ho commesso un gran brutto errore.* Lyla ebbe la mezza tentazione di spiccare un mandato di arresto nei confronti della Farling, ma qualcosa le diceva che "coincidenze sospette" o "ristrutturazione esagerata" non avrebbero convinto nessun magistrato.

Quel cottage era un vicolo cieco. Lasciandosi cadere sul letto della stanza sul retro, Lyla guardò fuori dalla finestra, verso il lungo giardino che si estendeva nell'oscurità crescente, chiedendosi cosa fare.

Fu allora che la notò. Gli alberi ostruivano parzialmente la vista, ma, attraverso uno spiraglio tra le querce, intravide una casa alta. I piani bassi erano coperti, ma dalla sua posizione riusciva a vedere il tetto spiovente grigio e un paio finestre spente nel sottotetto. Le tornò in mente che, durante la sua prima visita al cottage della Farling, aveva rincorso il foglietto che era volato proprio in quella direzione.

Vai oltre la prima percezione: dietro vedrai svelata la finzione.

"Oltre" il cottage, "al di là" degli alberi. Il puzzle andava componendosi.

Lyla si fiondò verso le scale.

Fuori, attraversò di corsa il giardino, con il mantello rosso che svolazzava. Frutta e verdura erano sparite dal terreno, ora ovunque non spuntavano che funghi. La Farling doveva aver fatto un grosso raccolto prima di disobbedire a Lyla e andarsene.

Adesso non pensarci, segui il sentiero che hai davanti.

Il viottolo si snodava intorno ai cespugli, addentrandosi nel bosco. Si fermò un istante, si mise in ascolto, ben consapevole del mantello che indossava e del ruolo di Cappuccetto rosso che le era stato affibbiato. Ansimando, estrasse il taser e si inoltrò con prudenza tra gli alberi.

Si ritrovò avvolta nell'oscurità, più fitta di quanto l'ora della sera e la densità delle foglie ammettessero. Non c'era traccia di serenità in questi boschi. Le ombre le facevano le smorfie e offrivano ai lupi antri in cui nascondersi. Le foglie frusciavano. I rami scricchiolavano. I ramoscelli si spezzavano. Nessuna via d'uscita visibile, se non il sentiero che Lyla stava seguendo, e che portava nel buio.

Spostando la torcia da sinistra a destra come a voler leggere la foresta, Lyla allungò il passo. Immaginò gli occhi color ambra dei predatori crepuscolari dietro di lei. Tra gli alberi, il tempo sembrava piegarsi come una canna palustre sull'acqua. Per quanto ne sapeva, poteva aver passato ore tra le querce, o secondi tra le sequoie.

A un certo punto, il sentiero svoltava bruscamente a destra e si apriva su una radura. Emergendo dall'ombra, gli occhi di Lyla impiegarono qualche istante ad abituarsi all'improvvisa luce della luna.

La casa si ergeva grigia all'estremità di un altro giardino. Alta diversi piani, la guardava imponente da dietro un fossato poco profondo attraversato dalle pietre di un passatoio. Le finestre buie e il tetto spiovente di ardesia le ricordavano quella vecchia casa delle leggende che si raccontavano nella sua scuola, e forse in tutte le scuole del Regno Unito: la casa in fondo al bosco. Quella in cui viveva qualcuno di Cattivo. Quella da cui non c'era via di scampo.

Quella in cui, nei racconti dell'orrore, non si dovrebbe mai entrare, eppure c'è sempre qualcuno che lo fa.

Il vento ruggì sollevando nell'aria dei fogli, come un mago che libera colombe. Uno si depositò ai piedi di Lyla, che si chinò per prenderlo. Era un estratto di una storia, scritto con inchiostro rosso.

«Ti prenderò, brutta stronza».

Red si girò per vedere dove fosse l'uomo, in modo da poter correre nella direzione opposta: era ancora a terra e faticava ad alzarsi. C'era qualcosa che lo teneva legato alla tomba. Dalla ghiaia spuntarono rami di edera e fili di spore di lievito. Gli si avvolsero intorno alle braccia, alle gambe e al collo e poi cominciarono a inghiottirlo nella terra.

Red rimase impietrita vedendo sprofondare nel sottosuolo le gambe, poi i fianchi, la vita e il petto dell'uomo. Ben presto rimasero visibili solo la testa e le mani: l'edera gli aveva intrappolato le mani vicino alle guance, la sinistra stretta come se stesse avviando un motore, il pollice e l'indice della mano destra chiusi come a formare un occhio, le altre dita aperte come la coda di un pavone.

Mentre lei stava a guardare, le pietre gli riempirono gli occhi, le foglie le orecchie, il terreno le urla.

Il sole spuntò da dietro una nuvola, come a dire "sei al sicuro?"

Lo era. La tomba aveva inghiottito l'uomo tutt'intero.

Red si avvicinò alla lapide, ora rischiarata dalla luce del sole. Cadendo, l'uomo aveva svelato il nome che prima era coperto dal muschio. Red capì che il suo desiderio era stato esaudito. La tomba le aveva finalmente detto qual era la sua famiglia, portandosi via il brutto uomo cattivo.

Una nuova versione di *Cappuccetto rosso*. Allison amava le fiabe, soprattutto quelle più cupe, come la vera storia della Sirenetta, che si era sacrificata per il suo amore, e *Il soldatino di piombo* che, ora che Lyla

ci pensava, aveva fatto lo stesso. Anche Allison aveva sempre voluto diventare una scrittrice. Questa storia poteva essere sua?
Un'altra pagina volò verso di lei.

«Sì, è uno dei miei». Ellen era seduta su una panchina fuori dal Monkey Paw, il suo studio di tatuaggi. Indossava un lungo cappotto nero di finta pelliccia con la fodera leopardata; era bassina, bella, sulla cinquantina. Una bambola glam-goth alla Elizabeth Taylor che fumava sigarette rollate. «Oggi ho visto la sua foto anche sul giornale, poveraccia. Cosa volete sapere?».
Lyla rimase in disparte; aveva detto a Jimmy che sarebbe stato lui a condurre l'interrogatorio. Jimmy arrossì. «Questa è l'ispettrice Lyla Rondell e io sono Jimmy, cioè l'agente James Cornick».

Lyla sentì il cuore pulsarle nelle orecchie. Non era possibile.
Lesse di nuovo il brano. E lo rilesse ancora.
Chi l'aveva scritto? Certo non una delle vittime dell'assassino: le vittime non potevano sapere cosa era successo. La Farling, forse? Sembrava che l'assassino la stesse pedinando, annotando ogni sua mossa. *Cammina cammina, la morte si avvicina* era davvero un libro. Era questo che aveva voluto dirle con il tatuaggio di Grace. E ora stava dando la caccia a Lyla.
Chinandosi, raccolse da terra tutte le pagine e poi cercò di catturare quelle che volavano nell'aria.
Lesse il primo della pila:

Era più di un anno che Lyla non andava nella sua casupola sulla spiaggia, a Barton-on-Sea. La sabbia aveva ricoperto ogni cosa, così, prima di potersi mettere comoda, aveva dovuto pulire il pavimento, il tavolino e il divanetto. Come fosse potuta entrare tutta quella sabbia nella casetta chiusa a chiave, su una spiaggia di ciottoli, era un mistero.
Bloccate le porte con un fermo, con la brezza marina che entrava ad arieggiare la stanza di legno, si sedette al tavolo, coperta sulle ginocchia e iPad aperto. Tutt'intorno aveva disposto i fogli e le altre prove, tenuti fermi dalla sua collezione di pietre delle streghe. Il lungo mantello, replica dell'originale, era appeso a un gancio e ondeggiava al vento come un fantasma di velluto rosso.

L'assassino era nel suo cervello, le sbrindellava i pensieri. Doveva averla seguita dal bosco alla stazione di polizia e poi alla spiaggia, osservandola per tutto il tempo. Da quanto era sulle sue tracce? E come aveva fatto lei a non accorgersene? Ripercorse tutto quello che era successo, cercando di individuare gli indizi di un uomo che la teneva d'occhio. Forse uno dei dog sitter, o la sagoma alta e solitaria vicino alla schiuma del mare. Un osservatore incappucciato nel bosco?

Che detective sono, se non mi accorgo nemmeno di essere pedinata?

L'assassino poteva aver usato un sistema per localizzare l'auto di Lyla; in quel caso, forse ci sarebbe stato un modo per risalire a lui.

O forse è qualcuno della mia squadra. E se fosse Jimmy?

Il pensiero le raggelò il sangue.

Continuò a leggere la pagina macchiata dalla pioggia:

Dell'assassino, però, avevano pochissime prove concrete. Era stato più volte nella radura, ma non aveva lasciato tracce. Come se i corpi fossero stati semplicemente trovati in medias res, *senza che un assassino li avesse portati o sistemati lì. Tutte le abitazioni raggiungibili a piedi dalla radura erano state perquisite, senza trovare però traccia né di prigionieri né di assassini. Non erano stati trovati né* DNA *né impronte, a parte quelle delle vittime e di Mellicent Farling.*

In medias res. Ricordava di aver usato quell'espressione nella sua testa e di essere rimasta sorpresa, perché non l'aveva mai sentita prima eppure l'aveva pensata e all'improvviso, non si sa come, ne conosceva il significato. Come faceva l'assassino a leggere nei suoi pensieri, senza fare altro che osservarla? Era come se qualcuno avesse una telecamera di sorveglianza puntata sul cervello di Lyla.

Dirigendosi come anestetizzata verso il fossato, si inginocchiò e prese un'altra pagina zuppa d'acqua, l'inchiostro che sbiadiva mentre lei leggeva:

Lyla camminava verso la casa, l'inevitabilità in ogni passo. Sapeva cosa doveva fare e cosa questo avrebbe significato. Qualcuno stava scrivendo ogni suo pensiero, ogni sua mossa. Lei era come quella palla nel mare, sballottata tra forze invisibili, senza alcun potere proprio.

Facendo attenzione a non scivolare sulle pietre del passatoio, non riuscì a evitare di far cadere il telefono nel fossato mentre si avvicinava alla casa alta. La porta sul retro era chiusa a chiave, ma scoprì di avere la forza di aprirla con una spinta. Per sopraffare l'assassino, doveva fare affidamento sul taser e su tutte le sue abilità e il suo ingegno, ma ce l'avrebbe fatta e avrebbe salvato Katie.

La sua vita era stata tutta una menzogna, ora Lyla lo sapeva. Quella consapevolezza fu un sollievo, una Benedizione. Ora finalmente sapeva da dove nasceva quella sindrome dell'impostore che l'aveva afflitta per tutta la vita. Lei era stata creata da Katie per uno scopo: Lyla doveva salvarla da un assassino; assolto questo compito, la sua storia sarebbe finita. Sarebbe morta insieme all'inchiostro sanguinante, scomparendo nel fossato, ma in fondo era la più coraggiosa delle detective, era abituata a sacrificarsi, anche se la sua amata era morta, per davvero.

Ovviamente Allison non era mai esistita. Non era altro che un fantasma che il personaggio di Lyla doveva inseguire, un espediente narrativo, un MacGuffin, una motivazione che la spingesse a compiere azioni imprudenti. Perché Lyla era solo questo: un personaggio. Non avendo mai avuto una vita vera, non poteva morire, quindi tanto valeva sfruttare al massimo le ultime righe che le rimanevano.

Tirandosi su il suo cappuccio rosso, Lyla entrò da eroina nella casa dell'assassino. La casa da cui non sarebbe mai uscita.

In basso, una firma: "K.T. Hexen".

Lyla fissò la pagina come se da un momento all'altro le parole dovessero trovare un senso. Ma il suo cervello non riusciva ad afferrarle. Era scossa, tremava. Non riusciva a muoversi.

Era tutta una burla. Uno scherzo malato. Un tentativo perverso di mandarla in tilt e fermare i suoi progressi.

A un metro di distanza, un'altra pagina giaceva nel fango. Intontita, non sentendosi quasi più i piedi, Lyla si avvicinò. Le parole erano macchiate, ma riuscì a distinguere la prima riga: "I migliori amici? Due fermalibri senza libri in mezzo".

Strinse la mano a pugno, accartocciando il foglio bagnato. Non riusciva a pensare ad altro che a quella frase. Parole private che aveva usato per definire Allison e sé stessa; una cosa che non aveva mai detto ad anima viva. Chi l'aveva scritta sapeva cose che nessuno poteva sapere.

Non poteva essere vero. Non era possibile che fosse vero.

Eppure, nel profondo, la sua intuizione astratta le diceva che lo era.

Lyla fissava la casa grigia e sapeva con certezza che qualcuno lì dentro la stava guardando. La stava guardando *dentro*. Ogni movimento, ogni pensiero era già scritto. Allison era una storia di sfondo. Lyla era una bugia.

A crearla era stata questa Katie, K.T. Hexen. Non sembrava nemmeno un nome vero. Il copione della sua vita era stato scritto da uno pseudonimo. O da un fantasma.

Be', ora la storia sarebbe finita.

Con dita tremanti, Lyla si tolse il mantello dal collo e lo lasciò galleggiare nel fossato. Si girò e iniziò a correre sull'erba scivolosa, incespicando, via da quella casa, senza voltarsi indietro.

'Fanculo la scrittrice, 'fanculo la fiaba.

Lyla era un personaggio con una vita propria e la sua storia l'avrebbe scritta lei.

Parte seconda

Le cose possono solo ingigantirsi

Capitolo trentadue
Terrore

La prima volta che una delle sue storie era diventata realtà, Katie aveva dieci anni. Quel giorno aveva scoperto nel cassettone della nonna una scatola che custodiva il suo primo dentino da latte. Ispirata da quella scoperta, si era infilata il dentino in tasca ed era sgattaiolata via per andare a scrivere sul suo quaderno. La protagonista della storia era una fatina dei denti brontolona che viveva vicino a un cespuglio di more nel parco, in una casetta fatta tutta di denti da latte. Una volta messe le parole sulla pagina, Katie se ne dimenticò. Quando però ricapitò nel parco, intravide qualcosa di bianco luccicare sul muretto di pietra.

Sdraiandosi a terra, vide fissato ai mattoni un arco di dieci centimetri fatto di denti da latte. Un altro dente, appeso a quel filo di carne che tiene uniti i molari alle gengive, fungeva da batacchio. Katie lo sollevò piano e lo lasciò ricadere contro la porticina.

All'inizio non accadde nulla, poi però la porta si aprì. Ne uscì con passi pesanti una donna minuscola, alta non più di tre centimetri, con una treccia che toccava terra e tatuaggi che le giravano intorno al corpo. Impietrita per lo shock, Katie rimase immobile come una statua mentre, facendo oscillare i suoi capelli come fosse Raperonzolo, la donnina usò dei piccoli artigli come ramponi per arrampicarsi sulla fronte di Katie.

Sedutasi sulla gobba al centro del suo naso, la donna le puntò contro un dito con un piccolo anello. «Mi hai svegliata». I suoi denti erano aguzzi e storti verso il centro della bocca.

«Mi dispiace». Katie incespicò sul "dispiace", balbettando per la prima volta dopo mesi.

«I mostri goffi come te non dovrebbero farsi vedere né sentire, né dovrebbero essere lasciati liberi di calpestare con i loro piedoni i miei mobili da giardino. Li ho fatti solo la settimana scorsa, con l'ultimo dente da latte di un bambino di sette anni».

Katie si alzò di scatto e fece un passo indietro.

La donna si spostò di corsa sulla sua testa, poi, con una forza sorprendente, le batté un piede sulla zucca. Scivolando giù lungo il ponte del naso, si fermò sulla punta dei suoi stivali chiodati, le mani sui fianchi. «Resta esattamente dove sei! Hai appena calpestato la mia pagoda di denti di leone».

«M-mi dispiace. Non volevo».

«Certo, non *volevi* creare me o questo caos, ma eccoci qui. Onestamente, ci si aspetterebbe qualcosa di meglio dalla persona che ti ha creato, non credi? Augurati solo di non incontrare delle divinità. O Riccioli d'oro. Quella è davvero una megera. Sul serio. Nessuno può averla vinta con lei».

«Ti ho creata io?». Katie si chiese se in realtà non stesse dormendo e quello non fosse il sogno più strano della sua vita.

«Ti credi di essere chissà chi, non è vero?»

«Assolutamente no», rispose Katie. Proprio lei, che passava gran parte delle sue giornate a sentirsi inferiore a tutti quelli che la circondavano.

«Credi di essere la signorina So-tutto-io. Quella del "qui decido io". Una rompiscatole tutta arie».

Katie sentì arrivare un mal di testa fortissimo, come se tante piccole personcine come quella donna le stessero martellando il cervello con i tasti di una macchina da scrivere. «Sei stata tu a dire che ti ho inventata io».

«E anche se fosse? Non basta mica per credersi dio», ribatté la donnina, come se tutta quella storia avesse perfettamente senso.

Non sapendo che altro dire, Katie ripiegò sui convenevoli. «Come ti chiami?»

«Sei tu che mi hai creata: devi dirmelo tu, boriosa di un'idiota».

Se c'era una cosa che Katie non era, era boriosa. «Ehm... Sei la fatina dei denti, vero?».

La donna le diede un morso sul naso, facendola sanguinare e strappandole un urlo. «Come osi pronunciare la parola con la "f" in quel modo! Tu non sei una di noi. Ma insomma! Oggigiorno la mancanza di buone maniere nei giovani umani è pari quasi allo stato dei loro denti».

«Oh, ok». Mentre la donnina si aggrappava al suo zigomo, Katie si tamponò il naso e si guardò intorno alla disperata ricerca di un nome da dare alla fata. «Che ne pensi di "Mora Dentedispina"?».

La donna sporse il mento in avanti e digrignò i denti affusolando la bocca. «Meglio "Terrornera Strappadenti". Terrornera come nome di battesimo, tipo Billie Jean, solo unito. Rende bene l'idea». Terrornera sorrise, con i denti da piranha che scintillavano al sole.

«Cosa facciamo adesso?», chiese Katie. Il galateo delle fate sembrava prescrittivo: non erano ammessi errori.

«Avevo intenzione di ucciderti e usare la tua mascella come estensione della cucina, magari farci anche una veranda. Una bizzarra scultura di molari per il mio giardino. Ma, visto che mi hai dato un nome, ti lascerò andare».

«Volevi u-u-u...».

«Ucciderti, sì. È la regola. È quello che facciamo. Ma, come impone il protocollo, bada bene, non è per bontà d'animo, ti lascio tornare a quel paese, nella terra degli zoticoni».

«Ehm, grazie?». Katie tese la mano. «Vuoi un passaggio per scendere?»

«Col cavolo. Che ne so da dove vieni, sporcacciona. Probabilmente quelle mani sono state nei tuoi pantaloni». Terrornera Strappadenti afferrò una ciocca di capelli di Katie e, prendendo lo slancio come su un'altalena, si lasciò dondolare verso l'alto, atterrando vicino al muretto. Si arrampicò sui mattoni come se fossero una parete rocciosa, e raggiunse la porticina di denti.

Senza sapere cosa fare o cosa pensare, ma felice di essersela cavata solo con il naso sanguinante e la testa dolorante, Katie fece per andarsene.

Un dolore acuto le trafisse la caviglia. Guardando in basso, vide Terrornera aggrappata al suo calzino, con i denti che le laceravano il cotone e la carne.

«Hai detto che potevo andare!».

Terrornera si inerpicò su per la gamba di Katie con le sue unghie appuntite. Trasportava qualcosa che sembrava uno zaino bianco. «E te andavi senza chiedere un desiderio, soldi o altro. Tu mi hai dato la vita, in cambio io ti restituisco questo». Indicò la mano di Katie e le fece cadere sul palmo il fardello che portava in spalla. «Il tuo primo dente da latte. Fanne buon uso».

Katie fissò il dentino, piccolo e lucido, nella sua mano. «Quale uso?».

Terrornera Strappadenti scosse il capo come disperata per l'umanità intera. «Un Desiderio, no? Non hai mai sentito il detto: "Chi conserva il primo dentino, la verità dalle gengive strapperà e un suo desiderio avvererà"?».

No, Katie non l'aveva sentito. Mai.

«Quello che la maggior parte delle persone non sa è che il primo dente da latte può far diventare le storie realtà. È per questo che io sono qui: tu tenevi in mano il tuo quando hai scritto la mia storia, ed ecco qua», disse Strappadenti facendo una piroetta, «è nata Terrore. Per ringraziarti, ti restituisco il tuo primo dentino, il che significa che avrai un'altra possibilità per far diventare realtà una storia. Usa il tuo dente con saggezza, un giorno ti servirà».

«Che vuoi dire?»

«Stammi bene a sentire: io ho bisogno che tu viva il più a lungo possibile, giusto? Perché se vivi tu, vivo anch'io. Le nostre storie muoiono con noi, quindi tu devi sopravvivere. Tu sei la mia garanzia di una lunga e terrificante vita. Come ti ho detto, sii saggia».

Non ci fu tempo di chiedere altro perché la fatina si era già calata a terra. Terrore le fece un cenno di saluto, poi si affrettò a entrare in casa. Sbatté la porta e scomparve.

Katie tornò più e più volte a quel muretto, ma non vide mai più Terrore o la casetta di denti. Rimpianse di non averla incontrata altre volte. Se solo fosse riuscita a ritrovarla ora, la fatina avrebbe detto a Katie cosa fare. Tutti avevano bisogno di Terrore nella loro vita. Tuttavia, bloccata in un buio seminterrato, con i passi di un assassino che rimbombavano nella casa, nella vita di Katie c'era già più terrore di quanto potesse usarne.

Quando il Lupo le aveva chiesto di raccontare un omicidio, nella mente di Katie erano risuonate le parole della fatina: aveva capito che era arrivato il momento. Aveva usato il dente da latte custodito nel medaglione che portava al collo per trascinare Lyla nella realtà. Solo che si era avverato anche tutto il resto della storia. Erano morte delle persone vere.

La sua unica speranza era che Lyla tornasse alla casa. Katie avrebbe urlato finché la detective non l'avesse ascoltata. Terrore le aveva insegnato che le storie potevano prendere strade impreviste. Godevano di libero arbitrio, in un certo senso. D'altra parte, però, avevano anche una forza propria e, quando lei le lasciava andare, puntualmente tornavano. Forse doveva provare a fare così con Lyla.

E se non avesse funzionato, be', gli scrittori hanno ben poco potere nel settore, ma lei avrebbe fatto di tutto per auto-pubblicare la storia di come era sopravvissuta. Insieme a Lyla.

Prima, però, avrebbe GRIDATO.

Capitolo trentatré
Prova di realtà

Lyla si allontanò faticosamente dalla casa, raccogliendo a mano a mano le pagine con dita tremanti.

Una voce nella testa le urlava: «TORNA INDIETRO!».

Era uno dei suoi tanti pensieri vaganti, o era la scrittrice? Lyla non lo sapeva.

Contò ogni passo ad alta voce per zittire il rumore. «Tredici, quattordici, quindici, sed...».

«SONO IN CANTINA!»

Era Katie. La scrittrice. La sua voce risuonava dentro di Lyla, nelle sue cellule. Una voce che era sempre stata lì, in fondo al frastuono nella sua testa, ma sempre presente.

«TI PREGO! HO BISOGNO DI TE». Katie sembrava disperata, prostrata.

«NO!».

Il grido di Lyla fece volare in cielo un corvo, contrariato. A quanto pareva aveva funzionato: la scrittrice si era zittita, come se l'avesse sentita. Forse poteva mettersi a fare una telecronaca dei suoi movimenti, così Katie non avrebbe avuto la possibilità di parlare o, se l'avesse fatto, Lyla non l'avrebbe sentita. «Sto camminando sull'erba», urlò, «ora sono su una lastra del pavimento spaccata nel mezzo, ora sono di nuovo sull'erba, che è leggermente bagnata per via del...».

«SALVAMI, STRONZA!!!».

La voce della scrittrice nella sua testa le torceva le budella e le rimestava il cuore, facendole desiderare ardentemente di obbedire solo per il silenzio che ne sarebbe seguito. Ma doveva continuare a camminare, via dalla casa. Ogni passo sembrava un errore, sulle gambe gracili come quelle di Bambi, meno forti di un'ora prima; tornare indietro, però, voleva dire mettere la parola fine alla sua storia.

Il sentiero nel bosco era fitto di vegetazione e nero come la pece, barriere di rovi e ortiche pungenti nel vuoto senza stelle. I rami le graffiavano il volto e i gufi le urlavano nelle orecchie. Persa la torcia in un groviglio di rampicanti, Lyla avanzò a tentoni tra i cespugli, con il viso lacerato come una pagina. Il dolore aiutava. Era reale come tutto ciò che conosceva, e vi si aggrappava come a una fonte di luce. Allison era sempre stata il suo faro, le aveva indicato la strada da seguire, ma ora Allison non c'era più. Allison era morta. Allison non era mai stata viva.

Lyla si lasciò andare a un urlo forte quanto quello della scrittrice nella sua testa e si lanciò a capofitto del bosco. Che buio fosse.

A un certo punto gli alberi si diradarono, facendola sbucare nel giardino della Farling. Corse verso il New Forest Cottage, costeggiò la casa incespicando, diretta verso il cancello d'ingresso e il sentiero poco oltre. Aveva bisogno di qualcosa di solido. Di qualcosa di reale.

Raggiunta la sua auto, vi si buttò dentro e si strinse la testa pulsante tra le mani, i palmi premuti sul cranio come fossero dei fermalibri. Le pagine che aveva raccolto erano poggiate sulle sue ginocchia: come il gatto Sanctus, le parole giravano in tondo nella sua mente, aggrappandosi con le unghie a ciò che definiva *Lyla* per quello che era.

«TORNA QUI!», gridò la scrittrice. «VIENI A PRENDERMI!».

Se Lyla, o Allison, non era reale, allora chi lo era? Grace era reale? Timothy e Edith Weller erano reali? Che cosa era *realmente* successo e che cosa, invece, era stato inventato da Katie solo per salvarsi la pelle?

I pensieri di Lyla saltavano da una corsia all'altra, per poi tornare sui loro passi. *E se avessi avuto ragione fin dall'inizio e tutto questo non fosse altro che un elaborato imbroglio*? C'era qualcuno che aveva voluto indurla a dubitare della sua salute mentale, che aveva messo in discussione la sua stessa esistenza per svelare quanto vuota fosse la sua vita, e tutto solo per impedirle di portare avanti le indagini efficacemente? Forse la versione di *Cappuccetto rosso* raccontata dall'assassino era una montatura a sfondo fiabesco.

Chi è venuto prima, la scrittrice o la testa?

Pian piano, Lyla districò le dita dai capelli e posò le mani sul volante, respirando a fondo per indurre il suo corpo in preda al panico a rilassarsi. Le braccia le tremavano, le orecchie fischiavano; come un mandriano, la sua testa sempre affollata aveva portato tutto ciò che fino a quel momento aveva pensato di sapere su un terreno di cui non si fidava più. Serrò gli occhi.

Il volante, però, sembrava vero. C'era la cucitura aperta sulla finta pelle che lei si divertiva a grattare via; lo strato grigio di sporcizia lasciato dalle sue mani; il freddo dell'aria notturna attraverso il vetro del parabrezza. Ed era solido. Se non altro poteva aggrapparsi al volante.

Anche altri particolari – il portaoggetti che non si chiudeva perché pieno di guanti spaiati ai quali prima o poi avrebbe trovato un compagno; il *nazar* di vetro che ciondolava dal portachiavi, regalo fattole da un'adorabile vicina greco-cipriota per scacciare il malocchio; i tappetini disseminati di pacchetti vuoti di patatine, carte di dolci, bicchieri di carta e pirottini di muffin – non potevano essere lì solo perché lei li notasse e alimentasse la trama.

E se invece i guanti fossero lì solo per coerenza tematica – un rimando a Lyla che cercava di ritrovare in Allison la sua compagna perduta – e il malocchio indicasse che qualcuno la stava perseguitando, che fosse Grimm lo Squartatore, o Katie nei panni di sua autrice-creatrice? Anche le cartacce sul pavimento dell'auto erano un tropo dell'investigatore tenace, tracce lasciate durante gli appostamenti, residui della serie infinita di pasti consumati in fretta e furia nel tragitto verso gli interrogatori o quando rincasava tardi la sera, dal comando. Tutto poteva essere un emblema della Lyla immaginaria.

Eppure, se anche immaginaria, Lyla era ancora lì. E si opponeva a ciò che la sua autrice voleva che facesse. Se le decisioni di un personaggio determinano la trama, lei poteva fare scelte di sua spontanea volontà e cambiare la sua storia?

Il suo telefono squillò: Rebecca. Premette il tasto "rifiuta". Non l'aveva mai fatto prima. La cosa non la fece sentire meglio, ma le ricordò che era un'ispettrice.

Bene, userò la mia mente da detective e se questa mente è stata creata da Katie, tanto meglio: capirò come sopravviverle.

La scrittrice aveva abbassato il volume per tutto il tempo che Lyla era stata in macchina, ma ora aveva ripreso a gridare ancora più forte...

«TI HO CREATA PER SALVARMI!».

Lyla era abituata al rumore stratificato. Cercare di silenziare sette corsie e concentrarsi su una sola era la normalità per chi conviveva con l'ADHD. Katie non avrebbe dovuto fare di Lyla una neurodivergente, se non avesse voluto che il suo personaggio pensasse in modo diverso dal previsto.

«TU NON PUOI AVERE PENSIERI TUOI: NON SEI REALE! NON USCIRE DAL SEMINATO».

Lyla collegò il telefono agli auricolari e fece partire *Mr Brightside*, un pezzo uscito quando aveva vent'anni, ma che le riportava sempre alla memoria i giorni delle discoteche alternative con Allison. Se Allison fosse stata ancora con lei, l'avrebbero cantata a squarciagola. Una canzone sul tradimento e sulle verità rivelate, per soffocare le urla da ossessa che prefiguravano la morte effettiva di Lyla. *Insomma, la scrittrice/assassina sta cercando di fregarmi dicendomi che non sono reale e che Allison è morta. Che io ed Allison siamo frutto di un'invenzione.*

Ma se io non sono reale, ora cosa sta succedendo?

Fu colta di nuovo dal panico e, senza pensarci, mise in moto. Il suono familiare le risultò stranamente rassicurante, come un gatto che faceva le fusa in sua presenza.

Il telefono squillò di nuovo: stavolta era Jimmy. Se *lei* non era reale, sicuramente non lo era nemmeno lui. L'adorabile Jimmy, tutto sguardi da Labrador ed entusiasmo prorompente, che portava il buonumore ovunque andasse. Ingenuità, spontaneità e amore per il Portsmouth Football Club. Caratteristiche che gli erano state attribuite per farne l'alter ego immaginario di Lyla, la sua spalla. Lui era troppo bello per essere vero.

Jimmy era preoccupato per lei, che invece era stata una pessima amica. Non sapeva nemmeno cosa volesse dalla vita, Jimmy. Lui non ce l'aveva *nemmeno* una vita, e quell'idea la fece stare male. Premendo un pulsante sul volante, chiuse la chiamata.

Alzando il volume dei The Killers, cantò a squarciagola cercando di zittire i pensieri. Case, alberi e pony correvano sotto i fari, ma erano solo schizzi per riempire il quadro e aggiungere un po' di realismo a un paesaggio astratto, o il dettaglio era *lei*? Katie aveva creato Lyla solo per salvarsi, ma quanto del resto del mondo era reale? Lyla aveva trascorso tutta la vita nella New Forest, ma la foresta senza Lyla era mai esistita?

Si ritrovò a infilare la chiave nella porta d'ingresso senza neanche essersi accorta di essere arrivata a casa. Lo zerbino era ancora sporco da quando era tornata dal suo giro non autorizzato di raccolta di prove nel bosco e arrancando aveva portato il fango dentro casa. Probabilmente prima o poi Annie se ne sarebbe lamentata. Dovevano fare una sorta di summit sulla gestione della casa; Lyla non riusciva a ricordare l'ultima volta che si erano sedute al tavolo della cucina e avevano stilato una lista di faccende domestiche che poi avrebbero ignorato. Fare una cosa banale e normale come quella poteva essere il modo per ritrovare il suo centro. Certo non ci si può sentire irreale di fronte a qualcuno che ha il compito di sturare il cesso.

«Annie?», chiamò, sentendo la sua voce risuonare nel corridoio. Nessuna risposta dalla coinquilina; nessun odore dalla cucina né rumori dal piano di sopra.

In genere a quest'ora Annie doveva essere a casa, a prepararsi per il turno all'ospedale dove lavorava come infermiera addetta ai prelievi di sangue, fiala dopo fiala. Forse stava ancora dormendo per riposare un po' prima della faticosa notte che la aspettava. Forse questa era la sua routine pre-lavoro. Lyla si rese conto che di fatto non la vedeva mai, Annie. Ogni tanto si lasciavano dei bigliettini per salutarsi. O almeno lei pensava che lo facessero.

Salendo le scale e avvertendo una stretta al petto, fece appello alle sedute di mindfulness che Rebecca aveva organizzato per la squadra dopo l'ultimo caso importante. "Concentratevi sui sensi", aveva detto l'istruttore dai capelli viola avvolto in una pashmina. "Lasciatevi trasportare dalle sensazioni che percepite con la punta delle dita".

Sotto la punta delle dita Lyla percepiva un corrimano di legno, vagamente caldo, con la vernice scrostata che le piaceva staccare come croste di un eczema. Sentiva anche una scheggia nell'indice. Il polpastrello moriva dalla voglia di essere grattato per togliere la scheggia.

Per un attimo si tranquillizzò: le sembrava che stesse funzionando, non stava più pensando di non essere reale, ma poi, rieccolo, proprio il pensiero di *non* essere reale. Parlando con Annie, avrebbe sentito di esistere, quanto meno nella mente della coinquilina.

Quando arrivò sul pianerottolo, la porta di Annie era chiusa. A lei piaceva avere la sua privacy: Lyla non ricordava di essere mai entrata. Dall'interno della stanza non proveniva alcun suono, il che però non era poi così strano: Annie sembrava preferire il silenzio, a differenza di Lyla, che aveva bisogno di podcast o di una radio alla vecchia maniera, per ascoltare le persone che parlavano fuori dalla sua testa invece che dentro, e fingere di essere amica di Ed e James, Kathy Burke, Elis e John, senza i brividi di una conversazione reale.

Bussò alla porta. Nessuna risposta. Forse le era sfuggito un messaggio WhatsApp in cui Annie le diceva che aveva cambiato il suo turno di succhia-sangue. Oppure, e il pensiero le gelò il cuore, forse Katie aveva preso di mira Annie per punire Lyla dopo la sua ribellione.

Immaginando il sangue che sgorgava dalle vene di Annie e la vita abbandonare il suo corpo, Lyla aprì la porta con una spinta. Strabuzzò gli occhi una prima volta, e poi una seconda.

C'era qualcosa di sbagliato in quello che vedeva. Doveva essere così. Perché, da vedere, non c'era nulla.

La stanza era una scatola vuota. Le pareti, il soffitto e il pavimento erano lisci e di un bianco che esiste solo al Circolo Polare Artico. Nessun letto, nessuna tenda, nessun segno di vita. Tutto immacolato. Non vissuto.

Lyla entrò nel cubo di ghiaccio che era quella stanza, cercando febbrilmente nella sua mente qualsiasi ricordo di Annie: il suo aspetto, i momenti che avevano trascorso insieme. Non riuscì a trovare altro che informazioni generali: Annie aveva ventinove anni, era la più giovane di tre sorelle; le piacevano il CrossFit e i paninetti dolci di Pasqua alla cannella; ad Halloween teneva nel camice dei denti da vampiro con cui spaventare i suoi pazienti.

Ma erano particolari che Lyla conosceva come se fossero stati appuntati su un post-it. Il breve profilo di una coinquilina abbozzato da uno scrittore per descrivere per sommi capi la vita del suo personaggio.

Annie non era mai stata lì. Annie non c'era mai stata.

Lyla giaceva sul pavimento liscio e vuoto. Se la sua coinquilina era mai esistita, ora non esisteva più. Fondendosi con la stanza bianca, anche Lyla divenne una pagina bianca.

Capitolo trentaquattro
La Bestia

Il Lupo scese le scale con una certa fretta rispetto al suo solito passo lento.

«Ti prego», scrisse Katie a Lyla, pronunciando le parole nella sua testa, «torna qui. Lui sta venendo a prendermi».

Ma Lyla non poteva o non voleva rispondere. La detective stacanovista, neurodivergente e anticonformista, che Katie aveva creato per farsi salvare, si era messa a fare le bizze. Per quanto Katie gridasse, non ne cavava un ragno dal buco. Non riusciva più a "vedere" mentalmente Lyla, non riusciva a capire cosa stesse facendo. E per lei la cosa era come un lutto.

Le era già capitato che i personaggi andassero per la loro strada, ma si era trattato di una spassosa e folle diversione, o di un'utile trama alternativa, di qualcosa da tagliare in fase di revisione. Qui, invece, la faccenda era seria. Fare appello alla nobiltà d'animo di Lyla non aveva funzionato: Katie avrebbe dovuto eliminare fin da subito quel difetto del personaggio. Avrebbe dovuto essere più convincente.

Nonostante la paura, scrisse Katie, *Lyla Rondell non poteva lasciare che la scrittrice affrontasse da sola il suo rapitore. Si incamminò nella notte autunnale, si mise in macchina e tornò indietro per andare ad affrontare la grande casa oscura. Fece un gran respiro e corse, più veloce di quanto sapesse di poter fare. La sensazione di avere uno scopo, di fare qualcosa di importante, la cinse come un fossato mentre sfondava la porta sul retro. Lyla attraversò di corsa il soggiorno e raggiunse la sala da pranzo…*

Al piano sopra il seminterrato si aprì una porta. Lui era quasi arrivato.

Con il cuore che batteva forte, Katie spinse via il foglio. I passi entrarono nella sala da pranzo, facendole piovere la polvere sulla testa mentre il Lupo si dirigeva verso l'apertura tra le assi del pavimento. Ora non aveva più motivo di affrettarsi. Sapeva dov'era Katie.

Un pensiero vagante si fece largo nel suo subconscio. *Forse in realtà Lyla non esiste. Forse sto uscendo di senno e l'idea di averla creata scrivendone la storia è nata da una nevrosi, da un'illusione.* "Delulu", la chiamavano. Bella parola, per riferirsi a una condizione di malessere.

La cantina, però, era reale. E l'unico che poteva tirarla fuori da lì era l'uomo che la teneva intrappolava in quella casa.

Usa il cervello, Katie. Superalo in astuzia. Se avesse fatto lei la prima mossa, forse lui le avrebbe dato la possibilità di spiegare, prima di ucciderla. «P-puoi aiutarmi, per favore?». Suonò debole e patetica alle sue stesse orecchie.

«Dovresti essere nella tua stanza», rispose lui con una voce bassa. Minacciosa. Katie non poteva vederlo, ma era vicino.

«Tenevo d'occhio l'orologio in cucina», le parole le uscirono a fiotti, «ma poi ho trovato la botola che portava in cantina e ho pensato di fare un giro veloce, curiosità di scrittrice, chiamiamola così. Solo che la scala si è rotta!». Forse spiegare com'era andata avrebbe placato la rabbia.

«Non avresti dovuto scendere laggiù». C'era un vago sussulto nella voce? Come a suggerire una botola dentro di lui, qualcosa di nascosto.

«Hai detto che potevo andare ovunque».

«Nessuno deve andare lì sotto», gridò lui.

«S-scusa. Ti ho preso in parola». Katie enfatizzò il termine "parola", a sottolineare che le parole avevano un potere.

Il silenzio che ne seguì suggerì che aveva funzionato.

«C'è anche il tuo gatto qui sotto».

«Quale gatto?»

«Un gattino nero». Katie lo sollevò, come per mostrarglielo.

«Stai mentendo», sibilò lui. «Io non ho nessun gatto».

«Puoi aiutarmi a uscire da qui, per favore? Cadendo mi sono fatta male al gomito e mi sono slogata la caviglia, ma se potessi lanciarmi degli antidolorifici, potrei farcela a risalire con un'altra scala». Tirò su alcune delle pagine scribacchiate. «Ho scritto altro per te, mentre ero qui sotto. Non volevo sprecare tempo».

Lui non rispose, ma si avvicinò. La sua ombra ora occupava l'apertura nel pavimento. Non stava facendo niente per aiutarla, ma non se n'era andato.

«Mi hai fatto riflettere», disse Katie, «sulle mie responsabilità di scrittrice». Fece un respiro profondo. «Nelle tue poesie – che, per inciso, sono bellissime – tu insinui, o forse sono io che lo deduco per un senso di colpa nascosto, che a un certo punto le parole di uno scrittore ti hanno recato un danno. Se è così, mi dispiace molto».

Lui emise un lieve sospiro stentato, come se per uscire l'aria avesse scavalcato un ostacolo.

«Voglio capire. Mi aiuterà a scrivere ciò che vuoi al meglio delle mie capacità».

Lui si girò, così bruscamente da farla trasalire, poi si allontanò.

"Per favore, non mi resta molto tempo. Aiutatemi", scrisse Katie, nella speranza che, se non Lyla, almeno qualche fata l'avrebbe ascoltata.

Nella casa riecheggiò il rumore di una porta che sbatteva. Il Lupo stava uscendo dall'ingresso principale: andava a comprare una scala? Mentre lui si adoperava per salvarla, forse Katie avrebbe potuto conquistare la sua fiducia, ingraziarselo. E fargli passare la voglia di mettersi sulla coscienza la sua morte.

Le porte oblique del seminterrato sbatacchiarono e Katie sobbalzò. All'improvviso sentì ancora più freddo. L'assassino stava cercando di aprirle. E da quelle porte lei aveva fatto uscire tutte quelle pagine destinate a Lyla. Lui le avrebbe viste, avrebbe capito che stava cercando aiuto.

Un lampo argenteo balenò nella fessura tra le porte, poi il lucchetto cadde con un tonfo, schizzando via. Delle tronchesi. La bile le salì in gola immaginandole strette intorno alle dita delle sue mani, dei piedi, intorno agli arti, a qualsiasi cosa. Poi sbatté le palpebre per allontanare quei pensieri ed evitare che diventassero realtà. In momenti come quello, poteva anche fare a meno della sua immaginazione.

Le porte si aprirono con violenza e la luce della luna inondò il seminterrato. La sagoma del suo rapitore – un uomo con la testa di lupo – si stagliava nera sullo sfondo argenteo.

«Grazie mille. Scusami ancora per essere rimasta bloccata qui, avrei dovuto controllare la scala prima di scendere».

«E queste cosa sono?». Il Lupo lasciò cadere giù alcune pagine.

Con il cuore in gola, Katie disse: «Ho pensato che ci avresti messo secoli a capire che ero quaggiù e che, così facendo, avrei potuto fartelo sapere non appena tu fossi tornato».

Accovacciandosi, lui chinò la sua testa da lupo verso di lei. In una mano teneva le tronchesi.

Nell'altra, un coltello lungo e sottile.

Capitolo trentacinque
Pagina bianca

Qualcuno stava bussando alla porta.

Chiunque fosse se ne sarebbe andato presto, e Lyla sarebbe potuta sprofondare di nuovo nel...

Bussarono più forte. Insistentemente.

Andatevene via.

La cassetta delle lettere si aprì. «Lyla , sei in casa?». Rebecca. «La tua auto è qui fuori, quindi scommetto di sì. Puoi farmi entrare?».

Ignorala. Non è reale. Niente è reale.

«Ero preoccupata. Non hai risposto al telefono».

Non ho risposto perché nulla di tutto questo è reale, e nemmeno tu lo sei.

«Se hai bisogno, ho il numero di un buon terapista per la cura dei traumi».

Vattene, per favore.

«Capisco che hai bisogno di spazio».

Spazio vuoto.

«Sappi che, se vuoi parlare, io ci sono, quando te la sentirai. Senza giudicarti, senza bisogno di commentare nulla. Solo io e te».

Non c'è nessun io. Nessun te.

Una pausa. «In più volevo dirti che abbiamo una pista per gli omicidi di Hänsel e Gretel».

Rimani muta come il bianco e lei se ne andrà.

«So che non sai mai dire di no al lavoro, per cui sono un po' orgogliosa di te, ora che non rispondi al telefono. Detto questo, forse non è la cosa migliore. Tutti abbiamo bisogno di un po' di struttura. Io, almeno, so che per me è così».

Immobile come il bianco. Muta come l'immobilità.

«Aspetterò finché non sarai pronta».

Qualche minuto, più o meno. La cassetta delle lettere si chiuse cigolando. Un'auto si allontanò.

Pace.
In una scatola vuota.
Una scatola bianca.
Una scatola per bara con una fodera bianca.
Contenitore senza contenuto.
Come quella volta che Lyla era andata a vedere i The Smile al Brighton Centre e il ritmo del suo cervello era diventato tutto un contrappunto in polimetria, e la sua mente si era acquietata
le onde che danno il cinque alla riva
sua figlia, che poteva benissimo non essere viva, tenerla in braccio per la prima volta, le sue braccia da scimmietta che le si stringevano al collo, trovando il loro albero.
Ma Lyla non aveva una figlia. Com'era possibile che, nel profondo di quella sua anima fatta di inchiostro, sentisse che qualcuno era cresciuto dentro di lei, occupando il suo ventre, la gabbia toracica e il cuore, con lunghe dita che non si staccavano mai da quest'ultimo?
Come poteva sentire il peso del sederino sulla mano, la fiducia della testolina sulla spalla, quando Lyla non aveva mai tenuto in braccio il bambino di un'amica?
La vita di Katie si stava insinuando in quella di Lyla? O era la memoria emotiva di un altro personaggio?
O forse a un certo punto c'erano state altre opzioni di trama a sua disposizione, ma Katie aveva scelto quella che funzionava meglio per sé e non per Lyla?
Cosa sarebbe successo se Lyla avesse scelto una direzione che desiderava davvero? Se solo avesse saputo che cosa voleva.
Non so nemmeno chi sono, e se sono.
Come poteva fare?
Ho indossato la maschera di un personaggio, sono stata nella pelle del lupo, sono finita tutt'intera nella sua pancia.
Ma allora, come poteva resistere se nemmeno esisteva?
Lyla strinse i pugni e li riaprì, ancora e ancora, sentendo il sangue pompare nelle vene. Si alzò e pestò a terra i piedi addormentati.
Lei era reale, e anche Allison lo era. Era giunto il momento di strappare le pagine e trovare la sua via d'uscita. Di conoscere tutta la storia, di scoprire il finale di Allison. E magari di scrivere il suo. Lyla sarebbe tornata dove tutto era iniziato.
C'era una volta nella New Forest.

Capitolo trentasei
Il lupo cattivo

Katie cercò di non guardare il coltello. Aveva le mani sudate, il battito irregolare. Provò a placare il terrore nella voce mentre parlava. «Quando scrivo i miei libri, molto spesso mi ritrovo a dover cambiare i miei piani. F-forse puoi pensare a un altro finale per questo capitolo?».

Lui scosse la sua testa da lupo. Alzò il coltello. Ora Katie non vedeva altro che quello.

«Se mi lasci andare», supplicò, «farò tutto quello che vuoi. Scriverò tutto quello che vuoi. Ti prego. Non c'è bisogno di tenermi rinchiusa. Farò come mi dici, lo giuro».

Il gatto percepì il suo panico e, miagolando, si divincolò dalle sue braccia. Balzò verso di lui, uscì dal seminterrato e corse via. Katie avrebbe tanto voluto poter fare lo stesso.

«Non posso lasciarti andare», rispose lui. «Se stai scrivendo quei racconti è perché io possa dimostrare a te, e al mondo, che le storie possono spingere la gente a fare cose brutte».

«Dimmi chi ti ha fatto del male, e cosa ha scritto, e forse potrò sistemare tutto».

Lui inclinò la testa ispida, come a scimmiottarla. «Tu stai narrando tutte le nefandezze di cui io ho bisogno. La scrittrice che ti ha preceduta si è rifiutata di stare al gioco, ma tu... tu sei andata fino in fondo».

Katie indietreggiò. Le immagini di Grace le inondarono la mente: cercò di arginarle, insieme ai pensieri scuri come maree per coloro che il Lupo aveva eletto a sue prossime vittime. «Non avevo scelta! Hai detto che se non avessi raccontato quei delitti per te, mi avresti uccisa. Ma sono i *tuoi* delitti, non i miei».

Il Lupo balzò in avanti e brandì il coltello tra le porte aperte del seminterrato. «Certo che avevi scelta. È solo che le tue scelte sono moralmente compromesse». Parlando agitava la lama e Katie rabbrividì vedendola luccicare nella fredda luce argentea. «Ti faccio un esempio. Parlami del tuo ultimo romanzo».

«Si intitola *Il cocktail assassino*. Nella storia, le vittime muoiono dopo aver bevuto cocktail viola corretti con Amanita falloide. Il cocktail l'ho chiamato "La vendetta del corvo morto", ispirandomi alla storia di un uccello che si ciba di un cavallo morto avvelenato e che poi a sua volta causa la morte di coloro che lo mangiano».

«E l'hai scritto in parte dal punto di vista dell'assassino?». Il suo tono era piatto, indecifrabile.

Katie esitò. «In parte». Quasi tutti i suoi libri includevano la soggettività dell'omicida. Quanti killer erano usciti dalla sua penna, tra libri, racconti e sceneggiature? Cinquanta? Un centinaio? Tutti tenuti come prigionieri nella sua mente, ognuno al proprio piano, in un'inquietante e imponente casa delle bambole.

Quando scriveva dal punto di vista dell'assassino, però, Katie sapeva essere concisa. Entrava e usciva rapidamente dai pensieri, metteva l'intera sezione in corsivo e poi, nel capitolo successivo, tornava all'eroe. Eroe che, però, non era mai altrettanto interessante.

Deglutì. «Ma... sai... è perché ritengo importante... affrontare gli impulsi più oscuri che si nascondono dentro di noi. Senza rifuggire dalla verità».

Il Lupo si dondolò avanti e indietro sulle anche. «Ma non ti chiedi se quelle storie, le storie come la tua, non siano di ispirazione per risvegliare questi "impulsi più oscuri"?».

Ecco, era caduta nella sua trappola. Lui aveva cercato di farle ammettere qualcosa di specifico e lei ci era cascata in pieno.

Senza aspettare una risposta, lui la incalzò. «Parlami di questa storia dei cocktail letali. Che cosa ti ha ispirata a scriverla?»

«Una fiaba dei fratelli Grimm: *L'indovinello*».

Il Lupo smise di dondolarsi, abbassò la testa e annuì lentamente. «E qual è l'indovinello nella storia dei Grimm?». Le parole attraversarono taglienti l'aria fredda, sprofondando con un tonfo nel petto di Katie. Sapeva dove stava andando a parare.

Le parole le uscirono in un sussurro. «"Uno non ne uccise nessuno, eppure ne uccise dodici"».

«Esattamente. È quello che fai tu, e con te tutti gli scrittori di gialli, compresi i fratelli Grimm. Voi nascondete i vostri delitti nelle parole perché gli altri li trovino e agiscano di conseguenza». Stava alzando sempre di più la voce, sempre più arrabbiato. Brandiva il coltello come la lama di un boia. «Magari non avrai avvelenato nessuno in senso letterale, ma lo hai fatto *in senso letterario*, mettendo idee nella testa degli assassini, metodi nelle loro mani. Le parole sono come schegge che si fanno strada tra le pagine. Trovano punti deboli, aprono i lettori come libri e si insinuano sotto la loro pelle. Io non sto facendo altro che aiutarti a capirlo. A capire che le parole possono uccidere». Si interruppe, respirando affannosamente. La temperatura era scesa e Katie vedeva gli sbuffi di fumo uscire dalle zanne di gomma della maschera e disperdersi nell'aria fragile.

Si guardarono in faccia in silenzio, il Lupo sulla porta e l'autrice in cantina. Alla fine Katie trovò le parole. «Credo di aver capito. Mi dispiace tanto. Non ho mai voluto... Non è mai stata mia intenzione fare del male».

Lui rise con disprezzo. «La scrittrice che ti ha preceduto... neanche lei voleva fare del male». La sua voce si distorse dietro la maschera. «Ma lei ha fatto il peggiore di tutti i mali. Le sue parole mi hanno portato via qualcuno, qualcuno che amavo. E a questo non ci sarà mai rimedio».

«Se hai voglia di parlarne, io ti ascolto».

Il Lupo rifletté per un instante. Poi iniziò a parlare, con voce bassa e soffocata dal dolore.

«Si chiamava Tasha. Avevamo appena festeggiato il nostro primo anniversario. Mi aveva chiesto di sposarla, si era inginocchiata sulla pista da bowling». La voce gli si strozzò in gola. «Una settimana dopo era morta. Uccisa da un fan accanito della scrittrice che ti ha preceduta, ispirato dai suoi libri. Non ci volle molto per trovarlo: non fu bravo a nascondere le tracce. Il classico tipo "tranquillo, che non avrebbe mai fatto del male a una mosca", di cui i vicini dicevano che era uno che si faceva gli affari suoi, che metteva fuori i bidoni degli altri il giorno di raccolta della spazzatura, cose del genere. Ma il suo appartamento era pieno di libri, narrativa poliziesca di ogni genere. Compreso quello *della scrittrice*, sul comodino, aperto alla pagina in cui aveva trovato il modus operandi che ha poi replicato».

Gli occhi di Katie si riempirono di lacrime. Nonostante tutto, il suo cuore era vicino a quell'uomo distrutto che non riusciva a rimettere insieme i pezzi della sua vita. Ripensando ai romanzi e ai racconti che lei aveva pubblicato, all'inventiva con cui aveva architettato gli omicidi, perse il fiato al pensiero che qualcuno potesse prendere le sue parole e servirsene nella vita reale.

Sì, è una cosa terribile, ma si direbbe che l'assassino fosse una persona disturbata. Se quelle erano le sue intenzioni, probabilmente avrebbe ucciso lo stesso, avrebbe solo usato un altro metodo. Tasha sarebbe morta comunque.

Costrinse quella voce pericolosa a stare al suo posto. Non l'avrebbe aiutata a uscire da lì e non poteva rischiare di alimentare la rabbia del Lupo. Ma non riuscì a trattenere *tutta* la sua curiosità. «Posso chiederti quale fu il modus operandi?».

Le orbite vuote del Lupo la fissarono. «L'altra scrittrice, l'assassina del mio unico amore, raccontava di omicidi ispirati alle fiabe. Così, io ho seguito le sue orme. Con te a farmi da aiutante». Katie provò orrore, un'ondata di repulsione viscerale. *Che eredità perversa, nel nome di una persona che professa di aver amato.* Ma non riuscì a protestare. Si limitò ad annuire, senza dire niente.

Il Lupo fece lo stesso, apparentemente soddisfatto. Mettendo il coltello e le tronchesi nelle tasche del cappotto, allungò una mano. «Trova qualcosa su cui salire, così posso raggiungerti e tirarti fuori».

Katie zoppicò su uno scatolone rovesciato, detestando il sollievo che provò quando lui la afferrò per il braccio. Usando il lupo come àncora, poggiò un piede sul ripiano vuoto di una libreria traballante contro il muro, irrigidendosi per il dolore alla caviglia e sperando che il legno non cedesse sotto il suo peso. Vedendolo distratto nel tentativo di tirarla fuori, si arrischiò a carpire altre informazioni. «È strano che mi racconti la tua storia e non so nemmeno come ti chiami».

Senza rispondere, lui la afferrò da sotto l'altro braccio e la trascinò fuori dalla cantina, facendole sbattere la testa contro lo spigolo della porta. Si raschiò anche le ginocchia e le tibie contro l'intelaiatura metallica dell'apertura, ma erano tutti sacrifici ben ripagati: era fuori, sdraiata sul terreno acquitrinoso e sbatteva le palpebre. La luce della luna la colpì come acido negli occhi. Sentendo la pelle bruciare, si coprì il viso con le mani, con il gomito che urlava di dolore.

Si accorse in quel momento che lui non la stava più trattenendo: l'aveva lasciata cadere.

Quando si riprese, lo vide accovacciato vicino al fossato: teneva uno dei fogli scritti da lei accanto ai fori degli occhi della maschera. Senza guardarla, il Lupo estrasse lentamente il coltello dalla tasca. «Stai scrivendo alla polizia», disse.

Fu colta dal panico. «No! Era un esperimento. Un romanzo che racchiude tutti i racconti che ho scritto per te». Cercò di mantenere la voce ferma. «Potrei lavorarci su, vuoi? Approfondire il tema della colpevolezza, magari?».

Lui la ignorò. «Perché questi fogli sono qui fuori?». La sua voce era avvelenata.

«C-come ho detto, ero disperata e pensavo che non mi avresti trovata. Ho pensato che così avresti notato le pagine da una finestra o che le avresti viste al tuo ritorno».

«Volevi che qualcuno le trovasse. Le hai lasciate come briciole di pane in una fiaba». La parola "briciole" la sputò fuori aspramente. Rimessosi in piedi, camminava avanti e dietro mentre il coltello rifletteva lampi di luce, come squarci.

«Chi avrebbe potuto trovarli? Siamo in mezzo al nulla». Katie tentò una risata, ma ne uscì un colpo di tosse. «Non ho visto né sentito nessuno».

«Tu stai cercando di fregarmi. Mi manipoli per farti raccontare la mia storia e poi la userai contro di me». Avanzò a grandi passi verso di lei, le spalle squadrate, il coltello pronto.

Katie si dimenò fino a rannicchiarsi contro il muro. I mattoni erano ruvidi contro la sua schiena. Serrò gli occhi.

«Ti prego», sussurrò. Aveva il coltello alla gola, un bruciore le indicò il punto di contatto. Era giunta l'ora. Ormai non c'era più nulla da perdere. Allungò la mano per arrivare alla spalla del Lupo. La pelliccia della maschera le si attaccò al palmo sudato. Non sapeva più se a tremare fosse lui o lei. Aprendo gli occhi, riuscì a intravvedere lo sguardo blu dietro il travestimento di lattice. Quelle che aveva visto le altre volte dovevano essere delle lenti a contatto gialle. Per recitare la parte anche sotto la maschera.

Katie fece un respiro profondo. «So che me lo merito. Non mi ero resa conto della forza delle parole che brandisco. Ora credo di saperlo. Grazie a te». Sperava che lui potesse cogliere il briciolo di sincerità che si celava sotto quella sua rassegnazione. *Quando pensavo di creare, ho anche distrutto. Dopotutto, ho dato vita a Lyla, e a tutta la morte che l'ha tormentata.* Gli scrittori prima sfornano le loro opere, poi lavano via la responsabilità dalle stesse mani che hanno messo nero su bianco le parole. «Sono pronta ad aiutarti».

Il bruciore al collo si attenuò. Toccandosi il punto indolenzito, Katie sentì qualcosa di umido.

Entrambi guardarono la lama e il sangue che aveva fatto uscire dal collo di Katie.

Dopo quella che sembrò un'eternità, il Lupo indietreggiò e si rimise il coltello in tasca. Mantenne però la mano sull'impugnatura. Pronto a estrarre e a colpire.

«Possiamo tornare dentro, per favore?», chiese Katie, tremando. «Sono esausta e non mi sento più i piedi, sono ancora bagnati dopo tutto quel tempo nella cantina».

Gli occhi del Lupo scrutarono velocemente il giardino sul retro: fermo in una postura tesa, osservava le altre pagine che galleggiavano nel fossato. «Non hai visto nessuno?»

«No. Te lo giuro, altrimenti te lo direi».

Lentamente, lui annuì e si voltò di nuovo verso di lei. «Bene. E avevi ragione, prima», aggiunse con voce cupa. «Nessuno sa che siamo qui». Si chinò, raccolse un'altra pagina, poi si bloccò di nuovo. Portandosi una mano vicino agli occhi mascherati, guardò meglio verso l'altra sponda del fossato.

Sull'argine più lontano, l'acqua illuminata dalla luna sembrava insanguinata.

Prendendo Katie per il braccio dolorante, il Lupo la trascinò attraverso il patio sul retro della casa fino al bordo del fossato, ignorando le sue grida di dolore. La spingeva per farla avanzare. «Resta davanti a me. Cammina».

Katie vide delle lastre di pietra che emergevano dall'acqua, presumibilmente la sommità di alcune colonne. Afferrandola per la spalla, lui le diede una spinta perché camminasse: lei allungò la gamba e si spostò sulla prima pietra. «Continua finché non arrivi dall'altra parte», le disse.

Con il cervello che frullava, i piedi che cercavano una pietra dopo l'altra, Katie soppesò le sue prossime azioni, e quelle di lui. Lei lo precedeva e lui aveva in tasca il coltello. Se fosse riuscita a mettersi a correre, saltando da una pietra all'altra, avrebbe potuto sorprenderlo in un istante di immobilità prima che si lanciasse all'inseguimento. Sentiva la caviglia in fiamme, ma il cortisolo e l'adrenalina forse potevano darle la velocità che le serviva per correre più veloce di lui. Oppure la caviglia avrebbe ceduto facendola finire nel fossato, pronta per essere catturata e uccisa.

O magari lui voleva liberarla. Ammettendo le sue colpe e chiedendogli di tornare nella casa, Katie aveva dato prova di pentimento, quindi forse la stava lasciando andare. Non era che un desiderio, una remota possibilità, ma anche solo annusare la libertà bastò a invogliarla ad andare più veloce, e a farle perdere l'equilibrio. La sua gamba sinistra finì nel fossato, facendola urlare. Lui serrò la stretta sulla spalla per impedirle di cadere nell'acqua.

«Continua», si limitò a dire.

Arrabbiata per aver provato gratitudine, Katie si diresse verso la fine del fossato, dove la luna si rifletteva come un'ultima pietra del guado. A mano a mano che si avvicinava, riconobbe quel che era caduto sulla superficie dell'acqua. Il mantello rosso di Lyla. Il suo cuore ebbe un sussulto. Allora *esisteva* davvero. Non era un'invenzione di Katie.

Giunto sulla sponda, il Lupo fece un giro su sé stesso, come aspettandosi che chi aveva perso quel mantello stesse in agguato nell'ombra. Fissò il rosso scuro che galleggiava nell'acqua come in cerca di risposte. «Qualcuno è stato qui».

«E allora dov'è?». I denti di Katie cominciarono a battere e la vista le si annebbiò per la stanchezza. «Se questo qualcuno sospettava che ci fossero dei prigionieri, non avrebbe cercato nella casa? Io ho sentito solo te e il gatto. Nessun altro».

La postura delle spalle del Lupo tradiva la sua rabbia. E, sotto, anche qualcos'altro: la paura. «Oppure sono andati a chiamare i rinforzi. Torna dentro». Fece un cenno in direzione della casa. «Se qualcuno sa che siamo qui, devo essere pronto».

Capitolo trentasette
Cul-de-sac

Parcheggiata a poche porte di distanza dalla casa d'infanzia di Allison, Lyla cercava di controllare il respiro. C'erano volute ore solo per arrivare a quel punto. L'ansia e la paralisi indotte dall'ADHD l'avevano bloccata sul divano per tutta la mattina, avvolta in una vorticosa bufera di ricordi.

Non avrebbe mai pensato di tornare in quella casa in fondo al cul-de-sac. Dopo *quel* giorno, e tutti gli altri che erano seguiti, nessuno dei quali aveva riportato Allison a casa, non era più riuscita a costringersi a percorrere il vialetto e bussare alla porta, sapendo che dentro non avrebbe trovato nulla ad aspettarla. I genitori di Allison erano diventati l'ombra di loro stessi, vagavano per la città come alla costante ricerca della figlia perduta; nelle occasioni in cui si erano incrociati, avevano guardato Lyla dritta in faccia e la nonna l'aveva trascinata via di corsa.

Ora, all'una del pomeriggio, Lyla fissava la casa come se, chiudendo gli occhi, anch'essa sarebbe svanita, come Allison. Non era cambiata affatto. La panchina dove dondolavano le gambe era ancora sotto la finestra a bovindo. Il melo sotto il quale si sedevano, sfidandosi a mangiare una mela caduta per il vento e rovinata dalle vespe, era ancora vivo e vegeto in mezzo al prato, bordato dai suoi stessi frutti. La porta d'ingresso era ancora rossa come il sangue vivo. Non c'era niente che fosse andato avanti. Dopo un trauma, la vita rimane ferma in una rotatoria, mentre tutti gli altri sfrecciano via sulla strada principale.

Ora che Lyla ci pensava, non era cambiato nulla in tutto il cul-de-sac: la siepe di bosso della signora Edgware che sovrastava la strada era ancora tagliata di sbieco, visto che, ascoltando i vicini, la signora E sbandava sempre verso sinistra; la Ford rossa, che ormai doveva essere d'epoca, sul vialetto della casa accanto, aveva ancora la stessa quantità di ruggine intorno al copricerchio; la cassetta per gli uccelli sul prato davanti alla casa di un altro vicino era ancora disseminata di pane, che sembrava non essere mai stato beccato da un volatile.

Forse Katie aveva descritto la stradina all'inizio e poi non aveva pensato di cambiarla, nonostante il passare del tempo? Come aveva fatto Lyla a non accorgersene? Era stata lì un paio di volte nel corso degli anni, in genere quando era particolarmente triste e voleva sentirsi vicina a Allison, e non aveva mai notato che tutto era rimasto fermo agli anni Novanta. O forse i sobborghi erano così ovunque. Di tanto in tanto spuntavano giardini d'inverno, come funghi di vetro, ma per il resto i cul-de-sac britannici vivevano in una confortevole condizione di immobilità.

Lyla strinse i pugni per farsi coraggio. Era lì per trovare delle risposte e non poteva farlo rimanendo seduta in macchina mentre i vicini tiravano le tende.

Scese e si diresse verso casa di Allison, nelle narici il profumo familiare di fumo di legna e cucina casalinga. Il cancello si aprì stridendo, come sempre. Nelle aiuole laterali del giardino, un cespuglio di rose affidava al vento i suoi ultimi petali.

Quando lasciò cadere il battente della porta, i ricordi tornarono ad affollarsi nella sua mente. Lei che correva per la casa, cercando Allison in una partita a nascondino che non era mai finita. L'espressione affranta della madre quando capì che la figlia era scomparsa. La polizia e le domande pungenti, con gli agenti che svuotavano i cassetti di Allison rovesciando sulla moquette biglie, pupazzi e oli essenziali. La stampa che dormiva nei furgoni in strada per rubare foto dei Walsh, nella speranza di catturare un'immagine della loro angoscia o, meglio ancora, di un loro sorriso da pubblicare con un titolo tendenzioso che si chiedeva come potevano sorridere quando la loro figlia era scomparsa. Lyla che si metteva la felpa col cappuccio di Allison – con quel buon profumo, Happy di Clinique, rubato da Boots – e si chiedeva come avrebbe fatto ora il suo amore a stare al caldo.

Lyla rabbrividì, sentendo il bisogno di quella felpa. Dove l'aveva messa? Se l'era portata dietro nell'ultimo trasloco? Era mai esistita? Mentre il fiume di immagini si ripeteva quasi sempre nello stesso ordine – corsa, espressione affranta, polizia – si accorse che si erano aggiunti nuovi dettagli. Oli essenziali. Profumo. Katie stava aggiungendo dettagli nella memoria di Lyla o Lyla se ne stava sovvenendo per davvero? Chi aveva il controllo, lei o la scrittrice? E, in fondo, che differenza faceva? Il suo universo si stava espandendo, in un modo o nell'altro.

Quando Sue Walsh, la mamma di Allison, aprì la porta, Lyla rimase senza fiato. Sue sì che era cambiata. Dagli occhi si irradiavano le rughe, la pelle si era assottigliata fino a diventare quasi diafana, e sembrava ancora più bassa, non arrivava nemmeno al metro e mezzo. A dispetto della sua piccola statura, aveva sempre avuto dentro di sé tanto amore. Che si riversava fuori, come a cercare un recipiente. Era ancora così, nonostante avesse perso Allison?

L'espressione sul volto di Sue era cortese ma distaccata. «Posso aiutarla?».

Lyla strusciò imbarazzata i piedi sul gradino. «Signora Walsh, sono io. Lyla. L'amica di Allison?».

Guardò Sue che si sforzava di riconoscerla. Una luce fioca balenò nei suoi occhi e il suo viso a forma di cuore si accartocciò in un sorriso. «È sempre bello vedere un'amica di Allison». Allargò le braccia e Lyla vi si tuffò, raggomitolarsi per sentirsi avvolta. Le mani di Sue le accarezzavano la schiena, come a lisciare le grinze del tempo. Sembrava tutto vero.

Lyla cercò le parole giuste, ma non ce n'erano. «Mi dispiace di non essere più passata. Sa... il lavoro...». Si staccò. Come poteva giustificare un'assenza di venticinque anni? Per quanto, se confrontata con la sua attuale situazione disperata, quella non era la cosa più difficile da spiegare.

«Sciocchezze, entra». Sue spalancò la porta e la fece entrare. «Che cos'è che fai?»

«Sono ispettrice della polizia dell'Hampshire e dell'Isola di Wight. Alla stazione di Lyndhurst».

Il sorriso di Sue si spense un po'. «Già. Be'...». Si ricompose. «Be', fai un lavoro importante. Il più importante». Si voltò e si affrettò lungo il corridoio. «Colm sarà contentissimo di vederti. Sarà qui a momenti, sta raccogliendo le ultime more».

Il giardino di Allison – Lyla l'avrebbe sempre pensato così, nonostante fosse sempre stato il vanto di suo padre Colm – era lungo e ampio e si apriva su una fitta foresta. Quante giornate avevano passato a giocare lì fuori nelle vacanze estive. A leggere sotto il salice piangente. A guardare i pony selvatici che cercavano di addentare le mele sugli alberi lungo lo steccato. Una volta un pony aveva schiacciato la recinzione per raggiungere un frutto particolarmente succoso.

Lyla ora sedeva sulla poltrona vicino al bovindo, quella che era sempre stata sua quando lei ed Allison requisivano la stanza all'ingresso. Poteva sentire l'ossatura della poltrona, e anche la sua. Il tempo le aveva consumate entrambe. La vista, però, era la stessa: il crocifisso di bronzo alla parete; il televisore nell'angolo, ora grande e a schermo piatto, non più uno scatolone; i cuscini sbiaditi sul divano. Anche le foto incorniciate sulla mensola del camino erano rimaste le stesse. Allison a sei, sette, otto, nove anni; in qualcuna sdentata, in altre con una frangetta tagliata male; gli occhi sempre scintillanti nelle foto di inizio anno scolastico. Il giorno della cresima, insieme a padre Michael; vicino all'albero di Natale, con i regali in mano. E poi scatti sbiaditi di quando aveva dodici, tredici, quattordici anni: un'adolescente timida con troppo eyeliner, imbarazzata accanto ai parenti; la mano di uno zio rosso in faccia sulla sua spalla; Allison che distoglie lo sguardo dalla macchina fotografica, immersa nei suoi pensieri. Forse sapeva già cosa la aspettava. Tutto si fermava ai quindici anni. Nessuna foto di lauree, compleanni, anniversari, vacanze o matrimoni si era aggiunta alla parata.

Sue piombò nella stanza con lo stesso vassoio che un tempo portava in giardino o in camera di Allison. A volte colmo di panini e patatine, e poi gli immancabili frollini fatti con la sua ricetta. C'erano anche oggi, insieme a una tazza di tè. «L'ho fatto forte, spero vada bene».

Il primo morso al biscottino le richiamò alla mente il ricordo proustiano di un giorno di canicola in cui avevano mangiato all'aperto, un ricordo interrotto da un pensiero: *Che cazzo significa "proustiano"?*

Mentre Lyla mangiucchiava, Colm entrò in casa, i vestiti tutti sporchi di terra. «Lyla. Sei davvero tu?». Si fermò al centro della stanza, torcendosi le mani. «Non credevo a Sue quando me l'ha detto. Pensavo che Allison avesse fatto...». Si interruppe, sopraffatto. Con gli occhi lucidi di lacrime, sbatté le palpebre come a scattare una foto che non sarebbe finita sul caminetto. «Be', eccoti qui. Cresciuta e tutto quanto».

Lyla si alzò, cercando di scaricare a terra lo sfrigolio elettrico del senso di colpa della sopravvissuta e della consapevolezza di essere tale. «È un piacere rivederla, signor Walsh».

Il silenzio pervase la stanza e crebbe, mentre stavano uno di fronte all'altro in una scomoda situazione di stallo. Lyla spostò lo sguardo su un tavolino e su una foto incorniciata di Allison da piccola, sorridente nella sua uniforme da scout.

Sue seguì il suo sguardo. «Quel giorno ricevette il distintivo di collezionista», disse spostandosi per prendere la foto e porgerla a Lyla.

«Mi ricordo», rispose Lyla. «Eravamo entrambe nei Folletti: Allison era coccinella e io la sua vice». Per il distintivo di collezionista, Lyla aveva portato le sue scatole di fumetti, Allison i suoi album di cartoline, insieme a cartoni delle uova che apriva con riverenza per mostrare i maialini di porcellana sistemati in ogni incavo.

Avevano sempre preso i distintivi insieme. Forse quello era un espediente per la trama della scrittrice. Tutto quello che Lyla pensava fosse successo, non solo non era successo, ma non era successo in virtù di quello che qualcun altro aveva progettato. «Allison era più brava con i distintivi. Faceva sempre quello sforzo in più». Per il distintivo di escursionista era stato letteralmente così. Qualche volta Lyla aveva provato fastidio per il fatto di essere sempre inferiore. Non si spiegava com'è che piacesse a Allison. Era solo grata che fosse così.

Ora non sapeva che cosa provasse Allison, sempre che provasse qualcosa, e questo la faceva sentire a pezzi, come carta straccia. Allison serviva solo a motivare Lyla. E funzionava. Ancora adesso, Lyla aveva bisogno di sapere dove fosse Allison. Cosa le fosse successo.

Non posso perdere di vista l'obiettivo. Sono qui per trovare qualcosa a cui aggrapparmi.

Lyla fissò il vuoto, ripercorrendo vecchi ricordi. «Una volta, quando eravamo Guide», disse, «Allison convinse un'autrice locale a leggere i nostri racconti per i nostri distintivi di scrittrici».

Se ne ricordava benissimo: lei ed Allison avevano battuto il pugno all'unisono alla porta di un cottage di Brockenhurst. Una donna bionda e dinoccolata, con un foulard a pois avvolto intorno al torace a sorreggere un bambino, le aveva fatte entrare in una casa che odorava di *nag champa* e caffè.

«Entrate», aveva detto la scrittrice, baciando la testa del suo bambino. «Abbiamo su per giù un'ora prima che si svegli. Veniamo al dunque».

Allison aveva fissato la scrittrice, di cui Lyla non riusciva a ricordare il nome, con una tale determinazione che Lyla era stata trafitta dalla gelosia. Lei, invece, si era concentrata sull'assurdo movimento della fontanella del bambino che faceva su e giù a ogni respiro. Fuori, la testa non dovrebbe essere così morbida e vulnerabile; è dentro che deve essere così.

«Non sapevo che ci fossi anche tu. L'autrice disse a Allison che aveva potenziale come scrittrice». Sue storse la bocca fino a rendere le labbra invisibili. Le guance le tremavano per l'emozione soffocata. «Da allora non faceva che scrivere su quei taccuini. Chissà cosa sarebbe potuta diventare se non ci fosse stata portata via».

Lyla non sapeva che Allison passasse così tanto tempo a scrivere quando non erano insieme. Che altro non sapeva? «Ha ancora quei quaderni?».

Sue si accigliò. «Non li avremmo mai buttati via». *Non scherziamo.* «Sono in soffitta, credo. Perché me lo chiedi?»

«Mi piacerebbe leggerli». Lyla non riuscì a trattenere un sussulto nella voce.

«È una visita personale, questa?». Il tono di Sue cambiò. «O c'è di mezzo la polizia?».

Colm aggrottò la fronte bruna come una ghianda per le ore passate in giardino, spostando lo sguardo tra Lyla e sua moglie.

Sue lesse qualcosa sul volto di Lyla. «È Grimm lo Squartatore, vero?». Serrò le dita e le riaprì. «Mi sono chiesta se ci fosse qualche collegamento». Abbozzò una mezza risata. «Una parte di me ha sperato che arrivasse qualcuno con informazioni su Allison, ma – mi dispiace, è terribile, ma non ti mentirei, Lyla – un'altra parte ha desiderato che non accadesse».

«Sue, amore». Colm posò il palmo sporco di terra sulla spalla della moglie. «Non c'è bisogno di dire queste cose. Lyla è un'amica di Allison. Sono sicuro che è qui solo per un saluto».

«Non voglio più vedere qui la polizia, con quelle facce corrucciate», rispose Sue con la voce rotta dall'angoscia. «Porta sempre brutte notizie».

«Ma noi *vogliamo* notizie, amore. Abbiamo bisogno di mettere una fine». Colm pronunciò "fine" lentamente, come fosse una parola che aveva sentito in una trasmissione TV del mattino ma che non capiva. «Dobbiamo andare avanti».

Il volto di Sue si svuotò di tutto l'amore. «Andare avanti, Colm? Certo, andiamo avanti». Intrise di sarcasmo, le sue parole erano amare come il tè vecchio di una settimana. «Non è possibile. Siamo bloccati in questo cul-de-sac, dove avevamo una ragazza di quindici anni in carne e ossa che era tutta la nostra vita, e poi è sparita. Le nostre braccia non possono trattenerla, ma i nostri cuori sì. Il mio cuore è così pieno di Allison che non c'è spazio per nient'altro. Un giorno cederà, si spegnerà. Forse è questo il tipo di fine che vuoi».

Colm si coprì il viso con le mani. Era quasi calvo, gli rimanevano solo pochi ciuffetti di capelli bianchi, gli ultimi minuti di un dente di leone. «Ti prego, amore. Non ricominciare. Non davanti a Lyla».

«Perché no? Con chi altro possiamo parlare? Sai, Lyla, nessuno dei nostri vicini parla mai di Allison. Né tantomeno i nostri parenti. Persino mio fratello e mia cognata, li hai mai conosciuti?». Sue andò alla mensola del camino, prese una foto incorniciata e la mostrò a Lyla. Ritraeva Allison tra la zia e lo zio, con un sorriso stampato, le braccia conserte, leggermente inclinata verso la zia.

«Sì, Marek e...». Lyla cercò il nome della moglie. Facevano sempre dei bei regali a Allison, che li condivideva con Lyla.

«Mitzy». Il naso di Sue si arricciò in segno di disgusto, o per il nome, o per la donna che lo portava, o per tutt'e due le cose. «Hanno smesso di venire a trovarci anni fa, vero, Colm?».

Colm annuì, tornando a fissare fuori verso il suo giardino, come se preferisse piantare bulbi nella terra piuttosto che dissotterrare ricordi.

«Ci credi? E i nostri vicini, che vengono per l'aperitivo di Natale, ammirano l'albero, guardano la mensola del camino, fanno una faccia pietosa e poi ci chiedono cosa faremo la settimana successiva. "Non lo so, Brenda", dovrei dire, "invece di quella stronzata del club di bridge, forse questa è la settimana buona che mi decido a saltare per davvero da un ponte. O a tagliarmi le vene nella vasca da bagno. Baderò a ricordarmi di aggiungere i sali di Epsom che mi hai regalato per il mio compleanno l'anno scorso, giusto per sentire bruciare"».

Lyla si stava sentendo male. Non era questo il suo piano. Voleva trovare delle risposte, un indizio che l'aiutasse a scoprire che cosa era successo a Allison, per ancorarle entrambe alla realtà, ma tutto quello che aveva ottenuto era stato mettere a fuoco il dolore terribilmente reale di Sue. «Non avevo nessuna intenzione di turbarvi», mormorò. La stanza sembrò stringersi sempre più intorno a tutti e tre. Le lacrime le offuscarono la vista; cercò di raggiungere una parete stabile. «Mi dispiace tanto».

Sue sprofondò nel divano, si curvò su un cuscino e prese a dondolarsi avanti e indietro, con la bocca serrata in un muto lamento, proprio come il giorno della scomparsa di Allison. Lyla aveva sentito dire che le persone crescono intorno al dolore. La perdita subìta diventa il tuo centro, ma nessuno lo sa. Chi ha subìto una perdita diventa come un avocado senza nocciolo.

Nel corridoio, Lyla tremava mentre si allacciava gli stivali. Se li era tolti senza che glielo avessero chiesto, una reliquia dei giorni in cui sia lei che Allison si toglievano in automatico le scarpe e scivolavano sul pavimento di legno. Sue era caduta di nuovo nella pozza del suo dolore; Lyla era tornata a essere una bambina.

Colm uscì dal soggiorno e chiuse piano la porta. Portandosi un dito sulle labbra, aprì l'armadio sotto le scale. Lyla si era nascosta tante volte lì dentro, aspettando che Allison la trovasse. Il giorno della scomparsa Lyla aveva guardato anche lì. Senza mai trovarla. Una parte di lei voleva cercarla anche adesso, in ricordo dei vecchi tempi.

Riemergendo dall'armadio con le braccia piene di quaderni, Colm prese due sacchetti di plastica dalla cucina e vi infilò dentro tutto con cautela. «Questi sono i quaderni di scuola di Allison. Io non ce la faccio a sfogliarli, ma forse tu puoi riuscirci. Recupererò i taccuini dalla soffitta quando Sue si sarà calmata». Passando i sacchetti a Lyla, si sedette pesantemente sul terzo gradino, con le guance segnate dalle impronte sporche dei palmi delle mani.

«Mi dispiace tanto», ripeté Lyla. «Non sarei dovuta venire. Ho pensato solo a me stessa».

«Siamo noi che dovremmo essere dispiaciuti», disse Colm, guardandola intensamente, come cercando di comunicare qualcosa.

L'istinto di Lyla si risvegliò. «C'è qualcosa che ha ritrovato nella memoria che potrebbe aiutarmi a scoprire cosa è successo a Allison? O magari», disse con tono da interrogatorio, «qualcosa che non ha detto alla polizia? Togliersi finalmente questo peso dallo stomaco potrebbe farla stare meglio». Se c'era una cosa che le era rimasta impressa del kit da investigatori da cui lei ed Allison erano ossessionate, era l'inchiostro invisibile al succo di limone. Bisognava sempre applicare un po' di calore per farsi svelare i segreti.

Colm teneva lo sguardo fisso sulle sue pantofole mentre le porgeva i sacchetti. «Solo i quaderni di scuola».

Lyla li prese, aspettando che lui incontrasse il suo sguardo. «Allora mi assicurerò di esaminarli con attenzione».

«Prima di andartene, dimmi il vero motivo che ti ha portata qui. Come puoi vedere, non so se Sue vorrà mai andare avanti». Gli occhi grigi di Colm si riempirono di lacrime. «Lei lo vede come un dimenticare Allison, ma per me, continuare a vivere quando lei non può, è un modo di onorarla. Se c'è qualcosa che hai scoperto, mi piacerebbe saperlo».

Lyla esitò. *Che cosa posso dire di utile? Che cosa so per certo?* Fece un respiro profondo. «Posso solo dirle che Grimm lo Squartatore potrebbe essere collegato a Allison. Stiamo seguendo delle piste, ma ci sono... delle analogie tra i casi che non possono essere trascurate».

Le lacrime caddero quando Colm annuì. Alzò lo sguardo verso il Gesù crocifisso sempre appeso alla parete del corridoio e si fece il segno della croce.

«Sarei dovuta venire subito da voi dopo il primo delitto», disse Lyla. Perché non l'aveva fatto? Forse la scrittrice non ci aveva pensato, e quindi nemmeno lei. *O forse sono così presa dai miei problemi che non penso agli altri. Gli altri non sono così reali per me. Forse è per questo che sono sola.* «Ma non c'è niente di concreto. Vorrei che fosse il contrario. A ogni passo mi sembra di sapere sempre meno, invece che di più».

Colm le prese le mani. «Vai avanti. Un passo dopo l'altro. Io ho fiducia in te. Padre Michael dice che da quaggiù non possiamo capire quali sono i piani di Dio. Solo Dio vede le connessioni».

Lyla pensò a Katie, la sua creatrice. Lei non voleva sentir parlare di divinità.

«Hai il mio numero?». Colm tirò fuori dalla tasca della giacca un telefono malandato e ne aprì la custodia in similpelle, che conteneva anche i suoi bigliettini da visita. Avvicinando il telefono agli occhi, sfiorò lo schermo crepato.

«Ricordo ancora a memoria il vostro numero fisso», disse Lyla. Sue rispondeva sempre dicendo il loro numero di telefono e la frase "Pronto, chi parla?" scandendo le parole con un accento pulito, nonostante avesse sempre parlato strascicato come tutti i comuni mortali.

Colm le passò il telefono. «Non credo che dovresti chiamare qui. Sue avrà bisogno di tempo. Le ci vuole una settimana, se non di più, per riprendersi da questi attacchi».

«Davvero, non volevo...».

«Non è colpa tua. Ogni volta che c'è un bambino ferito, morto o scomparso, ovunque sia, lei reagisce così. Il che, come puoi immaginare, accade di continuo. E non accade solo con i bambini. Ho dovuto bandire la trasmissione *The Supervet* perché diventa un fiume in piena prima ancora che un cane si azzardi a scappare».

«Ha avuto qualche aiuto?». Lyla pensò a Rebecca che le proponeva una terapia attraverso la cassetta delle lettere. «Sostegno psicologico, intendo, non vicini che lasciano lasagne sulla porta di casa».

Colm scosse la testa. «Si è rifiutata». Fissò la parete che separava l'ingresso dal soggiorno come se potesse vedere la moglie lì dietro. I suoi singhiozzi si erano attenuati fino a diventare un lamento. «È meglio che vada da lei. Scrivi qui il tuo numero e io ti mando il mio».

Posati i sacchetti, Lyla digitò il suo numero e gli restituì il telefono. Colm si chinò e, prendendole la testa tra le mani, le diede un bacio sui capelli. «Sei sempre la benvenuta qui, Lyla, tesoro. Allison vorrebbe che fosse così».

Lyla sentì affiorare i suoi, di singhiozzi. «Se la trovo, mi assicurerò che lei sia il primo a saperlo».

Colm, però, stava già tornando in soggiorno, richiamato dal lamento funebre della moglie, mai guarita dal tempo.

Capitolo trentotto
Altre tre storie

Katie si svegliò con la luce dorata che filtrava dalla finestra: aveva dormito fino a giorno inoltrato. La sera prima, il Lupo l'aveva trascinata e trasportata di peso fino alla scrivania in soffitta e, poggiandole le dita tremanti sui tasti della macchina da scrivere, le aveva ordinato di scrivere. Lei ci aveva provato, davvero, ma continuava a svenire per la stanchezza. Non ricordava di essersi coricata nel suo letto di balle di fieno, né ricordava quando lui se ne fosse andato. Le si contorse lo stomaco di fronte alle pagine vuote nella sua memoria.

Alzandosi, con la testa e le gambe che pulsavano, sentì dei movimenti dall'altra parte del corridoio. Qualcosa veniva trascinato sul pavimento. Arrivò poi un forte odore di candeggina, simile allo sperma, che filtrava attraverso la gattaiola. Katie cercò invano di non pensare a quello che il Lupo stava pulendo.

I passi pesanti attraversarono il corridoio e la chiave girò nella sua porta. Il Lupo entrò brandendo il coltello e lei istintivamente indietreggiò, prima di costringersi alla calma.

«Grazie per avermi lasciata riposare», disse. «Ne avevo bisogno». Il suo stomaco gorgogliò: non mangiava da più di un giorno.

Infilandosi una mano tasca, lui tirò fuori un muffin confezionato tutto schiacciato e lo lanciò sul letto. «Devi scrivere. Potrebbero arrivare da un momento all'altro». Alzando il coltello nell'altra mano, indicò verso la scrivania.

Avvolgendosi nella coperta, Katie si avvicinò zoppicando e si sedette. Il Lupo si mise alle sue spalle, a distanza molto ravvicinata.

«Non c'è più tempo per una storia a sera. Me ne servono altre tre. Ora».

«È troppo», disse Katie, con il cuore che batteva forte come i tasti di una macchina da scrivere. «Ho tutte le intenzioni di fare quello che mi chiedi, ma io non lavoro così, non ci riesco».

«Ora ci riuscirai. Scrivi storie brevi. Molto brevi».

«Ma...».

«E devi essere specifica», sbraitò. «Dimmi esattamente cosa devo fare, passo dopo passo. Senza che io debba interpretare».

«Sul serio, non credo di poter scrivere tre...».

Ora il Lupo si spostò al suo fianco e le poggiò il coltello sull'avambraccio. Da sotto la manica facevano capolino rose tatuate piene di spine. Ruotando delicatamente la punta della lama sulla pelle di Katie, incise un disegno molto doloroso. Quando allontanò il coltello, per un breve istante apparve un motivo simile a edera rampicante rossa. Poi il sangue si riversò sulla pelle, inghiottendosi il disegno.

Katie si morse il labbro per non piangere.

Prendendo un asciugamano pulito dal radiatore, il Lupo glielo avvolse intorno al braccio. «Tre storie. O avrai il resto».

Lei annuì, ansimando. «Ti credo».

«Hai tempo fino all'alba per scrivermi tre fiabe moderne, cupe come quelle dei Grimm. Mettile sotto la porta a mano a mano che le finisci, e bussa, così capirò». Poi se ne andò, richiudendola dentro.

Katie fece un respiro profondo. Ok. Altre tre. Ce la posso fare.

Il suo cervello, però, era bloccato. Era un compito troppo grande.

Lyla lo diceva sempre alla sua squadra: "Voi intanto iniziate".

Ecco cosa farò. Intanto inizierò.

Una cosa alla volta: una storia, un capitolo, una riga, una parola.

Omicidi consapevoli.

Ma le parole non arrivavano. Il sangue stava inzuppando l'asciugamano. Trasalendo, Katie lo tolse per sostituirlo con un altro e vide il tralcio spinoso intagliato dalla lama del Lupo. Aveva sempre voluto un tatuaggio, ma non questo. E non fatto da *lui*.

E all'improvviso ebbe l'illuminazione. Lettori, intervistatori e tassisti chiedono sempre agli scrittori "Come vi vengono le idee?"; lei rispondeva che si presentavano sulla soglia di casa sua e si acquattavano nel suo cervello finché lei non le trasformava in realtà. D'ora in poi, se fosse rimasta in vita, avrebbe risposto: "Le mie idee migliori sono nate dalla lama di un assassino".

Le sue dita tremavano mentre batteva a macchina. *Non pensare alle vittime, fai solo il tuo lavoro.*

Premendo i tasti come a pugnalare le pagine, lasciò cicatrici d'inchiostro che sarebbero rimaste per sempre.

Capitolo trentanove
Rivelazione

Lyla era seduta a terra in salotto, con una tazza di caffè abbastanza piena da tenerle spalancate le palpebre, in stile *Arancia meccanica.*

Con il tappeto tondo rosso a farle da fossato tutt'intorno, era circondata anche da un esercito di quaderni di Allison. Essere in un cerchio di parole scritte dal suo perduto amore la faceva sentire protetta, ma le procurava anche un dolore che le strappava il cuore.

Lyla aveva frequentato lo stesso anno di Allison, ma avevano poche lezioni insieme, per cui tante di quelle cose erano nuove per lei. Allison non le aveva detto quanto fosse brava in quasi tutte le materie. Raramente prendeva meno del massimo dei voti e, quando accadeva, ripeteva la prova o il lavoro fino a raggiungere la perfezione.

Lyla, invece, poteva ritenersi contenta quando prendeva la sufficienza. Allison si era sempre detta d'accordo, le rispondeva: "Anch'io". Invece, era sempre stata ancora più secchiona di quanto Lyla avesse capito.

"Un'altra storia eccellente", le aveva scritto in seconda superiore l'insegnante di inglese, la Reynolds, con una faccina sorridente, due segni di spunta e un "10/10". Sul compito successivo, la Reynolds aveva commentato: "Lavoro eccezionale! Magari la prossima volta taglia il primo paragrafo e arriva prima al climax". Pur essendo stata creata da una scrittrice, Lyla non sapeva bene cosa fosse il climax.

"Tu ti sminuisci", le aveva sempre detto Allison. Ma Lyla si sentiva meno brillante di lei. Forse era per questo che l'amica non le aveva rivelato quanto fosse brava a scuola: per Lyla sarebbe stato un altro motivo per sentirsi inferiore. Magari era proprio in quei quaderni che si celavano degli indizi. I segreti nascosti indicano una trama: l'aveva imparato da Katie. Lesse quindi l'ultimo tema di inglese. Era un compito di scrittura creativa intitolato "I migliori amici".

Lyla restò interdetta, con le gambe che tremavano e il cuore che non riusciva a raggiungere un ritmo decente.

La mia migliore amica è Lyla Evelyn Rondell. È la persona più intelligente che abbia mai conosciuto, eppure una volta la mamma mi ha portato a vedere Stephen Fry che parlava al Poole Lighthouse. Non che Lyla sappia di essere intelligente. Lei pensa che l'intelligenza sia questione di libri, prove, spunte e somme, ma lei riesce a tenere in testa un milione di cose contemporaneamente e a collegarle tutte. La mia bisnonna faceva la "Hello Girl" alle poste: era una centralinista che inseriva i cavi nelle prese del quadro elettrico. Lyla è così. Se le dico una cosa, lei la ricollega a qualcos'altro che le ho detto tre anni prima e poi mi guarda con gli occhi spalancati, che comunicano direttamente con i miei.

Lyla ha un odore che sa di more. Non so come o perché, visto che non mette mai il profumo e non mangia more, perché una volta le hanno fatto diventare le labbra viola e Simon Figgins l'ha presa in giro dicendole che sembrava morta. Io non ho riso però, e quando Lyla non guardava ho dato un colpo nelle palle a Simon Figgins. Da allora non ha più riso di lei.

Lyla ha un grande cuore e io sono al sicuro lì dentro, come nel rifugio che abbiamo costruito nel bosco un'estate. Poggiammo dei rami a un albero per creare una tana, coprendo gli spazi vuoti con dei ramoscelli in modo che nessuno potesse guardare dentro. Bevevamo succhi di frutta e inventavamo storie, e io le chiesi se le sarebbe piaciuto scappare, non tornare più a casa. Saremmo andate a vivere insieme nel bosco, in una bella casa. Lei rise, pensando che stessi scherzando.

Lyla mi fa ridere talmente tanto da farmi ribaltare lo stomaco. A volte ho riso talmente tanto che ho scoreggiato, e allora ho riso ancora di più. Non ho mai sentito Lyla scoreggiare, il che mi rende un po' triste, come se mi nascondesse una parte di sé.

Non che possa dire niente al riguardo. Ci sono cose che io non condivido con Lyla. Vorrei poterlo fare, ma non posso condividerle con nessuno. Se lo facessi, accadrebbero cose brutte, a me e, peggio ancora, a Lyla. Lui ha detto così. Allora sto zitta, come quando giocavamo a nascondino, quando speravo segretamente che lei trovasse la vera me nascosta dietro la Allison che le avevo rivelato. Spero solo che lui non le faccia mai del male. Questa è l'unica cosa che mi impedisce di scappare.

Comunque, sto divagando e lei, signora Reynolds, dice sempre che i paragrafi che scriviamo dovrebbero avere una forma e un tema, passando da un punto all'altro. Quindi, dirò solo che, senza Lyla, io non avrei forma. Lei è l'altra faccia di me, la luce nel mio buio. Ma ho paura che, se mi vedesse chiaramente, mi lascerebbe.

Spero che un giorno Lyla capisca quanto è importante per me. Spero che un giorno vivremo in quella grande casa nella New Forest, con i pony vicino al recinto e le more in giardino. Spero che un giorno sapremo tutto quello che c'è da sapere l'una dell'altra e che riusciremo ancora ad amare.

Sotto, la signora Reynolds aveva scritto solo poche parole. "Vieni a parlare con me, Allison". Nessun voto, nessuna spunta, nessuna faccina sorridente.

I ramoscelli nel cuore di Lyla si spezzarono. La data era una settimana esatta prima della scomparsa di Allison.

Capitolo quaranta
Messaggi

La rosa tatuata

di K.T. Hexen

La ragazza con la rosa tatuata non sapeva che sarebbe morta, ma si comportava come se lo sapesse. Club dopo club, drink dopo drink, cantando per strada e ululando alla luna piena, era una donna che viveva ogni notte come se fosse l'ultima. Il Lupo era contento. Era colpa di K.T., non sua o della ragazza stessa, se la morte l'aveva inseguita per il centro di Southampton a bordo di un taxi con licenza rubata. La ragazza meritava di godersi la sua ultima notte, che presto, come la sua vita, sarebbe finita.

La donna, chiamiamola Hattie anche se non è il suo vero nome, salutò gli amici brilli e salì sul suo taxi come se fosse lei a comandare. «New Milton, Longham Road, amico».

«Ci sono delle deviazioni stasera, ma, se per te va bene, prendo la strada più agevole». Diamole l'illusione di poter scegliere un'ultima volta.

«Fa' come ti pare». Si mise gli auricolari e si stravaccò contro il finestrino. Col sorriso sul volto.

Il Lupo guidò con accortezza, cullandola per farla addormentare sulla strada che portava fuori Southampton. La bocca di Hattie si aprì, il respiro rallentò. Tempo dieci minuti e già dormiva.

Fermandosi in una piazzola di sosta, lui prese dal sedile del passeggero la borsa che aveva preparato. Aprì piano la portiera laterale e tolse il cappuccio dalla siringa con la morfina. Le palpebre di lei si aprirono quando l'ago le penetrò nella carne. La sua pelle si ingrigì, le labbra divennero blu sotto una leggera schiuma simile alla spuma del mare. Un ultimo gorgoglio le strappò un addio dalla gola.

Quando fosse stato certo della sua morte, il Lupo sarebbe tornato in città e l'avrebbe portata in un vicolo dietro il club che aveva assistito all'ultimo ballo della ragazza. Forse la polizia avrebbe concluso che era stata drogata a sua insaputa in discoteca, ma non importava. Per ora, lui era la sua guardia, il guardiano che l'aveva accompagnata alla morte. Gli occhi della ragazza erano fissi su di lui, le pupille minuscole. Sul suo volto c'era un'aria pacifica.

«Dormi bene, Rosaspina, per l'eternità».

Katie infilò la singola pagina del racconto nella gattaiola, poi bussò sulla porta dall'interno. Quando i passi del Lupo iniziarono a salire le scale, fu presa dal panico dell'ultimo minuto che la attanagliava sempre quando si trattava di presentare il libro al suo editor. Era troppo breve? Troppo lungo? Era abbastanza buono da essere approvato?

Questo editor, però, era diverso da tutti gli altri. Le indicazioni che aveva inserito sarebbero state sufficienti, tanto a soddisfare la richiesta del Lupo di essere specifica, quanto a dare alla polizia i mezzi per catturarlo? L'aveva dipinto come umano, gentile con la sua vittima. Forse si sarebbe comportato così. Forse la sostituta di Hattie, una povera donna con la sfortuna di essersi tatuata una rosa, sarebbe morta dopo una meravigliosa notte di festa, senza nemmeno sapere cosa fosse successo.

Come per tutte le prime bozze, era il meglio che potesse fare.

Ora lui era arrivato in soffitta e si stava avvicinando alla sua porta. Presa la pagina, sembrò che la scambiasse con qualcos'altro. Qualcosa da mangiare, sperò Katie, visto che lo stomaco le si stringeva per la fame.

La grata si aprì, portando con sé l'odore del mare. «Grazie», le disse. «Rimettiti alla scrivania. Voglio altri due racconti entro mezzanotte».

L'adrenalina scorreva dentro di lei. «Avevi detto che avevo tempo fino all'alba!».

«E ora ti dico che hai meno tempo. Meglio che lo usi».

«Stai uscendo, vero?».

Il suo silenzio fu una conferma. «Ti prego, portami con te».

Ma i suoi passi sparirono giù per le scale, portandosi dietro ogni speranza di sollievo. Katie aprì la gattaiola. Un trancio di pesce bianco – forse merluzzo, o gattuccio – era adagiato su una crema punteggiata di capperi e uova di pesce. Sulla salsa c'era una crosticina formata dal microonde. C'era una bottiglia di vino stappata che profumava di ciliegie e cioccolato.

Prelevò il cibo ma, seduta alla scrivania, non riuscì a mangiare. Al massimo poteva bere il vino. Altre due storie e il tempo non era abbastanza. Il panico la spinse ad agire. «Ti prego, Lyla», disse a voce alta, sulla pagina, nella sua testa e in qualsiasi modo potesse far passare il messaggio tra le diverse realtà. «Grimm lo Squartatore uscirà di casa tra un'ora. Ucciderà di nuovo, stanotte. Non so che aspetto abbia – quando è qui indossa una maschera a forma di testa di lupo – ma devi trovarlo».

Katie non sapeva se Lyla stesse ascoltando. Riusciva quasi a mettersi in contatto con lei, ma sapeva che era in un luogo oscuro e difficilmente penetrabile, come circondata da spine.

Katie cercò di falciare quella siepe. «Ucciderà qualcuno che ha addosso delle rose: tatuaggi, forse, se segue quello che ho scritto, ma potrebbero essere vestiti o gioielli. O forse si chiamerà Rose, dipende da chi c'è in giro stasera. Tenete d'occhio i locali notturni di Southampton. Ci sarà un ago di mezzo. Ma ha anche un coltello».

Katie pensò di aver sentito Lyla sussurrare: «Lasciami in pace», ma non sapeva se fosse una sua invenzione. Ebbe un tuffo al cuore. Ora era *lei* a non sapere più cosa fosse reale. L'unica cosa di cui poteva essere certa era che il tempo scorreva.

Capitolo quarantuno

Idem con patate

Il trillo del telefono svegliò Lyla da un sogno pieno di immagini che avrebbe preferito non vedere e di frammenti di voci sussurrate, "ucciderà ancora", "un ago", "Rose". Era raggomitolata sul tappeto del soggiorno, con i quaderni di Allison sparsi tutt'intorno. Alcuni erano in piedi sorretti dalle pagine, a formare un timpano, come case di periferia con i loro giardini tutti uguali, ognuna con la sua storia racchiusa tra quattro mura. Cercò a tentoni il telefono per rispondere.

«Sì, Rebecca?»

«Oh!». Rebecca sembrava scioccata. «Hai risposto!».

«Pare proprio di sì», disse Lyla sbadigliando, mentre si dirigeva in cucina per farsi un sacrosanto caffè. Erano le cinque del mattino, buio pesto.

«Ehi, non c'è bisogno che assumi quel tono. Non ti sei fatta viva per più di un giorno. Quando Jimmy ha scoperto che la Farling era scomparsa, ci siamo preoccupati».

Lyla si fermò davanti al bollitore. Mellicent Farling. Aveva seminato indizi per Lyla tutto il tempo... tutte quelle allusioni criptiche alla sua perdita. Forse non si riferiva a Allison. Forse intendeva la perdita di certezze di Lyla. Riguardo alla sua vita e alla realtà così come le conosceva.

«Ci sei ancora?».

Lyla tossì, si ricompose. «Sì, scusami. È che sono stata impegnata». Come poteva spiegare cosa aveva trovato nel bosco? Meglio non provarci nemmeno. «Con le indagini».

«Bene, no? Suppongo». Rebecca non sembrava convinta.

«A volte ho bisogno di un po' di tempo per pensare».

Rebecca rise. «Ma dai! Tu non smetti mai di pensare».

«Bene, allora a volte ho bisogno di *non* pensare».

«Hai provato le vasche di immersione sensor...».

Lyla la interruppe. «Le vasche di immersione sensoriale? Sì. Ho avuto un attacco di panico, ho premuto l'allarme e sono cascata fuori come un pesce mezzo morto, boccheggiando in cerca d'aria».

«Allora no. E se invece...».

«Ho provato anche la mindfulness, per cercare di sgombrare la mente», proruppe di nuovo Lyla. La gente quando vuole aiutare è spesso irritante e di rado utile. «E, prima che tu lo suggerisca, ho fatto anche yoga, Pilates, ippoterapia... L'unica cosa che giova sono i farmaci per l'ADHD, ma ultimamente è difficile procurarseli».

«E va bene, allora taccio e ti offrirò un bel calice di vino la prossima volta che usciamo. Cosa che non accadrà tanto presto, temo». Rebecca aveva cambiato tono.

«Che cosa è successo?».

La voce del capo era ancora più cupa quando riprese a parlare. «Un altro omicidio ispirato alle fiabe. Questa volta sull'Isola di Wight».

«Cosa?». Lyla era stata talmente assorbita dalla sua scoperta nel bosco, alle spalle del New Forest Cottage che aveva quasi dimenticato l'assassino a piede libero. Ma che razza di detective era? Che essere umano era?

«Grimm lo Squartatore si è avventurato nel canale».

«Qual è il personaggio?». Le tornarono in mente le voci sussurrate della notte. «No, non dirmelo. Rosaspina, più nota come La bella addormentata nel bosco?».

Ci fu una pausa. «Come fai a saperlo?». Un'ombra di sospetto aleggiava nelle parole di Rebecca.

Come poteva Lyla spiegarle che sentiva nella testa la voce della propria creatrice? Si fece evasiva, cercando una catena di ragionamento plausibile. «Mi è sembrato probabile. Ha inscenato le fiabe più note dei fratelli Grimm. Se non fosse stata *La bella addormentata*, sarebbe stata *Raperonzolo* o *Tremotino*».

«Be', hai indovinato».

«La vittima aveva una rosa tatuata? Ed è stata uccisa con un ago di qualche tipo?»

Rebecca esitò. «La causa della morte non è ancora nota, ma è stata rinvenuta vicino ai Needles, i tre faraglioni. Devi andare sull'Isola di Wight. Prendi il primo traghetto da Lymington, tra un'ora. Ci sarà anche Jimmy».

Capitolo quarantadue
Needles e aghi

La sirena del traghetto muggì. Lyla era sul ponte passeggeri, alquanto ostile al sole di novembre che, alle otto e un quarto, era ancora troppo debole per alzarsi nel cielo. Conferiva al mare una lieve sfumatura lilla, ma doveva ancora disturbare la coltre di nubi.

In quella mattina gelida, di buon'ora, sulla soglia con le chiavi dell'auto in mano, Lyla era stata molto tentata di rinfilarsi a letto. Aveva anche pensato di tornare nel cubo bianco della stanza e di scomparire. Ma era andata avanti. E, se lei era riuscita a trascinarsi fuori di casa e su una dannata nave, allora il minimo che il sole potesse fare era mostrarsi.

Da quando si erano incontrati al porto, Jimmy non aveva fatto altro che chiederle se stesse bene. Dopo la terza volta che Lyla gli aveva risposto di sì, si era deciso a smetterla. Ora, affacciato al parapetto, commentò: «Adoro i traghetti. Ti fanno sentire come in una specie di limbo».

«Cosa?»

«Una specie di limbo. Perché non sei né in mare, né sulla terraferma. Come sui moli. Lo diceva sempre mia madre».

«Vorrai dire spazio liminale, forse». Lyla non rise del suo malapropismo. Non sapeva nemmeno perché conoscesse i termini "liminale" o "malapropismo". Forse era stata Katie. A sapere che sarebbe andata così, Lyla sarebbe stata ancora meno attenta durante le lezioni.

Jimmy rise. «Esatto! "Li-mi-na-le"».

«Penso che tu abbia ragione in entrambi i sensi. I traghetti possono essere strani spazi liminali, ma sono anche una sorta di limbo, in senso cattolico: né paradiso né inferno, al limite delle cose. C'entrano i bambini non battezzati e i credenti morti prima dell'avvento di Gesù. Sono costretti a ciondolare nel limbo come se fossero bloccati in un ascensore che non va né su, né giù».

Jimmy ebbe un brivido. «Non sono proprio uno di chiesa». Si lanciò un'occhiata alle spalle, verso la porta che immetteva agli spazi interni. Gli brontolava lo stomaco, tanto che una signora anziana si girò e gli sorrise, comprensiva. «Non ho ancora fatto colazione. Tu vuoi qualcosa?»

«Magari un caffè e qualcosa di dolce, quello che trovi».

Jimmy si diresse fischiettando al bar. Lyla sapeva che probabilmente anche lui era una creazione della scrittrice, ma gli invidiava la facoltà di essere così spensierato. Perché lei doveva essere quella con il trauma scritto nell'anima? E perché aveva dovuto saperlo?

In ogni caso, Jimmy aveva ragione. I traghetti erano strani. Era stata Allison, che a tre anni sapeva già leggere ed era avida di imparare *qualsiasi cosa*, a farle conoscere Caronte, il traghettatore della mitologia greca che trasportava le anime sul fiume Stige. Ogni volta che Allison saliva su un traghetto, doveva sempre guardarsi intorno per vedere se qualcuno dei passeggeri o dell'equipaggio fosse Caronte travestito. E, se c'era qualcuno con un mantello o un lungo soprabito, se ne teneva ben alla larga.

Anche a Lyla piacevano i traghetti, come pure i moli, le giostre itineranti e i banchi di sabbia che la bassa marea lasciava esposti sulle spiagge di ciottoli. Riflettendo su quei luoghi, comprese come mai si fosse sempre sentita a suo agio nelle zone di mezzo, sempre un'anomalia. *Lei* stessa era un essere liminale. Tra finzione e fatto, tra realtà e immaginazione, stava Lyla. E ora, muovendosi stando ferma, su una base solida ma su un mare in costante movimento, si sentì libera, più di quanto non le fosse capitato da tempo, da ancora prima di scoprire quello che non era.

Jimmy tornò che Yarmouth già si stagliava all'orizzonte, e bevvero il caffè in macchina, spargendo briciole di *pain au chocolat* sui tappetini. «Che cosa sai dell'accaduto?», le domandò. «Il capo non mi ha anticipato niente, mi ha detto solo che dovevamo vederci al traghetto».

«Sembra una variante della Bella addormentata. Nella fiaba c'è una principessa di nome Rosaspina. Suo padre cerca di salvarla da una profezia secondo la quale sarebbe morta pungendosi con un fuso».

«Ah sì, la conosco. La strega Malefica maledice Aurora».

Jimmy aveva un'aria talmente compiaciuta che Lyla fu tentata di non correggerlo. «Quella è la versione Disney», disse invece. «Nella fiaba dei fratelli Grimm, la tredicesima fata, offesa, non ha nome, e la principessa si chiama Rosaspina».

Jimmy assunse un'espressione afflitta. Poi si rianimò. «Aspetta un momento, noi siamo diretti ai Needles, giusto? C'entra qualcosa di appuntito, come un fuso?»

«Già. Non è una corrispondenza esatta, ma con gli omicidi in genere è così».

«Sappiamo come è morta la vittima?»

«Non ancora. Anche se sarei pronta a scommettere su un qualche tipo di ago, o fuso».

Capitolo quarantatré
Sola

Katie si svegliò in una casa esorcizzata da tutti i fantasmi, tranne uno. Il silenzio ne riempiva gli antri. Solo ora che non riusciva più a sentirlo si rese conto che aveva ascoltato il ticchettio regolare e distante di un orologio, da qualche parte nella casa, a scandire la sua vita da prigioniera. Ma ora si era fermato.

Le doleva tutto il corpo e quando si tirò in piedi, bilanciandosi sul piede sano, sentì la testa pulsare. La sera prima si era bevuta mezza bottiglia di vino. Aveva pensato di razionarlo, per tutto il tempo che avesse dovuto restare chiusa lì dentro, prima che la trovassero. Si era proposta di berne un bicchiere piccolo, i 125 ml che servono nei pub e nei ristoranti. Invece si era riempita metà calice. L'aveva sollevato controluce e osservato la stanza attraverso il cristallo tinto di rosso.

L'avambraccio che lui le aveva inciso con il coltello le faceva male, di un dolore pulsante. Andò al lavandino per lavare la ferita, e la vide gonfia e arrossata. Lui teneva quel coltello in tasca, senza fodero; chissà quali germi si erano introdotti nella sua carne.

Si chinò a sbirciare dalla gattaiola. L'ultimo racconto, scritto in fretta, era stato prelevato, e al suo posto c'era un panino raggrinzito, una confezione di barrette proteiche, sacchetti di patatine, cinque bottiglie di vino rosso da pochi soldi e venti scatole di paracetamolo e ibuprofene. Una sorta di ultimo pasto.

Il Lupo non sarebbe tornato.

Non ci sarebbe stata un'ultima poesia, in cui descriveva la sua colpa in strofe rimate, uno stile che lei disprezzava. Forse non ne aveva avuto il tempo. Oppure, magari, non riusciva a essere creativo, sotto pressione. La paura di Katie si trasformò in collera. *Ecco come ci si sente, vigliacco che non sei altro. Non puoi aspettare che una musa venga a solleticarti le palle per buttare giù delle parole sulla pagina, sei tu che devi farlo accadere.*

O forse, una volta che lei aveva scorto l'uomo dietro la maschera, un ragazzo dilaniato dal trauma che l'aveva trasformato in un animale, lui non era più riuscito a ritornare nella sua pelle di poeta. Gli scrittori si concedevano sempre agli altri, anche se non ne erano consapevoli. Spesso lei aveva ripensato alle sue storie e si era resa conto che aveva raccontato a sé stessa, e al mondo, qualcosa della sua anima. C'era una ragione, se si usava il termine flusso: la verità fluiva all'esterno, sulla pagina e nei cuori pronti a riceverla.

Alla finestra, Katie mangiò un pacchetto di snack al mais, osservando il vento che spettinava le cime degli alberi, come una zia affettuosa. Avrebbe dovuto correre, il giorno prima, su quelle pietre nel fossato. Lui l'avrebbe inseguita, ma lei aveva un vantaggio iniziale e l'elemento sorpresa. Forse avrebbe potuto far ricorso alle sue tecniche di autodifesa. Magari lui sarebbe caduto. Una storia poteva prendere tante strade.

Era probabile, tuttavia, che sarebbe incespicata sui piedi insensibili, o che la caviglia slogata avrebbe ceduto, le tibie scorticate avrebbero protestato, il gomito si sarebbe opposto a qualsiasi movimento... sarebbe stato tanto se avesse percorso dieci metri, prima che il coltello la colpisse alla schiena.

Però non aveva corso. Aveva chiesto di tornare nella casa dove lui l'aveva tenuta prigioniera. Si sentì pervadere dalla vergogna. A cos'era servito tutto questo, se si era arresa in ogni momento che contasse veramente?

Katie contemplò quello che le aveva lasciato il Lupo; non soltanto le ultime cose da mangiare che avrebbe probabilmente ricevuto, ma gli ingredienti per un finale. Forse era ciò che desiderava nel profondo: l'oblio. Vedere di nuovo il mondo tinto di rosso sangue. I dolori si sarebbero attutiti con i farmaci, la sofferenza attenuata dal Merlot, il senso di colpa smorzato dal Cabernet.

Prese la bottiglia di vino e se ne versò un altro bicchiere.

Capitolo quarantaquattro
Il gommone

Il corpo della giovane giaceva in un gommone color arancio, ora ormeggiato nella baia di approdo del famoso faro a strisce bianche e rosse dell'Isola di Wight. Erano stati dei pescatori a trovarla nel natante alla deriva nei pressi dei Needles, i tre faraglioni di roccia calcarea appena di fronte all'isola, alle quattro e mezza di quella mattina. Indossava un abito bianco fluttuante. Su braccia e gambe aveva tatuaggi di rose, rami spinosi e viticci che le si arrampicavano addosso come su una pergola.

Lyla si accovacciò accanto alla vittima, con il desiderio di prenderle la mano e rassicurarla, dirle che andava tutto bene. Ma non era così. Non c'era più niente che andasse per quella giovane donna. Fu invasa da un'ondata di tristezza. Si era lasciata distrarre, intrappolata in un'angoscia esistenziale, e l'assassino aveva colpito di nuovo. Aveva cercato di riflettere sulla questione, durante la traversata: se Katie era una persona reale, lo era anche l'uomo che l'aveva rapita. Significava che anche le sue vittime erano reali? Doveva essere così. Le faceva male la testa. Quale che fosse la verità, quell'individuo andava fermato.

«Almeno ha un'espressione serena», commentò Rebecca, a pochi metri di distanza, assieme a Jimmy. «Sembra la Bella addormentata, com'era nelle intenzioni dello Squartatore».

«Anche se, grazie a lui, non si sveglierà più».

«Come pensi sia arrivata qui?». Jimmy osservava la Needles Landmark Attraction sulla scogliera. Le attività proposte erano tantissime e Lyla si chiese se fosse un posto reale o se l'avesse creato Katie. Entrambe le cose erano possibili. I visitatori potevano scegliere tra una partita in un minigolf a tema preistorico, giocare con la sabbia multicolore, assistere alla produzione di dolcetti, cinema in 4D e funivia panoramica con i sedili in colori primari, fino alla spiaggia. Erano scesi così, per poi raggiungere il faro in barca, l'unico modo per arrivarci.

Janeka Nowak, medico legale dell'Isola di Wight, tossicchiò. «Via mare, molto probabilmente. Il colore della pelle farebbe pensare all'annegamento, ma da quanto posso vedere non è stata immersa in acqua. Non ha nessun documento che possa aiutarci, e non ha cellulare. La descrizione non corrisponde a nessuna persona scomparsa di recente».

«Ma c'è qualcosa che si sa?». Rebecca aveva la voce venata d'impazienza.

Janeka si rivolse all'ispettrice capo. «Direi che la morte risale tra le dieci e le quattordici ore fa. Ne saprò di più dopo l'esame autoptico, anche se credo che ci sia qualche problema riguardo alla giurisdizione».

«Attendo notizie dalla stazione di polizia di Yarmouth. Penso di averli convinti che ci siano prove sufficienti ad attribuire il delitto al caso dello Squartatore che stiamo seguendo, ma mi serve una conferma».

«Potrebbe essere complicato», disse Jimmy. «Qui preferiscono che tutto rimanga "sull'isola"».

«E tu come lo sai?», gli chiese Lyla.

Jimmy arrossì. «Da piccolo venivo qui in vacanza, fino all'adolescenza, e un paio di volte ho combinato qualche guaio. Per fortuna, mi dissero che avrei conservato la fedina penale pulita se fossi rimasto una notte in cella, insieme a ubriachi, uomini che picchiano le mogli e teppisti. Un'esperienza da paura, più spaventosa dello scheletro che suona l'organo al Museo delle cere di Brading».

«Buon per te che ti abbiano graziato. Altrimenti avresti rischiato di non entrare in polizia», commentò Rebecca.

Lyla si rivolse di nuovo al medico legale. «Saprebbe già darci un'indicazione sulla causa della morte? Per esempio, ci sono segni di puntura con un ago o di iniezioni di droghe?»

«Droghe iniettate», disse Janeka, avanzando con un fruscio. «È una possibilità. Nei locali dell'isola c'è stata un'ondata di *needle-spiking*, iniezioni a vittime inconsapevoli». Si chinò accanto a Lyla per esaminare la pelle della ragazza morta. «Qui». Puntò un indice protetto dal guanto di lattice su un minuscolo segno di puntura, esattamente al centro di una rosa, nell'incavo del gomito di Rosaspina. «Le labbra e la lingua bluastre, e i residui di liquido derivante da un edema polmonare sul labbro inferiore e sul mento sono compatibili con un'overdose da oppioidi».

«Potrebbe tranquillamente essersi bucata da sola», osservò Jimmy, esaminando il gommone e i remi dalle pale rosse e gialle. «Magari un amico l'ha trovata morta, è andato nel panico e l'ha messa sul gommone, oppure potrebbe esserci salita da sola».

«Non appena avrò sistemato tutto con Yarmouth, la porteremo sulla terraferma. Lionel potrà occuparsi dell'autopsia quanto prima. Se può, venga pure con noi, Janeka; la sua esperienza sarebbe preziosa», disse Rebecca.

Lyla ammirava la capacità di Rebecca di trattare con le persone. Alcuni l'avrebbero definita manipolazione, per altri era semplice lavoro da poliziotta. Si domandò come avrebbe reagito la sua amica se le avessero detto che era una fantasia, costruita per salvare una scrittrice. Probabilmente avrebbe fatto spallucce e avrebbe commentato «A me pare reale», e poi avrebbe continuato con il suo lavoro. Era un modo saggio di vivere.

Probabilmente Jimmy avrebbe fatto lo stesso. In fondo, cosa cambiava davvero?

Tornati alla macchina, mentre Jimmy andava a prendere un sacchetto di dolci dalla pasticceria, Lyla inviò un messaggio WhatsApp a Ellen per chiederle se riconoscesse lo stile dei tatuaggi della vittima. Ricordava vagamente le parole confuse di Katie sulle rose tatuate, ma non se la sua scrittrice avesse detto altro sull'identità dell'assassino. Il senso di colpa si risvegliò. Katie era ancora rinchiusa in quella casa, anche se ora, almeno dall'impressione che aveva Lyla, era sola. Katie aveva evidentemente manovrato i fili di Lyla, ma i suoi erano stati a loro volta manovrati dallo Squartatore. Lyla doveva tornare lì, fare le cose a modo suo, anche solo per…

«Pianeta Terra a Lyla!». Rebecca era di fronte a lei, poggiata alla portiera dell'auto, le mani sulle spalle di Lyla. La guardò dritta negli occhi, come se volesse leggerle nel pensiero. La sua voce si raddolcì. «Non so cosa ti stia succedendo. Per favore, dimmelo. Mi pare di capire che si tratti di qualcosa di grosso. Non sembri più la stessa».

Non sono la stessa!

Rendendosi conto dalla reazione di Rebecca di aver parlato ad alta voce anziché tra sé e sé, Lyla scosse la testa e riprovò. «Non è giusto per te», mormorò.

«Sono una capo ispettrice investigativa. Sono abituata all'ingiustizia e sono in grado di reggere uno shock».

Lyla scosse di nuovo la testa. Non voleva arrischiarsi ad aprire la bocca, temeva che le parole le uscissero a fiotti, come il sangue. Quanto avrebbe voluto aprirsi lungo il dorso e lasciarsi leggere da Rebecca, pagina dopo pagina. Ma c'erano solo due cose che contavano: catturare l'assassino e scoprire per conto suo cosa fosse accaduto a Allison; non poteva permettere che nessuno si lasciasse sviare, rendendosi conto di essere una trama secondaria, nel migliore dei casi.

Rebecca tolse le mani dalle spalle di Lyla. «Bene, ma, quando avremo risolto il caso, ci troveremo davanti a una bottiglia di vino e mi racconterai tutto, senza tenere niente per te. Niente più segreti. D'accordo?»

Lyla le tese la mano. «Fatta».

Rebecca la strinse. «Ottimo. E ora, qual è il tuo piano?».

Lyla pensò ancora a Katie, da sola in quella casa. «Devo staccare un po', ho una pista da seguire».

Rebecca fece una smorfia. «Non fraintendermi, Lyla, lo capisco. E apprezzo il senso di iniziativa. Ma, vista la tua assenza ingiustificata di ieri, forse sarebbe meglio se tornassi al comando e ti facessi vedere dalla squadra. Ho già sollecitato la Scientifica. Non solo stiamo facendo la figura degli stupidi agli occhi della stampa, ma abbiamo altre persone uccise per il capriccio di un killer».

«Certo», replicò Lyla. «Tutto chiaro». Katie avrebbe dovuto aspettare ancora un po'.

«Torna a fare quello in cui sei brava, Lyla. Unisci i puntini». La voce di Rebecca si fece cupa mentre si voltava per andarsene. «Prima che un altro personaggio delle fiabe muoia».

Capitolo quarantacinque
Fantasmi

Il sole era allo zenit e stava per iniziare la sua parabola discendente, mentre Katie, seduta alla finestra, centellinava quanto rimaneva di una bottiglia di vino rosso. Quanto tempo era passato, da quando aveva scorto del fumo uscire da un comignolo, in lontananza? Non c'erano aerei in cielo e non si vedevano nemmeno scie bianche lasciate da velivoli che non aveva visto passare. Fuori, ogni segno di vita umana era scomparso.

Non era nemmeno più sicura di essere in quella casa.

Non le restava altro che mettersi in contatto con Lyla.

«So di non aver gestito bene questa cosa», bisbigliò. «Avrei dovuto coinvolgerti sin dall'inizio, chiedere il tuo aiuto, domandarti cosa desideravi dalla vita, permetterti di scegliere».

Nessuna risposta. Tutto ciò che percepiva di Lyla erano onde che si infrangevano sulla costa. Desiderava con tutta sé stessa che la detective le parlasse.

«Ti ho messa in una situazione orribile. Il Lupo aveva ragione, in un certo senso. Io do vita a dei personaggi e li lascio al loro destino. E adesso sono io a essere sola».

Da Lyla, nemmeno un'imprecazione di risposta. Katie era come una mamma che cerca di contattare una figlia ormai grande, vede una spunta blu ma non riceve risposta.

Si sentì pervadere dall'oscurità, da qualcosa che calava come il sole fuori.

«Sono una vigliacca», sussurrò. «Non posso andare avanti così. E non voglio giocarmi la mia ultima carta. Voglio che tu venga da me di tua spontanea volontà».

La spontanea volontà di Lyla si manifestò nell'assenza di risposta.

Capitolo quarantasei
Collegamenti

Sul traghetto di ritorno, Lyla lasciò Jimmy al bar, a mangiare torta salata con formaggio e cipolle, e rimase in coperta a contemplare le onde del mare. Doveva andare avanti, arrivare a qualche risultato, e si lambiccò il cervello alla ricerca dei collegamenti che, secondo Rebecca, era certamente in grado di trovare. Ma continuava a tornare col pensiero a Allison. In qualche modo, era coinvolta in tutta questa storia: forse, se Lyla fosse riuscita a seguire le sue tracce, sarebbe arrivata alle risposte che le servivano.

Appena tornata sulla terraferma e al comando di polizia, decise di non perdere tempo. Digitò "Raina Reynolds" nel database, sicura, mentre aspettava che si caricassero i risultati, di trovare l'insegnante d'inglese di Allison. Dopo la sua scomparsa, tutti a scuola, insegnanti, bidelli e custodi, erano stati sottoposti a interrogatorio. Eccola, infatti: Raina Belinda Reynolds. Aveva rilasciato una dichiarazione a scuola, due giorni dopo che Allison era svanita nel nulla.

Lyla la lesse rapidamente. Raina aveva detto che da un po' di tempo era preoccupata della salute mentale di Allison e aveva chiesto di parlare con i suoi genitori. Sue Walsh si era presentata tutta sorridente e aveva minimizzato le ansie dell'insegnante. Allison stava benissimo, era la tipica adolescente irrequieta.

Non c'erano altre informazioni. Niente sui motivi di quelle preoccupazioni, sulle prove che aveva, se i genitori di Allison erano stati interrogati...

Lyla controllò chi avesse condotto l'interrogatorio e sospirò. Groucho, che all'epoca era ancora agente investigativo. Ovvio.

In mancanza di altri riferimenti a Raina Reynolds, Lyla ripiegò su Google, ma trovò solo articoli di giornale, risalenti all'anno precedente al rapimento di Allison, in cui la professoressa Reynolds si diceva fiera dei suoi ex studenti che entravano alla London Academy of Music and Dramatic Art e a Cambridge.

Nella barra di ricerca Lyla digitò "K.T. Hexen, scrittrice di *crime*" e ottenne una lunga serie di interviste sui blog, copertine di libri e primi piani ben riusciti.

«Posso essere utile in qualcosa, capo?», le domandò l'agente Manda Sykes, posando una tazza di caffè sulla scrivania di Lyla.

Lyla fissò la giovane collega e all'improvviso andò in fibrillazione. Studiò lo sguardo luminoso e vivace di Manda, come se fosse anche lei tra i sospettati. Per quanto ne sapeva Lyla, Manda avrebbe potuto essere implicata negli omicidi. C'era una ragione se ognuno di loro figurava in quella storia. L'assassino andava presentato dall'inizio, altrimenti sarebbe stato scorretto nei confronti del lettore non dare indizi: è una delle regole da rispettare nel Detection Club. Ma quand'era stata la prima volta che aveva visto Manda? Era sempre stata presente nella piccola stazione di polizia, passata inosservata e non menzionata per qualche motivo, oppure era stata buttata dentro dopo? C'era qualcuno di cui Lyla potesse fidarsi?

Un momento. Che cos'è il Detection Club? Era come quando lei ed Allison giocavano con l'inchiostro invisibile e usavano il talco per rilevare le impronte delle suole dei criminali?

«Un circolo di autori di libri gialli, fondato nel 1930...».

Lyla trasalì alla voce improvvisa di Katie che le farfugliava nella testa. Era stata zitta troppo a lungo. L'ultima volta che Lyla l'aveva sentita parlare, la scrittrice era ubriaca e continuava a scusarsi. Le era sembrata sincera per la prima volta.

«Ed è tuttora molto attivo», continuò Katie. Aveva un tono brillante, esagitato, sopra le righe. «Ne facevano parte Agatha Christie, Dorothy L. Sayers e G.K. Chesterton. Mentre io cerco di fornirti informazioni, tu fai passi avanti grazie a espedienti vietati dal club: "Rivelazione divina" e "Atti di Dio". Per cui, se anche ne uscissi viva, non penso che sarei ammessa».

«Ma che diavolo dici?», fece Lyla. Ad alta voce.

«Sei tu, Lyla?». La voce di Katie tremava per lo shock.

Manda fece un passo indietro. «Ti ho solo chiesto se posso esserti utile in qualche modo».

«Scusami, non parlavo con te».

Manda cercò di vedere se Lyla avesse gli auricolari nelle orecchie. No, niente. Per parlare con le voci nella testa non servono auricolari. «Tutto bene?». C'era una vena di compassione e di timore nella voce di Manda.

Lyla abbassò lo sguardo sulle proprie mani. Senza accorgersene, si era messa a strappare dei fogli di carta in coriandoli minuti: la scrivania era coperta di fiocchi bianchi. «Tutto a posto. Sono solo... preoccupata. Se solo tu riuscissi a trovare qualcosa sulla nostra misteriosa Rosaspina, Katie. Scusa! Volevo dire Manda, tu ti chiami Manda!».

Manda sbatté le palpebre. «Assillerò la Scientifica fino a quando non mi diranno qualcosa. Ne sarò onorata».

«Di lei puoi fidarti», le disse Katie. «Elimina pure tutti quelli della stazione di polizia dalla lista dei sospettati. Tony è servito prima come depistaggio e poi per la soffiata; anche Jimmy più avanti avrebbe avuto lo stesso ruolo, nella fase dei tuoi incubi. Mi sono chiesta se farlo morire nel tentativo di salvarti. Sacrificare la vita di un aiutante funziona sempre per far appassionare i lettori».

Lyla afferrò il bordo della scrivania. *Far morire Jimmy?*

«Ispettore? Posso andare ora?». Manda aveva già la mano sulla maniglia della porta, chiaramente impaziente di allontanarsi da Lyla e mettersi al lavoro.

Lyla si ricompose, sforzandosi di parlare con voce ferma. «Certo, vai. Ma potresti fare qualche ricerca su dove si trovi attualmente una certa signora Raina Reynolds, che prima abitava a...», fece una pausa per controllare la scheda, «a Lymington, in Alexandra Road. E puoi dare anche una mano a Jimmy a trovare Mellicent Farling e a verificare chi siano gli abitanti della casa dietro a quella della Farling. Ho il sospetto che non si trovino negli elenchi. È troppo?»

«Ci penso io, capo!». La giovane agente uscì, salutando senza neppure un cenno di ironia, a passo svelto, prendendo già appunti sul suo blocco.

«Puoi riporre la tua fiducia in Manda». La voce di Katie riverberò nella mente di Lyla. «Non è un personaggio abbastanza definito perché possa tradirti. E ricorda che vi ho messi tutti a indagare su un crimine che si sta svolgendo nella vita reale. Quello che coinvolge me».

Giusto. Il comando era davvero frutto della fantasia. Ma il mondo intorno doveva essere reale. E solo coloro che lo abitavano e che non erano usciti dalla penna di Katie potevano essere colpevoli del suo rapimento. E degli omicidi.

La scrittrice taceva, ma Lyla percepiva la sua disperazione, la tristezza. Katie stava combattendo una lotta dentro di sé. Mentre rifletteva sul da farsi e lasciava la scrittrice al suo dissidio, Lyla accese la radio. Durante la sua assenza qualcuno era stato lì e aveva cambiato canale, mettendo su Heart FM anziché su BBC 6 Music. In quel momento però stavano passando *Heart of Glass*, e non volle toglierla.

«Comunque dovresti saperlo». Di nuovo la voce di Katie, vibrante. «Che se muoio io, muori anche tu».

Cosa?! Lyla sentì un fremito in tutto il corpo.

«Io devo essere viva, per tenerti nella mia mente. Non chiedermi come lo so, perché non mi crederesti, ma è così».

Lyla provò una gran rabbia. *Ha tutto l'interesse a mentire.*

«Interrogami. Posso aiutarti a trovare l'assassino. Forse è troppo tardi per Rosaspina, ma ho scritto altre due fiabe, e lui le seguirà. Te lo dirò, se vieni a prendermi. Ma dipende da te. Ti do la mia benedizione, puoi fare come vuoi. In pratica ti lascio libera».

Questo non è lasciarmi libera. Significa darmi libero arbitrio, così che io possa far scegliere al personaggio di venire a salvarti. Mi lasci libera di sentirmi in colpa, e di tornare all'ovile, stile figliola prodiga.

«Guarda che ti sento!», disse Katie. «Se ti rivolgi direttamente a me, posso sentirti!».

Lyla si mise gli auricolari nelle orecchie e alzò il volume della radio, sperando che lo sguardo glaciale di Debbie Harry gelasse le parole di Katie.

'Fanculo, disse alla scrittrice.

Capitolo quarantasette
Incubo, fase uno

Katie era fregata.

Se fosse stata sincera sin dall'inizio, Lyla sarebbe venuta a salvarla, senza fare domande. Il suo era un personaggio infarcito di eroismo, tanto quanto quello di Katie era guarnito di vigliaccheria e autosabotaggio, come uvetta bruciacchiata su un dolce. La disperazione tirava fuori il peggio di lei. *Avrei dovuto sapere che Lyla non avrebbe ceduto ai ricatti. Sono stata io a darle questo carattere.* Chi disdetta, i difetti fatali.

«Scusami», si proiettò di nuovo nella mente di Lyla, «non avrei dovuto farti così».

Lyla rispose con il silenzio e alzando la musica a un volume ancora più assordante.

Il Lupo non sarebbe tornato, e ora neppure Lyla. Katie afferrò l'ultima bottiglia di rosso e sedette alla scrivania, con i farmaci davanti. Quanti ne sarebbero serviti per scivolare nell'oblio? Avrebbe dovuto saperlo… è una di quelle cose che prima o poi chi scrive gialli dovrebbe cercare su Google, per trovare in cima ai risultati un gentile invito a rivolgersi ai Samaritans.

Il Lupo gliene aveva lasciati in abbondanza, sarebbero bastati. Una alla volta spinse le pillole fuori dai blister, seguendo un ritmo, a mano a mano che, cadendo, si accumulavano sulla scrivania. Era divertente, come far scoppiare le bolle della plastica da imballaggio.

Suddividendo i piccoli cilindri bianchi in gruppi di cinque, riprovò a parlare con Lyla, ad alta voce, come se le stesse lasciando un messaggio vocale nella mente. Parole che avrebbe messo anche per iscritto, nella speranza che a un certo punto la detective le trovasse, se fosse sopravvissuta alla morte di Katie.

«Ancora io, per l'ultima volta. Scusa se ho aspettato tanto a dirti le cose. Non avrei dovuto. Avevi ragione tu, mi sto comportando da egoista. Ciò che più conta è che nessun altro muoia, e non che io venga trovata».

Katie si mise tre pillole in fondo alla gola e le buttò giù con un sorso di vino. «Il prossimo delitto dello Squartatore sarà Raperonzolo. Cerca una donna con i capelli lunghi, magari con le extension».

Ingoiò altre pillole.

«Non so dirti se morirai quando morirò io. Su questo ho mentito. Niente di tutto questo ha senso, e se morirai anche tu, be', mi dispiace tanto. Non intendo perire di stenti qui dentro, dunque farò quello che vuole il Lupo: prenderò pillole fino a perdere i sensi».

Altra dose di pillole.

La gola si ribellava: era secca, aveva i conati. Rigurgitò una pasticca, che le si attaccò alla lingua.

Mai fermarsi. Mai, neanche quando si va incontro alla morte.

Un altro sorso di vino la aiutò a calmarsi. «Senti, Lyla. Forse ti ho creata perché venissi a salvarmi, ma sono contenta che tu stia lottando per te stessa. I figli dovrebbero sempre superare i genitori: sono fiera di te».

Tre pillole. Vino. Salatini.

«Se *davvero* verrai qui per le tue indagini, controlla la cantina. È piena di roba e non penso sia sua, né di qualcuna delle sue vittime, a quanto mi sembra. Mi chiedo se non abbia un complice, in tutto ciò. C'erano delle lettere, sul bancone della cucina».

Il nome del destinatario le era uscito di mente. Ma Lyla la stava ascoltando, Katie lo capiva.

«A ogni modo, alla cantina si accede da una botola nel pavimento della sala da pranzo, sempre che non l'abbia chiusa a chiave. Altrimenti, entra dalle porte della botola esterna, sul lato della casa. Fa' attenzione, c'è acqua là sotto. Io mi sento ancora i piedi zuppi».

Altre pillole. Altro vino.

«Puoi accertarti che i miei gatti stiano bene?». La sua vista iniziò a essere vagamente offuscata.

«Voglio che tu sappia che, anche se sono stata io a inventare la vostra amicizia e il vostro legame, Allison ti adorava. Lo so per certo». Katie si aggrappò all'affetto che Allison provava per Lyla, e viceversa, mentre un'ondata scura come il vino la sommergeva. Cancellandola, come con una macchia d'inchiostro.

Capitolo quarantotto
Risveglio

Lyla spense la musica, cercando di sentire quelle che temeva fossero le ultime parole della scrittrice. La voce di Katie scompariva. Veniva come lavata via. Lyla sentì "Pillole" e altre parole sommesse, assieme alla netta sensazione della "Fine".

Da agente di pattuglia prima, e poi da investigatrice, in tante occasioni Lyla aveva avuto a che fare con gente che voleva togliersi la vita. Era riuscita a convincerne due a non buttarsi dal cornicione di una finestra e aveva tenuto il polso tagliato di una donna fino all'arrivo dell'ambulanza. Erano state esperienze difficili, ma stavolta era diverso.

«Katie? Mi senti?».

Nessuna risposta. La voce che era sempre stata lì, in fondo alla sua mente, era sul punto di spegnersi.

«Resta con me, Katie, per favore». Lyla aveva trascurato il suo dovere di poliziotta. Provava disgusto per sé stessa, oltre che paura per la sua autrice. Avrebbe dovuto essere in quella soffitta, a cacciare le dita in gola a Katie e impedirle di scivolare nel buio.

E se la scrittrice fosse morta? *Katie diceva la verità? Morirò anch'io?*

Forse per lo shock, oppure perché lei stessa stava scomparendo insieme a Katie, Lyla iniziò a vedere doppio, gli oggetti le apparivano offuscati attorno ai bordi. Andò barcollando alla porta.

«Tutto bene, capo?». Era Jimmy, la fronte abbronzata corrugata per la preoccupazione. «Ti ho sentita gridare con una certa "Katie"».

Voleva tanto chiedergli di andare insieme a lei, accompagnarla in auto alla casa e impedire alla loro autrice di intossicarsi di pillole. Ma sarebbero arrivati troppo tardi; e poi, se era vero che alla morte di Katie sarebbero morti anche i suoi personaggi, Jimmy avrebbe trascorso i suoi ultimi minuti a correre all'impazzata per la New Forest, in preda alla confusione; oppure, coinvolgendo Jimmy, Lyla avrebbe rischiato di causare la tragica morte dell'aiutante a cui l'autrice aveva fatto casualmente cenno.

«Sì, tutto a posto», rispose, asciugandosi con discrezione i palmi sudati sui fianchi. «È solo una vecchia amica. Esco un attimo per incontrarla, non ci metterò molto».

«Sicura di star bene? Sei pallida. Voglio dire, più pallida del solito».

Lyla soffocò una risata. «Davvero, sto benissimo. Continua a seguire le tue piste. Ci aggiorniamo appena torno». Proteggere Jimmy poteva essere l'ultimo atto della sua vita. Il che non era male. Se i personaggi della finzione avevano una vita dopo la morte, una nota senza fine nelle pagine dell'etere, sperava che questo contasse in suo favore.

Venti minuti più tardi, di cui ebbe scarsa consapevolezza, Lyla passava a tutta velocità davanti al cottage di Mellicent e si addentrava tra gli alberi, verso la casa nella foresta.

Mi senti? gridava nella sua testa. «Katie, mi senti?», urlava, nel sottobosco fitto e scuro. Gli uccelli gracchiavano lamentosi dal folto degli alberi. Una volpe, ferma tra le foglie cadute di una quercia, la osservava.

Il cielo si stava oscurando. Non avrebbe saputo dire se era l'autunno che precipitava all'improvviso o se invece era la sua vita a essere cancellata e a recedere nel buio, mentre la sua scrittrice moriva.

C'era luce solo all'ultimo piano della casa, sulla destra. La soffitta di cui aveva parlato Katie. Lyla accese la torcia e diresse il fascio luminoso verso la finestra con le sbarre. Nessun movimento dietro il vetro.

Correndo verso il fossato, ebbe la sensazione di rivedere sé stessa che correva nella direzione opposta, il giorno prima o qualcosa del genere, con le pagine in mano. Se in quel momento fosse entrata e avesse trovato Katie, Grimm lo Squartatore sarebbe stato fermato prima di poter mettere in atto la fiaba successiva. Della morte di Rosaspina era responsabile Lyla stessa. Ma non poteva pensarci in quel momento. C'era un'altra persona da salvare, e questa volta non avrebbe fallito.

Illuminando con la torcia le pietre del passatoio, Lyla saltò dall'una all'altra mentre nella mente le si affollavano i ricordi di quando giocava con Allison al videogioco *Frogger.* Lyla puntualmente cadeva nel fiume, mentre Allison, chissà come, trovava sempre un tronco sul quale atterrare. Forse era per questo che Lyla era sempre stata convinta che Allison fosse ancora viva.

La porta sul retro non era chiusa a chiave. Impugnato il taser, Lyla entrò nella cucina gelida. Nell'angolo c'era un secchio che esalava odore di candeggina, con il mocio capovolto dentro come una strega annegata. «Katie, sono Lyla. Sto arrivando».

Le infermiere dell'hospice della nonna le avevano detto che nelle persone in coma l'udito è l'ultimo senso ad andarsene; forse sarebbe stato così anche per l'inconscio narrativo di Katie. Negli ultimi giorni di vita della nonna, Lyla era rimasta al suo capezzale, leggendole articoli di «My Weekly», «You Magazine» e pagine da *Miti e leggende irlandesi*. «Se mi senti», le aveva detto il giorno in cui era morta, «sappi che puoi andare». Si era spenta appena Lyla era uscita dalla stanza.

A Katie, invece, Lyla gridava: «Resisti! Resisti, accidenti!».

Afferrando il corrimano corse su per le scale, accendendo le luci per impedire al buio di sommergerla. Tutto rispecchiava la descrizione di Katie, ma c'era un forte odore stantio, di muffa, come se la scrittrice fosse diventata immune a quell'afrore fungino. Giunta all'ultimo piano, trovò chiuse a chiave entrambe le porte della soffitta, ma sotto a una di esse filtrava una lama di luce, come pure attorno ai bordi della gattaiola.

Lyla si acquattò e gridò nell'apertura. «Sono qui fuori, sul pianerottolo. Fammi sapere se mi senti. Ad alta voce, nella mia testa, come ti pare». Da quell'angolatura obliqua, con la guancia premuta sul pavimento, Lyla scorgeva una sedia rovesciata e due piedi nudi. «No! Resta sveglia, Katie», la implorò. «Sono qui!». Per tre volte Lyla provò ad aprire la porta a spallate, ma niente; era come se il suo corpo fosse fatto d'acqua, senza però potersi insinuare nelle fessure.

Corse al piano di sotto e in soggiorno trovò un divanetto senza braccioli, che trascinò su per le scale. Usandolo come un ariete, provò a sfondare la porta, che al secondo tentativo cedette, facendo finire Lyla sul pavimento della prigione di Katie. Trascinandosi verso la scrittrice che giaceva prona a terra, con le orecchie che le fischiavano per la caduta e il cuore che le scoppiava nel petto, Lyla s'inginocchiò accanto a lei e la spostò in posizione di sicurezza. Togliendole i capelli dal viso e i resti di vomito dalla bocca, le controllò il polso. C'era battito, anche se rallentato e debole. Il suo petto si sollevava. Appena appena.

Lyla avrebbe voluto pregare, ma non sapeva a chi votarsi.

Dalla gola di Katie uscì un debole lamento. Lyla le sorreggeva la testa, domandandosi cosa la legasse così tanto a qualcuno che non aveva mai conosciuto e che le aveva dato una vita per un'unica ragione. E poi, Katie aveva cercato di uscire dal manto dell'invisibilità, con il rischio di portare con sé la propria creazione.

«Non provarci nemmeno, a morire tra le mie bracca», sussurrò Lyla. «Abbiamo un assassino da catturare e tu hai dei best seller da scrivere. Pensa a quanta pubblicità avresti!». Compose il 999 con le dita tremanti. «Un'ambulanza, per favore».

«Per quale motivo chiama?»

«Overdose. C'è una donna in condizioni critiche, ha bisogno di cure urgenti». Nella sua mente, si limitò a dire: *Il mio creatore sta morendo.*

Capitolo quarantanove
Deadline

Extension

di K.T. Hexen

Martha Cook evitò di incontrare il suo stesso sguardo allo specchio. Non avrebbe sbirciato fino a quando Carly, la parrucchiera, non avesse fissato tutte le extension. L'effetto sorpresa alla fine era la parte più bella di tutto il processo, insieme al paradisiaco massaggio al lavatesta.

«Ora puoi guardare. Ho finito». Carly reggeva sorridente uno specchio dietro la testa di Martha, per mostrarle la sua nuova chioma. La grossa treccia biondissima della parrucchiera le passava sulla spalla, arrivandole ai fianchi.

Martha, però, diventò un groviglio di rabbia, delusione e risentimento. «Ti avevo detto che li volevo lunghi come i tuoi».

«Mi dispiace», disse Carly. «Pensavo di essermi spiegata. I tuoi capelli sono troppo sottili e piuttosto fragili, non possono reggere extension così lunghe».

La collera diventò furia cieca, accesa e tossica. Martha afferrò un paio di forbici affilate dal carrellino degli strumenti e balzò in piedi. Con un braccio alzato sotto la mantellina di plastica nera, puntò le lame verso Carly. «Non me ne frega niente. Ricomincia da capo. Non me ne vado fino a che non avrai finito».

Carly arretrò. «Non abbiamo ciocche così lunghe in negozio. Dovrei ordinarle. Potresti tornare la settimana prossima, queste non te le faccio pagare».

«Sono io che dovrei fartela pagare, per avermi fatto perdere tempo!».

Carly corse dietro al bancone e, mentre si voltava per chiamare la polizia, a Martha venne un'idea.

«Anzi, ora te la faccio pagare, così risolvo anche il problema delle ciocche da ordinare». Piombò su Carly, brandendo le forbici aperte.

Carly cercò riparo, incespicando, verso un'altra postazione, rovesciando pettini e forcine sul pavimento. Martha le afferrò la treccia e la recise alla base, graffiando la nuca della parrucchiera.

Carly prese il phon nero dal supporto e lo accese alla massima potenza, puntandolo in faccia a Martha.

Assalita dal calore che le soffiava sul viso e sugli occhi, Martha lasciò cadere la treccia. Accecata dal dolore e dalla furia, provò a colpire Carly con le forbici, ma la parrucchiera si scansò abbassandosi. «Torna qui, tro...». L'insulto di Martha fu troncato da una spessa corda avvolta intorno al suo collo.

Boccheggiando, senza riuscire a vedere nulla, Martha strattonò la corda e sentì sotto le dita dei capelli. Era la treccia di Carly, tirata sempre più stretta a togliere il respiro a Martha, finché non vide tutto nero.

Capitolo cinquanta
La casa

Lyla sedeva alla scrivania di Katie, mentre la sirena dell'ambulanza che portava via la sua scrittrice si affievoliva in lontananza. Quasi tutti nascevano in ospedale; lei invece era stata concepita su quei tasti, partorita su quel tavolo.

Ma non poteva starsene seduta lì, a tentare di darsi una spiegazione. Non ancora. I suoi colleghi sarebbero arrivati da un momento all'altro e lei doveva costruire una storia plausibile per spiegare come aveva trovato Katie. A meno che non avesse spiegato a Rebecca la realtà di quella situazione irreale, non c'era una chiara ragione procedurale per il fatto che Lyla fosse tornata a quello che prima era il cottage di Mellicent, e men che meno per l'irruzione nella casa nel bosco poco distante. Non sapendo mentire per carattere, non capiva come facessero gli scrittori a farlo per vivere. Se Katie fosse stata cosciente l'avrebbe chiesto a lei, ma intanto avrebbe dovuto farsi venire in mente qualcosa, mentre perquisiva la casa.

La voce debole di Katie che le diceva come nella casa ci fossero prove in abbondanza trovò conferma. Nonostante la pulizia accurata e maniacale, il Lupo aveva lasciato impronte sulla parte inferiore dei corrimano, sugli stipi e in tutti i consueti punti difficili da raggiungere. Non c'era bisogno di polveri, nastro adesivo o luce ultravioletta: le sue impronte erano tracciate col sangue.

In cucina, i coltelli erano tutti al loro posto nell'apposito ceppo. Non ne mancava nessuno. Katie aveva detto che lui aveva un coltello, ma forse era di un tipo più specifico, rispondente alla descrizione che aveva dato Lionel dell'arma usata su alcune delle vittime dello Squartatore.

Mi ha fatto un taglio con quel coltello. Katie, con un filo di voce nella testa di Lyla. Le parole affioravano lente, come se fossero pesantissime.

«Meno male, sei sveglia».

«Forse. Non ne so sicura. Sento tutto, ma è come se fossi sott'acqua. Non posso parlare a causa di questi tubi che ho in gola».

Non pensare a parlare, replicò Lyla mentalmente. *Pensa solo a riprenderti. Cerca di riposare, possiamo parlare un'altra volta.*

«Non ho tempo di riposare. Lui starà puntando Raperonzolo».

Lyla strinse forte i pugni. *Lo so.*

«Voglio contribuire alla cattura di quel bastardo e impedirgli di usare le mie parole contro di me e altre persone».

Come?

«Interrogami, da remoto».

Non ho mai interrogato nessuno nemmeno via Zoom, figuriamoci con questa assurda forma di comunicazione che abbiamo noi due.

«È l'occasione giusta per cominciare. Prima, però», disse Katie in un sussurro, «scusa se ti ho usata. Se ti ho creata perché tu mi salvassi. Sembra una di quelle storie avveniristiche in cui una donna fa un figlio per prelevargli le cellule staminali e impedirsi di invecchiare».

Oppure, proprio come quel bambino, senza di te io non sarei qui. Per cui, riprenditi, continua a vivere, riscrivi la mia storia preferibilmente facendomi milionaria, con una bella moglie e una casa nel bosco, e siamo pari.

Katie fece una risatina rauca. «Smettila. Mi fa male tutto se rido. Anche nella testa».

Non ho idea di come funzioni questa cosa, e per ora non ho voglia di pensarci. Dove sei?

«In una stanza separata. Mi faranno una lavanda gastrica, mi attaccheranno a una flebo di antibiotici e mi reidrateranno».

Non esattamente rilassante come un trattamento in una spa. Verrà qualcuno a trovarti? Amici, familiari?

Katie non rispose, ma Lyla percepì una tristezza immensa.

«Cosa vuoi sapere da me? Nel caso in cui...». Non ci fu bisogno di terminare la frase.

Lyla non perse tempo. *Cosa hai scritto esattamente nella storia di Raperonzolo, a parte le extension? L'hai collocata in un tempo specifico? C'è qualche luogo particolare che dovremmo perlustrare?*

«Per queste ultime storie l'assassino ha chiesto degli elementi specifici e in questo caso la nostra Raperonzolo era dal parrucchiere». Katie tacque, poi riprese, con un tono carico d'imbarazzo. «Strangolata con una treccia di lunghi capelli».

Oddio.

«Già. Ma, dato che non l'avete ancora trovato, deduco che non starà replicando pedissequamente le mie storie, ma che stia scegliendo le parti che gli fanno comodo. Ho sempre cercato di fargli commettere i suoi crimini in luoghi dove poteva essere notato da un passante, o ripreso dalle telecamere di sorveglianza».

Allora non sei stata tu a digli di uccidere nei pressi dei Needles?

«Cosa? No. Doveva essere in un taxi e poi in un vicolo di Southampton».

Sta cercando di non farsi individuare.

«E vuole anche mettere qualcosa di suo nelle mie storie. Le mie sono una versione delle fiabe dei fratelli Grimm, che a loro volta riscrivevano storie della tradizione popolare tedesca o di altri paesi europei. Tutti i favolisti e i novellieri – Straparola, Perrault, d'Aulnoy – partivano dalla tradizione orale e mettevano i testi per iscritto aggiungendo qualcosa di proprio pugno. Non esiste una versione originale».

Mi sembra che tu stia meglio, disse Lyla nella sua mente. *La voce è più forte, le parole ti escono più velocemente.*

«Mi hanno dato qualcosa. Non so cosa sia. Sento meno dolore. Mi sembra di essere staccata dal mio corpo. In effetti», disse con voce sempre più fievole, «è come se stessi fluttuando. Seguì una lunga pausa. Sono come un mantello sull'acqua». Non arrivarono altre parole, ma Lyla percepì il respiro farsi più profondo. Katie dormiva.

Era l'una passata da un pezzo, e ancora non si sentivano arrivare le sirene della polizia. Chiamò Rebecca, ma il telefono dava occupato. Poi provò con Jimmy, e scattò subito la segreteria. «Mi spiace, in questo momento sono impegnato. Se desiderate...».

Manda, invece, rispose subito. «Sono nella casa di Grimm lo Squartatore», disse Lyla, «ma non è ancora arrivata una volante. Niente polizia giudiziaria, nessuno. Avete ricevuto il mio messaggio, vero?»

«Sì, certo». Manda era nel panico, senza fiato. «Ma siamo tutti presi dall'ultimo...». Fece una pausa. «Non so nemmeno come definirlo». Prese rapidamente fiato. «Considerato quello che è accaduto qui, e dato che ci hai detto che lo Squartatore se l'è svignata, che la signora Hexen è in ospedale e che nella casa non c'è più nessuno ormai, Groucho ha dato ordine di riprendere domani. Scusami, avrei dovuto chiamarti, o farti venire a prendere». Singhiozzava. «È troppo brutto anche solo pensarlo».

«Ma cosa è successo?»

«Oddio, scusami. Pensavo che qualcuno te l'avesse detto».

In testa le balenarono immagini del ritrovamento dello scheletro di Allison. Di Jimmy che non si trovava. Temette che l'avessero buttato giù da una torre, le ossa spezzate, e le venne da piangere. «Dimmelo e basta, Manda».

«Rebecca è stata rapita. Sulla sua scrivania qualcuno ha lasciato un paio di forbici insanguinate, assieme alle sue extension».

Capitolo cinquantuno
Raperonzolo

Rebecca sarebbe potuta morire nel giro di poche ore. *Se non è già morta, soprattutto perché il rapitore non ha più una casetta di pan di zenzero dove tenere le sue vittime.* L'esplorazione dell'inquietante cantina avrebbe dovuto aspettare.

Precipitandosi alla stazione di polizia, Lyla non sentiva altro che un ronzio nella testa, sempre più forte. Le tante corsie che di solito occupavano i suoi pensieri erano tutte chiuse, le luci di emergenza lampeggiavano, ma non c'erano lavori in corso. Le era già capitato di sentirsi sola, ma ora che Katie dormiva, per la prima volta nella sua vita si sentì davvero abbandonata.

Era una sorta di sindrome di Stoccolma, questo sentirsi persa senza la sua creatrice.

«Chiama Jimmy», chiese al cellulare.

«Oh, meno male, Lyla! Ero preoccupatissimo. Perché non mi hai detto che stavi andando in cerca dello Squartatore? Ti avrei dato una mano».

«Lo so. E non era quello, il piano. Com'è la situazione al comando?»

«Groucho urla con tutti, c'è chi piange. È come se fosse Rebecca a tenere insieme tutti. Abbiamo bisogno di te». Tacque, sembrava imbarazzato. «Io ho bisogno di te».

«Sarò lì tra dieci minuti, ma nel frattempo sei tu il mio sostituto, okay?»

«Non saprei da dove cominciare».

«Cos'è che dico sempre?»

«Fa' un respiro profondo e inizia dalla prima cosa sulla lista», recitò lui.

Lyla lo ripeteva sempre a tutti gli agenti che formava. Lei, però, non riusciva mai a seguire quella regola.

«Per adesso concentrati sulle piccole cose, quelle grandi si riveleranno col tempo», continuò Jimmy.

«E quindi, qual è la prima cosa sulla lista?»

«Controllare le telecamere di sorveglianza, per capire come è stata portata via Rebecca. Dato che Tony è sospeso e Colin è a casa malato, non c'è nessun altro che sappia farlo, a parte me».

«Tu inizia. Quando sarò lì esaminerò anch'io i filmati, così possiamo avere una doppia conferma».

«Grazie, Lyla. Voglio dire, capo». Fece una pausa. «Secondo te perché è stata rapita?»

«Forse ci stiamo avvicinando alla verità e lo Squartatore vuole dividerci?». Non ce la faceva a dire a Jimmy che non aveva idea del come o del perché un assassino del mondo reale avesse rapito un personaggio di finzione.

«*Tu* dici che siamo vicini?». Il suo tono pieno di speranza era insostenibile.

«Lo spero».

Riattaccò e il ronzio nella sua testa diventò ancora più forte. Aveva bisogno di zittirlo, così fece un'altra telefonata.

«Lyla!», gridò Teresa dalle casse dell'auto. «Non mi aspettavo di sentirti».

Lyla strinse le mani sul volante. «Ho un'anticipazione per te, se ti interessa».

«Certo che mi interessa!».

«Può essere che la nostra ispettrice capo sia stata rapita da Grimm lo Squartatore».

«Mi dispiace molto». Teresa sembrava sincera. «Sai quale fiaba c'è di mezzo stavolta?»

«Per ora non posso dirtelo».

«Certo. Posso fare qualcosa per sdebitarmi?»

«Tu hai avuto Raina Reynolds come insegnante?», le chiese Lyla. «Non ricordo se eri con Allison nel corso di inglese per gli esami».

«La professoressa Reynolds!». Il tono di Teresa si scaldò, come inondato dal sole. «Sì, io ed Allison eravamo nel suo gruppo. La adoravamo tutti… è un'altra delle ragioni per cui sono diventata giornalista. Dava sempre grande importanza a una "voce critica forte"». Poi cambiò tono: «Perché me lo chiedi?»

«Non c'è una ragione particolare».

«Okay. Vuoi mica che faccia qualche ricerca su di lei, con i miei metodi non polizieschi?»

«Non te lo chiederei mai, Teresa».

«Consideralo fatto. Lyla, mi raccomando, sta' attenta. Se Rebecca è vulnerabile, lo sei anche tu».

Lyla chiuse la chiamata mentre entrava nel parcheggio della stazione di polizia, a Pike Hill. Le sirene ululavano e, quando entrò nell'edificio, trovò gli agenti che correvano frenetici nell'atrio e su per le scale, col panico negli occhi e i fogli che gli cadevano dalle mani.

Raddrizzò la schiena e si disse: *Posso farcela. Sono stata scritta per questo.*

«Hanno messo i sigilli all'ufficio della tua squadra», le annunciò Violet, seduta al banco dell'accettazione. «Per il momento siete nella sala stampa e puoi usare le stanze per gli interrogatori se hai bisogno di privacy».

Di sopra, nella sala stampa, Groucho stava urlando contro Manda. «Allora, *dov'eravate* tutti quanti?»

Manda deglutì, ma non si tirò indietro davanti al suo sguardo rabbioso. «Era scattato l'allarme antincendio. Come sa, signore, a parte i superiori, tutti devono raggiungere il parcheggio sul davanti, uscendo dalle porte antincendio». Così facendo, riuscì a far passare il messaggio che anche Groucho avrebbe dovuto essere là fuori, eppure non si era visto.

«Ottima osservazione, Manda», disse Lyla. Tutti gli sguardi si spostarono da Groucho verso di lei. Il loro evidente sollievo le diede un breve fremito di gioia. Ora doveva assicurarsi di non deluderli. «Dobbiamo sapere chi è rimasto dentro e perché, e cosa è riuscito a vedere».

Groucho la guardò, torvo.

«Sono certa che non le dispiacerà riferire dove si trovava, signore», disse Lyla. «Poi potrà tornare alla totalizzante e appassionante mansione di sovrintendente in un momento di crisi».

«Ero al telefono con il vice commissario assistente, il quale, se proprio ci tiene a disturbare un pezzo grosso come lui, confermerà quanto ho detto».

«Come facevate a sentirvi con l'allarme?», domandò Jimmy, con una tale innocenza che persino Lyla non sapeva dire se la sua fosse impudenza, finché non notò i suoi pugni stretti. Non l'aveva mai visto in quello stato.

«Stavo facendo una passeggiata di salute mentre ero al telefono. Due piccioni con una fava, insomma». Groucho tacque e fece l'occhiolino. «Sempre che non sia una cosa offensiva per qualcuno, di questi tempi».

Nessuno rise. Nessuno replicò.

«Da qui in avanti subentro io, signore», disse Lyla.

Mentre Groucho usciva dalla sala stampa col suo tipico passo, brontolando di sospensioni, le voci si sollevarono tutte insieme.

«Prendiamoci tutti un momento per ricomporci», suggerì Lyla. «Se l'ispettrice capo fosse qui, ci direbbe di mantenere la calma e seguire la procedura. Dato che ci sono io, cosa sto per dirvi?»

«Di fare la prima cosa sulla lista», risposero tutti all'unisono.

«Mi fa piacere notare che mi ascoltate. Lavoreremo insieme per scoprire come ha fatto uno psicopatico a introdursi nella stazione di polizia e a portare via il nostro capo».

«Sissignora», risposero in coro.

Lyla s'installò con il suo ufficio provvisorio nella stessa stanza per gli interrogatori in cui, non molto tempo fa, aveva raccontato a Rebecca di Allison. E ora a essere scomparsa era Rebecca stessa. Lei che aveva sostenuto Lyla sin dall'inizio della sua carriera, sempre prodiga di consigli, in genere dispensati con un bicchiere di vino e qualche piccola presa in giro. Lyla avrebbe solo voluto stendersi sul divano e raggomitolarsi.

Fa' la prima cosa sulla tua lista. Potrai piangere dopo.

Aprì i file delle telecamere di sorveglianza esterne e interne alla stazione di polizia su un portatile preso in prestito, poi si accomodò sulla poltroncina e andò indietro fino ai momenti immediatamente successivi a quando era scattato l'allarme.

In uno dei filmati, Violet si alzava dal suo posto all'accettazione e dirigeva tutti verso l'uscita; in un altro, Jimmy scendeva le scale due gradini alla volta, seguito da Manda. Altri agenti arrivavano alla spicciolata, chini sullo schermo del telefono o approfittandone, come sempre, per mangiare qualcosa. La telecamera esterna li mostrava tutti in fila nel parcheggio, in attesa che venisse fatto l'appello e i loro nomi fossero cancellati dall'elenco.

Nel frattempo, nell'ufficio della squadra, lo stesso uomo alto e magro con un cappellino da baseball che Mellicent Farling aveva visto al mercato di Lymington tappava la bocca di Rebecca con una mano e le puntava alla schiena un coltello dalla lama sottile e affilata.

Tremando di rabbia, Lyla li seguì nei filmati mentre lui usava un badge di sicurezza per aprire le varie porte e scendevano dalla scala sul retro. Una volta fuori, lui usciva dall'inquadratura, tenendo ferma Rebecca con un braccio. Due minuti più tardi si vedeva un'auto passare davanti alla stazione di polizia, con Rebecca che guardava la telecamera dal finestrino, e sul labiale si leggeva qualcosa di molto simile ad "Aiuto".

«Capo». Jimmy comparve sulla soglia della stanza degli interrogatori. Aveva un'espressione attonita, gli occhi lucidi, la bocca semiaperta per lo shock. Doveva aver visto anche lui le riprese. Lyla si posò una mano sul cuore, per fargli capire che capiva il suo stato d'animo.

Provò l'impellente bisogno di contattare Katie con il pensiero e di informarla dell'accaduto. In qualche maniera, era riuscita a diventare amica della donna che l'aveva concepita nella sua mente. Perché tutti quelli che le piacevano finivano per sparire?

In quel preciso istante le arrivò un messaggio di Ellen: "Conosco il tatuaggio. Ho info importanti. Vediamoci qui tra 1h". A Lyla parve quasi di sentire le boccate intermittenti di una sigaretta rollata. Sotto al messaggio, un link al Knightwood Oak Café di Lymington.

Lyla si alzò per uscire, ma in quel momento arrivò Manda, che indugiò sulla soglia accanto a Jimmy. «Volevo solo aggiornarvi un po' su tutto. So che è importante tenere aperte tutte le piste e non concentrarsi solo sull'ultimo crimine. Altrimenti si perdono i collegamenti».

«Fantastico, Manda. Ma dovrai farlo accompagnandomi verso l'uscita».

Manda scese le scale insieme a lei e a Jimmy, leggendo dai suoi appunti. «Alla fine, i colleghi della Scientifica hanno rilevato tracce di DNA sulla scena del crimine di Cenerentola. Le hanno inserite nel sistema e sembra che ci sia una parziale corrispondenza, ma ci vorrà un po' per elaborare i risultati. Mi dispiace», aggiunse, come se i ritardi della Scientifica fossero colpa sua. «Invece ho scoperto qualcosa di più su Raina Reynolds».

Lyla si fermò a metà rampa, appoggiandosi al corrimano.

«Se ne andò da Lymington un mese dopo la scomparsa di Allison Walsh, per sparire a sua volta insieme ai due figli e rispuntare dieci anni dopo a Newport, con un altro nome. Li ho trovati tramite la banca dati della motorizzazione: le date di nascita coincidono e sulla patente hanno lo stesso cognome».

«Newport, sull'Isola di Wight?». Jimmy lanciò a Lyla un'occhiata eloquente.

Manda annuì. «È una strana coincidenza che la Bella addormentata sia stata rinvenuta proprio al largo dell'isola».

«Cosa vi dico io delle coincidenze?», domandò Lyla.

«Che non esistono», mormorò Jimmy.

Manda continuò: «Raina Reynolds è diventata Adele Unsworth, e i figli erano Ben, Ella e Perdita[9]. Strano nome, questo. L'ho sentito solo

[9] Il significato del nome è immediato per il lettore italiano, ma non lo è nella versione originale inglese, come risulta evidente dal dialogo che segue. (*n.d.t.*)

per la cagnetta de *La carica dei 101*; anzi, nel libro, perché nel film della Disney si chiama Peggy».

Il cervello di Lyla iniziava a ingranare. «Prima hai detto che, alla scomparsa di Allison, aveva due figli, ma ora hai fatto tre nomi». Mentre i miceli nella sua mente si dipanavano tra gli eventi, collegandoli, nel suo cuore si aprì uno spiraglio. Ora mancava solo un ultimo anello di congiunzione.

Manda tornò a leggere i suoi appunti sull'iPad. «Dai certificati di nascita risulta che Ben è il primo figlio biologico, ma poi la signora Reynolds ha adottato Perdita, di qualche anno più grande».

«Per caso è stata adottata a quindici anni? E adesso ne ha quaranta?».

Manda annuì, gli occhi sgranati.

Lyla inspirò a fondo. «Se ho ragione», disse, ed era così, «Perdita prima si chiamava Allison, e Raina Reynolds la portò via da una situazione di pericolo». Sulle guance le scorrevano lacrime brucianti, miste a rabbia, odio, amore e tutte le altre emozioni che di solito chiudeva in una bottiglia da gettare nel proprio mare interiore.

Manda si premette una mano sulla bocca. «Allison è la tua amica, quella che è scomparsa. Biancaneve».

Jimmy le prese con delicatezza l'iPad dalle mani, per controllare una cosa. Poi guardò Lyla dritta negli occhi. «"Perdita" significa *scomparsa*, in italiano. Pensi che la Reynolds abbia usato la mela e la storia per sviare la polizia da quello che in realtà era un salvataggio?».

Lyla non riusciva neppure a fare un cenno con la testa, concentrata com'era a trattenere le lacrime silenziose, perché non diventassero un pianto disperato che avrebbe tirato giù la stazione di polizia.

«Tutto bene, capo?», le chiese Manda, sommessamente.

Nessun giovane agente dovrebbe trovarsi nella condizione di fare così spesso quella domanda a un ispettore.

Lyla si concesse un attimo e poi si asciugò gli occhi. Si ricompose. «Sto bene. Dove si trova ora la famiglia?»

«Raina Reynolds è morta di cancro l'anno scorso, mentre Ella vive a Londra da quando aveva poco più di vent'anni. Ben si era trasferito a nord, ma sembra che di recente sia tornato qui: ha una casa galleggiante attraccata a Lymington. Su Perdita non ho trovato niente, neanche andando indietro di diversi anni. Niente sui social, nessun collegamento con aziende, niente nel casellario giudiziale, niente nell'Agenzia delle entrate. Solo quella patente, ormai scaduta. Sembrerebbe un fantasma». Manda si interruppe, rendendosi conto di ciò che aveva appena detto.

Lyla si costrinse a trarre un respiro profondo. Quello che aveva appena saputo era molto più di quanto fosse riuscita a scoprire in venticinque anni. Forse Allison era ancora viva, o forse no. Ora, però, aveva una vera pista da seguire, e forse avrebbe finalmente trovato delle risposte.

«Cosa hai trovato sulla casa nel bosco, dietro al cottage di Mellicent Farling?», le chiese.

Manda aggrottò le sopracciglia. «Ecco, su questo volevo chiedere ragguagli a te. Ho cercato ovunque, tra permessi di costruzione, atti di proprietà, tutto, e non ne ho trovata traccia. Anche cercando su Maps, non risulta. Non me lo spiego, non ha senso».

C'era ben poco che avesse senso.

Lyla rimase immobile per un momento, a pensare. Allison e la sua famiglia adottiva erano ancora l'unica via da seguire, l'unico filo rosso rimasto. Si rivolse a Jimmy. «Andiamo a trovare Ben Unsworth».

Capitolo cinquantadue
Saggezza femminile

Il fantasma

di K.T. Hexen

La scrittrice era rinchiusa in una stanza in una soffitta. Fuori dalla finestra, gli uccellini cantavano della sua prigionia.

«Tu sei il mio fantasma», disse il rapitore. «Hai vinto premi, venduto migliaia di copie... Tu sai trasformare le parole in oro. Ora, scrivi un best seller da pubblicare a mio nome».

«Non devi fare altro che pagarmi», replicò la scrittrice. «Liberami, pagami il giusto per il mio lavoro, e io ti scriverò parole d'oro».

Lui rise, i denti falsi scintillanti sotto le luci al neon. «Tu non vai da nessuna parte. Dammi il primo capitolo entro l'alba oppure non rivedrai più tuo marito e tuo figlio». La chiuse a chiave nella stanzetta e scese le scale continuando a ridere.

Mentre fuori calava la notte, le parole riempirono le pagine. Se c'è una cosa che gli scrittori conoscono, a parte ogni possibile forma di procrastinazione, i migliori bar da frequentare durante i festival e quale editore li stia fregando più degli altri in quella data settimana, è come scrivere sotto pressione, con una scadenza davanti.

C'era qualcosa di magico nella scrittura e, mentre scriveva, fece appello alle antiche sagge, a Ecate, alle dee della mitologia e alle fate, perché esaudissero il suo desiderio.

Giunto il mattino, il rapitore si ripresentò nella stanza e tese una mano. «Consegnami le tue parole».

La scrittrice si alzò dalla scrivania, stringendo le pagine al petto. Tra la pila di fogli brillava uno scintillio dorato. Mentre gli porgeva il manoscritto, estrasse un pugnale d'oro e lo piantò nel cuore del suo aguzzino, aprendoglielo in due.

Capitolo cinquantatré
Il testimone della banchina

Lyla procedeva a passo svelto sulla High Street di Lymington, parlando al telefono con Manda. «Ho mandato Jimmy a precedermi al porto. Gli ho chiesto di scoprire dov'è ormeggiata la barca di Ben, oltre che il nome, il numero di matricola o quello che serve a identificare i natanti, e di comunicarlo a entrambe».

Sentì Manda digitare freneticamente sull'iPad. «Qualcos'altro, capo?»

«Tienimi informata. Su qualsiasi cosa o su chiunque. Vado anch'io al porto, non appena avrò finito con un informatore».

Quando Lyla arrivò al Knightwood Oak Café, Ellen era già lì, intenta ad abbozzare un nuovo tatuaggio. Quel giorno portava degli enormi occhiali scuri, un abito nero con il colletto alto di pizzo e un basco nero con una veletta che le copriva il viso a metà. Un'altra fata madrina.

Al confronto, Lyla si sentì una sciattona. Le sarebbe piaciuto farsi vestire da Ellen per una festa da ballo. «Grazie per questo incontro», le disse appena l'ebbe raggiunta al suo tavolo.

«Sono qui solo per farmi offrire il pranzo». Ellen si tolse la veletta di pizzo nero e mescolò la schiuma del cappuccino con la punta di un dito. «Ho già ordinato».

«Bene, allora è tutto a posto». Lyla notò con sorpresa di esserci rimasta molto male.

Doveva averlo scritto in faccia, perché Ellen si sistemò gli occhiali da sole sulla fronte, svelando gli occhi sorridenti. «La gente a volte non capisce quando scherzo. Con te lo faccio. Con altri meno».

«Ti piace lasciarli nel dubbio».

Ellen sorrise. «Già». Gli occhiali le scivolarono di nuovo sul naso.

Arrivò una cameriera con un vassoio di formaggio halloumi grigliato, falafel, olive e hummus, con accompagnamento di insalata, pane pita, patatine e coperto per due. Ellen porse una forchetta a Lyla. «Sul fatto che avevo già ordinato non scherzavo. Ho immaginato che stessi mangiando poco perché sei impegnata con il caso, dunque possiamo dividerci questo, mentre parliamo. Non abbiamo tanto tempo». Picchiettò col dito sul suo disegno, che raffigurava un labirinto racchiuso in un cervello. «Ho un cliente fra mezz'ora».

«Allora procediamo. Nel tuo messaggio dicevi di aver riconosciuto il tatuaggio dell'ultima vittima».

«L'ho disegnato io. È un mio tatuaggio. La cliente voleva l'intero corpo ricoperto di rose rampicanti piene di spine. Ho lavorato su vaste aree del suo corpo in un'unica seduta». Mentre parlava, Ellen avvolse un pezzo di halloumi nella pita e lo intinse nell'hummus. «Vista la foto che mi hai inviato, Detective Morte, immagino che non porterò a termine il lavoro, giusto?»

«Temo di non poterti rispondere».

«Quindi è un "sì". Cazzo». Ellen masticava piano, guardando fuori dalla vetrina, a testa alta, quasi stesse sfidando il concetto di morte.

«Se era una tua cliente fissa, forse hai inform...».

Ellen stava già cercando altri particolari sul suo telefono.

Le inviò la foto di un biglietto da visita con il numero e il nome della donna morta: Talia Hinton.

«Grazie. C'è qualcosa su Talia che pensi possa essere importante?».

Ellen si tamburellò la matita sui denti. «Non mi viene in mente niente. Mi sembrava felice; una vita tranquilla, cosa alquanto insolita».

«Per lei?»

«Per *chiunque*. Basta essere un pelo sopra la mera sopravvivenza e puoi dirti già messa meglio dei più».

«E sei a conoscenza di qualche...».

«Collegamento tra le mie clienti, entrambe, immagino, vittime di Grimm lo Squartatore? Dal tuo silenzio, è un altro "sì". A parte me stessa, non mi viene in mente alcun collegamento». Tolti di nuovo gli occhiali, Ellen abbozzò un sorriso. «Non penserai che sia stata *io*, vero?».

Lyla rise. «Al momento non sei tra i sospettati».

«E meno male. Non ho nessuna voglia di ammazzare qualcuno. Troppa fatica».

«E altri clienti che conoscevano te e i tuoi tatuaggi? Hai qualche sospetto?»

«Sento che c'è qualcosa, ma non riesco a metterlo a fuoco». Ellen brandiva una patatina a mezz'aria, come una bacchetta da rabdomante.

«Io posso darvi una mano», intervenne Katie nella mente di Lyla, facendola sussultare.

Se ne accorse anche Ellen; alzò un sopracciglio, senza fare commenti.

Sei stata silenziosa, le rispose Lyla, nella sua testa. *Stai bene?*

«Ho ascoltato. Mi sembra che più sono sotto sedativi, più mi sintonizzo con la tua realtà, anziché con la mia. Non capisco com'è che mi stia sfuggendo tutto dalle mani: ho creato una storia, che però ora ha preso un suo slancio e io non so più cosa sia vero e cosa no».

Puoi farmi una descrizione dettagliata del killer?

«Non l'ho mai visto in faccia per via della maschera, ma ho notato il suo tatuaggio. Ho pensato che lei potrebbe riconoscerlo».

Lyla tornò a concentrarsi su Ellen. «Non è la procedura consueta, ma ti dispiacerebbe dirmi se riconosci un tatuaggio specifico, e di chi potrebbe essere?»

«Esaudirò il tuo desiderio se usciamo a bere una birra. Paghi tu».

«Chiaro. Sei mia ospite».

Mentre Katie le forniva le informazioni, Lyla diede a Ellen la descrizione di un tatuaggio più particolareggiata che avesse mai sentito. Se per lei erano perlopiù "ghirigori" e "macchie", la scrittrice invece aveva occhio per i dettagli. Katie aggiunse anche una descrizione generica del fisico del Lupo, sotto ai vari strati di indumenti, che Lyla sintetizzò in: «Un tipo muscoloso. Forte, ma magro; il genere che mangia snack a base di carne secca. Spalle larghe. Occhi azzurri».

Mentre parlava, notò che Ellen sgranava gli occhi e alla fine la tatuatrice infilzò un falafel con la forchetta e si protese in avanti.

«Lo conosco! L'ho tatuato io, un anno, forse sei mesi fa. Eccolo, il collegamento! Le rose e i rami spinosi tatuati sul suo braccio sono quasi uguali a quelli di Talia».

A Lyla parve quasi che le si fermasse il cuore. «Ne sei certa?»

«Eccome!», rispose Ellen, piccata. «Non dimentico mai un tatuaggio. Posso anche disegnartelo quell'uomo, se vuoi. Scommetto che i tuoi disegnatori della Scientifica non sono il massimo, mentre io, be', sì».

«Non sopporto di starmene fuori dai giochi», intervenne Katie. «Vengo a cercarti».

«No!», esclamò Lyla a voce alta. Colse l'espressione sorpresa di Ellen e si affrettò ad aggiungere: «Voglio dire, sì. Se non ti dispiace».

«Non c'è problema», rispose Ellen, lanciandole un'occhiata diffidente. «Lo vedo sempre, al fiume. Impari a distinguere chi è originario del posto dai nuovi arrivati». Guardò fuori dalla vetrina nel momento stesso in cui davanti al locale passava Mellicent Farling, con un cappello dalla tesa enorme e un cappotto pezzato di vacchetta. «Soprattutto quando sono come lei».

«La conosci?».

La Farling si fermò davanti alla vetrina e le salutò con la mano, poi portò le dita all'altezza del cappello, sorrise e riprese a camminare.

«Chi non la conosce? Mellicent è una di quelle amiche che arrivano quando ne hai bisogno. L'amica ideale. Sapevi che ogni settimana porta un cestino di funghi psilocibinici qui all'hospice, per i malati terminali di cancro?». Ella puntò la forchetta contro Lyla. «Potrebbe aiutare anche te, ora come ora. Vai pure. Raggiungila. Intanto ti faccio il disegno».

Lyla si affrettò a uscire dal locale e svoltò a sinistra, gli occhi puntati sul cappello ondeggiante lungo la High Street. «Signora Farling!», la chiamò. «Sono l'ispettrice Rondell. Si fermi, per favore! Devo farle qualche domanda».

La Signora dei funghi proseguì la sua passeggiata, fermandosi a guardare le vetrine, ma chissà come, anche se Lyla stava quasi correndo, si allontanava sempre di più.

«Mellicent! Aspetti!».

Niente. Anche quando si mise a correre veramente, il marciapiede le sembrò diventare elastico, e la Farling si allontanò ancora di più. Con il suo cappotto pezzato, svoltò l'angolo accanto al chioschetto dei cuori eduli, con sgomento di Lyla.

«Aspetti! Ho bisogno del suo aiuto».

Quando finalmente svoltò lo stesso angolo, andò a sbattere sulla schiena della Signora dei funghi. Lyla si appoggiò al muro, senza fiato. «Non mi ha sentito? La stavo chiamando!».

Mellicent si scusò, togliendosi dei piccoli tappi bianchi dalle orecchie. «Mi perdoni, non l'avevo proprio sentita. Ho difficoltà a sintonizzarmi con la realtà che voglio, perciò uso questi».

«La realtà che vuole?».

Mellicent le posò una mano sulla spalla, guardandola intensamente negli occhi. «So cosa stai passando. Una volta ho vissuto anch'io un'esperienza di rivelazione simile. Però sono ancora qui, fluttuo tra pagine e strati, visibile a quanti hanno bisogno di me. Una fata madrina, se vuoi».

«Mi aiuterà?». Lyla cercava di trovare le parole per le domande che desiderava porle. Lo sguardo di Mellicent le disse che non era necessario. «Niente ha senso».

«Lo so. Ma ricorda una cosa: inizio, metà e fine sono solo eventi cuciti cronologicamente in un libro. Se però li scuci e li mescoli, possono disporsi in qualsiasi ordine. Sono le storie a farci seguire le nostre strade: sono come mentine che ci aiutano a digerire i pasti pesanti delle nostre vite». Sorrise, notando l'espressione smarrita di Lyla. «Ci sei quasi. Devi solo continuare a scavare».

«Cosa devo fare? Ho bisogno di qualcosa di solido, sicuro, stabile. Per conoscere la verità e poggiarmi su qualcosa di cui possa fidarmi».

Mellicent si fece seria e afferrò le mani di Lyla, ogni traccia di buonumore scomparsa dai suoi occhi verde smeraldo. «Se è quello che vuoi, puoi averlo: la leggenda è corretta. Se la tua scrittrice muore, muori anche tu. Devi tenere entrambe al sicuro».

«Ma come faccio a...».

Mellicent allentò la stretta. «Questa è la tua storia, non la mia. Un ultimo, piccolo consiglio: stai attenta alla mandorla. È dolce, ma contiene cianuro. In più, visto che mi piaci, ti farò un regalo». Frugandosi in tasca, Mellicent ne estrasse quello che sembrava uno dei suoi tappi per le orecchie. Lo mise nella mano di Lyla con fare cerimonioso.

«Ehm, grazie».

«Non sai cos'è, vero?», le domandò Mellicent, con gli occhi scintillanti.

Osservandolo più da vicino, Lyla notò che era duro e bianco, con minuscole merlature. «Un dente?»

«È il primo dente da latte che ti è caduto. È un oggetto potente. Può essere usato per esprimere un desiderio o far avverare una storia. Puoi usarlo per te o darlo a qualcun altro. È il tuo dente, il tuo desiderio dei desideri. Mi raccomando, non conservarlo in eterno, in attesa del momento giusto. Come i denti, il tempo tende a erodersi senza che ce ne accorgiamo. Ma non perderlo».

«No, certo». Lyla strinse nel pugno il suo primo dentino. Come faceva Mellicent ad averlo? Alzò lo sguardo.

Ma la Signora dei funghi era svanita.

Lyla ritornò a passi lenti al Knightwood Oak Café, stringendo il dente nella tasca come se potesse farle da àncora. Mellicent sapeva moltissime cose, ma dava pochissime spiegazioni. Rientrata nel locale, rinfrancata dal tepore e dal profumo di caffè e formaggio grigliato, cercò di concentrarsi sulle mosse successive. Ancora seduta al tavolino nell'angolo, Ellen la salutò agitando una patatina come una bacchetta magica salata.

«Fatto! Ecco il tuo assassino».

Lyla prese il portatile di Ellen. Il sollievo provato poco prima per aver ritrovato un terreno vagamente più solido sotto i piedi si sbriciolò. Quella faccia l'aveva già vista, nella foto della patente sull'iPad di Manda.

Grimm lo Squartatore era il fratello adottivo di Allison. Ben Unsworth.

Capitolo cinquantaquattro
Una vera detective

Katie si reggeva il braccio dolorante mentre il taxi infilava una serie di dissuasori di velocità. Si sentiva apatica. Dava vita ai protagonisti delle sue storie, ma non aveva un personaggio suo. Era ora di modificare il suo arco narrativo.

Beth, una delle infermiere gentili del reparto dov'era stata ricoverata, aveva cercato di impedirle di andarsene, ma Katie le era passata davanti zoppicando, il cellulare in mano, dicendole: «Devo parlare con la mia agente». Era buffo come le persone facessero un passo indietro davanti a quella frase, non sapendo cosa rispondere.

Dieci minuti più tardi stava risalendo lentamente lungo il fiume. Non era facile manovrare le stampelle con un gomito fratturato e ingessato, ma ci stava riuscendo. Più o meno. La testa le martellava e la gola le bruciava per il reflusso di bile e i tubi che vi avevano infilato, eppure si sentiva viva, più di quanto non le fosse capitato in tanto tempo. Stava *facendo* qualcosa, non era nascosta in un libro. Aveva slancio e uno scopo. Lo zelo dei protagonisti.

Giunta sulla banchina di Haven Quay, Katie localizzò Lyla più avanti, intenta a osservare una fila di barche. Gli alberi frusciavano e quasi si sfioravano, sullo sfondo di uno sfolgorante cielo dorato. Vicino, un uomo lavava e lisciava lo scafo della sua barca, sussurrandole come se fosse un cavallo amatissimo ma capriccioso. Una donna, seduta su una sdraio, le gambe allungate e le caviglie incrociate, accarezzava il gatto che aveva sulle ginocchia e sembrò contrariata per il rumore che facevano le stampelle di Katie.

Lyla la sentì arrivare e si voltò. Per un momento si guardarono e basta, poi l'incantesimo si ruppe e Lyla corse incontro a Katie, a braccia aperte. Si fermò all'ultimo secondo, con il binocolo che le ondeggiava sul petto.

«Ci abbracciamo? Non so proprio come funzioni. Tu mi hai inventata, poi ti sei introdotta nella mia mente e io ti ho ripulito la bocca dal vomito, eppure non ci siamo mai presentate ufficialmente».

Risero entrambe e Katie provò un'affinità che non si spiegava, ma non ne sentiva neanche l'esigenza. Una donna più anziana, intenta a lavare il ponte di una barca lì vicino, rise a sua volta. Aveva i capelli del colore delle nubi cariche di pioggia, lo sguardo divertito circondato da una raggiera di piccole rughe.

«Scusi, non l'avevo vista», disse Katie.

«Non serve che ti scusi, tesoro. Le amiche che ridono insieme sono la cosa più bella che ci sia. Ora presentatevi pure ufficialmente, non badate a me».

«Potremmo fare così». Katie poggiò la fronte contro quella di Lyla. In fondo, erano l'una parte dell'altra. Una volta, quando l'avevano portata in tipografia per assistere alla stampa di uno dei suoi romanzi, aveva scoperto che i libri erano come i gemelli siamesi, all'inizio erano due sullo stesso foglio, poi venivano tagliati nel mezzo e separati. Anche lei e Lyla erano così, e Lyla ed Allison. Unite dalle loro storie. Lei aveva creato Lyla, ma Lyla l'aveva salvata, incitandola a tenere duro quando la vita la stava abbandonando. E Katie aveva resistito e aveva seguito le sue parole, come se fossero una lunga treccia che portava su un terreno solido.

La pelle di Lyla contro la sua era tiepida. «Saresti dovuta rimanere a letto, però. Non sei pronta per andartene in giro con le stampelle».

Katie rise. «Scusa?!».

«Sai bene cosa intendo». Lyla si staccò e fece un passo indietro. «E se l'assassino fosse qui, potrebbe essere pericoloso. Le motovedette della polizia bloccheranno le vie d'acqua non appena Manda riuscirà a mettersi in contatto, e da Southampton stanno arrivando i rinforzi. Ma non posso aspettare». L'espressione di Lyla tradiva la sua ansia. «Sto provando a rintracciare Jimmy, ma non risponde al telefono. Devo assolutamente trovarlo prima che...». Non riuscì a finire, e riprese a passare in rassegna le barche, controllandone i numeri. «Stiamo cercando L1...».

«Lo so, ti ho sentita parlare al telefono con Manda mentre ero in taxi».

Lyla guardò Katie con diffidenza mentre perlustravano la banchina. «È strano sapere che mi ascolti. Mia madre diceva sempre che negli anni Settanta le linee telefoniche potevano creare interferenze e capitava di sentire conversazioni altrui. Il solo pensiero mi ha sempre inquietato».

«Se lo pensi ora, io lo sento. Succede quasi sempre. Ed è una cosa estenuante. Se dovessero inventare gli interrogatori telepatici finiresti per rimbambire, perché la tua mente non si ferma mai. Potresti torturare qualsiasi aguzzino con i tuoi pensieri».

«Immagina di trovarti al centro di tutta questa confusione».

«È come essere in un pub dove tutti stanno facendo un TED talk sugli interessi speciali delle persone autistiche».

«Finalmente qualcuno che mi capisce».

In quel momento un turbinio di uccelli si alzò in volo schiamazzando da un pontone all'altro capo della banchina, seguito da delle urla. Si girarono entrambe in direzione del rumore: due uomini alti stavano discutendo su una barca.

Lyla li osservò con il binocolo. «Quello è Ben». Sentì montare il panico. «E l'altro è Jimmy». La paura le faceva tremare la voce, come pure il binocolo, e dovette sforzarsi di tenerlo fermo. «È la barca di Unsworth, il numero che vedo corrisponde. Jimmy sta cercando di impedirgli di salire a bordo. E Ben ha un coltello». Si girò verso Katie, tremando tutta nel tentativo di non piangere. «La barca si chiama *The Tower*. Questa mattina ho avuto un flash in cui vedevo Jimmy spinto giù da una torre. La tragica morte dell'aiutante, proprio come hai detto tu. Non posso permettere che accada».

Katie si sentì sbiancare in volto. «Non l'ho scritta io quella storia, te lo giuro. Hai visto se c'è Rebecca?»

«No, ma dalle dimensioni direi che la barca deve avere delle cabine».

Katie osservò i due uomini discutere animatamente sul ponte, come personaggi del teatro d'ombre. Uno dei due cadde, l'altro corse verso la cabina di pilotaggio. Il motore borbottò e si mise in moto, con una serie di scoppiettii.

«Jimmy è a terra, non si muove». Lyla si rivolse alla donna con cui avevano parlato poco prima. «Sono l'ispettrice Rondell». Si rivestì dell'autorità come di un mantello rosso. Sfoderò il distintivo. «Ci serve la sua barca».

«Io sono Ffyona». La donna stava già recuperando le cime di ormeggio per prepararsi a partire. «Salite a bordo. Questa è la *Dorothea,* ce la farà a prenderli».

The Tower era già in movimento, sollevando onde sulla banchina. Era un'imbarcazione più grande di quanto Katie si fosse aspettata, dotata di potenti motori, e raggiunse subito una velocità che doveva essere oltre il limite consentito nell'area del porto. Anche la *Dorothea* partì, con Ffyona al timone.

Lyla era già al telefono. «Manda, contatta tutte le unità. Ci serve almeno un elicottero, tutte le motovedette disponibili e la guardia costiera. La barca di Ben Unsworth ha appena lasciato Haven Quay e procede a tutta velocità lungo il fiume, in direzione del Solent. Lui è a bordo, e c'è anche Jimmy». Le tremò la voce.

Katie percepì il senso di impotenza di Lyla, e lo provò anche lei quando le giunse la voce di Manda che diceva che non c'erano vedette disponibili e che l'elicottero sarebbe arrivato da Weymouth.

«Requisisci un drone da qualcuno, chiunque sia».

«Riusciremo a raggiungerli?», domandò Katie a Ffyona.

«Hanno una barca più veloce», rispose Ffyona, «ma quel motore mi sembra sul punto di ingolfarsi. *The Tower* non è stata manutenzionata a dovere».

The Tower, tuttavia, le stava seminando. Sbandava di continuo, tra le sirene e le urla degli altri marinai. La *Dorothea*, anche se più massiccia, rimase indietro e nel giro di un quarto d'ora l'altra barca era scomparsa alla vista.

Appena imboccato il Solent, la *Dorothea* trovò spazio per accelerare, filando veloce sull'acqua che rifletteva i colori del crepuscolo. Trascorsero un paio di minuti, tutte col fiato sospeso, finché Ffyona non indicò una falce di luce riflessa, più avanti. «Cosa c'è lì?».

Lyla guardò col binocolo. «È la *Tower*. Si è fermata».

Ffyona rallentò l'andatura della *Dorothea*, per fermarsi beccheggiando a fianco dell'altra barca, e gettò l'àncora. Le imbarcazioni si avvicinavano e si allontanavano, come se stessero ballando una danza popolare. Dal motore della *Tower* esalava un odore di gomma bruciata e metallo. Sul ponte giaceva la sagoma prona di Jimmy, con la camicia sporca di sangue, la faccia voltata di lato.

Lyla controllò i messaggi sul telefono. «Manda dice che non ha ancora trovato motovedette, mentre l'elicottero arriva tra mezz'ora. Devo salire a bordo. Jimmy è ferito. Potrebbe essere in pericolo di vita. E su quella barca potrebbe esserci anche Rebecca. Se aspettassi e nel frattempo dovesse succedere qualcosa a…».

Katie agitava una stampella. «Non puoi andarci da sola, hai bisogno di aiut…».

Ma Lyla era già sulla fiancata della *Dorothea* e stava cercando di lanciare un cappio intorno alla barra del timone della *Tower*. Tornata a bordo, avvicinò le due barche finché non si trovarono a circa un metro l'una dall'altra. Aveva la mano pronta sul taser.

Katie rimpianse di aver dipinto Lyla come una persona dal cuore grande, pronta a proteggere e salvare chi le era amico. I personaggi così erano ben riusciti, ma avevano vita breve. *Lasciala andare,* si disse. Ma non ci riusciva.

«Ffyona, tu e Katie scendete sottocoperta», gridò Lyla. «Statevene buone fino a quando non vi chiamo io».

Ffyona si portò la mano alla fronte come a dire "Obbedisco" e cercò di prendere per mano Katie, la quale si ritrasse con forza.

«Io resto qui». Questa volta Katie il crimine voleva risolverlo, invece di raccontarlo in modo che un assassino potesse metterlo in atto. Voleva fare una cosa buona, dare il suo contributo al mondo.

Lyla era già alla battagliola, ma, prima che potesse saltare sulla *Tower*, sulla scaletta che portava sottocoperta comparve il Lupo, mascherato. Katie si sentì gelare nel vederlo, con il respiro che le si condensava in vapore. In una mano aveva il coltello, ripulito di fresco, lucido. Nell'altra una pistola.

Si accostò a Jimmy e Lyla alzò il taser. «Metti giù le armi, Ben, e vieni qui, allontanati da Jimmy. Poi possiamo parlare».

Lui inclinò la testa di lattice. Alzò la pistola e la puntò contro Katie. «È tutta colpa della scrittrice. È stata lei a farmelo fare».

A Katie girava la testa. Il mondo le vorticava attorno e si ritrovò nella cantina del Lupo, a fissarlo dal basso lungo il filo di quel coltello; rinchiusa nella sua soffitta, a scrivere delitti dietro suo comando. Sentì vagamente Lyla gridare: «Metti giù quella cazzo di pistola, oppure puntala contro di me». Le restava solo il tempo di un ultimo pensiero, prima della fine.

È colpa mia.

Il proiettile la colpì in petto, ma avvertì solo la paura e il dolore di Lyla.

Mentre Katie cadeva, anche il Lupo si accasciò, ribaltandosi fuori dalla battagliola della *Tower*, tremante, preso all'amo da Lyla, che inciampando corse da Katie e la prese tra le braccia, annichilita dallo shock. «Non puoi morire. Ce l'hai già fatta una volta. Fa' lo stesso. Aggrappati alle mie parole, come fossero una corda. Resisti. Resisti».

Katie non avrebbe saputo dire se le parole fossero fuori o dentro di lei, o se fosse mai importato. Stava affondando. Era la fine. «Grazie, Lyla», disse con un filo di voce. «Senza di te non sarei mai diventata una persona reale».

«Lo abbiamo fatto insieme», replicò Lyla. «Adesso devi resistere. È un ordine».

L'oscurità scese su Katie come mani fredde sulle ossa, per portarla a casa, là dove iniziavano le storie. *No*. Doveva restare. Per Lyla, altrimenti sarebbe morta assieme a Terrore, la prima storia a cui Katie aveva dato vita. Le sue creazioni. Resisti, tieni duro. Aggrappati a Lyla. Lyla. Ly

Capitolo cinquantacinque
Black-out

«Katie, devi solo fare come l'ultima volta», gridava Lyla, senza sapere se stesse parlando ad alta voce oppure no. «Aggrappati alla mia voce. Sono qui».

Ma la voce di Katie non si faceva sentire, né il suo respiro era visibile nell'aria fredda e umida, e il suo polso era senza battito.

Lyla lasciò cadere il taser e si chinò su Katie; le sollevò il mento e iniziò la respirazione bocca a bocca. La scrittrice aveva dato vita a Lyla; ora toccava a lei insufflare nuovamente la vita in Katie.

«Dài, Katie. Torna in questa realtà».

Ma lo sguardo di Katie era fisso verso le nuvole gonfie di pioggia, le pupille cancellate dagli occhi come macchie d'inchiostro.

Lyla si scostò, stordita. Tutto stava sbiadendo. Nella pelle le urlava un dolore bruciante, le pagine bruciavano dall'esterno verso l'interno, tutto diventava nero.

La sua scrittrice era morta, e ora sarebbe toccato a lei.

Entrambe rispedite nell'oscurità, cancellate da un tasto.

Parte terza

Fin su in cima

Capitolo cinquantasei
La seconda cabina

Quando riaprì gli occhi, Lyla desiderò non essersi mai svegliata. Aveva male dappertutto. Un ronzio costante suonava i timpani nella sua testa pulsante.

Se sentiva dolore, però, significava che era viva. E quindi anche Katie era ancora viva o, perlomeno, non era ancora morta. Si alzò cautamente a sedere, animata da un filo di speranza.

«Fa' piano. Sei svenuta e hai battuto la testa». Ffyona le stava tamponando la fronte con qualcosa di fresco.

«Dobbiamo pensare a Katie». Lo disse non solo perché temeva per la propria sopravvivenza, ma anche perché non poteva perdere un'altra amica. Una che sapeva tutto di lei, che non nascondeva nulla per paura o per vergogna.

La mano ruvida di Ffyona strinse le sue. «Mi dispiace tanto, tesoro. Lei non ce l'ha fatta».

«Non è vero. Non sarei qui, senza di lei».

«Lo so, cara. Sentiamo di dovere tanto a coloro che amiamo, e tu le sei stata vicina, fino alla fine. Eri con lei quando se n'è andata, e questo significa molto». Nelle sue parole risuonava l'eco malinconica di una perdita personale; una storia che poteva essere udita solo dal cuore.

«Non intendo in senso metaforico. È letteralmente così, io non potrei restare in vita senza di lei». Lyla gettò uno sguardo sul ponte dove giaceva Katie, coperta da un telo impermeabile.

Si trascinò fino a lei e alzò il telo. Prese il polso già freddo di Katie, ingoiando lacrime salate. Non c'era battito. Katie non si muoveva, non vedeva, non agiva, non provava sensazioni, non esisteva, non era presente in alcun modo. Le uscì un singhiozzo lacerante e Ffyona accorse subito al suo fianco.

Come poteva essere ancora viva e piangere? Lyla era lì e respirava, pensava, esisteva.

Agiva. Doveva seguire il suo piano. Non c'era tempo per il dolore.

Con il cervello in modalità corsia unica, si concentrò sulla prima voce della lista: Jimmy. In lontananza sentiva già le sirene delle pattuglie, e corse da lui. Le ferite erano state bendate con un asciugamano, che lui teneva stretto con una mano. Ffyona doveva essersi già occupata di lui.

Era steso su un fianco, la testa posata sulle cime arrotolate. Dal respiro corto e dalla bocca aperta, Lyla capì che la lama doveva averlo colpito al polmone sinistro. Se non veniva soccorso al più presto, poteva venirgli uno pneumotorace. Una volta aveva assistito alla morte di un agente per un doppio pneumotorace, nonostante gli avessero drenato l'aria dallo spazio pleurico. Ebbe un brivido. Non questo, non a Jimmy.

Lyla gli prese la mano.

Le sue palpebre ebbero un tremito. Mosse le labbra, cercò di parlare e in quel momento un elicottero fendette il cielo.

«Non fare sforzi. Ti dico solo che l'abbiamo preso. Grimm lo Squartatore è morto. Il resto può attendere, finché non starai meglio. E vedi di riprenderti, altrimenti ti ammazzo io. Chiaro?».

Due paramedici stavano salendo sulla barca, portando con sé un'unità mobile di rianimazione. Corsero subito da Lyla.

«Io sono l'ispettrice Rondell e questo è l'agente Jimmy Cornick. Si è preso una coltellata al polmone». Uno dei soccorritori si inginocchiò e iniziò a controllare i parametri vitali.

«C'è qualcos'altro che dovremmo sapere?», chiese l'altro.

«Ci sono due vittime. Una è la mia cara amica Katie, più nota come K.T. Hexen. L'altra è un presunto assassino, Ben Unsworth. È caduto fuoribordo, dall'altra barca. Ffyona, qui, potrebbe aver bisogno di assistenza, è sotto shock. Ora devo lasciare lei e Jimmy alle vostre cure, mentre perquisisco la *Tower*. Unsworth potrebbe aver tenuto prigioniera un'agente di polizia su questa barca».

Il soccorritore annuì e si concentrò sulla preparazione di un tubo toracico per drenare l'aria dal petto di Jimmy. Sembrava così fragile.

Costringendosi a voltarsi, Lyla si arrampicò con cautela sull'altra barca e scese sottocoperta.

«Sta' attenta!», le gridò dietro Ffyona.

Lì sotto il mondo si restringeva. La minuscola cucina di bordo faceva sembrare decente persino quella del suo appartamento condiviso. Un divanetto a due posti e un televisore erano stati incastrati non si sa come in un salottino delle dimensioni di una scatola da scarpe. «Ehi!», chiamò Lyla. Lo spazio ridotto smorzava la sua voce, facendola sentire altrettanto piccola. «Rebecca, tesoro, sono Lyla. Puoi uscire ora, non c'è pericolo».

Nessuna risposta, solo il ronzio costante nelle sue orecchie, sempre più forte.

Lungo uno stretto corridoio che odorava di agrumi e *nag champa*, trovò due porte, una di fronte all'altra. Entrò nella prima e fu investita da un odore tremendo; dovette prendersi un minuto per capire ciò che vedeva. Era una camera tappezzata dal pavimento al soffitto di pagine battute a macchina. Sul letto, una borsa aperta piena di aghi, coltelli, guanti, teli di plastica: in pratica, tutto il necessario per uccidere. Accanto, degli indumenti sporchi di sangue.

Uscì in fretta, con il ronzio in testa più insistente che mai, e si girò verso l'altra porta. Era chiusa a chiave dall'esterno, ma una chiave con un portachiavi rosso pendeva da una cordicella attaccata al pomello. «Rebecca?». Lyla inserì la chiave nella serratura e la girò fino a far scattare i cilindri. Quando aprì la porta, fu accolta da un suono ritmato al di fuori della sua testa.

Una donna sedeva a una scrivania, dando le spalle a Lyla, con le dita che sfioravano veloci la tastiera di un portatile. I lunghi capelli rossi erano raccolti in una crocchia.

Non era Rebecca.

La paura strinse in una morsa lo stomaco di Lyla. Un'altra scrittrice era stata costretta a prendere il posto di Katie e a creare quella macabra carta da parati per la cabina dello Squartatore. «Può smettere di scrivere, signora. Sono una poliziotta, una detective: è salva, ora».

«Sei Lyla?». La donna si girò sulla sedia, sorpresa. Erano passati venticinque anni, eppure neanche uno.

Era Allison.

Capitolo cinquantasette
Ally

Lyla avrebbe voluto avere un cuore immenso, e braccia ancora più lunghe. Le sue riuscivano a stringersi intorno a Allison una volta soltanto, mentre lei avrebbe voluto avvolgersi attorno al suo perduto amore dieci volte e più. A un certo punto avrebbe dovuto sciogliere quell'abbraccio, ma non ancora. Allison era tornata. Non aveva importanza se erano personaggi di finzione. Si erano ritrovate. E ciò che avevano era più reale di qualsiasi fiaba.

Allison, invece, era immobile come una statua. Bloccata.

Lyla staccò le braccia e fece un passo indietro. Allison aveva tutti i segni dello shock: pupille dilatate, respiro accelerato, e doveva sorreggersi alla scrivania.

«Scusami», disse Lyla. «Non avrei dovuto irrompere a quel modo e abbracciarti con tanta veemenza. È solo che… non riesco a credere che sia tu».

«Come può essere?», sussurrò Allison.

«Sei stata tenuta prigioniera, un'altra delle scrittrici obbligate a scrivere per Grimm lo Squartatore. E ti ho ritrovata. Finalmente».

Lyla avrebbe voluto saltare, gridare e ballare, ma rimase ferma e zitta per non spaventare Allison, che doveva già averne passate tante. La osservò con attenzione: più alta di Lyla di almeno dieci centimetri, con una pelle che non era più quella di una ragazzina, ma di una bella donna più che adulta. La catenina d'oro che portava al collo aveva un ciondolo con la lettera "A". Non "P" di Perdita; "A", come Allison. Anni di separazione dagli amici e dalla famiglia non le avevano fatto perdere il contatto con la sua prima identità.

Allison la guardò dritta negli occhi. Si fissarono, e fu come un battesimo. «Sei vera». Allungò una mano e sfiorò la pelle di Lyla. «Sei viva».

«Lo siamo entrambe. In qualche modo. Ma di questo parleremo in un altro momento, per adesso ti porto via da qui».

Allison fece segno di no con la testa.

«È finita, è tutto a posto», la rassicurò Lyla. «Lui è morto. Possiamo andarcene, non c'è più pericolo. Parleremo in un posto più confortevole, ora sei sotto shock, devi essere curata». Mentre prendeva dolcemente Allison per un braccio e si avviava alla porta, fece cadere un foglio dalla scrivania. Chinandosi per raccoglierlo, scorse le prime parole in alto sullo schermo del portatile.

Lungo uno stretto corridoio che odorava di agrumi e nag champa, *trovò due porte, una di fronte all'altra. Entrò nella prima e fu investita da un odore tremendo; dovette prendersi un minuto per capire ciò che vedeva. Era una camera tappezzata dal pavimento al soffitto di pagine battute a macchina. Sul letto, una borsa aperta piena di aghi, coltelli, guanti, teli di plastica: in pratica, tutto il necessario per uccidere. Accanto, degli indumenti sporchi di sangue.*

Uscì in fretta, con il ronzio in testa più insistente che mai, e si girò verso l'altra porta. Era chiusa a chiave dall'esterno, ma una chiave con un portachiavi rosso pendeva da una cordicella attaccata al pomello. «Rebecca?». Lyla inserì la chiave nella serratura, la girò fino a far scattare i cilindri. Quando aprì la porta, fu accolta da un suono ritmato al di fuori della sua testa.

«Che vuol dire?», le domandò Lyla. Allison si avvicinò, ma lei si ritrasse. «Non capisco. È Katie l'autrice, non tu».

«Oddio», bisbigliò Allison, gli occhi ancora più sgranati. Si voltò e cominciò a rovistare nei cassetti della scrivania, buttando a terra oggetti vari. Poi tirò fuori un piccolo portagioie e lo aprì. Dentro c'era un minuscolo dente bianco. «Pensavo di essermi inventata la storia del dentino, ma poi, una sera che ero un po' brilla, ho stretto nella mano il mio primo dente da latte e ho espresso un desiderio, e cioè che la Lyla del mio ultimo libro fosse vera». Fece un passo verso Lyla, il volto pallido rigato di lacrime. Il corpo esile era scosso da singhiozzi che sembravano spezzarla. «Ed è successo davvero. Eccoti qui. La mia amica immaginaria in carne e ossa».

«La tua amica immaginaria?», disse Lyla.

Allison annuì, la fronte corrugata da rughe che Lyla non le aveva mai visto. Abbassò lo sguardo. «Ti ho sognata sin da quando ero piccola».

Lyla si sentì ferita nel profondo. «Per te sono stata solo un gioco». Almeno, quando pensava che a crearla fosse stata Katie, aveva avuto uno scopo. Doveva salvare qualcuno. In realtà, invece, era solo un giocattolo da buttare via.

«No! Tu mi hai accompagnata per tutta la mia infanzia. Soprattutto nei momenti bui. Più tardi, da adolescente», il tono di Allison portava tutto il peso di ciò che non riusciva a esprimere a parole, «tu mi hai aiutata, mi hai distolta dalla realtà. Da lui».

Lyla immaginò Allison da ragazzina, tutta sola. «Mi dispiace di averci messo così tanto a capire», disse. «Ho collegato tutto solo quando ho letto la storia che avevi scritto per la signora Reynolds. Sei andata via perché qualcuno ti stava facendo del male».

Allison annuì, senza smettere di piangere, le guance ormai arrossate. «Mio zio. Lo dissi alla mamma, ma lei non volle sentire una parola contro suo fratello».

Lyla pensò a Colm che le aveva parlato del bisogno di andare avanti. «E tuo padre?»

«Non sapevo come dirglielo. Non trovavo le parole. Mi sentivo sbagliata, colpevole. E mamma non gliel'avrebbe mai detto».

«Ma Raina Reynolds ti ha creduto».

«Aveva letto le mie parole, e anche tra le righe. Quando convocò mia madre per parlarle, si rese conto che il suo livello di negazione era talmente alto che non sarebbe cambiato niente. Io stavo meditando di scappare, ma poi, quando Raina mi disse che si sarebbe trasferita insieme alla sua famiglia, la implorai di portarmi con loro».

«Mi dispiace tanto», disse Lyla, con la voce scossa. «Avrei tanto voluto aiutarti veramente».

Allison le prese le mani ed entrambe chinarono la testa, avvicinandosi. «Tu mi hai aiutata. Non ce l'avrei mai fatta senza di te e tutto quel tempo che ho sognato di passare insieme a te. Però, anche se per te quei ricordi sono reali, sono frutto della mia mente. È lì che sei esistita fino a questo momento... oltre che nel mio cuore».

Lyla strinse le dita di Allison. Le parole "amica immaginaria" l'avevano colpita nel profondo, facendola sentire come qualcosa di infantile, da scartare a piacimento. Ma, toccando Allison, percepì qualcosa di ancora più profondo e intimo: si rese conto di una cosa che aveva sempre saputo. Loro due erano precisamente quelle che dovevano essere l'una per l'altra: due metà di un tutto. Lasciò che quella sensazione la pervadesse, riempiendola tutta. «E tu, dove sei esistita, per tutto questo tempo?»

«Dopo avermi presa con sé, Raina ci fece cambiare nome in modo da passare inosservati, e l'abitudine è rimasta. Ho cercato di dimenticare la mia vita precedente. Compresa te. Sono stata abbastanza nomade, girando parecchio, facendo lavori diversi, soprattutto in Inghilterra, ma a volte anche all'estero. Sono tornata l'anno scorso, quando la mamma, cioè Raina, si è ammalata».

«E cos'è che ora ti ha spinto a desiderare di rendermi reale?»

Allison si girò dall'altra parte, le spalle curve. «Mio fratello. Ben. Da ragazzini eravamo uniti, ma crescendo ci siamo allontanati. Qualche mese fa mi ha contattata, era fuori di sé. La sua fidanzata era stata uccisa e lui era a pezzi. Era tornato a Lymington e ci siamo visti per bere qualcosa. Stavo cercando di indurlo a dirmi che cosa lo tormentasse, ma, quando ho accennato a come avevo usato la scrittura per elaborare i traumi, in un misto di autobiografia romanzata e thriller ispirato alle fiabe dei fratelli Grimm che tanto amavo da bambina, lui è impazzito. Mi ha urlato contro, mi ha dato del mostro. È uscito come una furia e, quando ho provato a fermarlo, mi ha dato un pugno che mi ha fatto perdere i sensi. Mi sono svegliata qui il giorno seguente e da allora mi ha tenuta rinchiusa. Almeno mi ha lasciato tenere il portatile: aveva detto che, ora che l'avevo cominciata, dovevo finire la storia».

Lyla sentì crescere il disagio: avrebbe voluto salvare Allison dalla verità. Ma non c'era modo di evitarla. «Allison, c'è una cosa che devi sapere. Riguarda tuo fratello».

Ma Allison, sempre avanti di un passo o due, aveva già capito. Si girò per guardare in faccia Lyla, gli occhi sbarrati per l'orrore, le mani premute sulla bocca. «Se tu sei qui, significa che... Tutto ciò che ho scritto si è avverato? Tutto quanto?».

Lyla non poté fare altro che confermare con un cenno del capo.

Allison crollò sulla sedia, scossa di nuovo dal pianto. «Quando, con il mio primo dentino, ho espresso il desiderio che *tu* fossi vera, non intendevo che si avverassero *tutte* le mie parole. Io... avevo solo bisogno di un'amica e non riuscivo a smettere di pensare a come sarebbe stato, se tu fossi tornata a salvarmi nei panni della detective, la mia eroina. Sapevo che Ben stava combinando qualcosa, ma cercavo di immaginare il peggio, in modo da poter elaborare la mia paura. Non avrei mai pensato che avrebbe potuto essere... che lui avrebbe potuto... non stavo scrivendo di Grimm lo Squartatore con l'idea che fosse lui, lo giuro». La voce le si spezzò e rabbuiandosi alzò lo sguardo su Lyla. «È successo soltanto oggi. Io... ho perso il controllo. Ho riletto le ultime righe e ho trovato scritto il suo nome. Ma ti giuro, Lyla, per tutto questo tempo non ho mai pensato a lui come all'assassino, non sapevo che fosse vero». Si curvò in avanti, con il viso tra le mani. «Tutte quelle persone. Grace, le altre vittime, Ben. Oddio, e Katie... è reale anche lei?».

Lyla assentì. «Sì. Lo era».

La voce di Allison era appena un sussurro. «L'ho fatta soffrire tanto. Sono stata io a fare tutto questo? Li ho uccisi tutti io?».

Lyla s'inginocchiò accanto a lei, prendendole le mani. «Non lo sapevi. Non capisco come funzioni tutto questo... ogni volta che provo a mettere ordine, trovo solo un groviglio. Però so che non avresti mai potuto fare del male a nessuno, non di tua volontà».

Rimasero a lungo così, le dita intrecciate, ad ascoltare i loro respiri leggeri nella cabina silenziosa, finché l'incantesimo non fu rotto dal frastuono di passi in coperta e sulla scaletta.

«Capo? Lyla?».

Lyla si schiarì la gola. «Sono qui, Manda».

«Cosa le dirai?». Allison si ritrasse, implorando Lyla con lo sguardo impaurito.

Prima che Lyla potesse rispondere, Manda irruppe nella cabina. Spostando lo sguardo dall'una all'altra, le chiese: «È tutto a posto, capo?». Di nuovo la stessa domanda.

Lyla inspirò a fondo, a fatica. «In realtà non so dirtelo, Manda. Lei è Allison. O Perdita, il suo nuovo nome».

«Preferisco Ally, come "alleata" in inglese», disse Allison, con tono piatto. «L'ho deciso qualche anno fa. È l'anagramma di Lyla. Io sono tua alleata».

Lyla le strinse forte la mano, commossa. Lo spazio tra loro bruciava.

Confusa, Manda riempì quel silenzio elettrico annunciando: «Abbiamo ricevuto un'email dallo Squartatore».

«Cosa?». Lyla si girò di scatto verso di lei.

«Non può essere», disse Allison. «Dev'essere un falso. Io non ho scritto nessuna email».

«Un momento, *tu* sei Grimm lo Squartatore?». Manda puntò il taser contro Allison. «Pensavo che fosse Ben Unsworth. I soccorritori ne hanno appena confermato il decesso, l'hanno tirato fuori dall'acqua».

Allison fece un singhiozzo soffocato e crollò sul pavimento, accanto a Lyla. Pianse, con una mano sul cuore, dondolandosi avanti e indietro. «Mi dispiace, mi dispiace tanto».

Manda guardava Lyla, sempre più confusa. Lyla le fece segno di abbassare l'arma. «Facciamo un passo alla volta. Per prima cosa: come sta Jimmy?».

Manda alzò le spalle e si morse forte le labbra, indietreggiando verso la soglia mentre, non proprio convinta, riponeva il taser nella fondina. «È stabile, lo stanno trasportando in ospedale con l'elicottero».

Lyla fece un sospiro di sollievo. «Grazie al cielo. Poi: cosa diceva quella email?»

«Chiunque sia, vuole che facciamo un gioco», rispose Manda, senza perdere di vista Allison, «per il rilascio di Rebecca. Abbiamo tre possibilità di indovinare il suo nome; se troviamo la risposta giusta, la lascerà andare senza torcerle un capello. Altrimenti la ucciderà».

«Come in Tremotino», mormorò Allison. Lyla continuava a chiamarla con quel nome. E così avrebbe fatto fino a quando quella vocina diffidente dentro di lei non si fosse convinta che Allison era davvero un'alleata.

«Dev'essere stata inviata prima che trovassimo Ben», ipotizzò, cercando di costruire una sequenza temporale.

«Non è lo Squartatore che l'ha scritta!». La confusione di Allison era quanto mai reale.

«Il messaggio è stato inviato cinque minuti fa», disse Manda. «Oltre a questo giochetto, dice anche: "Congratulazioni, ispettrice Rondell, un inseguimento avvincente, peccato però che tu abbia sbagliato barca. E ti sia persa Rebecca"».

«Io ho scritto in versi, non roba del genere», esclamò Allison alzando un po' la voce.

«Capo, invio un'email e provo con il nome di Ben Unsworth?», domandò Manda.

A Lyla girava la testa, ma annuì. Manda digitò rapidamente il messaggio e lo inviò.

The Tower beccheggiava appena, mentre attendevano.

Quando arrivò la risposta, Manda arrossì. «Ride, dice che abbiamo *ancora due tentativi, e poi Rebecca non sarà più tra i vivi*».

Se in quelle parole c'era qualcosa di vero, allora Grimm lo Squartatore non era Ben Unsworth. E restava solo un'altra possibilità.

«Rispondi», decise Lyla alzandosi e allontanandosi da Allison. «Scrivi questi nomi: Allison Walsh/Perdita Reynolds/Ally».

Allison balzò in piedi e l'afferrò per le spalle. «Lyla, per favore, ascoltami! Hai detto di sapere che non potrei mai fare del male a qualcuno. Non ho scritto io quella email».

«Voglio sperare che non sia tu», replicò Lyla, devastata. «Ma hai ammesso che dietro a tutta questa narrazione ci sei tu. Non ho altra scelta se non seguire le sorti dei personaggi».

«Ma il personaggio sei tu. E i personaggi principali hanno sempre una scelta». Allison era rossa in volto, la sua voce era carica di disperazione.

«Non abbiamo tempo per le lezioni di letteratura», obiettò Lyla.

«Ascoltami, per favore. Potrebbe servire. Una storia può essere pensata, o addirittura scritta, in un modo, ma i personaggi possono comunque andare fuori pista. Cultura + Natura x Narrazione = Nevrosi. Da quel fantasma, quella ferita, quel difetto, derivano ricordi, impulsi e paure. Sono loro a scrivere la storia. È alquanto seccante quando accade, ma c'è anche un che di magico». Allison indicò disperata lo schermo del portatile. «Guarda qui. È l'ultima cosa che ho scritto, poi qui con me ci sei stata tu. Non ho scritto quell'email, non l'ho inviata e non ho deciso nulla di ciò che è accaduto da quando sei arrivata. Hai sentito forse la notifica di un messaggio in arrivo o mi hai vista usare una stupida scusa per rispondere in versi? No! Non è nel mio stile. Gli scrittori lasciano sempre briciole di sé nei propri libri, non possono farne a meno. Quelle parole non sono farina del mio sacco. Fidati di me, Lyla».

Manda si rivolse a Lyla. «Che faccio, capo?».

Lyla guardò dritta negli occhi la donna che amava, che aveva cercato per tutta la sua vita da adulta e nel cui mondo, e nelle cui parole, avrebbe tanto voluto sentirsi al sicuro. Ma in coperta, sotto un telone, c'era il corpo di Katie, a ricordarle che al sicuro non era. «Invia quella email».

Mentre il secondo tentativo con i nomi attraversava l'etere digitale fino a raggiungere Grimm lo Squartatore, gli occhi lucidi di Allison la fissavano. Lyla non riusciva a reggerne lo sguardo. «Portala fuori di qui», disse piano, e Manda scortò il suo amore perduto fuori dalla porta, richiudendosela dietro.

Capitolo cinquantotto
Incubo, fase due

Lyla si stese sul letto di Allison, rannicchiandosi con le ginocchia al petto.

I passi di due persone, quelli decisi di Manda e quelli esitanti di Allison, riecheggiavano sulla scaletta e sul ponte, sopra di lei. Era sola. Non aveva nemmeno più i pensieri a tenerle compagnia. La sua mente era bloccata, nulla si muoveva. Persino la pagina bianca della stanza di Annie era stata meglio di questo. Quella almeno conteneva un suo vuoto, un fantasma sotto un foglio di carta. Lì aveva assaporato una sensazione di pace, ora invece il vuoto era dentro di lei e non era rimasto niente che potesse consolarla. Lyla oscillava sull'orlo di una centrifuga nera, che la risucchiava al suo interno. Era l'incubo ricorrente di non potersi svegliare, in cui veniva respinta dalla sola persona che avesse amato, che aveva perduto e che amava ancora, senza sapere fino a che punto era lei a vivere o a essere vissuta da qualcun altro; una scrittrice che introduceva a forza le parole nella sua mente, spingendola a una passività attiva a cui poteva resistere solo evitando di mettere in atto la sua esistenza. Lasciò che l'inchiostro la portasse giù. Una macchia nera che le penetrava negli occhi, nella bocca, nella testa. Anche l'onnipresente ronzio si era acquietato di fronte al ticchettio di una scrittrice che digitava sulla tastiera.

Poi, una voce.

Lyla.

Allison era nella sua mente, prima attutita, poi più chiara e più forte.

Lyla, non lasciarmi. Non posso sopportarlo.

Lyla si rigirò sul letto. La voce di Allison comunicava calore e sicurezza, la riportava ai giorni passati a ridere nella sua stanza, a stuzzicarsi, a solleticarsi e a mettersi alla prova l'una con l'altra, per uscirne sempre con un legame ancora più forte di prima.

Non so cosa stia succedendo, ma qualcosa mi ha riportata da te. Adesso siamo qui, viviamo nello stesso mondo, ed è tutto ciò che ho sempre desiderato. Anche se tu pensi che io sia un'assassina, anche se sono davvero un'assassina, non me ne importa niente. Mi basta questo. Mi è sempre bastato.

Ascoltare le parole di Allison era come sentire i propri pensieri pronunciati ad alta voce. Anche se quei momenti trascorsi insieme a Allison potevano non essere mai accaduti, questo li rendeva meno reali? Rendeva forse i suoi sentimenti meno veri? Oppure il loro legame, così unico, rendeva quei sentimenti l'*unica* cosa reale?

Cos'è che aveva detto Mellicent? *Fidati della tua intuizione astratta.* E Lyla sapeva che Allison non era un'assassina. Lo sapeva perché la conosceva come sé stessa. Attraverso tutti i livelli della realtà, e anche oltre.

Si tirò su a sedere. C'era un solo modo di risolvere quel mistero, e dovevano farlo insieme.

Lyla uscì di corsa dalla cabina e salì la scaletta fino in coperta. Allison era ammanettata alla battagliola della *Tower*. Manda, in piedi a un paio di metri di distanza, controllava il telefono con espressione severa.

«Manda, novità dallo Squartatore?».

Manda alzò lo sguardo, smarrita. «Sì, capo. È appena arrivata un'altra email... a quanto pare abbiamo sbagliato, ha scritto: "*Prova ancora una volta, o sarà morta e sepolta*"».

Non c'era tempo per il sollievo. «Libera Allison, la prendo in custodia io. Ci sono delle domande che vorrei farle. Andiamo sottocoperta; se ci sono altri sviluppi, mi trovi lì».

Manda sembrava dubbiosa, ma non era tipo da disobbedire alla richiesta di un superiore. Tolse le manette a Allison e, senza dire una parola, Lyla la riportò giù nella cabina.

Una volta dentro, si guardarono incerte. Poi Lyla si decise a parlare. «Ti ho sentita, poco fa, nella mia testa».

Allison incrociò le braccia e rispose: «Dicevo sul serio: essere qui con te è davvero tutto ciò che conta per me. Ma non ho inviato io quella email. Non sono io Grimm lo Squartatore, e la sua risposta lo dimostra».

«Lo so». Lyla si sedette sul letto, facendo cenno a Allison di raggiungerla. «Scusa se ho dubitato di te. È solo che... non riesco a trovare una logica in tutto ciò».

Allison si lasciò cadere accanto a lei. «Spiegami meglio», sospirò. «Tutte queste assurdità mi stanno mandando fuori di senno, se in più ci aggiungi il ronzio che ho nella testa».

Lyla si irrigidì.

Il ronzio. Rieccolo.

Allison sente questo ronzio. Anche Katie ne parlava, in una delle pagine che ho trovato nella sua stanza. E il mio, di ronzio, è diventato assordante quando mi sono avvicinata a Allison che scriveva di me nella sua cabina.

E se quel ronzio fosse il suono che senti quando qualcuno scrive la tua storia? Se lo sentiamo entrambe, e se il ronzio indica che qualcuno sta digitando la tua storia, allora oltre a Allison c'è un altro livello. Un'altra scrittrice.

Lyla balzò in piedi, con il cuore a mille.

«Aspetta», disse Allison. «Pensi sul serio che ci sia un'altra…».

«Scrittrice? Sì». Mentre il cervello di Lyla andava in effervescenza, il fischio nelle sue orecchie si fece fragoroso, come se la vera autrice stesse furiosamente cercando di cancellare i suoi pensieri con il tasto "Indietro". Ma Lyla aveva già sfidato altre scrittrici, e aveva vinto. «Qualcuno sta manovrando i fili di entrambe e cerca di dividerci. Ci sta obbligando ad avere un ruolo nella sua narrazione. È così che Ben ha potuto essere l'assassino senza che tu lo sapessi, all'inizio: è stato scelto per interpretare il ruolo che stavi scrivendo tu».

«Oddio». Allison annuì lentamente, gli occhi sgranati. «Ha un senso. Mentre scrivevo di Ellen che disegnava Grimm lo Squartatore, all'improvviso mi sono resa conto che si trattava di Ben, era come se scrivessi con il pilota automatico. Ho immaginato che le mie ansie e le paure inconsce si stessero riversando sulla pagina. Mi sono detta che tanto non avrebbe mai saputo che mi ero basata su di lui per il personaggio, e che dovevo solo fidarmi del flusso di parole che mi veniva spontaneo». Rise, non senza una punta di amarezza. «Ho pensato che fosse un segno che stavo diventando più brava a scrivere, più istintiva».

«E non sei impazzita?». Lyla sondò lo sguardo di Allison cercando segni di dissociazione, ma trovò solo lucidità e consapevolezza.

«Sono sollevata, semmai. Pensavo di essere la tua antagonista, ma ora possiamo essere una squadra, dividerci la scena». Allison s'interruppe, cupa in volto. «Ma, chiunque sia, questo individuo ci ha manipolate sin dall'inizio. È lui il vero cattivo e chissà fin dove potrebbe arrivare per andare avanti con la sua storia. Dobbiamo trovarlo prima che uccida qualcun altro».

«Prima hai detto che gli scrittori lasciano sempre briciole di sé. Se è vero, forse possiamo seguirle per arrivare a chi ha scritto la storia originale».

Lyla faceva su e giù nella piccola cabina, ripercorrendo nella mente ogni particolare possibile. Nel labirinto che era il suo cervello, maledettamente insopportabile nella maggior parte dei casi, c'era traccia di tutto ciò che Lyla aveva visto, udito, toccato. Se c'era qualcuno che poteva seguire le briciole nel bosco, quella era lei.

Aveva ancora un tentativo a disposizione. E, questa volta, aveva un'alleata.

Capitolo cinquantanove
Briciole

Quando arrivarono a casa di Lyla, il cielo si stava tingendo dei colori della sera. Si sentì stranamente in imbarazzo mentre faceva vedere la casa a Ally: era tutto il caos della sua mente in forma concreta.

«Non è nemmeno lontanamente paragonabile alla confusione che hai nella testa», commentò Ally, con un sorriso. «Ma è proprio come lo immaginavo».

«Tu senti proprio tutti i miei pensieri?», le domandò Lyla.

«No, ma posso indovinarli quasi tutti».

Lyla preparò tè e caffè e tirò fuori i biscotti buoni, mentre Ally curiosava tra gli scaffali del soggiorno. Avevano già superato il momento di disagio di quando, entrando in camera di Lyla, Ally aveva visto i suoi quaderni sul pavimento. Quando Lyla entrò in soggiorno con il vassoio, Ally stava sfogliando i suoi tre libri preferiti, in bella mostra sulla mensola del caminetto.

«Sono tutti regali tuoi», le fece notare Lyla, apparecchiando la tavola. «Apri le copertine e guarda».

«Lo so». Ally si portò al cuore il libro che aveva in mano. «Li avevo comprati con i buoni libro di WH Smith ricevuti a Natale e al compleanno».

«E li hai spesi tutti per me?»

«Certo».

La semplicità della risposta di Ally e l'affetto nel suo sguardo zittirono per un attimo il ronzio.

Siamo personaggi frutto dell'immaginazione, uniti dal trauma, che cercano di vivere negli spazi vuoti tra le parole.

Lyla si sedette e inzuppò un biscotto Toffolossus ricoperto di cioccolato in una tazza grande di caffè. «Torniamo alle briciole. Katie aveva accennato a come temi e traumi presenti nell'inconscio degli scrittori emergano come in filigrana, se esposti alla luce».

«Raina mi parlava de *La morte dell'autore* di Roland Barthes. Lei non era d'accordo con la sua tesi: secondo lei, anche quando lo scrittore muore, lascia le proprie ceneri in tutta la sua opera».

«Raina ha avuto una grande influenza su di te».

«È stata una brava madre, ha tenuto insieme i miei pezzi».

Le madri erano come i miceli. «Tu lasci le tue impronte in quello che scrivi?»

«Sempre. Certe volte capisco davvero il mio vissuto solo quando, anche a distanza di anni, rileggo un racconto o una poesia, e allora dico "Ahhh, ecco"».

Lyla provò un brivido improvviso all'idea di poter usare le parole scritte da Ally per conoscerla meglio. La lettura come forma di corteggiamento. «Mi piacerebbe leggere le tue storie».

Ally fece una smorfia e si girò verso i tre libri sul caminetto. «Oddio… e se non ti piacessero? Sarebbe devastante per me. Forse faresti meglio a rileggere questi, invece!». Indicò *Lo scrigno delle meraviglie* e *Il leone, la strega e l'armadio*. «In realtà io questo non l'ho letto», disse mostrando il libro che aveva preso: *Death in the Labyrinth* di Katharine Almond.

«Perché regalarmi un libro che non avevi letto?», le chiese Lyla.

«Non te l'ho dato io, infatti». Ally lesse la prima pagina. «Non ricordo di averlo comprato, anche se questa è la mia grafia. E non è decisamente un libro per ragazzine. Voglio dire, io leggevo Agatha Christie a otto anni, ma qui c'è un omicidio brutale e dettagliato, già all'inizio».

Lyla esaminò dorso e copertina. «L'ho visto di recente, da qualche parte». Chiuse gli occhi e cercò di visualizzare il luogo. «Nella libreria di Katie, quando era prigioniera nella soffitta». E non era tutto. Passò in rassegna le immagini mentali della cabina per rivedere le mensole di Ally sulla barca. Ci mise un po': c'erano libri in ogni spazio disponibile. Riempivano le mensole basse lungo una parete, erano impilati sul minuscolo comodino e allineati sul bordo della scrivania, dietro al portatile sul quale scriveva. Finalmente Lyla localizzò *Death in the Labyrinth*. «Anche nella tua cabina».

Ally scosse il capo. «Ben mi portava libri per tenermi tranquilla. Dovevo selezionarli con cura, avendo pochissimo spazio. Non avrei scelto un libro che non avevo letto, e non lo desideravo nemmeno».

«Allora abbiamo trovato una briciola».

«Caspita, questo sì che è strano. Dici che Grimm lo Squartatore sia lei in realtà? Katharine Almond? Dovremmo inviare questo nome all'indirizzo email?».

Lyla mordicchiava i bordi di un biscotto, pensierosa. «Se è lei, è sfuggente. Il vero Tremotino si squarta da solo in due pezzi, nella versione dei fratelli Grimm, ma scommetto che la Almond cercherà di trovare una scappatoia».

«Quindi cosa facciamo?».

Ora Lyla doveva nascondere ciò che avevano scoperto in un groviglio di pensieri: fare in modo che la sua divergenza sviasse la scrittrice, usare lo svincolo autostradale del suo cervello per convincere la Almond che la loro indagine aveva preso la corsia sbagliata. E non solo questo.

Sorrise a Ally. «Lasciamo delle briciole per *lei*».

Capitolo sessanta
Di ritorno nel bosco

Erano nella radura, nel posto in cui Grace era stata trasformata in Cenerentola, dove erano stati assassinati i gemelli. L'aria era greve di morte e decomposizione.

Lyla ebbe un brivido mentre si accucciavano dietro il cespuglio di ginestra più folto, all'ombra di una quercia. L'intera foresta era in ascolto. Tratteneva il fiato. In attesa. Sotto ai loro piedi, i miceli fremevano a ogni nuovo filamento che si collegava agli altri.

E se non funzionasse? disse Lyla nella mente di Ally. Erano state molto decise quando avevano inviato l'email indicando il nome di Katharine Almond come Grimm lo Squartatore, dando indicazioni precise sul luogo dove avrebbe dovuto portare Rebecca. *Perché dovrebbe venire?*

«Perché gli scrittori amano seguire il flusso del racconto; quando i personaggi, di propria iniziativa, portano la storia in una direzione migliore, più avvincente».

Sentire la voce di Ally nella mente la calmava. Era come essere tornata a casa. *Avevi detto che detesti che i personaggi prendano il sopravvento.*

«Solo quando un protagonista fa qualcosa che non aggiunge niente al personaggio, al tema o alla trama. Una scena che non assolve almeno a uno di questi compiti, o ancora meglio a tutti e tre, andrebbe tagliata».

Lyla aveva vissuto spesso con il pilota automatico, dimenticando i viaggetti, i giri ripetuti negli stessi negozi, le conversazioni noiose. Tutte cose che forse erano state solo depennate durante la revisione.

Per favore, non tagliare me, mai.

«Mai! Scrivere di getto, però, è diverso. In questi casi, la scrittura sembra arrivare dal nulla e ti esce dalle dita. Probabilmente quelle erano le volte in cui Katharine scriveva attraverso di me, che a mia volta scrivevo attraverso Katie».

Lyla ebbe un brivido. *Che immagine inquietante. Siete come matrioske russe, ne viene fuori sempre un'altra, senza mai arrivare alla più piccola. Con voi si va solo e sempre più lontano. Forse esiste una piramide di scrittrici: le parole scendono giù piano piano, ma il potere è solo in cima.*

«Non c'è nulla che uno scrittore apprezzi di più di non riuscire a indovinare cosa accadrà dopo, in una storia. Capita di rado. Katharine Almond si è nascosta, ma non abbastanza, e non penso che abbia intravisto questo colpo di scena. Adesso lei stessa è parte della sua narrazione e posso dirti che è eccitante essere dentro le pagine, e non scriverle e basta. Io scommetto che arriverà in orario».

Lyla infilò la mano in tasca e tastò il dentino che le aveva dato Mellicent. Se ne avesse avuto bisogno, l'avrebbe usato.

Attesero dietro le quinte. Uccelli invisibili sbattevano le ali, come un pubblico che sfoglia il programma della serata. La notte, si avvicinava per godere di una visuale migliore.

Un fruscio sulla sinistra. Se era diretta al luogo dell'appuntamento, la Almond sarebbe dovuta passare a dieci metri da loro. Intravidero un caschetto biondo brillare tra gli alberi, sotto gli occhi sgranati della luna.

Entrata nella radura, la Almond si fermò, ancora di spalle, e si chinò a raccogliere il primo pezzetto di carta lasciato da loro. Mentre si allungava per prendere il successivo, dei guanti neri sbucarono da un ampio mantello anch'esso nero. Si tirò su e lesse quello che c'era scritto.

Si girò all'improvviso verso di loro. Il chiaro di luna la svelò in pieno.

Rebecca.

Lyla si portò la mano sulla bocca, per impedirsi di gemere, piangere o gridare. Il volto di Rebecca, pur essendo il suo, in qualche modo non era più lo stesso. Non c'era traccia di gentilezza, di tenerezza. Si era ammantata di dolcezza come la nonnina di Cappuccetto rosso. La vera scrittrice era Rebecca. Che occhi grandi che aveva.

«Mi dispiace, tesoro», disse dolcemente Ally nella mente di Lyla. «Non dire niente, aspettiamo che se ne vada. Poi la seguiamo».

I minuti si dilatarono come la pancia del lupo piena di pietre. Quando Rebecca/Katharine Almond/Grimm lo Squartatore/Chiunque Fosse ebbe raccolto tutti i pezzetti di carta e li ebbe rimessi in ordine, lesse i versi che Lyla e Ally avevano scritto a quattro mani:

E ora, Squartatore, quel che hai seminato
raccogli: vedrai, sarai presto sfiancato.
Il libro ti è sfuggito tra le dita,
ora ti costringiamo a scriverci la vita.

Corri, lupo, nel bosco a più non posso
inseguito da due Cappuccetto rosso.

Rebecca/Katharine rise, lanciando in aria i pezzi di carta. Poi si mise a correre.

Lyla balzò fuori dal nascondiglio, animata dall'addestramento da poliziotta, oltre che da una scarica di adrenalina che le infuocava il cuore e le metteva le ali ai piedi. Ally, con la forma fisica della scrittrice, la seguiva a ruota, incespicando tra le felci. Dipendeva tutto da Lyla, come sempre.

Zigzagando tra gli alberi, cercava di non perdere di vista Katharine e le pareva quasi di sentire i funghi rispondere al tonfo dei suoi passi veloci.

Ma il suo ex capo, evidentemente una scrittrice capace di calarsi nei panni del suo personaggio, aveva ricevuto il suo stesso addestramento e conosceva quei boschi. Lì aveva orchestrato più di una morte; le sue mani si erano sporcate di sangue, scritto e versato. Lì aveva creato il percorso migliore lungo il quale trascinare i corpi.

Ally stava rimanendo indietro. «Va' avanti», comunicò mentalmente a Lyla. «Io sono con te».

Corsero addentrandosi nel bosco, verso est, lontano dal cottage di Mellicent e dalla casa alle sue spalle, attraverso radure, intorno ad alberi sparuti. Lyla si sentiva i polmoni e le gambe in fiamme. Il viso e le mani erano graffiati dai rovi e dalle ginestre, dai cardi e dalle ortiche. Se tutto questo non era reale, allora la realtà non esisteva.

Non vedendo più Katharine sul sentiero che si inoltrava nell'oscurità, si fermò per un momento e si mise in ascolto. Da qualche parte, alla sua sinistra, un cancello cigolò. Poi sentì una chiave girare, una porta aprirsi.

Lyla corse in quella direzione, mancando per poco una curva stretta, dietro una grande ginestra. Il sentiero che si aprì conduceva a una casa alta e stretta in una piccola radura, speculare a quella dov'era stata tenuta prigioniera Katie. Ecco su cosa si era basato tutto. Sulla casa di Katharine, o di Rebecca.

Lyla si scagliò contro la porta e si ritrovò in un piccolo ingresso e poi nella cucina di Katharine: ora non sentiva più il ronzio nelle orecchie. La cucina era enorme, moderna, con un'isola dal ripiano in marmo, cocotte Le Creuset arancioni sulle mensole, pile di libri di ricette e vasi di fiori. Tutte cose che Lyla avrebbe scritto per la propria cucina.

Katharine la stava aspettando. Impugnava un coltello da caccia, un

Wasp che le parve sospettosamente simile a quello consegnato alla stazione di polizia l'anno prima, nell'ambito di un programma di ritiro di armi. Era stata l'ispettrice capo a occuparsi del suo smaltimento, e ora lo impugnava puntandolo contro Lyla.

«Non c'è motivo di lottare, Lyla», disse Katharine. «Io non sono la tua antagonista».

«No, eri mia amica. Però mi hai mentito», replicò Lyla, ansante. «E hai ucciso Katie, Grace e tutti gli altri. Hai giocato con le nostre vite e le nostre menti. Perché?»

«Ti ho resa *vera*!». Katharine alzò le braccia. «Ho inventato Terrore, la Fata dei denti, il giorno in cui mi cadde il primo dentino; quando poi è diventata una persona vera, me l'ha ridato e mi ha svelato il segreto del suo potere. Dopodiché ho solo aspettato di avere la storia giusta, i personaggi giusti. E Grimm lo Squartatore è un nome bellissimo».

«Ma cos'è che vuoi?»

«Non ho mai avuto molto, da ragazzina, ed erano sempre gli altri a controllarmi». Katharine si fece scura in volto, a indicare che anche lei aveva lasciato tracce dei suoi patemi giovanili nella sua opera. «Adesso sono io ad avere il controllo! E lo farò vedere a tutti. Voglio essere un'autrice da best seller. La scrittrice di gialli per antonomasia. Voglio tutti i premi dell'Associazione dei giallisti». Era serissima.

Lyla indietreggiò. «E arriveresti a uccidere persone innocenti per questo?»

«Io le persone le *creo*. E ho fatto in modo che lo Squartatore che ha tolto loro la vita fosse ucciso a sua volta, no?»

«Ma era il fratello di Ally... l'ha perso a causa tua».

Katharine fece spallucce. «Loro non sono mai stati reali. E poi, ogni assassino è parente di qualcuno. Il che non cambia ciò che fa».

«Ma non provi vergogna per quello che scrivi e a cui dai vita?».

Per un momento, Lyla credette di vedere sul volto di Katharine una piccola smorfia, una parvenza di dubbio. Poi l'impressione svanì.

«No. Perché io metto ordine nel caos... è questo che facciamo noi. E tu sarai la mia investigatrice perfetta, quella che risolve tutto. Sei stata molto più brava di quanto mi aspettassi, seguendo i miei appunti fino a risalire a Allison, e poi sei andata anche oltre. Questo *Cammina cammina, la morte si avvicina* è solo l'inizio. Potresti avere una serie tutta tua. Sarai un fenomeno».

«E vuoi che io esegua tutto ciò che scrivi? Ma che vita sarebbe?!». Lyla si affondò le unghie nei palmi delle mani, per tenere a bada la collera che le stava montando dentro. *Sta' calma.*

Katharine alzò di nuovo le spalle. «Chi è che non ha una vita prestabilita? La gente va al lavoro, segue il copione, si attiene alla narrazione: casa, matrimonio, figli, morte. La tua vita almeno sarà esaltante. Pensa che strano, non invecchierai e, se vuoi, posso raccontare che riceverai un'eredità inaspettata, così, anziché faticare ad arrivare a fine mese con lo stipendio da investigatrice, potrai vivere in una bella casa sul mare, vicino a un bosco. Posso anche confezionare la storia in modo che tu e Ally possiate stare davvero insieme. Entro certi limiti, puoi anche fare alcune scelte, purché il controllo creativo resti a me».

Sentendosi attirata dalla storia, per una frazione di secondo Lyla si immaginò insieme a Ally, per sempre sugli scaffali delle librerie. Capitava così raramente che le lesbiche fossero le protagoniste. Poi mise da parte l'idea e indietreggiò. «No. La mia vita me la scriverò da sola. Tu non avrai più alcun potere su di me».

Katharine scoppiò in una risata, così simile a quella di Rebecca da fare male. «Io ho il coltello. Tu sei venuta a mani vuote».

In quel momento, Ally irruppe dalla porta d'ingresso, il viso arrossato e pieno di graffi. Incrociando lo sguardo di Lyla, le fece un cenno con la testa. «Adesso», gridò.

Lyla aprì la mano per mostrare il suo primo dente da latte che le brillava sul palmo. «Questo l'ho avuto da Mellicent Farling. Mi ha raccomandato di guardarmi dalle mandorle, e guarda caso tu ne hai una nel nome[10], e ha pensato che potessi averne bisogno».

Katharine lasciò cadere a terra il coltello. Sul suo volto si dipinse una paura reale. «Ti prego, no. Tu non sei una scrittrice. Non sai quello che stai facendo».

«Può essere usato anche per fare avverare un desiderio», le ricordò Ally. «Un desiderio importante».

Katharine tese le mani verso di loro, implorandole. «Se invocate la mia morte, morirete anche voi».

«Non è questa la nostra trama. La morte non è l'unica opzione».

«Allora cosa?», sussurrò Katharine, gli occhi sgranati, le mani giunte in preghiera. «Posso scrivere per voi una vita insieme, darvi un lieto fine».

«Visto?», disse Ally. «Gli scrittori sanno sempre prevedere la fine».

Prendendo la mano di Ally, Lyla sollevò il suo dentino nell'altra ed espresse il suo desiderio.

10 *Almond* significa mandorla in inglese. (*n.d.t.*)

Capitolo sessantuno
La vera scrittrice

Quando riaprì gli occhi, Lyla fu contenta di averlo fatto. Era stesa in un letto con le più raffinate lenzuola, su un materasso di cui nessuna principessa si sarebbe mai lamentata. Fuori era una splendida mattina, allietata dal cinguettio degli uccellini. Accanto a lei Ally dormiva ancora, i capelli rossi sparsi sul guanciale. Lame di luce penetravano tra le alette delle persiane, disegnandole sugli occhi una maschera di ombre.

Scesa dal letto senza fare rumore, Lyla si gettò addosso il mantello rosso a mo' di vestaglia e andò in cucina, la loro fantastica cucina profumata dalle candele Jo Malone, per prepararsi il caffè con i chicchi più pregiati. Si erano sistemate in casa di Katharine, aggiungendo qualche lusso: una cucina Aga, piani di lavoro in granito, cassetti che si chiudevano anche solo con un soffio, un enorme frigorifero con distributore di ghiaccio, acqua e pure di consigli, se richiesti. Niente di più facile che depennare uno per uno i desideri da una lista, quando hai sotto chiave una fata madrina tutta per te.

A tal proposito, era meglio che Lyla andasse a controllare cosa stesse facendo Katharine. Accese la TV a schermo piatto nascosta in un armadio e mise sul Canale 0. Eccola lì, la loro scrittrice domestica, colei che aveva tradito la fiducia di Lyla: china sulla scrivania, intenta a digitare sulla tastiera. Stava chiaramente soffrendo, dato che ogni battuta le provocava una smorfia, ma Lyla dovette impedirsi di provare compassione. L'aveva voluto lei, ed era il finale che si meritava per la sua fiaba: quello della regina di *Biancaneve*, costretta a ballare con scarpe di ferro roventi; quella del lupo di *Cappuccetto rosso*, che cade dentro al trogolo per gli animali, affogando; l'ecatombe nel finale di *Come i bambini giocarono a fare i macellai*[11].

Jareth, la gattina nera, irruppe dalla sua gattaiola e miagolò fragoro-

[11] Si tratta di una storia molto cruenta, inclusa soltanto nelle prime edizioni delle *Fiabe* dei fratelli Grimm e successivamente eliminata. (*n.d.t.*)

samente reclamando la pappa. Lyla si chinò ad accarezzarle la pelliccia soffice e fu ricompensata con fusa in abbondanza.

Ally le raggiunse, a piedi nudi, e abbracciò Lyla, che si abbandonò tra le sue braccia. Questa era l'unica cosa che contava. L'amore era il motore di tutto. «Fa piacere vederla al lavoro così presto».

«Non mi pare che abbia molta scelta, no?».

Ally strinse i pugni. «Tutti abbiamo una scelta». La sua voce era come vetro temprato.

Sedettero al tavolino della colazione davanti alla finestra a tutta parete. Il lungo giardino era circondato dagli alberi; il solo segno di vita umana era il fumo del New Forest Cottage in lontananza. Nella mangiatoia per gli uccellini, alcuni passeri becchettavano le palline di grasso.

«È un idillio, non trovi?»

«Pensi che abbia importanza se non è reale?», le domandò Lyla.

«Noi *siamo* reali. Tu puoi sentirmi, giusto?». Ally le fece il solletico nel punto sensibile tra costato e ascella.

Lyla rise. «Giustissimo».

Ally sorrise. «Allora non vedo alcun problema».

Lyla non riusciva a smettere di agitarsi. «Il fatto è che per un po' sto bene, ma poi non faccio che pensare a cosa esiste e cosa no».

«*Penso dunque sono*, non è così? Tu non sei mai stata capace di smettere di pensare».

I pensieri di Lyla si rincorrevano in tondo su una pista simile al nastro di Möbius. «Suppongo che nessuno sappia se è reale o se è stato costruito nella stanza di una scrittrice, con difetti, particolarità e retroscena. Le persone che nella testa si raccontano storie: magari riescono a sentire i pensieri di chi scrive la storia della loro vita? Chi è che non sente il ticchettio occasionale di una tastiera, il ronzio nelle orecchie, il fruscio di una penna, delle voci nella testa? Quanti scrittori ci sono nella stanza, e chi è a capo del processo creativo?». Si girò verso Ally, parlando quasi alla stessa velocità con cui pensava. «Forse siamo tutti solo pagine, o libri, se siamo fortunati, con un inizio, una metà e una fine. Le storie di alcune persone sono troppo brevi, altre troppo lunghe, oppure della lunghezza giusta».

Ally le chiuse la bocca con un bacio. «Per la fine della nostra storia ci vorrà ancora molto tempo».

Suonò il campanello e Lyla andò alla porta percorrendo il corridoio dalla soffice moquette bianca. Sulla soglia c'era Jimmy, sorridente, con una bottiglia di champagne.

«Jimmy! Entra», lo salutò Lyla, spostandosi per farlo entrare. «Abbiamo preparato una colazione incredibilmente sontuosa».

«Non posso fermarmi, ho un appuntamento per una visita medica. Sono passato solo per lasciarvi questo e farvi le congratulazioni per la casa nuova».

«Va tutto bene?», si informò Lyla, temendo a un tratto che Katharine non stesse eseguendo gli ordini.

«Oh, certo… la ferita sta guarendo bene, così in fretta che mi viene da pensare di essere un lupo mannaro! Poi passa a prendermi Hazel, la porto fuori stasera. Ho da chiederle una cosa importante, non so se mi spiego». Le guance gli diventarono color Cappuccetto rosso. «Lei è tutto ciò che ho sempre desiderato. Non sarei riuscito a superare tutto questo, senza di lei… non posso credere alla fortuna che ho».

Io sì. «Te lo meriti», disse Lyla con un sorriso. «Spero che vada bene».

Jimmy si schiarì la voce e annuì. «Grazie, capo. Ho anche pensato che volessi sapere che oggi pomeriggio proveranno a risvegliare K.T. Hexen dal coma farmacologico. È un miracolo che sia sopravvissuta. Una storia davvero inimmaginabile».

Per Katie, ma non per Katharine. Lyla sorrise, brindando dentro di sé. Un'altra amica viva. Nel pomeriggio sarebbe andata a trovare Katie in ospedale e avrebbe appoggiato con delicatezza la fronte contro la sua. Due fermalibri che si ritrovavano.

«In ogni caso, ora devo andare. Ci vediamo lunedì, capo. Sarà strano essere alla stazione di polizia senza Rebecca, e con Groucho che si è dimesso. Mi fa davvero piacere che sarai tu a prendere le redini della situazione».

«Cercherò di sistemare tutto».

«Io ho fiducia in te», concluse Jimmy porgendole la bottiglia, poi si girò per andarsene. «Godetevela!».

Lyla lo guardò salire in macchina e allontanarsi, felice di potergli dare finalmente ciò che voleva. Tutti dovrebbero essere protagonisti della propria vita.

Tornata in cucina, trovò Ally ancora intenta a osservare con attenzione Katharine. «In un certo senso siamo le sue editor: le diamo gli incarichi, la sosteniamo». Un sorrisetto sarcastico le deturpò il bel viso, ma fu solo un attimo.

«Allora siamo noi a decidere tutto», commentò Lyla, avvolgendo anche lei sotto il mantello.

«E tu eserciterai il tuo potere, ispettrice capo Rondell».

Lyla sorrise, ripensando a Jimmy. «Perché uno scrittore non dovrebbe esaudire i desideri? Magari, tra un anno o due, potrei anche diventare sovrintendente, se la scriviamo nel modo giusto».

«Purché sia plausibile, nei limiti di questo mondo. Non serve altro, perché sia reale». Ally continuava a osservare Katharine che digitava senza sosta. «Dobbiamo solo continuare a farla scrivere».

«Magari è una gentilezza, da parte nostra», disse Lyla. «La cosa migliore per lei. Mi è parso di capire che gli scrittori detestano essere bloccati».

Jareth si insinuò tra le loro caviglie, disegnando un otto nero e peloso.

Il bacio di Ally sapeva di marmellata di more e di sicurezza. «Le faremo tessere la nostra trama fino alle nozze d'oro, e oltre».

«E vivremo per sempre felici e...».

Capitolo sessantadue
Dopo

Nel folto della New Forest, in fondo al giardino del cottage isolato, Katharine smise di digitare per i dieci secondi di riposo che le erano concessi ogni minuto. Il polso sinistro era gonfio e arrossato, come se i romanzi che avrebbe voluto scrivere davvero le stessero gonfiando le cellule per ribellione. Ma non le era concesso dare vita a idee che non fossero quelle di Lyla e Ally e, in ogni caso, era obbligata a raccontare le trame che loro le fornivano. Era la scrittrice fantasma dei suoi stessi spettri.

Bevve un sorso di Cre8-tivi-T che le davano da bere e si spalmò un po' di unguento alla curcuma sul polso gonfio, sperando che le sue proprietà antinfiammatorie facessero il loro dovere, altrimenti scrivere le sarebbe stato diffic...

ZZZZZZ

Una scossa elettrica la colpì dalle tempie alle piante dei piedi. Sobbalzò, con uno scatto del braccio sofferente, e urtò le ginocchia contro il piano della scrivania.

Sullo schermo del computer lampeggiò un messaggio delle sue aguzzine: *Continua a lavorare, altrimenti la prossima sarà peggiore.*

Era vero.

La settimana precedente si era rifiutata di scrivere ancora e la scossa elettrica le aveva fatto perdere i sensi. E c'era stata quella volta in cui si era concessa una digressione che le due non avevano autorizzato ed era arrivata una scarica talmente forte che, da allora, i nervi del piede sinistro non avevano più smesso di tormentarla. Avevano inserito uno spyware nel programma di videoscrittura, in modo che determinate parole, come "aiuto", "prigioniera", "salvataggio", "rapimento", ossia termini che potevano rimandare a una realtà meno pilotata da Lyla e Ally, provocassero lo spegnimento del computer e una scarica elettrica ad alto voltaggio. Dopo alcuni tentativi di aggirare l'ostacolo, si era ritrovata con le cicatrici delle ustioni, oltre che con un dolore al petto e il polso irregolare. Non si era più azzardata a usare quelle parole, neppure col pensiero.

Katharine posò di nuovo le mani sulla tastiera e riprese a digitare. Le parole le uscivano come piccole fate: alcune buone, altre cattive. Doveva continuare a scrivere e trovare in qualche modo una via di uscita. Poteva soltanto lasciare piccolissime briciole, indizi sparsi qua e là, nella speranza che qualcuno riuscisse a trovarli: un investigatore sottovalutato, magari, o un personaggio secondario particolarmente attento, oppure tu, caro lettore.

Capitolo sessantatré
Fine

Per i complici che hanno scelto questo libro e l'hanno letto fino alla fine: Cammina cammina, la morte si avvicina *è la mia confessione. Sono tanto colpevole quanto tormentata da un ronzio nelle orecchie che non mi abbandona mai.*

Avete trovato le mie briciole? Vi ho lasciato degli indizi nascosti nelle cantine di questo libro e sugli scaffali della soffitta. Se mi avete capita, meritate la Benedizione della vostra fata madrina: vi auguro una vita piena di lieti fini, denti sani e forti, e un'autrice migliore di me che scriva la vostra storia.

Con sempiterno affetto,
vostra, Alexandra

29 aprile 2024

Ringraziamenti

Sono cresciuta fin da bambina a pane e fiabe: mia madre mi leggeva sempre le *Märchen* dei fratelli Grimm e, da brava piccola insonne, mi addormentavo con gli audiolibri StoryTeller che mi portava mio padre. Le mie preferite erano *La Sirenetta*, *Scarpette rosse* e *Il soldatino di piombo*: storie tragiche e senza lieto fine. Bambina solitaria, ancora ignara del disturbo autistico e ADHD che avevo, trovavo rifugio nella lettura e nella scrittura. I libri mi sostengono ancora oggi. Questo romanzo è una lettera d'amore dedicata ai più belli tra loro.

Cammina cammina, la morte si avvicina, un libro che è una sorta di trickster fatato, non sarebbe arrivato alle stampe senza Diana Beaumont, la mia meravigliosa e solidale agente; senza la mia editor, Katherine Armstrong, assolutamente FANTASTICA; o senza la stupenda Georgie Leighton, che ha preservato la mia salute mentale e la mia storia, quando credevo di aver perso entrambe. Grazie, donne sagge e potenti!

Grazie anche a tutti gli altri collaboratori di Simon & Schuster UK, in particolare Amy Fletcher e Ben Phillips ai diritti, Laurie McShea alla comunicazione, Rich Vlietstra al marketing, India Minter alla grafica, Karin Seifried alla produzione, Susan Opie e Gabby Nemeth, rispettivamente copy editor e correttrice di bozze, Mat Watterson e il team delle vendite: siete tutti MERAVIGLIOSI e sono felicissima e incredibilmente fortunata di poter lavorare con voi.

Scrittrici e scrittori sono streghe e stregoni solitari, ma insieme formano una potente congrega e sanno esibirsi in karaoke memorabili. Un enorme ringraziamento va alla mia famiglia di scrittori di gialli – Colin, Scott, Steph, Susi, Derek, Lucy, Jenny, Claire, Amanda, Kat, Cally, Jen e tutti gli scrittori della costa meridionale – e alla community di autori di libri horror, fantastici e bizzarri, tra cui Johnny, Sarah, Mark, Cav, George, Paul, Marie, Priya, Rob, Steve, Penny, Cate... Vi adoro. Un ringraziamento speciale va a Kit Whitfield e Charlotte Bond per avermi fatto da controfigura quando ne ho avuto bisogno, per il supporto e, in generale, per essere state meravigliose durante la stesura di questo libro.

Librai, bibliotecari, blogger, podcaster e lettori di tutto il mondo: GRAZIE! Che possiate sempre avere una zia Patella al vostro fianco. Ringrazio anche il Black Phoenix Alchemy Lab per la biblioteca olfattiva; Clint Mansell per avermi accompagnata nella scrittura con la colonna sonora di *In the Earth*; Andy Duckmanton, Oriana Falcone ed Emma O'Leary per avermi tirato fuori dal mio torpore di scrittrice; Write Magic per gli stimoli e le frustate; Gilly Smith per il ritiro; RLF;

Emily Hayward-Whitlock e David H Headley Literary Agency per avermi accolta nell'ovile; e grazie alla New Forest, che mi ha stregata fin da bambina e non ha mai perso il suo inquietante fascino incantato.

Come sempre, affetto e gratitudine immensi ai miei cari e ai miei amici: mamma e papà; David, Carolina e Sofia Maia; Di e Antonio; Colin e Pri; Tina e Dave; Sheila e Tony; Maureen e Leo; i miei cugini; Lin e John; Angela; Karen, Dylan, Seren e Evan; Roz; Judith; Michelle (Ellen in un'altra realtà); Lou, Steve, Ruby ed Eliza; Sam e Nige; Caroline; Dian; Sharon. Siete tutti fantastici.

E sopratutto, infinito amore, riconoscenza e gratitudine vanno alla mia piccola famiglia: Dame Margaret Rutherford, il cane; Verity, la mia meravigliosa figlia, e Guy, il mio stupendo marito. Una volta non credevo nel lieto fine; ora, grazie a voi, ci credo.

Cocktail
“La vendetta del corvo morto”

Della serie: prendi un cocktail Aviation e portalo in un’impresa di pompe funebri nella foresta per una serata romantica.

Ingredienti:

50 ml di Gin
10 ml di Maraschino
10 ml di liquore Crème de Mûre
10 ml di liquore Crème de Cacao
Mezzo limone
10 g di zucchero di canna integrale
Ciliegie sotto spirito
More fresche

Preparazione:

1. Mettere un bicchiere da martini o una coppa da champagne in frigorifero a raffreddare per almeno trenta minuti.
2. Togliere il bicchiere dal frigo, strofinare il limone sul bordo e intanto fare battutine a doppio senso.
3. Mettere lo zucchero di canna integrale su un piattino e adagiare il bordo del bicchiere nella sua dolce oscurità.
4. Posare sul fondo del bicchiere una mora e una o tre ciliegie.
5. In uno shaker pieno di ghiaccio, mescolare il Gin, il Maraschino, il Crème de Mûre e il Crème de Cacao.
6. Shakerare bene al ritmo di *Love Song* dei Cure.
7. Filtrare nel bicchiere con il bordo zuccherato.
8. Sorseggiare indossando un mantello rosso e ululando alla luna piena.

Indice

Nuova Narrativa Newton

Ultimi volumi pubblicati

Giuseppe Scarpa, *Roma Criminale. Il romanzo*
Riku Onda, *Mistero nella casa dell'usignolo*
Daniel G. Miller, *L'orfanotrofio sul lago*
Sarah Pearse, *Nel nulla*
Franco Matteucci, *Il mistero del dragone cinese*
Fabio Delizzos, *La setta dei libri maledetti*
Robert Bryndza, *Testimonianza fatale*
Sophie Keetch, *La vendetta di Morgana*
Antony Johnston, *Un cane, un indizio, un cadavere*
Andrea Frediani, *Il gladiatore*
Jeneva Rose, *La casa dei cadaveri*
Natali Simmonds, *Vendetta di famiglia*
Evangeline Walton, *La casa delle streghe*
Vittorio Colitta, *I fiori della morte*
Patricia Gibney, *Angeli sepolti*
Benito Olmo, *La biblioteca dei manoscritti perduti*
Josie Lloyd, *L'agenzia dei delitti di Miss Beeton*
Susie Dent, *Colpevole per definizione*
Nanami Kamon, *Il santuario della montagna silenziosa*
Enrica Aragona, *Danza mortale*
Ashley Winstead, *Mezzanotte è l'ora più buia*
Christopher Huang, *L'assassinio di un gentiluomo*
Luigi Boccia - Nicola Lombardi, *L'Incisore*
Nelle Lamarr, *Ninnananna perfetta*
Satu Rämö, *Morte nei fiordi*
Sara Di Furia, *La città delle anime sepolte*
B.P. Walter, *Il giorno della vendetta*
Massimo Lugli, *La banda dell'Arancia Meccanica*
Leslie Wolfe, *La paziente senza passato*
C.B. Everett, *Il labirinto dei dieci sospetti*
Alessandra Carnevali - Marzia Elisabetta Polacco, *Caffè con delitto*
Lee Jackson, *Morte al Mourning Warehouse*
Simon Scarrow, *La rivincita di Roma*
Vito Bruschini, *I banchieri del diavolo. I fratelli Bergmeyer*